Susanna Kubelka

Adieu Wien – Bonjour Paris

Amalthea Verlag

Für Celestine

KAPITEL I

Wien, 1971. Es begann mit einem Anruf wenige Tage vor Ostern. Das ist viele Jahre her, doch ich erinnere mich genau an das Gespräch, das mein ganzes Leben verändern sollte.

Es war kurz vor neun, draußen war es stürmisch und kalt, ich hatte eben gefrühstückt, als mein neues weißes Telefon klingelte.

»Fräulein Valentin?«, fragte eine fremde Männerstimme.

»Spricht.«

»Bleiben Sie bitte am Apparat.«

»Hallo, Kitty?«, das war meine schöne Freundin Rita, »mach dich fertig, du fährst nach Budapest.«

»Was soll ich dort?«

»Übersetzen.«

»Ausgerechnet Budapest«, stöhnte ich, denn Ungarn lag damals noch hinter dem Eisernen Vorhang und die ehemals prächtige Stadt war verwahrlost, schäbig, trist und grau. Ich hatte mir schon einmal die Ohren abgefroren um diese Jahreszeit in Budapest und keine Lust, das ausgerechnet heute zu wiederholen.

»Ja, Budapest«, sagte Rita, »aber diesmal wird es dir gefallen!«

Rita leitete ein Übersetzungsbüro. Zu ihren Kunden gehörten auch die großen Ringstraßenhotels und wann immer ein prominenter Gast jemanden brauchte, der fließend Englisch und Französisch konnte, gute Manieren hatte und viel, viel Geduld, vermittelte sie mich.

»Rita, ich will nicht«, sagte ich bestimmt.

»Hörst du mir bitte zu?«

»Ich höre. Aber nicht mehr lang. Um zehn ist S.A.P. in Anglistik und ich muss pünktlich sein.«

»Um zehn ist was?«

»Seminar-Aufnahms-Prüfung! In Englisch! Schriftlich! Lebenswichtig! Ich komme sonst nicht in den zweiten Studienabschnitt.«

»Aha. Und wie lang dauert das?«

»Bis zwölf.«

Rita lachte selbstgefällig: »Wieder einmal richtig kalkuliert. Ich habe dem Kunden gesagt, du holst ihn um eins ab.«

»Rita! Es freut mich nicht!«

»Nein? Einhundert Dollar pro Tag in bar auf die Hand plus Spesen freut dich nicht?«

Ich sank auf mein rotes Sofa. So viel Geld? Davon lebt man als arme Studentin viele Wochen in Saus und Braus.

»Mit wem soll ich denn dorthin?«

»Mit einem Amerikaner. Berühmter Journalist. Es

werden zum ersten Mal Wahlen abgehalten. Er braucht einen Dolmetscher.«

»Rita, im Kommunismus wählt man nicht.«

»Die Ungarn versuchens halt. Ihr wohnt auf der Margareteninsel im besten Hotel.«

»Wieso zahlt er so viel?«

»Schwerreiche Zeitung. Geld spielt keine Rolle. Er kann einen Helikopter mieten, Lunch in Athen, Abendessen in Rom, das findet er ganz normal.«

»Wie heißt die Zeitung?«

»ABC News.«

»Und wo sitzen die?«

»In New York. Aber mein Kunde ist für Europa verantwortlich. Seine Redaktion ist in Paris. Dort lebt er auch in einer Art Palast. Er hat ein riesiges Spesenkonto.«

»Danke, du hast mich überzeugt. Wann muss ich wo sein?«

»Um eins im Hotel Sacher. Du fragst nach Mister Clifford Thatcher, eleganter Herr, sehr groß, sehr nervös, wie die meisten Journalisten. Bitte, sei pünktlich auf die Minute, okay?«

»Okay. Verlass dich auf mich!«

Ich schaffte die Prüfung mit links. Das Thema lautete »Drei Mann in einem Boot«. Es ging jedoch nicht um den brillant-komischen Roman von Jerome K. Jerome, sondern man wollte wissen, ob wir im Stande waren, ein- und dieselbe Geschichte aus drei verschiedenen Perspektiven zu erzählen.

Kein Problem für mich.

Seit meiner Kindheit habe ich gern geschrieben, also

erfand ich eine Regatta in Key West: Jim, den Journalisten, nervös und gereizt, Joe, den Börsenmakler, Kettenraucher, Magengeschwür, und den Modeschöpfer Yves, der gleich in Ohnmacht fällt, weil er seinen Augenbrauenstift vergessen hatte im Büro.

Jedenfalls, diese drei machen alles falsch, gewinnen aber doch und jeder erzählt eine andere Fabel, warum nur ihm und ihm allein, der Sieg zu verdanken war.

Ich schrieb zehn Seiten, es wurde eine amüsante Kurzgeschichte, ich war pünktlich fertig und um halb eins bereits unterwegs zum Hotel.

Ich trug meinen hochmodernen schwarzen Maxi-Mantel, eine Wohltat nach den Minis, in denen ich mich im Winter halbtot gefroren hatte, darunter Bell-trousers, die vom Knie abwärts weiter wurden, und einen selbstgestrickten, engen roten Pulli aus Bouclé.

Das Haar hatte ich zu einem Rossschwanz aufgebunden, ich war ungeschminkt, ein alter Trick von mir, damit wirke ich nämlich wie ein Seelchen, kindlich, süß und jung, und aus Erfahrung wusste ich: Amerikaner fliegen darauf!

Jedenfalls, ich war sicher, dass ich Mister Thatcher gefallen würde. Ich bin keine Sexbombe, die Männer bemerken mich immer erst auf den zweiten Blick, doch das schadet mir nicht. Was sie nämlich auf den zweiten Blick sehen, gefällt ihnen dann: ein fröhliches Gesicht, große, dunkle, treue Augen, lange Wimpern, Grübchen in den Wangen, zarte Hände und Füße, eine schlanke Mitte, halblanges braunes Haar mit rötlichem Glanz.

Der Rest ist innere Schönheit. Ich meine jetzt ganz

einfach Charme. Als ich ein Kind war, hatte man das schon bemerkt: »Ihre Kitty wirds noch weit bringen mit ihrem Scharmee«, sagte unsere mollige blonde Bäckersfrau zu meiner Mutter. Und der Scharmee oder Charme hat mir mehr gebracht als die längsten Beine und das edelste Profil.

Ist man nämlich wirklich schön, gepflegt, elegant, denken viele Männer gleich: Für die bin ich nicht gut genug und dann hassen sie dich! Siehe Rita. Der geht das schon seit Jahren so. Sie ist schön wie ein Filmstar und meistens allein! Manche Männer haben sogar Angst vor ihr.

Im Unterschied zu mir. Vor mir fürchtet sich keiner.

Ich war immer von Verehrern umringt. Als ich mit fünfzehn tanzen lernte, brauchte ich meinem Herrn nur tief in die Augen zu sehen, meine Hand auf seine zu legen, ein, zwei Sekunden länger als nötig, schon folgte er mir wie ein Hündchen und lungerte abends in der Allee hinter unserem Haus herum.

Besagte Allee besteht aus prächtigen, weißblühenden Kastanien und unter diesen Kastanien bekam ich meinen ersten Kuss von Klaus, Walter, Jürgen und Kurt, hörte mein erstes »Ich liebe dich!« von Peter, Felix und Max, dort sah ich im Sommer die Glühwürmchen schimmern, ging Hand in Hand mit Christoph und Hans zum Gittertor, wo unser Garten begann, im Grund war alles völlig harmlos, platonisch, aber aufregend und wunderbar. Jedenfalls, solange ich denken konnte, warteten Verehrer auf mich unter den Kastanien und ich fand das ganz normal!

Mein Leitstern nämlich heißt Venus!

Ich war immer verliebt in irgendwen und irgendwas, in die Liebe, in das Leben, in die Schönheit der Tiere, der Blumen, der Bäume, in die funkelnden Sterne und den glitzernden Kosmos, der uns umgibt. Und in den großzügigen Schöpfer, der uns teilhaben lässt an seinem unfassbar grandiosen Wunderwerk.

Lauwarm bin ich nicht! Ich verliebe mich Hals über Kopf und man verliebt sich Hals über Kopf in mich! Und derzeit liebe ich mein Studium der Anglistik und Germanistik und habe mir vorgenommen, dass das bis zum Abschluss so bleibt!

Von der kalten, windigen Straße trat ich hinein in das weltberühmte Hotel. Es war wunderbar warm beheizt. Ich nahm die Kapuze ab und zog die Handschuhe aus.

»Guten Tag, Fräulein Valentin«, sagte der Mann am Empfang.

»Grüß Gott, Herr Kurt! Wie gehts?«

»Viel Arbeit. Der Herr, den sie suchen, steht dort drüben.«

»Wartet er schon lang?«

»Eine Viertelstunde.«

Aha, dachte ich, ein Überpünktlicher! Und wieder ein grauer, gehetzter, unglücklicher Mann, denn »grau« war mein erster Eindruck: graues Haar, grauer Mantel, grauer Schal, graue Aktenmappe, graue Miene, grauer Rauch!

Er stand neben dem offenen Kamin in der großen Halle, rauchte gierig und blickte verstört in Richtung Eingang! Er war offensichtlich schlecht gelaunt.

Nun gut! Diesen Typ Mann kannte ich, ja, auf den war ich geradezu spezialisiert. Wetten? In zwei Minuten ist er sanft wie ein Lamm. Wenn nicht auf den ersten, dann sicher auf den zweiten Blick. Und lächelnd schritt ich auf ihn zu.

»Mister Thatcher, I suppose? Ich bin Kitty Valentin. Ihre Dolmetscherin.« Ich sagte es in meinem besten Oxford English, aber Clifford ließ das kalt.

»Ich dachte schon, Sie kommen nicht mehr«, zischte er und streifte mich mit einem völlig desinteressierten Blick.

»Das tut mir leid. Man hat mich für eins hierher bestellt.«

»Ja, um eins! Jetzt ist es drei Minuten nach!« Es klang eisig.

»Tut mir leid«, sagte ich sanft.

Clifford drückte seine Zigarette aus: »Wir müssen hinter den Eisernen Vorhang! Ich hasse diese Reisen. Die Grenzkontrollen sind ekelhaft. Ich habe immer Angst, ich komme nicht mehr heil zurück. Ist das Ihr ganzes Gepäck?«

Er zeigte auf den hübschen, kleinen Strohkoffer, den ich in der Hand hielt.

»Ja. Wir bleiben nur eine Nacht, oder?«

Clifford nickte und sah mir endlich voll ins Gesicht, diesmal bedeutend länger. Seine Augen weiteten sich.

»Wie heißen Sie?«

»Kitty Valentin.«

»Hübscher Name.«

»Danke. Ich hab auch am 14. Februar Geburtstag.«

»Oh, you're a happy Valentine!« Er lächelte mich an.

Plötzlich hatte er es gar nicht mehr eilig und ich sah, dass er strahlend weiße Zähne hatte und einen vollen, sinnlichen Mund. Er war sehr groß, einen ganzen Kopf größer als ich, mit dichten, schwarzen Brauen und braun-grün gesprenkelten Augen. Echte Journalistenaugen, scharf, suchend, angespannt, wie die einer Raubkatze auf der Jagd. Das machte ihn weniger herrschaftlich, doch es verlieh ihm eine gewisse tierische Anziehungskraft.

Und die spürte ich plötzlich. Ich wurde verlegen und senkte den Kopf.

»Sie haben Grübchen in den Wangen«, stellte Clifford fest, »that's really sweet!«

Dann bückte er sich und griff nach seiner Reiseschreibmaschine.

Ich erstarrte. Denn … was hatte er da plötzlich in der Hand? Eine kleine, elegante Olivetti, wie ich sie mir schon seit Jahren wünschte. Sie steckte in einer Tragtasche mit blauem Griff und war so hübsch, mein Herz begann höher zu schlagen.

»Gibts ein Problem?«, Clifford musterte mich erstaunt.

»Nein. Ich bewundere ihre Schreibmaschine.«

»Meine Schreibmaschine? Wieso?«

»Davon träumen alle Studenten in Wien.«

»Dann kaufen Sie sich doch eine.«

»Viel zu teuer. Aber wenn ich fertig bin mit dem Studium sofort!«

Clifford runzelte die Stirn, dachte kurz nach, nickte und ließ mir den Vortritt. Wir verließen das Hotel.

Draußen stürmte es immer noch, doch ein großer, schwarzer Mercedes mit Sitzen aus echtem Leder und einem schweigsamen blonden Fahrer namens Max wartete auf uns.

Wir stiegen ein und dann geschah etwas Seltsames: Der große Mann, mit der Allmacht der Presse hinter sich, sprach nicht über die Wahlen in Ungarn, den Ölpreis, den Kalten Krieg, das Wirtschaftswunder oder über seine Zeitung. Nein! Er kannte nur ein einziges Thema: seine unglückliche Ehe!

Und das faszinierte mich.

In Europa sprachen Männer damals nämlich nie von ihren Frauen. Schon gar nicht mit einer anderen, jüngeren, die man eben kennengelernt hatte.

Ich kam viel herum und sämtliche Ehemänner logen wie gedruckt, spielten den freien Kavalier, flirteten unverschämt mit jedem hübschen Kind, solang »die Alte« brav zu Hause saß.

Das hatte mich immer schon empört! Hier aber war ein Amerikaner, ein Herr, ein berühmter Journalist und gestand gleich im ersten Moment, dass er nicht mehr frei, sondern gebunden war! Ein Ausbund an Ehrlichkeit, dachte ich. Dem kann man vertrauen! Blind!

Ich lauschte gebannt und erfuhr: Seine Frau war frigide, gab viel zu viel Geld aus, war zu dick, zu aggressiv, zu arrogant, zu rechthaberisch. Man schlief zwar noch im selben Bett, doch auf ihrer Seite lag eine Schachtel

Ohropax und nach der griff sie jede Nacht und nie nach ihm … Es war eine erstaunliche Beichte und sie dauerte fast bis zur ungarischen Grenze.

»Haben Sie schon genug?«, fragte er plötzlich. »Langweile ich Sie mit meiner Litanei?«

»Überhaupt nicht! Das ist hochinteressant!«

»Normalerweise ist das Thema tabu. Aber Sie leben in Wien und ich in Paris, Sie können es niemand erzählen, den ich kenne, außerdem habe ich das Gefühl, Sie verstehen mich. Meine Frau hat mich nie verstanden. Es ist ein Trauerspiel!«

Wir waren inzwischen am Eisernen Vorhang angelangt, der damals noch Europa teilte, und die Kontrolle dauerte, wie Clifford befürchtet hatte, stundenlang.

Ein Glück, dass man den Mercedes nicht zerlegte, und um ein Haar hätte man Cliffords Schreibmaschine konfisziert. Maschinengewehre, Betonblocks, Stacheldraht, bissige Hunde, es war entwürdigend und schüchterte uns derart ein, wir sprachen die ganze Fahrt bis Budapest kein weiteres Wort.

Aber ich hatte mich in Clifford nicht geirrt. Er war ein echter Gentleman, ein Ehrenmann.

Er benahm sich souverän, nahm alles mit Humor, das verwahrloste Hotel, die schäbigen Badezimmer, den blechernen Lärm der Klospülungen, die uns mitten in der Nacht aus dem Schlaf rissen.

Er beschwerte sich nicht über das totgekochte Essen ohne jeglichen Geschmack, das miserable Hotelorchester, denn jeder Musiker mit Talent war längst in den Westen geflohen.

Und das Beste: Er verirrte sich nicht »zufällig« in mein Zimmer, legte seine Hand nicht »zufällig« auf meine, erzählte keine anzüglichen Witze, starrte nicht auf meine Beine oder meine Brüste, und die Arbeit mit ihm war ein Gedicht!

Die Pressekonferenz am nächsten Tag war auf Deutsch und nie verlor er die Geduld, wenn ich nicht sofort das richtige Wort auf Englisch fand. Er ermutigte mich sogar, eigene Fragen zu stellen und am Schluss bekam ich noch ein Lob: »Schade, dass ich Sie nicht mit nach Paris nehmen kann. Sie haben Sprachtalent. You are a very intelligent young lady!«

Zum Abschluss fuhren wir dann hoch zur berühmten Fischerbastei mit Blick über die ganze Stadt und Clifford ließ sich mit mir fotografieren.

»Verraten Sie mir Ihre Adresse?«, fragte er dann. »Ich möchte Ihnen das Bild schicken. Aus Paris.«

Hochzufrieden kamen wir am Sonntagabend nach Wien zurück.

»Wir trinken noch ein Glas zusammen«, meinte Cliff, »gleich hier im Hotel. Ist Ihnen das recht?«

Und er führte mich in die entzückende Blaue Bar. Dort war noch ein Tisch frei, in der Ecke gegenüber der Tür, und Clifford fragte, was ich trinken wollte.

»Ananas mit Ginger Ale«, sagte ich, »wenn es das gibt.«

»Natürlich gibts das«, meinte Cliff, bestellte Brandy für sich und fuhr dann kurz in sein Zimmer hoch.

Als er zurückkam, zog er ein Kuvert aus seiner Aktenmappe und reichte es mir.

Dreihundert Dollar waren drin, viel mehr als ausgemacht!

»Danke«, rief ich erfreut, »das ist wirklich großzügig!« Und ich gab ihm meine Hand, obwohl ich wusste, dass das in Amerika nicht üblich war.

Er nahm sie sofort, hielt sie lange fest und sah mich an mit seinen Katzenaugen:

»Kein Ring«, er zeigte auf meine Finger, »noch nicht verlobt?«

»Nein, noch nicht.«

»Aber viele Verehrer?«

»Es geht.«

»Wenn Sie nach Paris kommen, Miss Valentine, lade ich Sie zum Essen ein. In ein weltberühmtes Restaurant. Das bin ich Ihnen schuldig nach zwei Tagen Billigfraß.«

»Wann fliegen Sie zurück?«

»Morgen, mit der ersten Maschine. Sagen Sie ganz ehrlich: Mögen Sie mich?«

»Sie sind ausgesprochen sympathisch.«

»Aber ich bin so viel älter. Ich bin vierundvierzig. Und Sie?«

»Neunundzwanzig.«

»Dann sind Sie fünfzehn Jahre jünger! Und Sie sehen aus wie achtzehn.«

»Danke für das Kompliment.«

»Kein Kompliment! Reine Wahrheit. Sie sind auch sehr charmant. Genau so stellt man sich in Amerika eine Europäerin vor.«

Er sah auf die Uhr: »Ich muss jetzt leider gehen. Moment! Sie kriegen noch ein Geschenk!«

»Aber Sie haben mir doch gerade so viel Geld bezahlt.«

»Nein, nein. Was anderes. Etwas, das Sie wirklich freut.« Und er überreichte mir seine Schreibmaschine!

Sprachlos starrte ich auf die entzückende, kleine, flache Olivetti und dann auf Clifford und stammelte: »Das kann ich nicht annehmen.«

Er lachte: »Doch, das können Sie. Wir haben fünf oder sechs davon in der Redaktion. Die da gehört jetzt Ihnen und wenn Sie darauf schreiben, denken Sie an mich.«

Er gab mir seine Karte: »Wenn Sie nach Paris kommen, rufen Sie mich an. Versprochen?«

Dann stand er auf, begleitete mich vor das Hotel und ließ mich vom Chauffeur nach Hause führen.

In Jubelstimmung meldete ich mich bei Rita. Sie war noch im Büro.

»Hallo, Kitty spricht. Ich hab dir keine Schande gemacht. Es ist alles gut gegangen.«

»Weiß ich schon.«

»Woher?«

»Mr. Thatcher hat mir gedankt, dass ich dich empfohlen habe.«

»Er hat dich angerufen?«

»Mhm.«

»Du, Rita, er hat mir ein wunderbares Geschenk gemacht.«

»Er hat dir mehr bezahlt?«

»Das auch. Aber er hat mir seine Schreibmaschine geschenkt.«

»Was, die kleine Olivetti? Mich frisst der Neid!«

»Die blaue Olivetti Lettera 22! Und die Tragtasche ist grau. Hat einen blauen Griff und zwei blaue Streifen und einen blauen Reißverschluss. Und sie ist ganz leicht. Ein Traum! Ich bin so aufgeregt, ich kann sicher die ganze Nacht nicht schlafen. Auf der Maschine schreibe ich die Seminararbeiten und die Dissertation und wenn ich Frau Doktor bin, halt dich fest, dann schreibe ich einen Roman.«

»Vergiss den Roman«, sagte Rita, »das hab ich auch versucht, nach dreißig Seiten ist mir nichts mehr eingefallen, alle wollen Romane schreiben, keiner kanns. Das ist Schwerarbeit. Das schaffst du nie!«

»Meinst du?«, fragte ich enttäuscht.

»Reine Zeitverschwendung. Aber du, eine indiskrete Frage, so ein teures Geschenk: Hat er dich belästigt?«

»Nein, hat er nicht. Wieso fragst du?«

»Ich hab inzwischen erfahren, dass er ein Herz für hübsche Frauen hat.«

»Wer sagt das?«

»Der Nachtportier vom Hotel Sacher. Als er letztes Mal in Wien war, hat er die ganze Nacht im Moulin Rouge verbracht. Er ist um sieben Uhr früh heimgekommen und nicht allein!«

»So ein Unsinn! Er ist ein echter Gentleman. Er hat sofort zugegeben, dass er verheiratet ist. Er hat mir stundenlang von seiner Frau erzählt.«

»Er hat nicht geflirtet mit dir?«

»Überhaupt nicht. Aber er hat meine Adresse und die Telefonnummer. Wenn er wiederkommt, ruft er mich an. Ganz unverbindlich. Verstehst du?«

»Wenn er sich die nächsten drei Tage nicht meldet, siehst du ihn nie wieder«, sagte Rita trocken.

»Glaubst du?«

»Das ist meine Erfahrung. Männer vergessen schnell. So, ich muss noch was tun. Wir reden morgen weiter.«

Clifford rief nicht an, Rita hatte recht gehabt!

Also dachte ich nicht mehr an ihn, bis plötzlich ein Brief aus Paris kam, mit einem Foto, einem teuren Farbbild noch dazu: Clifford und ich fröhlich lachend auf der Fischerbastei, die Haare zerzaust vom Wind!

Und als ich es genauer betrachtete, dieses unbeschwerte, sonnige Bild, kam plötzlich eine Ahnung über mich, dass es doch noch ein Nachspiel geben könnte und dass es schön sein würde, ihn wiederzusehen.

Und dann vergaß ich ihn prompt!

Durchstudierte Nächte, Prüfungen, drei Seminare, Ferien und – hurra! – ein Stipendium ab Herbst! Freude an den faszinierenden Büchern, die ich las, Übersetzungen als Nebenverdienst, jedenfalls, acht Monate lang dachte ich kaum noch an Clifford Thatcher!

Dann plötzlich griff das Schicksal ein.

Ohne mein Zutun wurde er wieder aktuell.

Zwei Tage vor Weihnachten bekam ich einen Anruf, von meiner lieben Freundin Irma! Sie war vor zehn Jahren aus Ostdeutschland nach Frankreich geflohen, unter lebensgefährlichen Umständen. Inzwischen hatte sie einen Sohn von einem Franzosen und arbeitete als Sekretärin in Paris. Ich hatte ewig nichts mehr von ihr gehört.

»Hallo, Kitty! Hier spricht Irma.«

»Irma! So eine Überraschung. Wie gehts dir? Und wie gehts Michou? Ist er schon in der Schule? Ist er gesund?«

»Alles bestens! Kitty, hör zu. Große Neuigkeiten: Ich bin verlobt und ich gebe ein riesiges Fest zu Silvester, du musst unbedingt kommen, wir haben ein herrliches Appartement ...«

»Wer ist wir?«, unterbrach ich erstaunt, denn Irma lebte vom Vater ihres Sohnes getrennt.

»Patrik. Große Liebe. Wir kennen uns seit Ostern. Er ist bei IBM und verdient viel Geld. Am besten, du kommst gleich nach Weihnachten und bleibst die ganze Zeit bei mir.«

»Das stört ihn nicht? Deinen Patrik?«

»Nein. Er ist nicht da. Er fährt aufs Land zu seiner Mutter, und Michou ist in den Alpen. Skifahren mit seinem Vater. Wir sind ganz allein, wir machens uns gemütlich, es gibt so viel zu erzählen!«

»Ich muss erst fragen, was die Fahrt kostet.«

»Ruf die Mitfahrerzentrale an. Das kommt billiger als der Zug.«

»Ja, das mach ich.«

»Dann könntest du in vier Tagen bei mir sein.«

»So Gott will!«

»Er wird schon wollen. Wie ich dich kenne, bist du fleißig und hast Tag und Nacht studiert?«

»Ich bin die Erste im Institut und die Letzte, die aus der Bibliothek nach Hause geht. Aber du, es macht mir so viel Spaß!«

»Und die Liebe?«

»Keine Zeit! Ich bin in das Studium verliebt.«

»Also, dann sehen wir uns in Paris. Ich ruf dich morgen wieder an und sag mir ja nicht ab!«

Ich legte auf und dachte: So ein Glück! Irma wird doch noch heiraten und eine richtige Familie haben, was sie immer wollte, hier in Westeuropa, in Sicherheit!

Und ich soll sie besuchen! Aber seltsam, warum gerade jetzt? Jahrelang hatten wir einander nur Karten geschrieben. Hatte das einen tieferen Sinn?

Außerdem, es gab da einen neuen Verehrer namens Karl, ein Studienkollege, wirklich nett. Er hatte mich über Silvester nach Innsbruck eingeladen.

Ich war noch nicht verliebt in ihn, es war alles noch rein platonisch, ich hatte aber schon zugesagt! Zu dumm!

Ich dachte kurz nach, dann rief ich meine Mutter an.

»Mutti, weißt du, was passiert ist? Irma hat sich wieder gemeldet. Sie hat mich eingeladen nach Paris.«

»Wann?«

»Gleich nach Weihnachten.«

»Fein! Oder stimmt was nicht?«

»Ich hab Karl versprochen, ich fahre mit ihm nach Innsbruck. Er will mich seinen Eltern vorstellen.«

»Wie lang hast du Irma nicht gesehen?«

»Drei Jahre.«

»Das ist lang. Karl siehst du jeden Tag.«

»Ja, stimmt … Paris ist schon verlockend.«

»Dann fahr hin. Amüsiere dich. Du bist jung, das gibt schöne Erinnerungen. Davon kannst du zehren, wenn du auf der Uni wieder so viel lernen musst!«

»Und der arme Karl?«

»Der läuft dir nicht weg.«

»Und was sag ich ihm?«

»Die Wahrheit! Das wird er schon verstehen. Man wird nicht alle Tage nach Paris eingeladen.«

»Mutti, bist du sicher?«

»Ganz sicher. Ich an deiner Stelle würde das tun.«

Also doch Paris!

Ich horchte in mich hinein. Aber was war das? Ich hatte plötzlich Herzklopfen bis zum Hals. Es brauste in meinen Ohren. Oh Gott, das kannte ich. Da braute sich was zusammen am Horizont. Irgendwas Wildes, Aufregendes, Neues wartete in Paris auf mich.

Meine Knie begannen zu zittern. Ich sank auf mein rotes Sofa. Und obwohl ich keine Sekunde lang an Clifford Thatcher dachte, wusste ich plötzlich mit absoluter Gewissheit, dass diese Reise mein ganzes Leben verändern würde.

KAPITEL II

Ich fuhr mit dem Zug nach Paris. Über Nacht. Mit dem Orient-Express. Meine Mutter hatte mir zu Weihnachten die Reise geschenkt. Und im Liegewagen, während der langen Fahrt – eintausenddreihundert Kilometer sind es von Wien nach Paris, fiel mir plötzlich Clifford Thatcher wieder ein!

Wie schon erwähnt, hatte ich acht Monate nichts von ihm gehört und nicht mehr an ihn gedacht. Er war ja verheiratet und nicht mehr frei!

Aber plötzlich sah ich ihn ganz deutlich vor mir: sein intelligentes Gesicht, seine Katzenaugen, seine schönen Hände, seinen vollen Mund! Und als wir Paris erreichten und ich meinen Pass verstaute, den der Schaffner mir zurückgebracht hatte, entdeckte ich zu meiner Überraschung Cliffords Visitenkarte in meiner Handtasche! Ohne es zu wissen, hatte ich sie acht Monate mit mir herumgeschleppt!

Wie gebannt starrte ich auf das kleine, schön gestochene Kärtchen. Doch ich kam nicht zum Grübeln.

Der Zug hielt am Gare de l'Est, Irma klopfte ans Fenster, schnell griff ich nach meinem Strohkoffer und stieg aus.

Da stand sie: groß, blond, strahlend, in einem langen, blauen, eleganten Mantel.

»Hallo, Kitty! Du hast dir die Haare wachsen lassen!«

»Hallo, Irma!« Wir umarmten uns fest. »Du bist blonder als früher! Passt dir gut!«

»Die Franzosen lieben Blondinen. Blaue Augen, blondes Haar, ich helfe nach mit Wasserstoff. Ich tus für Patrik.«

»Ist er stolz auf dich?«

»Und wie.«

»Erzähl' mir von ihm.«

Eifrig plaudernd verließen wir den Bahnhof. Und draußen gab es eine Überraschung: Irma hatte einen eigenen Wagen. Unerhörter Luxus.

Also fuhren wir nicht unterirdisch mit der Metro, nein, über die berühmten Boulevards gings nach Haus.

Glücklich sah ich auf die glitzernden Lichter, die weihnachtlich geschmückten Cafés und Restaurants, die eleganten Boutiquen, die großen Warenhäuser mit ihren weltberühmten Auslagen!

Alles war so fröhlich, so lebendig, verglichen mit Wien.

In der breiten Avenue Montaigne blieb Irma plötzlich stehen.

»Was ist los?«, fragte ich erstaunt.

»Umleitung. Also, wie fahre ich jetzt am besten?

Okay. Weiß schon. Am schnellsten gehts über die Rue du Boccador hinunter zur Seine.«

Rue du Boccador?

Mein Herz begann schneller zu schlagen. Den Namen hatte ich nämlich eben gelesen, auf Cliffords Visitenkarte. In der Rue du Boccador war die Redaktion von ABC News!

»Was gibts?«, fragte Irma überrascht.

»Wieso?«

»Du bist auf einmal ganz rot im Gesicht.«

»Ich?«

»Ja, du«, lachte Irma, »was ist los?«

»Tut mir leid«, sagte ich verlegen und wandte den Kopf ab.

»Also, was gibts in der Rue du Boccador? Ein Geheimnis?«

»Ein Bekannter von mir hat dort sein Büro.«

Irma begann zu kichern: »Das muss aber ein aufregender Bekannter sein. Frisch verliebt?«

»Nein, gar nicht!«, protestierte ich sofort.

»Das ist aber ganz neu. Du bist doch immer in irgendwen verliebt. Apropos verliebt, erinnerst du dich an Leon Pralin, von der Île de Bréhat?«

Wir kannten einander nämlich von Bréhat, Irma und ich, von dieser berühmt schönen Insel vor der bretonischen Küste, mit rosa Felsen und hundert winzigen Inselchen rundherum. Vor zehn Jahren waren wir beide Au-pairs gewesen, in Paris, ich nach dem Abitur, Irma nach ihrer gelungenen Flucht aus dem Osten. Und unsere Gastfamilien verbrachten die Ferien auf Bréhat. In romantischen alten Häusern aus Stein, mit Gärten, in denen Föhren wuchsen und Feigenbäume und so viele Blumen, dass man die Hausmauern kaum noch sah!

Und was geschah?

Leon Pralin verliebte sich in mich, obwohl er verlobt war mit Catherine, der Tochter des Bürgermeisters. Es war ein turbulenter Sommer gewesen, voll Heimlichtuerei und ohne Happy End, denn ich fuhr schließlich zurück nach Wien.

»Weißt du, was aus ihm geworden ist? Aus Leon?«

»Ja, er ist Journalist bei France Soir.«

»Hat er Catherine geheiratet?«

»Nein. Aber er kommt zu Silvester und wird dir alles erzählen. Du, ich hab schon fast alle Freunde von früher zusammen. Manche hab ich jahrelang nicht mehr gesehen, das wird ein tolles Fest. Pass auf, ich sag dir jetzt, wer kommt.«

Sie begann die Namen aufzuzählen und als sie fertig war, waren wir am Boulevard Lannes angelangt und Irma parkte ihr Auto vor einem prächtigen Haus mit einem hohen, grünen Eingangstor.

»Da wohnst du?« Ich konnte es nicht fassen.

»Jawohl, meine Liebe. Hierher kann man Gäste einladen!«

Wir stiegen aus und Irma sperrte den Wagen ab.

»Gratuliere«, sagte ich, denn ein Haus war eleganter als das andere und gleich gegenüber lag der Bois de Boulogne, der berühmte Park, mit zwei kleinen Seen, hübschen Restaurants und der weltbekannten Pferderennbahn von Longchamp.

»Warte, bis du die Wohnung siehst!« Irma ging mir voran zum Lift. Und die Wohnung, im sechsten Stock, mit weiter Sicht über die hohen Bäume, übertraf tatsächlich meine kühnsten Erwartungen.

Irma hatte früher immer winzig klein gewohnt, so wie ich derzeit lebte, in einer bescheidenen Studentenwohnung unterm Dach und jetzt besaß sie einen riesigen Salon, ein Ess- und drei Schlafzimmer, zwei Bäder, eine sonnige Küche, Marmorkamine, hohe Spiegel, Glastüren, echtes Eichenparkett. Und das Gästezimmer war mit einem weißen Spannteppich ausgelegt und hatte ein eigenes, blau-weiß gekacheltes Bad.

»Ein eigenes Bad«, sagte ich voll Bewunderung, denn in meiner kleinen Wohnung in Wien gab es nur eine Dusche.

»Und ein sehr gutes Bett, liebe Kitty, da wirst du gut schlafen.«

»Und wo schläfst du?«

»Dort hinten. Wo der Gang aufhört. Das Zimmer neben dir gehört Michou.«

Irma sah auf die Uhr.

»Kitty, ich muss gleich wieder weg. Tut mir leid.«

»Warum?«

»Mein Chef geht morgen auf Urlaub. Ich muss noch arbeiten. Ich hab ziemlich viel zu schreiben.«

»Geh nur, geh nur! Wir sehen uns dann abends.«

»Der Kühlschrank ist voll. Nimm dir, was du willst. Und wenn du ausgehst, lass bitte den Schlüssel bei der Concierge.«

»Mach ich! Schön ist es bei dir. Wie in einem Luxushotel.«

»Ich freu mich, dass du da bist. Fühl dich wie zu Hause.«

Kaum war ich allein, merkte ich erst, wie müde ich von der langen Reise war.

Also packte ich meinen Strohkoffer aus, legte mich auf das breite Bett und schlief sofort ein. Und träumte von Clifford Thatcher. Es war wie verhext!

Als ich ein paar Stunden später erwachte, sah ich immer noch sein Gesicht vor mir, seine schönen, vollen, sinnlichen Lippen, die schwarzen Brauen, die grün-braunen Katzenaugen und den gewissen Blick, als er sagte: »Sie haben Grübchen, wenn Sie lachen. Das ist hübsch!«

Warum zum Teufel ging mir der Mann nicht aus dem Kopf?

Ich stand auf und nahm ein langes, heißes Bad.

Eine Wohltat nach der Nacht im Zug. Und kaum war ich fertig, schrillte im Salon das Telefon.

Es war Irma.

»Hallo, Kitty. Tut mir leid, ich bin immer noch nicht fertig. Ziemlich sicher wird es Mitternacht.«

»Macht nichts. Soll ich dir was kochen?«

»Danke, nein. Das wird mir zu spät. Ich will nur sagen, warte nicht auf mich. Geh ruhig schlafen, wenn du müde wirst. Wir sehen uns dann beim Frühstück. Hoffentlich langweilst du dich nicht allein.«

»Keine Sorge!«

»Weißt du was? Auf den Champs-Elysées hängt noch die Weihnachtsbeleuchtung. Das musst du sehen! Geh in ein Café. Oder ins Kino. Ich komme dann, sobald ich kann.«

Ich legte den Hörer auf. Und ohne zu denken, ganz automatisch holte ich Cliffords Visitenkarte aus meiner Handtasche.

Doch dann zögerte ich.

Es war keine gute Idee, einen verheirateten Mann zwischen den Feiertagen anzurufen. Vielleicht war er verreist? Mit Frau und Sohn? War Ski fahren? Hatte mich längst vergessen? Wusste gar nicht mehr, wie ich hieß? Was wollte ich überhaupt von ihm?

Ich dachte nach. Dabei stellte ich fest, dass ich Hunger hatte. Wunderbar. Hatte er mir nicht ein Essen versprochen? In einem weltberühmten Restaurant? Damals, zu Ostern, in Wien?

Ich fasste Mut und wählte die Nummer in der Rue du Boccador.

Es läutete und läutete. Endlich hob man ab.

»Mister Thatcher ist noch nicht im Büro«, sagte eine Frauenstimme, very British, »er kommt erst am Nachmittag. Ist was auszurichten?«

»Nein, danke. Es ist privat. Ich rufe wieder an.«

Um sechzehn Uhr erreichte ich ihn dann. Ich hatte das Haus bereits verlassen.

»Clifford Thatcher«, meldete er sich mit tiefer, mürrischer Stimme, so abweisend, am liebsten hätte ich gleich wieder aufgelegt. »Hallo? Wer ist da? Ich höre nichts.«

»Hallo! Hier ist Ihre Dolmetscherin aus Wien«, sagte ich etwas zittrig.

»Können Sie lauter sprechen?«

»Hier ist Kitty Valentin. Erinnern Sie sich an mich?«

Er erinnerte sich sofort: »Oh! Hallo«, rief er erfreut, »so eine Überraschung! Sind Sie vielleicht in Paris?«

»Ja, über Silvester. Bei einer Freundin. Am Boulevard Lannes!«

»Was? Da sind Sie ja meine Nachbarin. Ich wohne in der Rue Dufrenoy.«

»Mein Schlafzimmer geht auf die Rue Dufrenoy.«

Einen Moment lang war es still. Clifford hustete kurz, dann fragte er: »Und wo sind Sie jetzt?«

»In einer Telefonzelle. Auf den Champs-Elysées.«

»Wo genau?«

»Ecke Avenue George V.«

»Ich bin in der Rue du Boccador. Wissen Sie, wo das ist? Sie sind gar nicht weit weg von mir.«

»Ja, ich weiß. Hätten Sie vielleicht Zeit für einen Kaffee?«

»Eigentlich nicht«, sagte Clifford nach kurzer Pause, »aber wenn Sie schon da sind, wissen Sie was? Ich schreibe meinen Artikel fertig und dann treffen wir uns. Kennen Sie das schöne alte Café Le Grand Corona, Place de l'Alma? Nein? Das können Sie aber nicht verfehlen. Sagen wir … um halb sechs? Wer zuerst da ist, wartet auf den anderen, okay?«

»Okay«, sagte ich, »ich freu mich.«

Aber Cliff hatte schon aufgelegt.

Ich lief noch ein bisschen herum auf den Champs, doch dann wurde mir kalt. Ich hatte meine Handschuhe vergessen und ein eisiger Wind wehte von der Seine herauf. Meine Nase war bereits rot, also ging ich gleich ins Café, um mich zu wärmen.

Ich fand es sofort. Es lag direkt auf dem Platz, am Eck zur Avenue du Président Wilson.

Es war ein klassisches Pariser Café, mit großer Glasveranda, blitzenden Lichtern, viel gemütlicher als die andern, denn es besaß einen Boden aus schönem Holz, keine kalten Fliesen, und hübsche, runde Nischen, mit gepolsterten Bänken, auf denen man sich ausbreiten konnte.

Eine dieser Nischen war noch frei, hinten an der Wand, neben einem hübschen Bücherregal. Dorthin setzte ich mich, zog meinen Mantel aus und harrte der Dinge, die da kommen sollten.

Rund um mich herrschte eifriges Treiben: Geschäftige Kellner eilten hin und her und die glücklichen Menschen, die in Paris wohnen durften, trafen sich mit Freunden und Bekannten, tranken Tee und Kaffee, aßen kleine, feine Kuchen, es war ein fröhliches Bild.

Noch nie aber war mir die Zeit so langsam vergangen.

Endlich war es halb sechs. Kein Cliff.

Um sechs war er immer noch nicht da.

Erst als ich schon verzweifelte und dachte, er hätte mich vergessen, eilte er durch die Tür und sah sich suchend um.

Du lieber Gott! Da war er!

Groß, stattlich und gar nicht mehr grau, denn er trug einen grünen Wintermantel aus Loden und einen roten Wollschal dazu. Unter dem Arm hielt er einen Stoß Zeitungen und die graue Aktenmappe. Seine Katzenaugen schweiften über die Tische. Jetzt hatte er mich entdeckt!

Abrupt blieb er stehen. Und dann geschah Folgendes:

In dem Moment, als sich unsere Blicke kreuzten, traf es mich wie ein Donnerschlag! Es dröhnte in meinen Ohren, so laut, dass ich dachte, das ganze Lokal müsse das jetzt gehört haben. Ich fühlte, wie mir das Blut in die Wangen schoss, ich schnappte nach Luft, da stand Clifford schon vor mir und sah erfreut auf mich herab.

»Hallo, Happy Valentine! Willkommen in Paris, der Stadt der Lichter. Und frohe Weihnachten im Nachhinein.«

»Danke, ebenfalls«, stammelte ich und dann, als ich mich ein wenig gefangen hatte: »Sie tragen einen Lodenmantel?«

»Ja«, sagte Cliff, »den habe ich beim letzten Besuch in Wien gekauft.« Dann setzte er sich mir gegenüber und musterte mich lang.

»Zu schade, dass ich keine Zeit habe«, meinte er endlich und zündete eine Zigarette an.

»Wie lange haben Sie denn Zeit?«, fragte ich enttäuscht.

»Eine Dreiviertelstunde. Bis sieben. Ein Korrespondent ist krank, ich muss seine Artikel schreiben. Monsieur«, er winkte den Kellner herbei, »einen Martini. Dry! Und Sie? Ananas mit Ginger Ale?«

»Das wissen Sie noch?«, rief ich erstaunt, denn acht Monate waren vergangen und er hatte sich mein Lieblingsgetränk gemerkt.

»Ich vergesse nichts! Ich habe ein exzellentes Gedächtnis, das braucht man als Journalist.«

Die Gläser wurden serviert.

»Cheers, little Kitty! Wie gehts unserer Schreibmaschine?«

»Bestens. Ich habe drei Seminararbeiten darauf getippt und irgendwie träume ich von einem Roman.«

»Ich schreibe gerade einen«, sagte Clifford stolz und blies den Rauch zur Decke, »in meiner Freizeit.«

»Interessant. Worüber?«

»Einen Gold-Thriller! Über den Goldpreis und Goldschmuggel, es gibt eine wilde Liebesgeschichte und eine gefährliche Verfolgungsjagd.«

»Wie weit sind Sie denn?«

»Erst im zweiten Kapitel. Irgendwie weiß ich jetzt nicht weiter, Romane sind tückisch, neunundneunzig Prozent aller Romane werden nie fertiggeschrieben, wussten Sie das?«

»Nein. Wusste ich nicht.«

»Ich habe aber auch zwei Sachbücher verfasst. Über Frankreich nach dem Zweiten Weltkrieg und über die Rolle Amerikas beim Wiederaufbau von Westeuropa.«

»Warum wollen Sie dann noch einen Roman schreiben?«

»Davon träumt jeder Journalist. Jeder will als berühmter Romanschriftsteller in die Geschichte eingehen. Genauso, wie jeder Schauspieler davon träumt, dass er eines Tages Regie führen wird.« Er nahm einen großen Schluck Martini und stellte das leere Glas auf den Tisch zurück.

»Übrigens ... ich habe oft an Budapest gedacht. An unsere gemeinsame Reise«, er musterte mich wieder mit seinen unwiderstehlichen Augen, »ich habe sogar bei Ihnen angerufen. Aber es war stundenlang besetzt.«

Was? Er hatte angerufen! Und ich hatte es versäumt!

»Ich habe mir gesagt: Aha, sie ist frisch verliebt, denn wenn man verliebt ist, hängt man stundenlang am Telefon ...«

»Nein, gar nicht«, unterbrach ich schnell, »ich habe kein ganzes Telefon, nur einen Viertelanschluss.«

»Was heißt das?«

»Vier Hausparteien teilen sich eine Leitung. Man kommt nicht jedes Mal durch zu mir.«

»Tatsächlich?«, rief Cliff erleichtert. »Aber weil wir schon beim Thema sind, Sie haben doch sicher einen Freund? So ein hübsches, junges Kind wie Sie?«

»Momentan nicht«, murmelte ich und wurde wieder rot.

»Gut zu wissen«, sagte Cliff erfreut, »nur schade, dass ich überhaupt keine Zeit habe. Aber bevor ich jetzt gleich wieder wegmuss, erzählen Sie mir noch schnell von Ihrem Leben in Wien.«

Also erzählte ich von meinem Studium, meinen Professoren, meinen Freunden, meiner Mutter und Cliff hörte mit gerunzelten Brauen zu, rauchte eine Zigarette nach der anderen, rief nach neuen Martinis, stellte unzählige Fragen und als er auf die Uhr sah, war es Mitternacht!

»Was, Mitternacht!«, rief er entsetzt und sprang auf. »Ich muss sofort in die Redaktion!«

»Ist überhaupt noch jemand da?«, fragte ich schuldbewusst.

»Ja, ja. Wir haben immer offen, rund um die Uhr, in New York ist es erst sechs Uhr abends. Wirklich wahr, noch nie im Leben ist mir die Zeit so schnell vergangen.«

»Was passiert jetzt?«

»Sie bleiben da und warten auf mich. Bin gleich zurück«, und er stürmte hinaus in die kalte Winternacht.

Eine halbe Stunde später war er wieder da, ohne Zeitungen und gut gelaunt: »Vaterland gerettet! Ich habe die Artikel delegiert und wir beide gehen jetzt zusammen essen. Versprechen aus Wien! Erinnern Sie sich? Wir fahren ins Sherwood. Das ist zwar nicht weltberühmt, aber immerhin recht gut und dann bringe ich Sie nach Hause.«

»Weiß Ihre Frau, dass Sie später kommen?«, fragte ich zögernd.

»Ja, ja. Das ist sie gewöhnt.«

»Darf ich kurz meine Freundin anrufen? Damit sie sich keine Sorgen macht!«

»Natürlich. Sagen Sie ihr, Sie sind in guter Gesellschaft und ich bringe Sie unversehrt zurück.«

Ich stieg die steile Treppe hinab zum Telefon, das sich im Halbstock befand, wie so oft in Paris, wählte, ließ es ewig lange läuten, aber Irma hob nicht ab. Seltsam. Sie müsste doch längst zu Hause sein.

Also, ehrlich! Normalerweise wäre ich sofort zurückgefahren, um zu sehen, ob irgendwas nicht stimmt.

Tatsache aber war: Ich konnte nicht von Clifford weg. Ich musste in seiner Nähe sein.

»Alles okay?«, fragte er, als ich wiederkam.

»Alles wunderbar!« Ich lächelte ihn an.

»Ah, diese Grübchen«, sagte Cliff, »die habe ich vermisst. Und jetzt gehen wir. Sie müssen schon halb verhungert sein.«

Das Sherwood war ein Abendlokal, das die ganze Nacht lang offen hielt. Schauspieler trafen sich dort nach dem Theater, Sänger nach der Oper, man sah Radio- und Fernsehstars, vor allem aber ausländische Journalisten, nur keine Franzosen, denn die französische Presse hatte ein anderes Revier.

Wir fuhren mit dem Taxi in Richtung Oper und hielten vor einem Haus, vor dem auffallend viele teure Autos parkten. Das Lokal selbst war nicht zu sehen. Es lag im Tiefparterre und ich folgte Cliff eine breite Treppe hinab in einen großen, gemütlichen, schummrigen Saal.

Sofort stürzte ein Kellner auf uns zu, begrüßte uns überschwänglich und führte uns an den einzigen noch freien Tisch.

Dann reichte er uns die Speisekarten.

»Nicht nötig«, sagte Cliff, »kann ich auswendig.«

Und er bestellte irgendwas, dazu eine Flasche Bordeaux und dann begannen wir zu reden.

Im Grand Corona hatte ich von mir erzählt. Jetzt erzählte Cliff von sich: Von seinem Studium in Harvard. Von seinen Anfängen als junger Journalist bei einer internationalen Presseagentur.

Von ABC News und den Skandalen, die er aufgedeckt hatte und noch aufdecken würde, von seinen Reisen, seinem Sohn, seinem Vater, doch kein Wort von seiner Frau.

Er sprach auch immer nur in der Einzahl. Immer nur »ich«, nie »wir«. Man hatte den Eindruck, dass er zwar verheiratet, aber nicht wirklich gebunden war.

Ich hing an seinen Lippen. Eine neue Welt tat sich auf, die Welt der Präsidenten, Minister, Künstler, Schauspieler, Millionäre, Cliff konnte wunderbar erzählen und als der Kellner die Rechnung brachte, waren unsere Teller immer noch voll. Wir hatten tatsächlich vergessen zu essen. Als wir nach oben kamen, dämmerte es bereits. Die Nacht war vergangen! Wir hatten es nicht bemerkt.

»Das kann nicht wahr sein«, Clifford starrte mich an, »ich muss sofort nach Hause!«

Er stürzte auf die Straße und stoppte das nächste Taxi. »Boulevard Lannes, so schnell es geht«, rief er aufgeregt.

»Aber gern, Monsieur«, sagte der Fahrer und brauste los. Clifford beruhigte sich und lehnte sich zurück.

»Ja«, sagte er, »das war ein unverhofftes Vergnügen. Sie können zuhören, das können die wenigsten Frauen. Sie sind intelligent und sehr, sehr charmant … schade nur, dass ich keine Zeit habe.«

Dann nahm er plötzlich meine Hand.

»Darf ich das?«, fragte er leise.

Ich nickte stumm. Es hatte mir die Stimme verschlagen, was mir noch nie, nie, nie passiert war. Seine Hand war weich und gepflegt, mit schönen, langen Fingern, sie war warm und trocken, eine Hand zum Lieben, eine Beschützerhand.

»Danke«, sagte Clifford und streichelte meine Finger, was mich noch mehr verwirrte. Ich wandte den Kopf ab und starrte durch das Fenster hinaus auf die winterliche Stadt.

Wir fuhren gerade hoch zum Trocadero, um den kreisrunden Platz mit dem einzigartigen Blick auf den Eiffelturm. Ein Café liegt dort neben dem anderen und die meisten sperrten eben auf.

Böden wurden geschrubbt, Espressomaschinen dampfend in Betrieb genommen, große Säcke mit Brot und Croissants wurden geliefert, die Heizstrahler in den Glasterrassen flammten auf, Lichter wurden angestellt, ließen den Weihnachtsschmuck funkeln, die roten Kugeln, die grünen Tannengirlanden, den künstlichen weißen Glitzerschnee.

Ach, wäre das schön, dachte ich, wenn wir jetzt noch gemeinsam Kaffee trinken könnten.

»Halt!«, rief Cliff in dem Moment dem Fahrer zu. »Was bin ich Ihnen schuldig? Wir steigen hier schon aus.«

Und zu mir gewandt: »Auf die paar Minuten kommt's jetzt auch nicht mehr an. Wir frühstücken noch zusammen, dann fahren wir endgültig heim.«

Hand in Hand gingen wir in das nächste Café. Aus den paar Minuten wurden mehrere Stunden.

Mhmmmm, köstlich, der duftende Grand Créme, das Pain au Chocolat, die Croissants, schon waren wir wieder tief im Gespräch, die Finger ineinander verschlungen. Plötzlich waren wir uns ganz vertraut.

Und als ich um halb zwölf zurück zu Irmas Wohnung kam, bei hellem Wintersonnenschein, und die Concierge um den Schlüssel bat, war ich so beschwingt, ich hörte kaum, was sie mir sagte.

Sie musste es mehrmals wiederholen, bis ich begriff.

»Oh, Mademoiselle, Mademoiselle«, rief sie aufgeregt, »Madame ist nicht da!«

»Wo ist sie denn?«

»Bei Michou! Er hat sich beim Skifahren verletzt!«

»Um Gottes willen! Haben Sie eine Nummer, wo ich sie erreichen kann?«

»Nein, Mademoiselle, leider nicht. Aber sie hat gesagt, sie ruft Sie zu Mittag an.«

Tatsächlich klingelte Punkt zwölf das Telefon: »Kitty, Michou hat sich das Bein gebrochen. Noch nie in seinem ganzen Leben hat er sich verletzt. Er steht unter Schock. Ich kann ihn nicht allein lassen, ich weiß nicht, wann ich zurück nach Paris kommen kann.«

»Mach dir keine Sorgen«, beruhigte ich sie.

»Du bist nicht böse, wenn Silvester platzt?«

»Auf keinen Fall.«

»Aber deshalb bist du gekommen!«

»Das Fest holen wir nach. Hauptsache, dein Kind wird gesund!«

Irma seufzte erleichtert auf: »Ich hab schon alle angerufen und abgesagt. Du bleibst natürlich in der Wohnung, solange du willst. Aber was machst du jetzt? Ganz allein?«

»Erinnerst du dich an die Rue du Boccador?«

»An den Bekannten mit dem Büro?«

»Genau. Ein Journalist aus Amerika. Ich hab ihn gestern Abend getroffen und heute Abend sehen wir uns noch einmal.«

»Ist er nett?«

»Er ist wahnsinnig interessant! Ich hab noch nie so einen Mann gekannt!«

»Frisch verliebt«, stellte Irma fest.

»Nicht direkt.«

»Wieso nicht«, rief Irma misstrauisch, »stimmt was nicht mit ihm?«

»Er ist verheiratet, aber nicht glücklich.«

»Das sagen alle. Ich geb dir einen guten Rat: Nimm ihn nicht ernst. Du, ich muss wieder zu Michou. Ich ruf dich morgen an.«

Ich vergaß sofort, was Irma mir geraten hatte, und machte mich besonders hübsch: Ich wusch mein Haar, zog das indische Kleid an, das ich für Silvester mitgebracht hatte, und war Punkt einundzwanzig Uhr im Grand Corona – kein Cliff!

Erst eine halbe Stunde später tauchte er auf, abgehetzt, grau im Gesicht.

»Hallo, little Kitty«, er setzte sich zu mir und bestellte Mineralwasser, »schlechte Nachricht. Ich hab überhaupt keine Zeit. Ich will dich nur noch ganz kurz sehen, bevor du wieder wegfährst nach Wien, wir essen schnell eine Kleinigkeit, ohne Wein, ich muss heute vor Mitternacht zu Hause sein!«

»Wir könnten hier einen Toast essen.«

»Nein! Jetzt hast du dich so schön gemacht, mit dem hübschen roten Kleid, wir gehen gleich hinüber, Chez Francis, da passt du besser hin.«

Chez Francis ist ein teures Restaurant. Kein Student hat sich je dorthin verirrt. Es hat den typischen Pariser Charme, weiß gedeckte Tische, rosa Tischlämpchen, überall Spiegel und Blumen, man sitzt auf bequemen Bänken, bezogen mit rotem Samt, und als wir über die Schwelle traten, war die Begrüßung wie gestern. Nur stürzte kein Kellner herbei, sondern der Chef persönlich und führte Cliff zu seinem Lieblingstisch, hinten, im großen Saal, von dem aus man das ganze Lokal überblicken konnte.

»Schön ist es hier«, sagte ich beeindruckt.

»Das ist der Sinn der Sache. Damit du bald wiederkommst, wenn ich mehr Zeit habe.«

Dann bestellte er alles Mögliche zu essen und dazu eine Flasche Sancerre. Sancerre? Hörte ich richtig? Er wollte doch keinen Wein trinken! Hey, Baby! Das beginnt ja vielversprechend! Wir würden also länger hier sitzen als nur bis Mitternacht.

Ich hatte recht. Wir saßen den ganzen Abend fest. Um ein Uhr nachts sah Clifford auf die Uhr und fragte: »Welchen Tag haben wir heute?«

»Mittwoch, 29. Dezember.«

»Gut, dann hat der Club offen.«

»Welcher Club?«

»Le Temps Perdue. Ein Privatclub. Den kennen nur Eingeweihte. Man kommt nicht immer hinein. Aber du bist heute so hübsch, es wird schon gehen.«

»Ist das ein Club für Cocktails? Oder ein Tanzclub?«

»Beides. Aber Tanzen geht sich nicht mehr aus. Wir trinken ein allerletztes Glas zum Abschied, dann sagen wir uns endgültig Adieu!«

Le Temps Perdue – die verlorene Zeit – ich hatte noch nie von diesem geheimnisvollen Club gehört. Er lag in St. Germain des Près in der engen Rue de Seine und nichts verriet, dass sich irgendwo ein Club befand. Kein Schild, keine Leuchtreklame, nur ein dunkles Eingangstor, fest versperrt mit einem Guckloch, durch das man uns lange musterte. Dann, endlich durften wir hinein.

Drinnen war es dunkel und zum Bersten voll. Die Luft war verraucht, es war ziemlich heiß, doch das vergaß man sofort: Drei Musiker standen auf einer kleinen Bühne, spielten Bass, Gitarre und Klavier und zwar umwerfend gut. Sie spielten Blues und um die Bühne herum wogten eng umschlungene Paare, manche so verliebt, dass sie sich gar nicht mehr bewegten, sondern sich im Stehen inbrünstig küssten.

»My Baby don't love me«, schluchzte der Pianist ins Mikrofon, da lag ich schon in Cliffords Armen! Er war einen Kopf größer als ich und drückte mich fest an sich.

Oh mein Gott, dachte ich. Es war wie ein Stromstoß. Offensichtlich auch für ihn, denn er schloss die Augen und atmete schwer.

Stumm wiegten wir uns hin und her und je länger wir tanzten, desto enger schmiegten wir uns aneinander. Schließlich legte ich meinen Kopf an seine Brust und Cliff berührte mit seinen Lippen ganz sachte meine Stirn.

So tanzten wir stundenlang, einem neuen, unbeschreiblichen Glücksgefühl völlig hingegeben. Der Club schloss um fünf Uhr früh. Die Letzten, die gingen, waren wir. Hand in Hand standen wir dann auf der kalten, dunklen Straße.

»Das war schön«, sagte Cliff, »das war der schönste Abend seit Langem. Ich kann mich nicht erinnern, wann es das letzte Mal so schön war.«

Ein Taxi blieb stehen. Wir stiegen ein. Und auf der ganzen Fahrt zurück in den 16. Bezirk dachte ich nur eins: Wenn das jetzt das Ende ist, ertrage ich es nicht.

Wir stiegen aus vor Irmas Haus.

»Wie kommst du hinein?«, fragte Cliff. »Musst du die Concierge wecken?«

»Nein, ich hab den Schlüssel mit.«

»Kitty, ich muss dir was sagen. Wenn ich jetzt heimkomme, gibt's ein fürchterliches Donnerwetter. Ich bin sicher, ich kann am Abend nicht mehr weg.«

Genau das hatte ich erwartet.

»Tut mir leid!«, sagte Clifford traurig.

Ich nickte. Meine Kehle war wie zugeschnürt. Am liebsten hätte ich geweint. Stumm standen wir nebeneinander.

»Am Abend kann ich nicht mehr weg«, sagte Clifford plötzlich ganz vergnügt, »aber nachmittags könnten wir uns vielleicht kurz sehen. Mittags habe ich ein Interview, dann schreibe ich den Artikel, sagen wir um fünf? Um fünf im Grand Corona? Das wird jetzt unser Stammcafé.«

»Ja! Wunderbar!«

»Also, um fünf im Grand Corona. Noch ein allerletztes Mal.«

»Wie lang haben wir dann Zeit?«

»Eine Stunde. Ich habe dir noch nicht gesagt: Meine Frau gibt heute ein großes Essen, für zwanzig Leute, das heißt, wir geben ein großes Essen und vorher habe ich jede Menge Arbeit in der Redaktion.«

»Besser eine Stunde als nichts.«

»Sweet little Kitty«, sagte Clifford zärtlich. Dann sanken wir uns in die Arme und hielten uns lange fest. Die Nacht war kalt, doch in Cliffords Wärme war ich geborgen. Ich schmiegte meine Wange an seinen grünen Mantel, dann nahm ich alle Kraft zusammen und riss mich los.

Er aber griff schnell nach meiner Hand, drehte sie um, küsste die Innenseite und lächelte mich an: »Nicht vergessen«, sagte er dann, »Punkt fünf!« Und ohne meine Hand loszulassen, ging er mit mir zum Tor und wartete, bis ich drinnen war. Er winkte mir noch einmal zu und ich winkte zurück. Dann fiel die schwere Tür hinter mir ins Schloss.

Benommen stieg ich in den Lift. Fuhr in den falschen Stock, wusste nicht, wo ich war, endlich fand ich die richtige Tür, schloss auf und schleppte mich ins Bad. Dort sank ich auf den Wannenrand und atmete schwer. Noch nie hatte ein Mann diese Wirkung auf mich gehabt. Wie sollte das weitergehen?

Mit zitternden Knien ging ich zu Bett, träumte stundenlang von Cliff, wachte auf, träumte weiter und stand zu Mittag wie gerädert auf.

Ich freute mich auf den Nachmittag. Aber wie sollte ich den Abend überstehen? Mit Clifford direkt gegenüber in der Rue Dufrenoy, bei einem Fest mit zwanzig Gästen, zu dem ich nicht geladen war?

Da fiel mir Doritt ein. Doritt aus Dänemark.

Sie war die Dritte im Bund gewesen, auf der Île de Bréhat.

Genau wie Irma war sie in Paris geblieben, arbeitete bei der dänischen Botschaft, genoss die Männer und die Liebe, hatte einen Freund nach dem anderen, probierte alle Nationalitäten durch, ohne Gefahr, die Syphilis war bezwungen, von Aids hatte keiner je gehört, jedenfalls, sie war das blühende Leben und als ich sie am Nachmittag in ihrem Büro erreichte, reagierte sie mit einem spitzen Freudenschrei: »Kittyyyy! Hey, bist du schon in Paris? Wann sehen wir uns?«

Sie klang genauso überschwänglich wie früher und das tat mir gut. Sie hatte einen neuen Freund, teilte sie mir mit, nein, am Abend war sie nicht mehr frei, etwas Witziges, Spritziges, stand auf dem Programm, doch ich war herzlichst eingeladen mitzugehen, kein Problem, nein, nein, ihr Freund würde sich freuen.

»Bist du sicher?«, fragte ich zweifelnd, denn das Programm klang ziemlich intim.

»Absolut! Du bist hochwillkommen, also, bis später dann. Adieu!«

Ich machte mich hübsch für Cliff, doch in Anbetracht des dänischen Abendprogramms zog ich kein Kleid an, sondern meine schwarze Samthose und den selbstgestrickten lila Pulli aus Mohair. Dazu rosa Ohrringe aus Koralle. Ich lackierte meine Nägel pink, steckte die Haare hoch zu einem Rossschwanz und fuhr bereits um vier mit der Metro zum Place de l'Alma.

Das Grand Corona war halb leer und ich bekam denselben Tisch in derselben Nische, wo ich Cliff zum ersten Mal getroffen hatte. Aber diesmal war er pünktlich.

Schlag fünf kam er an, setzte sich zu mir, küsste mich auf beide Wangen, wie das in Paris üblich ist, dann lehnte er sich zurück und musterte mich minutenlang.

»Ich hab von dir geträumt«, seine Stimme war noch tiefer als sonst, »hast du auch an mich gedacht?«

Ich nickte stumm.

»Ach, Kitty«, sagte er, »du brauchst nur da sitzen, schon gehts mir gut.«

Er winkte dem Kellner, bestellte Espresso für sich und für mich einen Grand Crème, »bei meiner Frau ist das umgekehrt. Sie kommt und mir gehts schlecht. Sie hat diesen unheilvollen Blick, man denkt: oh nein! Schon wieder ein Vorwurf! Ich hab ständig ein schlechtes Gewissen. Seit zwanzig Jahren geht das so. Weißt du, was das heißt?«

Ich nickte wieder.

»Nein, das weißt du nicht«, Clifford nahm meine Hand.

»Wie war das Donnerwetter?«, fragte ich nach einer Weile.

»Laut und peinlich.«

»Tut mir leid, ich bin schuld.«

»Die Schuld liegt bei mir«, Clifford zündete eine Zigarette an, »ich hab dich gesehen und in Beschlag genommen und am liebsten würde ich dir verbieten, wegzufahren. Aber weißt du, jetzt, zwischen den Feiertagen hab ich überhaupt keine Zeit. Wir müssen auf die Uhr sehen, Kitty, Punkt sechs muss ich weg.«

Und diesmal ging er wirklich.

»Es tut mir so leid«, sagte er, als wir das Café verließen, »ich hab dich so gern bei mir. Wir sehen uns aber spätestens zu Ostern. Da hast du Ferien. Nimmst du dir dann für mich Zeit?«

»Ganz bestimmt.«

»Was machst du heute noch?«, fragte er, als wir schon draußen standen, in der kalten Luft unter den kahlen Platanen. »Gehst du tanzen ohne mich?«

»Nein. Ich treffe Freunde von früher.«

»Nette Männer?«, fragte Cliff ohne mich anzusehen.

»Nein. Doritt. Eine Dänin. Und ihren neuen Freund. Wir treffen uns jetzt gleich in der Rue Daguerre in einem Café und dann gehen wir nackt baden.«

»Was?«, Clifford starrte mich an. »Wohin geht ihr?«

»Nackt schwimmen. In ein Hallenbad. In der Rue Mouton Duvernet.«

»Tust du das öfter?«

»Nein, nie. Aber du hast heute Gäste, Irma ist auch nicht da, ich kann nicht allein zu Hause sitzen, ich muss was tun.«

»Wie heißt das Café, in der Rue Daguerre?«

Ich sagte es ihm.

»Ah, das kenne ich. Also dann viel Spaß, kleine Kitty. Und falls wir uns nicht mehr sehen: Gutes Neues Jahr! Schön wars, nur leider viel zu kurz.«

»Ja. Schön wars.« Ich versuchte tapfer zu lächeln.

Clifford neigte sich zu mir, nahm mein Gesicht in seine weichen, gepflegten Hände, küsste mich sanft auf die Stirn und setzte mir liebevoll die Kapuze auf.

»Take care!« Dann wandte er sich ab und überquerte die Avenue George V, winkte mir noch einmal zu und verschwand in Richtung Rue du Boccador.

Da stand ich also. Allein und verlassen und verliebt und diesmal hoffnungslos. Immer hatte ich verheiratete Männer gemieden wie die Pest. Nie hatte ich aus Liebe gelitten. Immer hatte ich mich im Griff gehabt und jetzt das! Cliff war weg und mit ihm meine ganze Kraft. Ich war wie tot. Am liebsten wäre ich gestorben!

Verzweifelt überquerte ich die Straße und fuhr mit dem nächsten Bus über die Seine in Richtung Montparnasse. Dort stieg ich um, und oben, wo der Boulevard Raspail zu Ende ist, stieg ich aus, überquerte den Platz Denfert-Rochereau, freute mich kurz am Standbild des mächtigen Löwen, aber sonst freute mich nichts.

Der Gedanke, Cliff nicht wiederzusehen, obwohl wir nebeneinander wohnten, warf einen schwarzen Schatten auf Paris.

Den Blick auf meine Schuhspitzen gesenkt, schleppte ich mich in die hübsche Rue Daguerre. Doch vor dem Café blieb ich stehen. Ein Gedanke durchzuckte mich wie der Blitz: Nicht nur ich war verliebt in Cliff! Er war auch verliebt in mich. Er hatte sich mein Lieblingsgetränk gemerkt, er hatte mich angerufen in Wien, er hatte zweimal hintereinander einen Riesenkrach riskiert

– das tut man nicht, wenn einem jemand nur gefällt, das tut man, wenn man sich verliebt. Sicher saß er jetzt in der Redaktion und dachte an mich. Ob er schreiben konnte? War er genauso unglücklich wie ich? Zu Ostern kommt er nach Wien. Aber Ostern ist so weit weg. Nein, das hat alles keinen Sinn!

Mit einem gezwungenen Lächeln betrat ich das Café.

Doritt war schon da. Sie hatte sich überhaupt nicht verändert.

»Hallo, Kitty!« Sie sprang auf und fiel mir um den Hals. »So eine Überraschung! Und das ist Knut. Mein Freund.«

Sie zeigte auf einen hageren braungebrannten Mann mit schwarzem Bart, der mir gar nicht gefiel.

»Hallo, Knut«, ich schüttelte eine knochige, schwarz behaarte Hand und setzte mich ihm gegenüber an den Tisch. Es war warm im Café und laut. Ich nahm die Kapuze ab und knöpfte meinen Mantel auf.

»Knut war früher Priester«, sagte Doritt, »er ist abgesprungen. Vor einem Jahr.«

»Wegen dir?«

»Nein, nicht wegen mir.«

»Warum dann?«

»Gott hat anderes mit mir vor«, sagte Knut und fixierte mich mit stechenden schwarzen Augen.

»Zum Beispiel was?«

»Ich soll das Leben kennenlernen, alle Höhen und Tiefen, die Liebe, die Sexualität, deshalb hat er mir Doritt geschickt.«

»Stimmt«, sagte Doritt und nickte begeistert, »wir holen alles nach, was er versäumt hat, siehst du, wie braun wir sind? Wir kommen gerade vom Skifahren, du, Kitty, so einen Urlaub hab ich noch nie erlebt!«

»Schade, dass du nicht mit warst«, Knut musterte mich von oben bis unten, »hätte dir gefallen. Skifahren in den Alpen.«

»Was heißt Skifahren«, kicherte Doritt, »wir haben jeden Tag im Tiefschnee … du weißt schon was. Kennst du das, Kitty? Im Schnee? Mit einem Mann?«

Ich schüttelte den Kopf: »Viel zu kalt. Da würde ich erfrieren.«

»Kommt auf den Mann an«, Knut strich selbstbewusst über seinen schwarzen Bart. »Doritt, sag, war dir kalt?«

»Keine Sekunde, Chèri. Mir war richtig heiß!« Und sie fiel ihm um den Hals und küsste ihn ins Ohr.

Ich traute meinen Augen kaum. Spielte sie Theater? Der Mann sah aus wie ihr Gefängniswärter. Was wollte sie von dem?

»Ist das wirklich ein Schwimmbad, wo wir jetzt hingehen?«, unterbrach ich die Turtelei. »Wenn das ein Sexclub mit Partnertausch ist, geh ich nicht mit.«

Doritt ließ von ihrem Knut ab und strich ihre kurzen blonden Locken zurück: »Das ist ein ganz normales Bad. Aber am Donnerstagabend ist es für Nudisten reserviert.«

»Sie sind Nudist?«, fragte ich Knut ohne wirkliches Interesse.

»Logisch.«

»Wieso ist das logisch?«

»Gott hat den menschlichen Körper perfekt erschaffen. Es stört ihn, wenn man ihn unter Kleidern versteckt.«

»Ganz recht«, sagte ich aus purer Höflichkeit, knöpfte meinen Mantel wieder zu und beschloss, nicht mit schwimmen zu gehen. Dann bestellte ich einen Grog. Es dauerte ewig, bis er kam. Doch als er endlich serviert wurde in einem schönen Glas mit Silbergriff, fragte der Kellner: »Pardon, Mademoiselle, heißen Sie Kitty Valentin?«

»Ja«, rief ich überrascht, »warum?«

»Ein Anruf für Sie. An der Bar.«

Es war Cliff!

»Hallo, Kitty«, rief er aufgeregt, »ich hab meine Pläne geändert, ich hole dich vom Schwimmbad ab. Warte auf mich! Ich muss noch einen Artikel schreiben, keine Ahnung, wie lang das dauert, aber geh nicht weg! Ich komme sicher hin. Ich hole dich ganz sicher ab. Und dann sehen wir weiter.«

»Und wenn das Bad schließt, bevor du kommst?«

»Dann ruf mich in der Redaktion an. Hast du die Nummer?«

»Ja. Pass und Adressbuch hab ich immer dabei.«

»Gut! Ich freu mich schon auf dich. Also bis später dann.« Beschwingt schritt ich an den Tisch zurück.

»Kitty, meine Hübsche, was ist los?«, rief Doritt. »Du strahlst auf einmal wie das Christkind. War der Weihnachtsmann am Telefon?«

»Ist es okay, wenn noch ein Freund mitkommt?«

»Wunderbar«, Knut legte seinen Arm um Doritt, »je mehr wir sind, desto besser. Wer ist es denn?«

»Ein amerikanischer Journalist.«

»Perfekt! Vielleicht schreibt er einen Artikel über uns?«

Dann hielt er einen Vortrag über berühmte Nudisten, doch ich hörte gar nicht hin. Das Wunder war geschehen! Ich würde Cliff noch einmal sehen!

Und der vielversprechende Satz: Dann sehen wir weiter. Musste er dann nicht sofort nach Hause? Zu seinen zwanzig Gästen? Zu seiner Frau? Konnte er sich wirklich leisten, sie noch ein drittes Mal sitzen zu lassen?

Egal, das war seine Sache.

Ich sah aus dem Fenster. Der schwarze Schatten, der Paris verdunkelt hatte, war weg. Die Lichter blitzten in der kleinen Rue Daguerre, jetzt sah ich erst, dass es eine Marktstraße war, bunt geschmückt mit goldenen Girlanden, roten Kugeln, falschen Tannenbäumchen mit falschem Glitzerschnee darauf. Jetzt bemerkte ich erst die vier schwarzen Musiker vor der Weinhandlung gegenüber, die Weihnachtslieder im Dixieland-Stil trompeteten. Ich hatte sie vorhin gar nicht gehört!

Doritt hatte bereits bezahlt und stand wartend an der Tür: »Kommst du, Kitty?«, rief sie ungeduldig.

»Klar, bin schon da!« Ich setzte die Kapuze auf.

»Klar?«, grinste Knut. »Vorhin war ich sicher, du kneifst. Du wolltest nicht mitgehen. Gibs zu.«

»Stimmt.«

»Ich kann nämlich Gedanken lesen. Ich kann auch in die Zukunft sehen.«

»Ja, das kann er«, rief Doritt vergnügt, »also, was

siehst du für Kitty? Was wird sein, solange sie noch hier ist? In Paris?«

»Alles wird anders«, sagte Knut, »und ich sehe eine riesige Überraschung. Heute noch.«

»Was für eine Überraschung?«, fragte ich skeptisch.

»Eine tolle Überraschung. Und weißt du, warum?«

»Keine Ahnung. Wieso?«

»In der Bibel steht: Wer wagt, gewinnt! Du hast deine Angst bezwungen, du traust dich, du gehst mit uns nackt schwimmen, dafür wirst du belohnt.«

»Interessant«, sagte ich und glaubte kein Wort, denn Clifford wiederzusehen war Überraschung genug. Was sollte sonst noch sein?

Der erste Kuss!

Ja, das wars! Der erste Kuss! Sofort wurde mir ganz heiß! Ich knöpfte den Mantel wieder auf. Diesmal würde Clifford mich nicht gehen lassen, ohne mich zu küssen! Oh mein Gott! Er würde mich in die Arme schließen und mich total für sich gewinnen und bis Ostern würde ich an nichts anderes mehr denken können! Der erste Kuss war die Überraschung!

Doch da irrte ich mich.

KAPITEL III

Das Bad in der Rue Mouton Duvernet war ein Meilenstein in meinem Leben. Von da an wurde tatsächlich alles anders, Knut hatte richtig prophezeit.

Es ist ein hübsches kleines Hallenbad, wie es viele gibt in Paris, hell erleuchtet, weiß gekachelt und so warm beheizt, dass es mir den Schweiß auf die Stirn trieb, als ich es betrat.

Auch in den Kabinen war es heiß und in den Gängen. Trotzdem klemmte ich nach dem Ausziehen ein Badetuch fest unter die Achseln. Ich konnte einfach nicht nackt unter so viele fremde Menschen treten. Dazu fehlte mir der Mut.

Knut wartete neugierig im Gang auf mich. Er war nackt, wie Gott ihn schuf, und am ganzen Körper schwarz behaart. Er stellte sich so, dass ich sein bestes Stück sehen musste, ob ich wollte oder nicht. Es war lang und dünn und ich fragte mich erneut, was Doritt an ihm fand.

Empört zeigte er auf mein Badetuch: »Das ist gegen die Regel! Schau mich an. Ich geniere mich überhaupt nicht.«

»Du bist das gewohnt, ich nicht! Ich will erst die anderen sehen. Die sind sicher alle schöner als ich.«

»So ein Unsinn! Zeig, was du hast!«

»Nein, ich will nicht!«

Fitness, Wellness, Ayurveda, Brüste aus Silikon, Fettabsaugung, Botox, alles das war damals unbekannt. Trotzdem war ich überzeugt davon, dass nur die Schönsten der Schönen, die Crème de la Crème der Gepflegten und Gestählten nackt herumrennt vor Leuten, die man nicht kennt. Weit gefehlt!

Kaum trat ich hinter Knut in die große Halle, verflog mein Minderwertigkeitskomplex. Denn was sah ich? Ganz normale Männer und Frauen und alle sehr viel älter als ich.

Die Herren waren in der Überzahl, sprangen lachend ins Wasser, setzten sich ungeniert auf Liegen, Beine gespreizt, keiner starrte mich an und die Frauen ignorierten mich.

Doritt schwamm schon eifrig herum: »Kommt herein«, rief sie, »es ist ganz warm.«

Knut machte einen Kopfsprung und ehe er wieder auftauchte, ließ ich blitzschnell das Handtuch fallen und war noch schneller im Wasser!

Mmmmmmh! Reinste Wonne! Nie wieder Badeanzug! Ich war frei wie eine Seejungfrau, legte mich auf den Rücken und schlug mit den Füßen Fontänen in die Luft. Doritt schwamm zu mir, wollte etwas sagen, aber Knut drängte sich zwischen uns, packte sie um die Mitte, zog sie zum Beckenrand, ans seichte Ende und hob sie mit schnellem Schwung aus dem Wasser.

»Was soll das?«, protestierte sie lachend.

»Du musst mir den Rücken massieren. Kitty, komm! Doritt ist ein Naturtalent, hast du das gewusst?«

»Ich will noch schwimmen. Ich komme später.«

»Spielverderber«, rief Knut, enttäuscht, dass er nicht sehen konnte, wie ich splitternackt aus den Fluten stieg, doch das war mir egal.

Wie lang ich glücklich herumschwamm, weiß ich nicht mehr, plötzlich aber änderte sich die Welt.

Ein Mann sprang ins Wasser, den ich vorhin nicht bemerkt hatte: schöner Körper, graues Haar, mein Gott, es war Cliff. Nackt, wie Gott ihn schuf!

»Hallo, kleine Badenixe«, rief er, als er wieder auftauchte und schwamm auf mich zu.

Ein Blick – und wir umarmten uns spontan!

Dabei gingen wir natürlich unter, aber lachend tauchten wir wieder auf und strahlten uns an.

Nie vergesse ich diesen ersten Kontakt, Haut an Haut! Sie war weich, seine Haut, und die Passform perfekt und ich dachte nur: Ach, wäre das herrlich, sich an ihn zu schmiegen, nackt, in einem breiten Bett, eine ganze, lange Nacht …

»Der Artikel ist fertig?«, fragte ich Wasser tretend und mit den Armen rudernd.

»Fertig und schon in New York.«

»So schnell geht das?«

»Diktiert am Telefon.«

»Und deine zwanzig Gäste?«

»Reden wir nicht davon!« Clifford tauchte unter und schwamm unter mir durch. Lachend kam er wieder hoch: »Das ist wie im Paradies. Ich bin noch nie nackt geschwommen. Wo sind deine Freunde?«

Ich zeigte auf Doritt, die neben Knut am Boden kniete und seinen Rücken massierte. Dann wartete ich, dass er sagte: »Oh, ist die aber hübsch!« Doch das tat er nicht. Er sah nur kurz hin, nickte stumm und wandte sich wieder zu mir: »Ich schwimme jetzt ein paar Längen.«

Schon pflügte er durchs Wasser, bis alles zur Seite floh, ich ebenfalls. Als er das Becken leer gefegt hatte, kam er strahlend zurück: »Das sollte man öfter tun. Das war schön. Aber jetzt müssen wir gehen.«

Schwungvoll stemmte er sich auf den Beckenrand, wandte sich höflich ab und wartete, bis ich die Leiter hochgeklettert war und das Badetuch sicher unter den Achseln hatte.

Das gefiel mir. Der Mann war ein Gentleman im Unterschied zu Knut.

Knut aber war schon aufgestanden und kam hüllenlos herbei, Doritt an der Hand: »Gut, dass Sie da sind«, begrüßte er Cliff, »ich habe erstklassiges Material über Nudisten. Sachen, die noch nie geschrieben wurden, interessiert Sie das?«

»Ein anderes Mal gern«, Cliff knotete sein Handtuch um die Hüften, »wo sind die Duschen?«

»Dort«, Knut ließ Doritt los, packte mich blitzschnell am Arm und marschierte mit mir voran. Dann schob er mich unter eine freie Brause.

Jetzt oder nie, dachte ich und ließ das Badetuch fallen. Dabei begegnete ich Cliffords Blick. Seine Augen leuchteten auf und plötzlich war alles gut, plötzlich fühlte ich mich so verführerisch wie die Loreley und es machte mir nichts mehr aus, splitternackt vor zwei fremden Männern zu stehen!

Knut stellte das Wasser an, und ohne zu fragen, begann er meinen Rücken abzuschrubben. Cliff stand unter der Nachbardusche, schielte herüber und ich sah, dass er langsam vor Wut zu kochen begann.

»Du hast eine schöne, zarte Haut«, sagte Knut, drehte mich um und wollte meine Brust in Angriff nehmen.

Das war zu viel für Cliff.

Er stürzte herbei, schlug Knut die Seife aus der Hand, bückte sich nach meinem Badetuch, verhüllte mich blitzschnell und zog mich fort.

»Moment«, schrie Knut uns nach, »wir gehen noch was essen. Kommt ihr mit?«

»Keine Zeit!«, Clifford legte besitzergreifend den Arm um mich und im Eilschritt gings zu den Kabinen.

»So«, meinte er grimmig, »ich warte hier, bis du tipptopp samt Mantel wieder herauskommst! Dieser Knut ist eine Bestie, nicht zu bändigen! And please hurry up! Ich will möglichst schnell von hier weg!«

»Musst du gleich nach Haus?«, fragte ich traurig.

»Sicher nicht! Wir unternehmen was. Aber nur wir zwei.«

Glücklich zog ich mich an. Mein Haar war noch nass, also setzte ich die Kapuze auf. Cliff hatte telefonisch ein Taxi bestellt und als wir dann im gut beheizten Wagen saßen, bekam ich so starkes Herzklopfen, es dröhnte in meinem Kopf. Cliffords Nähe machte mich ganz konfus, er griff sofort nach meiner Hand: »Du bist so schweigsam. Stimmt was nicht?«

Aber ich sah ihn vor mir, wie er nackt ins Wasser gesprungen war. Er war sehr gut gebaut! Oh Gott …

»Woran denkst du?«, fragte Cliff.

»Ach … Doritt hat eine hübsche Figur«, stotterte ich ertappt.

»Hat sie«, Clifford ließ meine Hand los, »but you are absolutely lovely!«

Er hob meinen Kopf: »Come here, my precious Darling.« Und er gab mir den ersten Kuss.

Unsere Zungenspitzen trafen sich und ein Feuersturm raste durch meinen Leib. Funken stoben durch alle Adern, es war unbeschreiblich, noch nie hatte ich etwas Ähnliches erlebt! Dann hörte ich auf zu denken und die Welt um mich versank.

»Oh, Baby«, murmelte Cliff, »my beautiful little girl!«

Dann küssten wir uns weiter, ganz behutsam, voll Zärtlichkeit, mehr und mehr, es war himmlisch!

Total ineinander versunken fuhren wir durch das weihnachtlich glitzernde Paris.

Ab und zu öffnete ich ein Auge, sah Lichter vorüberflitzen, Place de la Concorde, Grand Palais, ich hatte keine Ahnung, wohin es ging, und es war mir ganz egal.

»Wir fahren zu einem guten Italiener«, murmelte Cliff, als hätte er meine Gedanken erraten, »er hat die ganze Nacht offen. Du hast sicher noch nichts gegessen, nehme ich an.«

Dann küssten wir uns weiter und hörten erst auf, als

der Chauffeur sich zu uns umwandte und sagte: »Pardon, Monsieur, wir sind da. Das macht dreiunddreißig Francs.«

Halb benommen stieg ich aus dem Wagen. Ich war völlig aufgelöst. Clifford nahm meine Hand und führte mich durch einen Vorgarten mit zwei hübschen Laternen in ein helles, freundliches Lokal.

Die Tischtücher waren rot-weiß kariert, es gab Pflanzen, Blumen, Kerzen, schöne Gläser, wir bekamen einen Ecktisch und rückten so eng zusammen, dass sich unsere Schenkel berührten.

So saßen wir die ganze Nacht. Tranken Rotwein und aßen Minestrone und frischgebackenes, weiches weißes Brot.

Hauptspeise gab es keine. Auch kein Dessert. Wir waren nicht hungrig. Wir waren völlig aufgewühlt, wir dachten nur an eines, doch wir sprachen es nicht aus.

»Wie spät ist es?«, fragte Clifford plötzlich und sah auf die Uhr. »Bist du müde? Willst du schon nach Haus?«

Ich schüttelte vehement den Kopf.

Und dann kam die Überraschung, die mir Knut prophezeit hatte: »Willst du mit mir Silvester feiern?«, fragte Cliff.

»Ja. Unbedingt!«

»Deinen Pass hast du mit?«

»Ja. Warum?«

Clifford zögerte kurz: »Wir könnten zum Flughafen fahren. Um acht gehen zwei Maschinen. Eine nach Kopenhagen, eine nach Mailand. Wo willst du hin?«

Ich starrte ihn an: Schlug er wirklich vor, kreuz und

quer durch Europa zu fliegen, nur weil wir gemeinsam Silvester feiern wollten? Fliegen war damals sündhaft teuer, eine Flugreise musste man lange planen, ich war erst einmal geflogen, es war so aufregend gewesen, wie eine Reise zum Mond!

Und hier war Clifford und sprach vom Fliegen, als wäre es das Banalste auf der Welt!

»Also, Kitty, sprich! Mailand oder Kopenhagen? Oder hast du Angst vor mir? Allein in einem fremden Land?«

»Mailand klingt phantastisch. Nur ... was sagst du deiner Frau?«

»Keine Ahnung! Irgendwas fällt mir schon ein!«

Dann zahlte er, verlangte unsere Mäntel und wir verließen das Lokal.

Wir fuhren zum Boulevard Lannes, wo ich in Windeseile meinen Strohkoffer packte. Dann schrieb ich ein paar Zeilen für Irma: »Gutes Neues Jahr! Ich bin in Mailand und ruf dich an!«

Dann ging es weiter zur Porte d'Orleans und die ganze Zeit über küssten wir uns wie wild und hielten uns fest.

Orly war damals der wichtigste Flughafen von Paris und er war noch ganz verschlafen, als wir ihn erreichten.

Nur wenige Menschen waren unterwegs, an diesem kalten, nassen Freitag, den 31. Dezember 1971. Und ich kam aus dem Staunen nicht heraus: Clifford kaufte die sündteuren Tickets einfach so, wie ein anderer Mann Zigaretten kauft. Er zahlte ganz mondän mit einer Karte, was ich noch nie vorher gesehen hatte, er war auf dem Flugplatz offensichtlich wie zu Haus und alles verlief reibungslos.

Sicherheitskontrollen gab es damals kaum, man musste aber seinen Pass stempeln lassen, denn Europa war noch nicht vereint. Kein Bus brachte uns zum Flugzeug, wir mussten über den nassen Asphalt laufen und der kalte Wind blies mir fast die Kapuze vom Kopf. Doch das störte mich nicht.

Ich kletterte die Stufen zur Maschine hoch und dachte nur eins: Ich fliege mit Cliff nach Mailand! Wir werden eine ganze Nacht zusammen sein, eine ganze Nacht! Und Silvester feiern wir gemeinsam. Wenn das kein gutes Omen ist!

Wir flogen mit einer Caravelle, einer Maschine, die ich lieb gewinnen sollte. Es hieß nämlich: Eine Caravelle ist so konstruiert, dass, wenn die Motoren versagen, man so sicher mit ihr landen kann wie mit einem Segelflieger!

Die Maschine war halb leer und es war angenehm warm.

»Bonjour Monsieur Thatcher«, begrüßte uns die Stewardess, die Clifford offensichtlich kannte, »bonjour Mademoiselle. Nehmen Sie Platz, wo immer Sie wollen. Gutes neues Jahr und guten Flug.«

»Wieso kennst du die?«, fragte ich verzagt und stellte fest, dass ich richtig eifersüchtig war. Aber Clifford beruhigte mich sofort: »Wenn ich nach Mailand muss, nehme ich immer diesen Flug. Da kennt man sich halt.«

Wir setzten uns ganz hinten hin, wo uns keiner sehen konnte. Clifford schloss fürsorglich meinen Gurt, dann schnallte er sich selber an. Die Motoren heulten auf, die Maschine begann zu rollen, schneller und schneller, ich schloss die Augen, denn die Geschwindigkeit drückte mich bereits in den Sitz zurück. Da! Wir hoben ab!

Als ich die Augen wieder öffnete, war alles neu: kein Regen, keine Finsternis. Wir hatten die Wolkenbank durchbrochen, ich sah blauen Himmel, Sonne, Licht und Glück!

Die Stewardess brachte ein Tablett mit zwei kleinen Flaschen Pommery, ließ die Korken knallen und schenkte ein. Clifford gab mir ein Glas: »War das eine gute Idee? Wegfliegen aus Paris?«

»Die beste überhaupt«, sagte ich, trank aus, löste meinen Gurt und legte mich quer über die Sitze.

Meinen Kopf bettete ich in Cliffords Schoß und sandte ein heißes Dankeschön zum Himmel, dafür, dass meine Mutter mir geraten hatte, nicht nach Innsbruck zu fahren, sondern nach Paris!

Ihr verdanke ich, dass ich jetzt hier liege, dachte ich, wie ein Luxusgeschöpf hoch über den Wolken, auf dem Weg in die Glitzerwelt der oberen Zehntausend. Denn ich wusste, wo wir in Mailand wohnen würden: In einem der besten Hotels der Welt, dem sagenhaften Principe di Savoia! Und im besten Restaurant der Stadt würden wir Silvester feiern. Unfassbar, aber wahr! Ich begann zu lächeln und blickte zu Clifford hoch.

Seine Katzenaugen sahen nachdenklich auf mich herab.

»Was ist?«, fragte ich nach einer Weile.

»Hoffentlich bereust du das nicht«, meinte er zögernd.

»Nie im Leben. Ich war noch nie so glücklich!«

»We haven't made love yet«, murmelte er, »vielleicht gefällts dir nicht mit mir.«

»Da hab ich keine Angst, keine Sekunde!«

»Wieso nicht?«

»Das sagt mir mein Instinkt.«

Clifford lachte kurz auf, dann neigte er sich zu mir und strich sanft mit dem Zeigefinger über meine Lippen.

»Gut, dass du so sicher bist. Ich hoffe, du hast recht.«

Ich aber wusste, dass ich recht hatte. Wozu hatte uns das Schicksal zusammengeführt? Wozu hatte mich Irma aus heiterem Himmel eingeladen, nach Paris? Wozu hatte sich der arme Michou das Bein gebrochen? Wozu war das Silvesterfest geplatzt? Damit wir uns näher kommen konnten, Cliff und ich! So viel Aufwand, damit es dann nicht klappt im Bett? So bösartig ist das Schicksal nicht.

Ich nahm Cliffords Hand und küsste sie: »Mach dir keine Sorgen«, sagte ich, »es wird wunder-wunder-wunderschön!«

Wir landeten pünktlich in Mailand, wo ein Wagen auf uns wartete, der uns in die Stadt führte. Kaum aber betrat ich das Hotel, hatte ich das Gefühl: Das ist alles nur ein Traum.

Ich kannte die Pracht an der Wiener Ringstraße, doch sie verblasste, verglichen mit dem, was ich jetzt sah:

Eine atemberaubende Eingangshalle mit einer riesigen Kuppel aus buntem Bleiglas in den schönsten Farben. Ich hatte das Gefühl, in einem prächtigen

Wintergarten zu stehen, in dem jeden Moment ein paradiesisches Fest beginnen würde.

Clifford wurde begrüßt wie ein alter Freund. Er brauchte seinen Pass nicht zu zeigen und keiner fragte nach meinem. Ein kleiner Strohkoffer als ganzes Gepäck? Keinen störte das. Und erst unser Zimmer! Gemach wäre ein besseres Wort. Es war holzgetäfelt, weitläufig, elegant, mit echtem Perserteppich und einem üppigen Bett. Ich konnte den Blick nicht abwenden davon, denn in diesem Bett … in Kürze …

»Hier ist das Bad«, unterbrach Clifford meine Gedanken. Es war aber kein Bad, es waren zwei Bäder und in einem davon stand nur eine riesige Wanne aus schwarzem Marmor, weiß geädert und rundherum Spiegel, sodass man sich von allen Seiten betrachten konnte.

Es gab goldene Hähne, Handtuchwärmer, einen Berg flauschiger weißer Badetücher, es duftete dezent nach Nelken, noch nie hatte ich ein derart einladendes Bad gesehen.

»Wenn ich hierher komme, verlange ich immer dieses Zimmer«, sagte Cliff, »das ist mein zweites Zuhause. Und jetzt ist es auch deines!«

Dann bewunderten wir den Blick aus dem Fenster auf die weite Piazza, mit Lichterketten geschmückt für Silvester. Unzählige Menschen liefen herum, alle hatten es eilig an diesem letzten Tag des Jahres, nur wir nicht.

Wir waren verlangsamt, gleichzeitig aber völlig überdreht. Die ganze Nacht hatten wir nicht geschlafen und ich hatte das Gefühl, über dem Boden zu schweben. Alles in mir vibrierte. Ich war so verzaubert von Cliffords

Nähe und dem, was kommen würde, ich musste mich zwingen, nicht daran zu denken, sonst hätten mir die Knie versagt!

»Soll ich Frühstück bestellen?« Clifford strich über mein Haar, das inzwischen trocken war und völlig zerzaust, »du musst mir sagen, was du willst.«

»Danke, kein Hunger«, was stimmte, obwohl ich die letzten drei Tage kaum gegessen hatte.

»Bist du müde?«

Ich nickte.

Clifford sah auf die Uhr: »Jetzt ist es elf. Ich habe seit Dienstag nicht geschlafen. Weißt du was? Let's lie down for a minute.« Dann zog er die Vorhänge zu.

Let's lie down for a minute! Dieser Satz klingt mir heute noch im Ohr. Nach diesen sechs kurzen Worten geschah nämlich ein Wunder! Ich erlebte, was man sonst nur in Romanen liest, was ich immer für ein Märchen gehalten hatte, die perfekte Harmonie zweier Körper, die ideale Verschmelzung von Mann und Frau.

Clifford sank vor mir auf die Knie. Er schmiegte sein Gesicht in meinen Schoß. Ich fühlte seinen heißen Atem, so verharrten wir bewegungslos, im Halbdunkel, minutenlang. Mit wild klopfenden Herzen. Dann stand er langsam auf, hob mich hoch, wie ein Kind, voll Zärtlichkeit und legte mich auf das breite Bett.

»Warte hier auf mich«, flüsterte er und ging ins Bad. Als er zurückkam, nackt, in einem langen, weißen Bademantel, zog er mich liebevoll aus und gemeinsam schlüpften wir unter die Decken.

Schwer atmend lagen wir nebeneinander.

»Hör mir jetzt gut zu«, sagte Clifford ernst, »du musst nicht … du weißt schon … wenn du nicht willst.«

»Aber ich will.«

»Wir können auch nur da liegen. Und wenn ich darf, halt ich dich dabei fest.«

»I want to make love to you«, sagte ich schlicht.

»Oh Darling, ich auch, ich auch. Aber du tust es nicht aus Dankbarkeit? Wegen der schönen Reise? Und dem teuren Hotel?«

»Wirklich nicht.«

»Du bist so viel jünger, stört dich das nicht?«

»Nein.«

»Ehrlich?«

»Vierundvierzig ist noch jung.«

»Nicht in Amerika.«

»Aber hier.«

»Darling, sag die Wahrheit: Gefalle ich dir als Mann?«

»Du bist der faszinierendste, aufregendste, intelligenteste Mann auf der ganzen Welt«, sagte ich mit Nachdruck.

Clifford lachte auf: »And you're the sweetest creature I've ever seen.«

Dann begann er mich zu küssen. Aber plötzlich hörte er auf und seufzte schwer.

»Komm zu mir«, flüsterte ich.

»Warte«, murmelte Cliff.

»Warum willst du warten?«

»Ich kann noch nicht. Ich bin zu aufgeregt. Oder zu müde.«

»Macht nichts«, sagte ich und schmiegte mich enger an ihn.

»Jetzt hab ich dich enttäuscht.«

»Nein, gar nicht.«

»Weißt du was? Wir schlafen eine halbe Stunde.«

Schlafen, dachte ich, jetzt? Kommt nicht in Frage! Ich war viel zu aufgeheizt, um zu schlafen. Also tat ich etwas, was ich noch nie gewagt hatte: Ich streckte die Hand aus und griff nach ihm.

Tatsächlich. Er war noch nicht bereit. Doch das änderte sich rasant. Kaum berührte ich ihn und drückte ein bisschen herum, erwachte alles zum Leben. Pralle, pulsierende Kraft drängte sich mir entgegen.

»Oh Darling, thank you«, Clifford richtete sich auf und dann kam er zu mir, langsam, vorsichtig, um mir nicht weh zu tun. Er streichelte mich nicht, doch es war nicht nötig.

Dieser erste Kontakt war überirdisch schön.

Offensichtlich auch für ihn, denn er stöhnte laut auf und dann lagen wir ganz still, miteinander verbunden, völlig überwältigt in unsagbarem Wohlgefühl und atmeten schwer.

Es war eine echte Offenbarung, Cliff und ich, ein kostbares Geschenk, tausendmal schöner als ich vermutet hatte. Dann begann er sich zu bewegen. Nicht zu langsam, nicht zu schnell, sein Rhythmus war mein Rhythmus und wäre ich nicht bereits verliebt gewesen, jetzt spätestens, wäre es um mich geschehen.

Ich wusste bald nicht mehr, wer ich war, wo ich war,

wie ich hieß, ich wusste nur eins: Ich war bei Cliff! Er war in mir! My Man!

»Oh Darling, it feels so good!«, stöhnte Cliff.

»Mhmmmmmmmmm.«

»Oh Baby, this is fabulous!«

»Ich habe es gewusst!«

»Yes, you did!«

Mehr sprachen wir nicht. Wir verstanden einander ohne Worte, gingen völlig ineinander auf. Es war die reinste, heißeste, sinnliche Seligkeit.

Unsere Müdigkeit war wie weggeblasen. Wir liebten uns stundenlang, zuerst zärtlich, verhalten, es war alles so neu. Dann mit immer mehr Leidenschaft, wilder, schneller, mit Pausen dazwischen, damit es länger dauerte. Keiner von uns hatte einen Höhepunkt, doch die Spannung stieg, wir standen beide unter Strom und dann, nach einem wilden Kuss, hielt Clifford plötzlich still.

»Don't move, Darling, don't move!«

Ich hielt den Atem an.

»Nimmst du die Pille?«

»Nein. Es ist nicht gefährlich.«

»Bist du sicher?«

»Ganz sicher. Komm!«

»Oh my God«, stöhnte Cliff und bewegte sich schneller und schneller, »this is fantastic! Sweetheart ... Darling ... I love you!«

Ein erstickter Schrei. Schon begann er in mir zu zucken. Es war so aufregend, als hätte ich selbst einen Orgasmus gehabt!

Schwer atmend sank er dann neben mich und küsste mich zärtlich: »So was Schönes hab ich noch nie erlebt«, murmelte er und spielte mit meinem Haar.

»Ich auch nicht.«

»Do you love me?«

»I love you.«

»Forever?«

»Forever and ever ...«

»Sweet Baby!«, er drückte mich an sich, dann suchte er meine Hand. Unsere Finger schlangen sich ineinander und glücklich schliefen wir ein.

Irgendwann wachte ich auf, stieg lautlos aus dem Bett, ging auf Zehenspitzen ins Bad und duschte gründlich. Als ich zurück unter die Decke schlüpfte, wurde Clifford wach: »Poor Darling, du bist zu kurz gekommen«, murmelte er.

»Nein, mir gehts wunderbar.«

»Mir aber nicht. Bleib ganz still liegen, ganz ruhig, ich muss dich dringend überall küssen.«

Sofort presste ich die Beine zusammen.

»Magst du das nicht?«, rief er überrascht.

»Nein.«

»Warum nicht?«

»Das macht man nicht in Wien.«

»Unsinn! Entspann dich! Es tut nicht weh. Ich will, dass du all deine früheren Männer vergisst, dass du nur noch an mich denkst. Nur an mich.«

Dann begann er mich zu küssen, an der richtigen Stelle, nicht zu fest, nicht zu schnell, ohne die geringste Hektik, wollüstig, innig und ich verlor fast den Verstand.

Vor Wonne fing ich an zu beben, das Gefühl wurde stärker, wilder, heißer und gerade, als ich dachte, es kann nicht schöner werden, erfasste mich ein roter Orkan und riss mich nach oben.

Es brauste in meinen Ohren.

Heiße Flammen tanzten zwischen meinen Beinen, über den Nabel hinauf in den Kopf. Ich bäumte mich auf und dachte: Ahhh, so fühlt sich das an, wenn es einer richtig kann!

Dann verebbte der Sturm. Alle früheren Männer waren weggefegt. Es gab nur noch ihn. Selig ließ ich mich zurück in die Kissen sinken. Eine neue Frau!

»Bist du jetzt glücklich? Und entspannt?«

Cliff war wieder nach oben gerobbt, hatte sich aufgestützt und sah mit seinen Katzenaugen forschend auf mich herab.

»Ich bin im siebenten Himmel.«

»Und die anderen Männer?«

»Keiner mehr da.«

»Gut«, Clifford legte sich wieder hin, »gut zu wissen. Ich bin nämlich eifersüchtig, meine Kitty, I'm a jealous guy.«

»Du bist eifersüchtig?«

»Ich ertrage keine Rivalen! Aber du, dass es so schön wird, gleich beim ersten Mal, macht mir direkt Angst.«

»Wovor?«

»Dass man es immer haben will.«

»Aber du hast mich ja.«

»Nein. Dass man danach süchtig wird. Dass es stärker wird als der Verstand.«

»Ich bin froh und dankbar, dass ich das erleben darf«, sagte ich schlicht, »weißt du, wie selten das ist?«

»Recht hast du«, murmelte Cliff und gähnte. Dann küsste er mich auf beide Grübchen, schmiegte sich an mich und dann schliefen wir endlich ein.

Leider habe ich vergessen, was ich träumte, doch als ich erwachte, war es bereits dunkel. Der letzte Tag des Jahres war fast vorbei.

Clifford streckte sich wohlig, dann sah er auf die Uhr.

»Was? Schon sechs! Mit dir vergeht die Zeit viel zu schnell. Wir nehmen jetzt ein kurzes Bad, dann machen wir uns schön, gehen aus und feiern Silvester.«

Das kurze Bad dauerte zwei Stunden.

So lange saßen wir verträumt in der prächtigen Wanne aus Marmor und hörten Musik aus dem Radio: Monteverdi, Orlando di Lasso und schwungvolle Arien aus Händels genialer Oper Julius Caesar. Ich saß im warmen Wasser auf Cliffords Schoß, den Kopf an seine Brust geschmiegt, die Augen geschlossen, wir waren so glücklich, dass wir die Zeit vergaßen. Und als wir endlich aus der Wanne stiegen, sauber, rosig und erfrischt, war es acht Uhr vorbei.

Die Hausdame brachte einen Rasierapparat für Cliff, er hatte ja kein Waschzeug dabei, und die Zähne putzten wir mit Seife, in der Eile hatte ich nämlich die Zahnpasta in Paris vergessen. Wir hatten auch nur eine Zahnbürste, doch das störte uns nicht. In unserer Verliebtheit schmeckte sogar die Seife süß.

Ich zog mein rotes indisches Kleid an, ließ die Haare offen, dann fuhren wir in ein exzellentes Restaurant.

Den Namen weiß ich nicht mehr, doch es lag im Tiefparterre eines eleganten Hauses und ein Heer von Kellnern schwirrte herum.

Ich erinnere mich auch noch an einen weißen Schoßhund namens Dolly, der zwischen den Tischen herumsprang wie ein Gummiball und begeistert mit einer Serviette kämpfte, die ein Gast ihm zugeworfen hatte.

Auch die grünen Tapeten und die großen Wandspiegel habe ich noch im Kopf und in einem dieser Spiegel sah ich mich, das Haar lang und glänzend, die Augen strahlend, neben Cliff und dachte: Eigentlich sehe ich aus wie seine Tochter. Doch wir sind ein schönes Paar.

Cliff hatte meinen Blick bemerkt und lächelte mir im Spiegel zu: »Erinnerst du dich an das Foto in Budapest? Hast du das noch?«

»Gut aufgehoben. In meinem Schreibtisch in Wien.«

»Damals war ich schon verliebt in dich«, gestand er dann, »aber ich war sicher, du bist für mich zu jung.«

»Es war zu früh«, sagte ich, »die Zeit war noch nicht reif.«

»Und jetzt ist sie es?«, fragte er ganz ernst.

»Mhmm … Irma hat mich plötzlich eingeladen und jetzt geht alles wie von selbst.«

»Stimmt. Ich muss natürlich ständig Pläne machen, aber hoffen wir, dass es so bleibt.«

Mitternacht rückte heran und die Stimmung stieg.

Die Kellner brachten frische Kerzen und die Lichter gingen aus. Clifford bestellte noch schnell eine Flasche Pommery, dann war es so weit: Ein Paukenschlag! Das neue Jahr war da!

Alles sprang hoch, Gläser in den Händen, Jubelstimmung rundherum! Völlig Fremde küssten sich, umarmten einander. Am Nebentisch begann man zu singen und Clifford gab mir vor allen Leuten einen langen Kuss auf den Mund.

»Happy new Year, Darling«, er stieß mit mir an, »das wird unser Jahr! Du musst mir auch gleich was versprechen.«

»Was denn?«

»Weihnachten können wir wahrscheinlich nie zusammen sein. Aber Silvester will ich immer mit dir feiern. Schwörst du mir das?«

»Ich schwöre!«

»Wo immer ich bin, du fliegst zu mir?«

Ich nickte energisch.

»Bis ans Ende der Welt?«

»Sicher. Wenn es sein muss.«

»Thank you, Darling«, wir küssten uns noch einmal und tranken unsere Gläser leer. Und als wir die Silvestertorte gekostet hatten, stand Clifford auf und zahlte.

»Jetzt stürzen wir uns ins Nachtleben«, verkündete er dann, »so was hast du noch nie gesehen!«

Und er hatte nicht zu viel versprochen: Auf der Straße tobte ein wildes Fest. Tausende feiernde Menschen zogen durch die Stadt, singend, schreiend, pfeifend, tanzend, warfen Knallfrösche und schwangen hölzerne Knarren über ihre Köpfe: »Krrrrrrrrrrr!« Man verstand das eigene Wort nicht mehr.

Cliff nahm mich fest an der Hand und wir ließen uns treiben, von der jubelnden Menge, direkt hinein in die

Galleria Vittorio Emanuele mit dem schönen Glasdach und den eleganten Boutiquen, von denen ich nichts sah, denn plötzlich waren wir eingekeilt zwischen fröhlich singenden Italienern und konnten weder vor noch zurück.

Ich war beschwipst und fand das furchtbar komisch. Aber Clifford schrie: »Das geht zu weit!«

Er packte mich fest um die Mitte und kämpfte sich durch, hinaus an die frische Luft. Und irgendwie schafften wir es dann bis zum berühmten Mailänder Dom, der von außen wirkt wie aus Spitze, und schlüpften schnell durch das hohe Tor. Gerettet! Hunderte Kerzen brannten, alles war mit Blumen geschmückt, und das Beste: Wir waren fast allein.

»Herrlich, diese Stille«, seufzte Cliff und sah sich um.

»Warst du schon einmal hier?«, flüsterte ich.

»Noch nie.«

»Dann hast du einen Wunsch frei.«

»Wer sagt das?«

»Wer zum ersten Mal eine Kirche betritt, darf sich etwas wünschen.«

»Ja? Dann wünsche ich mir ...«

»Psssst. Nichts verraten. Sonst funktioniert es nicht.«

»Es funktioniert nur im Geheimen?«

Ich nickte.

Clifford schloss kurz die Augen. Dann lächelte er mich an: »Wunsch ist unterwegs. Und du? Du warst ja auch noch nie da. Was hast du dir gewünscht?«

»Was Herrliches!«

»Was?«
»Geheimnis!«
»Komm ich darin vor?«
»Darf ich nicht sagen.«
»Na dann«, sagte Cliff, »können wir wieder gehen.«

Wir verließen den stillen Dom und traten direkt hinein in ein überwältigendes Feuerwerk. Es knallte und krachte und zischte und pfiff, rote Kugeln schossen nach oben, zerplatzten zu riesigen Blüten, goldene Palmen zerstoben zu gleißenden Funken. Und was sah ich? Mit meinen frischverliebten Augen? Einen Himmel voller Orgasmen! Noch nie hatte ich so ein erotisches Feuerwerk gesehen! Hingerissen starrte ich hinauf, auf die glitzernden Sterne, und dachte nur bald … bald … werde ich mit Clifford nackt unter einer weichen Decke sein!

»Was denkst du?«, schrie Cliff.
»An dich!«
»Gut! Dann gehen wir nach Haus.«

Mühsam kämpften wir uns durch die jubilierende Menge zurück zum Hotel. Dort wimmelte es von eleganten Gästen unter der prachtvollen Kuppel aus buntem Glas: Herren im Frack, Damen im langen Abendkleid, mit kostbarem Schmuck, es wurde getrunken, gesungen und gelacht, Musik klang von der Bar herüber, Kinder tobten herum, bewarfen uns mit Papierschlangen und Konfetti auf dem Weg zum Lift.

Lachend kamen wir oben an in unserem Zimmer.

Endlich allein!

Endlich kein Krach!

»Das war das schönste Silvester überhaupt«, ich streifte meine Schuhe ab.

»Für mich auch«, Clifford half mir aus meinem langen schwarzen Mantel, »aber das ist erst der Anfang. Wenn du bei mir bleibst, meine Kitty, wird ein Silvester schöner als das andere. Komm her.« Er nahm mein Gesicht in seine weichen, gepflegten Hände. »Hast du Sehnsucht nach mir?«

Ich nickte stumm.

»Und ich erst nach dir! Oder haben wir uns das nur eingebildet? Heute früh? This fabulous love-making? War das vielleicht nur ein Traum?«

»Das haben wir geträumt«, sagte ich scherzhaft.

»Gut, dann gehen wir der Sache auf den Grund.«

»Ja, unbedingt.«

»Dann komm zu mir«, er schloss mich fest in seine starken Arme, »komm zu mir, my precious little Darling. Und sag bitte nichts mehr, denn jetzt wird es ernst!«

KAPITEL IV

Wie ernst es war, wurde uns am nächsten Morgen klar: Wir erwachten, sahen uns an und wussten im selben Moment, wir hatten die verwandte Seele gefunden, nach der man sich sonst ein Leben lang vergebens sehnt. Den ganzen Neujahrstag verbrachten wir im Bett, redeten stundenlang und als die anderen zu Mittag aßen, wurde uns erst das Frühstück heraufgebracht: Obstsalat, Panettone, Eier, Käse, Mortadella, duftender Kaffee, dazu heiße, schäumende Milch, alles liebevoll serviert auf einem weiß gedeckten Tisch mit Damast, Silber, Blumen und vielen herzlichen Auguri! Das sind Glückwünsche fürs Neue Jahr.

Wir frühstückten im Bett. Nackt. Haut an Haut.

Wir konnten uns nicht trennen, mussten uns ganz nahe sein und die einzige Störung an diesem idyllischen Tag war ein scharfer Anruf von Cliffords Frau aus Paris.

Er hatte sich nämlich nicht abgemeldet von zu Hause. Er hatte nur die Redaktion informiert, dass er nach Mailand musste, um einen Artikel über Devisen zu schreiben und über ein wichtiges, geheimes Finanzproblem, nein, am Telefon könne er nichts verraten. Jedenfalls, er hätte eine Bitte: Könnte man sofort seine Frau verständigen? Er hätte dazu leider keine Zeit mehr gehabt.

Wie gesagt, wir saßen eng aneinandergeschmiegt im Bett, weiche Kissen im Rücken, Kaffeetassen in der Hand, da klingelte das Telefon.

Cliff stellte die Tasse ab: »Hallo, who is it?« Und sofort hielt er den Hörer vom Ohr weg. Eine wütende Frauenstimme! Ich verstand jedes Wort. Und der Ton war so drohend, um ein Haar hätte ich meinen Kaffee verschüttet.

»Was zum Teufel ist los? Bist du übergeschnappt? Du lässt mich mit zwanzig Gästen sitzen und verschwindest nach Italien? Was treibst du in Mailand? Ausgerechnet zu Silvester?«

»Die Italiener werten die Lire ab«, sagte Cliff und legte seinen Zeigefinger auf meinen Mund.

»Hältst du mich für verrückt? Das glaubst du selber nicht.«

»Abwarten!«

»Abwarten? My ass! Wenn du nicht sofort nach Hause kommst, bin ich morgen in der Schweiz. Die Hennessys haben uns eingeladen, hast du vergessen? Wir haben zugesagt!«

»Ich kann hier nicht weg. Tut mir leid.«

»So? Tut dir leid? Ich weiß genau, was du treibst. Genierst du dich nicht? Hast du kein schlechtes Gewissen?«

»Grace, halt den Mund.«

»Das bereust du noch!«, ihre Stimme überschlug sich.

»Happy new Year«, sagte Cliff.

»Go to hell!«, schrie Grace und legte auf.

»Redet ihr immer so miteinander?«, fragte ich schockiert.

»Immer, wenn sie getrunken hat.«

»Ich bin schuld. Tut mir leid.«

»Vergiss den Anruf«, sagte Cliff ganz ruhig, »das hat nichts mit dir zu tun. Du kennst die Vorgeschichte nicht.«

»Welche Vorgeschichte?«

»Sie liebt mich nicht. Sie hat mich nie geliebt.«

»Aber sie ist eifersüchtig. Vielleicht liebt sie dich doch? Wieso regt sie sich sonst so auf?«

»Sie will nicht allein in die Schweiz fahren. Sie ist ein Snob. Ich bin ihr ganz egal.«

»Schläfst du noch mit ihr?«

»Mit Grace? Seit Gregory auf der Welt ist, haben wir uns nicht einmal mehr geküsst.«

»Und vorher? War es schön?«

»Nie! Von Anfang an nur Katastrophen. In der Hochzeitsnacht ist ein Stück von ihrem Seidennachthemd dazwischengekommen, wir haben uns aufgewetzt, wir waren beide völlig naiv, keine Aufklärung, nichts, am nächsten Tag haben wir geblutet, es hat scheußlich wehgetan. Bis alles verheilt war, waren die Flitterwochen vorbei. Das hat sie mir nie verziehen. Das wirft sie mir heute noch vor.«

Clifford griff nach der Kanne, die auf dem Tischchen

neben unserem Bett stand: »Magst du noch Kaffee? Auf den Schreck?«

»Ja, bitte, mit viel Milch. Und wie gings dann weiter?«

»Sie wollte nichts von mir. Höchstens einmal im Monat und kaum war sie schwanger, war das Kapitel abgehakt. Weißt du, wo ich schlafe? Seit ich in Wien war, schlafe ich in einem Gästezimmer. In meiner eigenen Wohnung, die ich finanziere, ganz allein!«

»Tut mir leid, dass du wegen mir jetzt Probleme hast.«

»Mach dir keine Sorgen«, sagte Cliff, »es freut mich diebisch, dass ich ihr endlich etwas heimzahlen kann. Sie hat mich von Anfang an verachtet, angebrüllt, herumkommandiert, dominiert, sie hat keine Manieren, aber ich war ihr nicht gut genug.«

»Warum? Du hast so viel Erfolg, bist ein berühmter Journalist, dein Vater ist Universitätsprofessor ...«

»Aber ihre Leute haben mehr Geld! Und wo sie herkommt, zählt der Mammon! Bildung interessiert sie nicht.«

»Ist ihr Vater Bankdirektor?«

»Nein. Mechaniker.«

»Mechaniker? Wieso ist er dann so reich?«

»Er ist arm eingewandert, aus Irland, war aber nicht dumm. Er hat angefangen als Mechaniker, hat sich hochgearbeitet, jetzt hat er eine riesige Autovertretung, schwimmt im Geld. Ein unangenehmer Mensch, ein Tyrann, prügelt seine Frau, trinkt zu viel, zu Haus ist ständig Streit, aber Grace war seine Prinzessin. Kurz vor Schulabschluss hat er ihr ein Auto geschenkt. Damals schon! Ein eigenes Auto in der Schule. Das war unerhörter Luxus. Ich hatte nicht einmal ein Fahrrad. Stört es dich, dass ich so viel von meiner Frau rede?«

»Nein. Das fasziniert mich! Aber ich will keine Ehe zerstören.«

»Tust du nicht. Es ist gar keine Ehe mehr vorhanden. Höchstens eine Wohngemeinschaft.«

»Aber ganz am Anfang. Da warst du doch sicher verliebt in sie?«

»Wir haben uns nie geliebt.«

»Wie?«

»Nein«, sagte Cliff bestimmt, »die Sache war ganz anders. Sie wollte von ihrem tyrannischen Vater weg und ich von meiner depressiven Mutter. Es war eine reine Zweckgemeinschaft. Von Anfang an.«

»Kriegt sie Geld von ihrem Vater?«

»Keinen Cent! Der alte Geizhals schickt ihr nicht einmal ein Weihnachtsgeschenk. Ich bin der Ehemann, ich zahle alles, alle Kleider, alle Reisen, alle Rechnungen, ich kaufe ihr, was sie will, trotzdem hält sie sich für was Besseres und schreit mit mir herum.«

»Hat sie ein Studium absolviert?«

»Nein, das hat sie nicht geschafft. Aber sie macht Kurse, sündteure Kurse: Malerei, Dekoration, Kochen, sie ist ständig unterwegs, interessiert sich für alles, nur nicht für mich. Aber weißt du, was das Schlimmste ist?«

»Dass sie trinkt?«

»Nein. Sie trinkt nur ab und zu. Das Schlimmste ist, sie ist erst dreiundvierzig und schon eine Matrone.

Weißt du, was das heißt? Man kommt nach Haus und glaubt, das Leben ist vorbei.«

»Was sie bräuchte, ist ein Freund. Vielleicht lernt sie jemanden bei ihren Kursen kennen.«

»Sie hat keine Ausstrahlung. Männer mögen sie nicht.«

»Aber irgendwas muss sie doch können.«

»Kochen! Sie kocht ausgezeichnet, lädt ununterbrochen Leute ein, isst zu viel und deshalb ist sie zu dick. Jedenfalls zerstörst du keine Ehe, weil es nie eine richtige Ehe war.«

»Das sagen alle verheirateten Männer.«

»Glaubst du mir noch immer nicht?« Clifford sah mich forschend an. »Nein! Du glaubst mir nicht. Also gut, ich werde es dir beweisen.«

»Was wirst du mir beweisen?«

»Dass Grace und ich getrennte Leben führen, obwohl wir noch zusammen wohnen.«

»Wie denn?«, fragte ich neugierig.

»Wenn wir in Paris zurück sind, kommst du zum Essen zu mir nach Hause. Da wirst du sehen, dass es stimmt.«

»Nein, bitte nicht! Auf keinen Fall!«

»Doch, doch!«

»Ich will ihr nicht wehtun, deiner Frau. Sie hat mir nichts getan.«

»Aber mir. Außerdem will ich dir meine Wohnung zeigen und meine Bücher und meine Katze.«

»Aber wie erklärst du denn, wer ich bin?«

»Die Wahrheit. Meine Dolmetscherin aus Wien. Du

bist auf Durchreise in Paris und ich schulde dir ein Essen.«

»Das glaubt sie?«, rief ich zweifelnd.

»Ob sie es glaubt oder nicht, ist mir egal. I love you. Do you love me?«

»I do.«

»Sweet Baby!« Clifford stellte die Kaffeetassen weg, breitete die Arme aus und ich kuschelte mich an ihn. »Was wir zwei haben, ist besser als alles, was ich mit Grace je erlebt habe. Wir zwei gehören zusammen. Nicht sie und ich.«

Am Abend führte mich Cliff in ein wunderbares Restaurant. Es lag außerhalb der Stadt und wirkte wie ein vornehmer Landgasthof. Dort feierten wir den Neujahrstag mit vielen temperamentvollen Italienern. Und als wir ins Principe di Savoia zurückkamen, musste Cliff mir etwas beweisen: »Komm mit mir, little Kitty, ich zeig dir was.«

Er führte mich in die Bar und bestellte Tomatensaft.

»Siehst du, was ich meine?«, stolz hob er sein Glas.

»Nein«, sagte ich, »was denn?«

»Ich trinke Tomatensaft! Nicht Grappa oder Brandy oder Chartreuse oder Armagnac. No hard liqueur. Das brauche ich nicht mehr, weil du mich so glücklich machst.«

»Trinkst du jeden Tag?«

»Immer, wenn ich nach Hause komme. Vor dem Essen, nach dem Essen, Grace macht mich wahnsinnig. Ich bin todunglücklich mit ihr, wenn du die Wahrheit wissen willst. In der Nacht kann ich oft nicht schlafen, dann stehe ich wieder auf und fahre hinauf nach Pigalle. Ich gehe in die Bars und trinke, bis ich nichts mehr weiß.«

»Um Gottes willen. Das ist gefährlich.«

Clifford nickte: »Es sind schon schreckliche Sachen passiert. Man hat mich niedergeschlagen, man hat mich beraubt, aber jetzt hab ich dich. Hast du es bemerkt? Seit wir hier gelandet sind, hab ich keine einzige Zigarette mehr geraucht.«

»Ja, das ist mir aufgefallen.«

»Seit Jahren will ich mir das Rauchen abgewöhnen. Nie ist es mir gelungen. Plötzlich kommst du und es geht ganz von selbst.«

Clifford zahlte die Rechnung. Den Tomatensaft ließ er stehen, offensichtlich schmeckte er ihm nicht. Dann nahm er mich um die Mitte und eng umschlungen traten wir in den Lift.

Oben in unserem Zimmer war das Bett aufgeschlagen, eine Stehlampe spendete sanftes Licht, die Vorhänge waren zu, es war unbeschreiblich gemütlich, Clifford drehte das Radio an: »Hey, Kitty! Tanzmusik!« Und er packte mich und wirbelte mich herum, bis sich alles drehte. Zum Glück wurde die Musik dann romantischer, langsamer und Clifford drückte mich an sich und summte mir die Melodie ins Ohr.

»Früher, wenn ich allein in Mailand war, hab ich mich immer ins Nachtleben gestürzt. Aber ich brauche keine einzige Bar mehr, keinen Club, keine Tänzerinnen, kein Cabaret. Nichts da draußen ist so aufregend wie das, was ich jetzt im Arm halte. Deshalb sag ich dir auch was Schönes: Ich habe etwas geplant für dich und mich. Wir fliegen morgen nicht zurück nach Paris. Wir bleiben noch die ganze Woche. Was meinst du? Ist das eine gute Idee?«

»Oh, Clifford, wirklich! Ich hab schon Angst gehabt, das ist heute unsere letzte Nacht.«

»Ich muss aber arbeiten. Ich muss jeden Tag einen Artikel schreiben. Ich weiß auch schon was. Ich muss gar keine Leute sehen, nur ein paar Anrufe machen. So. Und jetzt gehen wir schlafen.«

Wieder liebten wir uns die halbe Nacht, wieder geschah das Wunder, dieser unfassbare Gleichklang unserer Körper, die totale Harmonie, das Verstehen ohne Worte, dieses Prickeln, dieses lustvolle Ziehen, ein wilder Orgasmus und dann die Entspannung, die Zärtlichkeit! Schöööön nebeneinander zu liegen, wunschlos glücklich, völlig zufrieden mit sich und der Welt.

»Good night, little Darling«, flüsterte Clifford und drehte sich um, »drück dich ganz eng an mich. Ich will deine Brust auf meinem Rücken spüren. Ja, so. Perfekt. Und jetzt: Sleep well and sweet dreams.«

Wir blieben bis Sonntag in Mailand und wir machten es uns bequem, zogen uns nicht an, trugen die flauschigen weißen Bademäntel, lasen die internationalen Zeitungen, die man für Cliff heraufbrachte, dann telefonierte er herum, schrieb seine Artikel, gab sie ein, per Telefon nach New York, und dann waren wir wieder füreinander da.

Es fiel kein einziges böses Wort, ich lebte in einer Zauberwelt. In einem verwunschenen Hotelpalast, mit meiner großen Liebe, der verwandten Seele. Denn nicht nur im Bett waren wir eins, nein, wir schätzten dieselben Bücher, liebten dieselbe Musik. Es gab nur eine einzige schwarze Wolke fern am Horizont, das angedrohte Essen zu Hause bei seiner Frau. Wie sollte ich das überstehen?

Aber Clifford erwähnte es nicht mehr. Vielleicht hatte er das nur so dahingesagt. Vielleicht hatte er es längst vergessen. Das war mir ein Trost.

Der letzte Tag brach an: Montag, der 10. Januar 1972. Man weckte uns, als es noch dunkel war. Wir waren auf die erste Maschine nach Paris gebucht.

Traurig zog ich mich an, traurig schritt ich neben Cliff durch die prachtvolle Halle, ein letzter Blick hinauf zur Kuppel, auf die schönen Muster, die leuchtenden Farben, die Blumen und Ranken aus buntem Glas, würde ich sie je wiedersehen?

Und wo würde ich heute Nacht schlafen? Das war die Frage! Ich hatte noch Ferien, musste also nicht sofort zurück nach Wien, doch zu Irma konnte ich nicht mehr. Ihre Schwiegermutter war da, kümmerte sich um Michou, schlief in meinem Bett. Clifford wusste das, doch bis jetzt hatte er noch nichts geplant.

Ich stand traurig in der Halle, Strohkoffer in der Hand. Cliff hatte eben eine astronomisch hohe Rechnung bezahlt und großzügig Trinkgelder verteilt. Ein Wagen wartete vor dem Eingangstor, der uns zum Flughafen bringen sollte. Seufzend stieg ich ein!

Clifford aber nicht.

»Moment noch«, entschuldigte er sich, »das Wichtigste

hab ich vergessen. Ich muss dringend telefonieren.« Dann lief er zurück ins Hotel.

»So«, meinte er dann, als er wiederkam, »der Plan ist wie folgt: Ich hab dich in ein hübsches kleines Hotel gebucht in St. Germain des Prés, das Hotel d'Angleterre. Dort bleibst du bis Samstag. Samstagabend nimmst du den Zug nach Wien, Sonntagfrüh bist du dort und am Montag kannst du in deine Vorlesung gehen. Ist dir das recht? Oder hast du schon genug von mir?«

»Genug von dir? Niemals!«

»Dann haben wir noch sechs Tage für uns. Ich habs mir lange überlegt, aber ich kann mich noch nicht von dir trennen. Ich will, dass du bei mir bleibst bis zum letzten Moment. Gib mir einen Kuss.«

Ich legte die Arme um seinen Hals und wir küssten uns lang und innig.

»Darling, Kitty«, meinte er dann liebevoll und spielte mit meinem Haar, »wir sind noch fast eine ganze Woche zusammen in Paris. Fängt gut an, das neue Jahr, meinst du nicht?«

Der Flug nach Paris war voll besetzt und als wir landeten, regnete es.

Jean, der Chauffeur von ABC News, holte uns in einer schwarzen DS von Citroën ab, einem eleganten Wagen, den damals die ganze französische Regierung fuhr. Sehr vergnügt saß ich hinten im Fond und sah hinaus: Paris, Paris, Paris, Paris!

Noch nie war mir die Stadt so schön erschienen, trotz des Regens, denn ich wurde geliebt, begehrt und nicht weggeschickt.

Und erst das Hotel!

Ein exklusives Etablissement, so bekannt in feinen Kreisen, dass es keine Reklame braucht. Kein Leuchtschild, keine roten Markisen mit Goldschrift wie das Hotel Danube, das ein paar Schritte weiter liegt, nein, es wirkte wie ein ganz normales Haus. Mit hohem rundem Eingangstor und nur links an der Wand steht in kleinen goldenen Lettern ganz diskret: Hotel d'Angleterre. Wer nicht aufpasst, übersieht es prompt.

Die Halle ist klein, aber fein, mit Farnen und Palmen und das Nonplusultra ist der Innenhof, mit Säulen, von Efeu umrankt, Sträuchern, die im Frühjahr blühen, eine grüne Oase mitten in Paris.

Mein Zimmer lag im obersten Stock des Hinterhauses. Eigentlich war es eine kleine Suite mit weißen Wänden, dunklen Holzbalken, elegant rustikal, man fühlte sich wie zu Hause – noch nie hatte ich so ein entzückendes Hotelzimmer gesehen.

»Gefällt es dir?«, fragte Clifford gönnerhaft, »wirst du es hier aushalten? Eine Woche lang?«

»So lang du willst. Es ist so gemütlich.«

»Es ist das größte und schönste Zimmer im ganzen Haus. Aber wir sind ja zu zweit und brauchen mehr Platz.«

»Das heißt, du kannst hier bei mir schlafen?«

»Wenn ich darf und du mich nicht verstößt …«

»Oh Cliff! Das weißt du ganz genau.«

Clifford lachte: »Natürlich weiß ich das. Aber Kitty, leider, leider, ich muss sofort in die Rue Dufrenoy.«

»Du fährst nach Hause?«

Clifford nickte: »Ich muss mich umziehen.«

»Ist der Chauffeur noch da?«

»Ja, er wartet draußen auf mich.«

»Fürchtest du dich vor deiner Frau?«

»Nein, gar nicht. Ich muss nur ... mein Gesicht zeigen ... und die Wellen glätten ... wird schon irgendwie gehen. Jean fährt mich dann gleich in die Redaktion.«

Er zog seine Brieftasche hervor, nahm vier große, bunte Scheine heraus und legte sie auf den Schreibtisch, der zwischen den Fenstern stand. Es waren vierhundert neue Francs, ein kleines Vermögen für eine arme Studentin wie mich.

»Das gehört dir«, er lächelte mich an.

»So viel Geld? Wofür?«

»Kauf dir irgendwas, was dir gefällt, ein neues Kleid, Schuhe, geh Mittagessen in die Brasserie Lipp, ich hab nämlich erst am Abend wieder Zeit.«

Er steckte seine Brieftasche wieder ein und sagte etwas, was mir gar nicht gefiel: »Punkt halb acht hole ich dich ab. Dann fahren wir Abendessen zu mir.«

»Muss das heute schon sein?«, fragte ich mit versagender Stimme.

»Ja.«

»Aber ... wir sind gerade erst angekommen.«

»Genau darum. Du sollst nicht auf falsche Gedanken kommen.«

»Aber Cliff ... ich kann ihr nicht ins Gesicht sehen, deiner Frau.«

»Natürlich kannst du das.«

»Aber wenn sie mit mir schreit?«

»Tut sie nicht. Nicht, wenn ich dabei bin. Ich will, dass du mit eigenen Augen siehst, dass zwischen ihr und mir nichts mehr ist.«

Ich senkte den Kopf. Clifford räusperte sich: »Hör mir jetzt gut zu«, sagte er sanft, »ich will, dass du dir keine Sorgen machst. Ich will auch nicht, dass du eifersüchtig bist. Ich will mit dir eine unbeschwerte Woche verbringen und das geht nur, wenn du kein schlechtes Gewissen hast und siehst, dass meine Ehe kaputt ist und nur noch auf dem Papier existiert.«

»Ach Cliff«, ich stellte mich auf die Zehenspitzen und fiel ihm um den Hals.

Er drückte mich zärtlich an sich: »Alles in Ordnung?«, flüsterte er mir ins Ohr. »Ist alles okay?«

»Ich will dir keine Probleme machen.«

»Tust du nicht. Jetzt muss ich aber weg. Vergiss nicht: Punkt halb acht! Und dass du mir nicht verloren gehst bis dahin.«

Ich blieb allein zurück, nahm ein heißes Bad, dann legte ich mich auf das breite Bett, griff nach dem Telefon und rief Irma im Büro an.

»Hallo?«, sie war sofort am Apparat.

»Hallo, Irma. Wir sind wieder da. Wie gehts Michou?«

»Besser. Er ist tapfer. Hat einen Riesengips, aber er kann schon damit gehen. Jetzt erzähl, Kittykind, ich platze vor Neugier. Gehts dir gut?«

»Es geht mir so fabelhaft, ich hab das Gefühl, es ist alles nur ein Traum!«

»Das hört man gern.«

»Ich hab das noch nie erlebt. Vor einer Stunde ist

er weggefahren, schon geht er mir ab. Du, Irma, er ist wirklich meine verwandte Seele. Wir sind absolut gleich. Wir denken sogar dasselbe. Ich hab das Gefühl, dass er in mir wohnt.«

»Und im Bett?«

»Ideal! Ein phantastischer Liebhaber, ausdauernd, rücksichtsvoll und nachher noch zärtlicher als vorher.«

»Gratuliere. Ich nehme an, das Problem ist seine Frau?«

»Sitzt du gut?«

»Ja. Warum?«

»Ich bin eingeladen. Zu ihm nach Haus, am Abend. Ich soll mit ihm essen und mit seiner Frau.«

»Was?«, Irma schnappte nach Luft. »Und das tust du?«

»Ich muss. Er holt mich ab um halb acht, dann fahren wir gemeinsam hin.«

»Ich frage mich, warum ein Mann das macht. Will er seine Frau züchtigen? Will er, dass sie sich erschießt?«

»Er will mir beweisen, dass seine Ehe kaputt ist.«

»Warum lebt er dann noch bei ihr?«

»Gewohnheit.«

»Hat er gesagt, er lässt sich scheiden?«

»Das nicht. Aber er hat gesagt, eine Scheidung ist heutzutage keine Tragödie mehr und man kann auch als geschiedener Mann Karriere machen.«

»Trotzdem, mach dir nicht zu viele Hoffnungen. Männer in seiner Position sind im Privatleben feig.«

»Das glaub ich nicht.«

»Dein Wort in Gottes Ohr. Wo wohnst du denn überhaupt?«

»In der Rue Jacob. Im Hotel d'Angleterre.«

»Was? In dem exquisiten Angleterre? Für wie lang?«

»Noch die ganze Woche.«

»Principe di Savoia, Angleterre, liebes Kind, du machst dich.«

»Irma, ich bin dir ewig dankbar.«

»Wofür?«

»Dass du mich nach Paris eingeladen hast. Ohne dich wäre das alles nicht passiert.«

»Gern geschehen.«

»Du bist meine gute Fee.«

»Hoffentlich. Das wird sich erst weisen. Also, dann viel Glück für heute Abend. Und was immer passiert außer Mord und Totschlag, trags mit Fassung. Okay?«

»Im Notfall fahre ich früher heim nach Wien.«

»So weit wird es schon nicht kommen. Du hast ja meistens Glück. Und du schwörst, morgen rufst du mich an und erzählst mir alles im Detail.«

Ich trug mein indisches Kleid, als Cliff mich abholte. Ich hatte nichts gefunden in den Boutiquen und das Kleid passte mir gut. Das Oberteil war gezogen und lag eng am Körper an, betonte meine schlanke Taille und machte sehr jung.

Um noch jünger zu wirken, schminkte ich mich nicht, nicht einmal Lippenstift und das Haar flocht ich zu einem keuschen Zopf, der hinten auf den Rücken fiel.

Zufrieden musterte ich mich im Spiegel. Wunderbar!

Ich wirkte wie ein Mädchen, sanft und brav. Was der Sinn der Sache war. Eine wütende Ehefrau mit rubinroten Lippen, wallenden Locken und tiefem Dekolleté zu reizen schien mir zu riskant.

»Hey! Sweet little sixteen«, rief Cliff erfreut, als er mich holen kam, »du siehst aus wie ein Kind.«

»Ich hab noch nichts gekauft, kann ich so gehen?«

»Du bist bildhübsch!« Er half mir in den Mantel.

»Wie ist die Stimmung zu Hause?«

»Neutral.«

»Und wie war die Begrüßung heute früh?«

Clifford begann zu lachen: »Du wirst es nicht glauben. Die gute Grace war sanft wie ein Lamm. Sie war zu Tode froh, dass ich heimgekommen bin. Wahrscheinlich hat sie gedacht, sie sieht mich nie wieder.«

Wir verließen das Hotel. Es hatte zu regnen aufgehört, doch die Straße war immer noch nass. Cliff war mit seinem Privatwagen gekommen, einem silbergrauen Bentley. Er stand direkt vor dem Hotel, es gab ja damals noch Parkplätze im Überfluss.

Mit gemischten Gefühlen stieg ich in den schweren Wagen. Clifford gab Gas und fuhr hinunter zur Seine. Dort bog er so rasant in die Uferstraße ein, dass wir um ein Haar ins Schleudern gekommen wären.

»Oh, pardon!«, er nahm sofort den Fuß vom Pedal. »Jetzt hab ich dich erschreckt. Kommt nicht wieder vor. Aber pass auf: Falls sie dich fragen sollte, ich meine, falls Grace dich fragt, ob du Mailand kennst – du warst natürlich niemals dort.«

»Logisch. Klar.«

»Und falls sie wissen will, wie lang du in Paris bleibst, du fährst morgen wieder weg.«

»Okay.«

»Wahrscheinlich wird sie gar nichts fragen«, sagte Cliff nach einer Weile, »sie redet nur über ihre Kurse oder übers Kochen. Sonst interessiert sie nichts.«

»Hat deine Frau je gearbeitet?«

»Natürlich nicht. Als wir geheiratet haben, war das verpönt. Das war ein Armutszeugnis für den Mann. Er kann seine Familie nicht ernähren, er ist ein Versager, er verdient nicht genug Geld. Das war ganz anders als jetzt, wo jede Frau glaubt, sie braucht einen Beruf.«

»Haushalt und Kinder sind auch ein Beruf. Das ist nicht so leicht.«

»Wir haben eine Haushälterin.«

»Ja, aber man muss immer dahinter sein. Sag, ist sie blond oder brünett?«

»Wer?«

»Grace. Hat sie ein hübsches Gesicht?«

Clifford schüttelte den Kopf: »Sie war immer schlechter Durchschnitt und mit den Jahren ist sie nicht schöner geworden. Sie zieht sich schrecklich an, viel zu männlich und sie ist zu dick!«

Ich fragte nichts mehr. Schweigend fuhren wir in Richtung Bois de Boulogne. In der Rue Dufrenoy parkte Clifford direkt vor dem Haus und stieg aus. Ich rührte mich nicht. Mir hatten die Beine versagt.

»Was ist los?«, fragte Cliff.

»Soll ich nicht lieber im Auto warten? Wenn sie mich sieht, wird sie sicher denken, dass ich mit dir in Italien war.«

»Wieso? Es gibt doch keinen Zusammenhang. Komm jetzt, Kitty. Sieh mich an. Do you love me?«

»Das weißt du doch.«

»Dann vertrau mir und hab keine Angst.«

KAPITEL V

Das Gebäude, in dem Grace und Clifford wohnten, war noch schöner als Irmas Haus.

Es war ein Juwel aus der Belle Époque mit weiter, geschwungener Treppe aus Marmor, rotem Läufer, üppigem Stuck und einem Lift aus Holz, Messing und geschliffenem Glas.

Und in diesem Lift stand Gott sei Dank eine Bank, bezogen mit braunem Samt, auf die ich gleich sank, denn je höher wir stiegen, desto mulmiger wurde mir.

Clifford sah keinen Zusammenhang, aber die Frau muss erst geboren werden, die nicht sofort kapiert, was läuft! Kommt sieben Tage nicht heim, feiert Silvester allein, bringt eine völlig Unbekannte zum Essen mit, natürlich wusste Grace, dass ich es war! Und sie würde mich hassen, hysterisch schreien wie am Telefon. Wie überlebt man das? Hilfe! Doch es war schon zu spät. Vierter Stock! Wir stiegen aus.

Clifford klingelte heftig an einer dunklen Flügeltür, zog dann seine Schlüssel hervor und schloss auf.

Mit klopfendem Herzen trat ich in ein rundes Entrée, das zu einer Zimmerflucht führte, die kein Ende zu nehmen schien.

»Miaaauuuu!«, eine dicke schwarze Katze sprang auf uns zu, strich laut schnurrend um Cliffords Beine und ignorierte mich.

Hinter der Katze erschien ein zierliches Persönchen, Mandelaugen, dunkle Haut, weißes Schürzchen, dunkelblaues Kleid.

»Bonsoir Monsieur, bonsoir Mademoiselle«, sie lächelte uns an, dann nahm sie uns die Mäntel ab.

»Bonsoir Titine, bonsoir Pussy!« Clifford streichelte die Katze. »Ou est Madame?«

»In der Küche, Monsieur, sie kommt gleich. Es ist alles fertig, gehen Sie nur voraus.«

Ich folgte Clifford und der Katze durch eine breite Glastür in einen Salon, der wirkte wie aus einem Film: offener Kamin aus Marmor, darüber ein hoher Spiegel, Bücherwände rechts und links, antike Möbel, echte Teppiche, Bilder, Vasen mit gelben Rosen, die Einrichtungskurse hatten sich gelohnt, was ich sah, war bildschön.

»Nimm Platz«, Clifford zeigte auf zwei blaue Sofas, die einander gegenüberstanden, »was willst du trinken? Ich trinke heute nur Wasser.«

»Ich auch«, sagte ich und setzte mich mit dem Rücken zur Tür.

Kaum aber saß ich, hörte ich die gefürchtete spitze Stimme, die ich seit Mailand in den Ohren hatte: »Hallo«, sagte die Stimme. Also schnellte ich wieder hoch und wandte mich um.

Da stand sie, die ungeliebte Ehefrau: größer als ich, aschblondes Haar, hinten im Nacken zu einem Knoten festgesteckt, graue Augen, kein Lippenstift, dicke Wangen, leidender Zug um den Mund.

Sie trug weite graue Hosen, dazu ein Herrenhemd, drei Nummern zu groß, um ihre Fülle zu verbergen, und im Unterschied zu Cliff trug sie einen Ehering.

»Das ist Kitty Valentin, meine Übersetzerin aus Wien«, sagte Cliff ohne die geringste Scheu, »Kitty, das ist meine Frau.«

»Guten Abend«, ich versuchte zu lächeln, was mir nicht gelang. Grace sah mich lange prüfend an und runzelte die Stirn.

»Sie haben eine wunderschöne Wohnung«, fuhr ich fort, »danke für die Einladung. Ich hab mich sehr gefreut.«

»Das ist okay«, Grace hatte ihre Sprache wiedergefunden, »Cliff bringt immer seltsame Leute mit, das bin ich gewöhnt.«

»Grace, was willst du trinken?«, fragte Cliff. »Ein Glas Champagner?«

»Nein. Was Stärkeres. Gib mir einen doppelten Whisky. Wie war es in der Redaktion?«

»Hektisch wie immer.«

»Bring mir einen Aschenbecher und gib mir eine Zigarette«, befahl Grace.

»Ich rauche nicht mehr, da staunst du, was?« Clifford reichte ihr ein volles Glas. »Das ist mein guter Vorsatz fürs neue Jahr. Derzeit trinke ich auch nichts.«

»Seit wann rauchst du nicht mehr?«

»Seit Silvester.«

Grace setzte sich auf die Lehne des blauen Sofas, das uns gegenüberstand, und wandte sich zum ersten Mal direkt an mich: »Sie rauchen auch nicht, nehme ich an?«

»Nein. Es hat mir nie geschmeckt.«

»Dumme Frage, hätte ich mir sparen können. Lass mich nachrechnen, Cliff, bis jetzt hast du vier Mal zu rauchen aufgehört, das längste war … zwei Wochen. Dann hast du wieder angefangen. Vierzig am Tag.« Sie leerte ihr Glas in einem Zug und stand auf: »Das Essen ist serviert. Wir können gehen.«

Wir folgten Grace in ein herrschaftliches Speisezimmer, das ganz in Blau und Weiß gehalten war. Der Tisch war groß genug für zwanzig Leute und ich dachte an die armen Gäste, die Cliff vorletzte Woche versetzt hatte, um mit mir nackt schwimmen zu gehen.

Cliff schien meine Gedanken zu erraten und zwinkerte mir zu. Dann setzte er sich zwischen Grace und mich und reichte mir das Brot. Der Tisch war hübsch für uns drei gedeckt, ein üppiges Gesteck mit gelben Rosen stand in der Mitte, Titine servierte die Suppe, sie schmeckte wunderbar.

»Das war köstlich«, sagte ich, als ich fertig war, »wie ist das Rezept? Ein Geheimnis?«

»Geht ganz schnell«, sagte Grace, »Rüben, Karotten, Kartoffel, Lauch und Sellerie kochen und durch die flotte Lotte. Ein paar Kräuter, fertig! Geht ruckzuck. Die Franzosen essen das oft … kann man natürlich nicht jedem vorsetzen. Die Suppe ist ganz billig. Kostet praktisch null.«

Ich wusste nicht, was ich sagen sollte, aber Clifford lächelte mir aufmunternd zu.

»Unser Gast spricht Englisch, Französisch, Deutsch und zwar perfekt«, sagte er dann.

»Ach ja?« Grace war völlig desinteressiert. »Und wie ist das so als Dolmetscherin? Macht das Spaß?«

»Nicht immer«, sagte ich wahrheitsgetreu.

»Sie sprechen sicher auch perfekt Italienisch, oder?«

Clifford griff unter dem Tisch nach meiner Hand und drückte sie.

»Leider nein«, sagte ich schnell, »ich mache das nur nebenbei. Hauptberuflich studiere ich Anglistik und Germanistik. Ich möchte ein Doktorat machen und dann an der Uni bleiben.«

»Genau wie unser Gregory«, meinte Grace, »Gregory ist unser Sohn. Er geht in England zur Schule. Wissen Sie, wie teuer das ist? Das hat unser ganzes Leben umgekrempelt. Seit Jahren essen wir nur noch Teigwaren und Reis, wir können uns nichts mehr leisten. Und mehr gibt es auch heute nicht. Tut mir leid.«

Titine kam herein und servierte Spaghetti aglio e olio. Wieder ein simples Gericht, aber exzellent zubereitet. Wir aßen gleich noch eine zweite Portion.

»Das genügt doch, oder?«, meinte Grace und lehnte sich zurück. »Das ist gut und wirklich billig. Kann man nicht jedem zumuten, aber für gewisse Leute reicht es.«

Anschließend gab es Salat. Ganz billig. Dann Käse, gerade vor dem Ablaufdatum, ein Restposten aus dem Supermarkt. Dann Ananas, ganz billig aus der Dose. Sonderangebot.

»Café, Monsieur?«, fragte Titine, als wir wieder auf den blauen Sofas im Salon Platz genommen hatten. »Madame, darf ich die Bonbons servieren, die Sie heute gekauft haben?«

»Auf keinen Fall«, rief Grace empört, »die kriegt der Konsul Lepré, wenn er mit seiner Frau kommt. Das sind anständige Leute.«

Clifford begann laut zu lachen, Grace sah ihn verwundert an.

»Das ist wirklich ein reizender Abend«, sagte Cliff.

»Jedem das Seine«, schnappte Grace zurück, »bring mir einen Digestif. Chartreuse mit Eis und meine Zigaretten.«

»Wenn du dich unbedingt ins Grab rauchen willst, bitte sehr!«

Pussy sprang auf das Sofa und legte sich zu mir. Sie ließ sich sogar kraulen. Ihr Fell war weich, seidig und dicht und sie begann sogleich zu schnurren, streckte die Pfoten genießerisch von sich auf Katzenart und fühlte sich sichtlich wohl.

»Pussy, komm sofort zu mir«, befahl Grace. Sie saß auf dem Sofa mir gegenüber und biss sich auf die Lippen.

»Lass sie doch«, sagte Clifford ärgerlich, »du hast sie ohnehin den ganzen Tag.«

Titine brachte den schwarzen Kaffee. »Brauchen Sie mich noch, Madame?«

»Nein, danke. Sie können schlafen gehen.«

Grace hatte ziemlich viel Wein getrunken und nach dem ersten Schluck Chartreuse begann sie zu gähnen.

»Du bist müde«, sagte Cliff sofort, »ich bringe unseren Gast nach Haus.«

Grace antwortete nicht, zündete sich eine Zigarette an, inhalierte tief und blies den Rauch nach oben. Cliff erhob sich, ich ebenfalls.

»Das war ein sehr gesundes Essen«, sagte ich, »man sollte öfter vegetarisch kochen.«

»Gesund oder nicht ist mir ganz egal. Hauptsache, es ist billig. Das Ganze hat gekostet, für vier Personen, Titine inbegriffen, fünfzehn Francs. Nicht mehr! Das wars mir wert.«

»Jedenfalls vielen Dank, dass Sie sich so viel Mühe gemacht haben.«

Grace antwortete nicht. Sie schlug die Beine übereinander und sah gezielt an mir vorbei. Sie begleitete uns auch nicht zur Tür. Pussy sprang uns nach und wäre fast mit hinausgehuscht auf den Gang, hätte Cliff ihr nicht mit einem Bein den Weg versperrt. »Dableiben, Pussy«, rief er und schloss vorsichtig hinter uns zu. Es war geschafft!

Ich seufzte erleichtert auf. Der gefürchtete Besuch war vorbei, er hatte nur eineinhalb Stunden gedauert und ich lebte noch. Es war alles gut gegangen, ohne Ohrfeigen und Schreierei und die Frau war mir nicht sympathisch. Das machte alles sehr viel leichter.

»Entschuldige das billige Essen«, sagte Cliff, als wir wieder im Wagen saßen, »ich revanchiere mich, okay?«

»Ich hätte überhaupt nichts gekocht. Ich hätte den Mann und die Freundin gar nicht hereingelassen.«

»Das traut sie sich nicht. Sie hängt von mir ab. Ohne

mich steht sie auf der Straße. Wie gefällt dir die Wohnung?«

»Prachtvoll schön. Und deine Katze ist entzückend.«

Cliff startete den Wagen und wir fuhren. Es war fast kein Verkehr und wir sprachen nicht mehr viel. Irgendwie war uns die Lust vergangen. Grace stand zwischen uns. Und als wir vor dem Hotel d'Angleterre einparkten, bat ich Cliff nicht mitzugehen, sondern wieder zu ihr heimzufahren.

»Dazu hab ich nicht die geringste Lust«, sagte Cliff, »wie kommst du auf die Idee?«

»Sie tut mir leid.«

»Ich versteh dich nicht. Sie war doch unmöglich zu dir.«

»Stimmt. Aber wenn du heute Nacht wegbleibst, weiß sie ganz genau, dass du mit mir in Mailand warst. Fährst du heim, hat sie vielleicht ihre Zweifel.«

»Das ist mir völlig egal!«

»Bitte, Cliff! Sie hat mich gesehen. Es geht ihr sicher schlecht, wahrscheinlich wartet sie die ganze Nacht auf dich und kann nicht schlafen und ich bin schuld.«

Clifford seufzte und wandte den Kopf ab.

»Okay«, sagte er nach einer langen Pause, »vielleicht ist das gar keine schlechte Idee. Wir sehen uns dann morgen zu Mittag. Ich hole dich zum Essen ab.«

»Danke. Das ist lieb von dir.«

»Ich hab noch nie eine Frau wie dich gekannt.«

»Und ich noch nie einen Mann wie dich.«

»Hab ich dir zu viel versprochen? Siehst du jetzt, dass das keine Ehe mehr ist?«

»Nein, du hast recht gehabt.«

»Gib mir einen schönen, langen Gutenachtkuss.«

Wir küssten uns ewig und dann drückte mich Clifford fest an sich: »Good night, Sweetheart. In ein paar Stunden bin ich wieder bei dir. Schlaf gut. Und dass du mir ja nicht von anderen Männern träumst.«

Ich träumte nicht von anderen Männern, in meinem schönen Zimmer im Hotel d'Angleterre, ich träumte von Cliff und mir in einer Villa am Meer, von meiner kleinen blauen Olivetti, von meiner Dissertation und einem Roman, den ich begonnen hatte, der ein großer Erfolg werden sollte.

Es war ein fröhlicher Traum, in dem mir alles gelang. Und als ich erwachte, schien die Sonne direkt in mein Gesicht und das Telefon neben dem Bett läutete lang und schrill.

»Hallo?«, noch halb verschlafen hob ich ab.

»Hi, Darling«, sagte Cliff, »ich bin noch in der Redaktion, aber ich hole dich jetzt gleich zum Essen ab.«

»Wie spät ist es denn?«, ich gähnte laut.

»Fast halb eins. Sag bloß, du liegst noch im Bett?«

»Was, halb eins? Das gibts nicht.«

»Ich hab dich aufgeweckt«, lachte Cliff, »weißt du was? Bleib liegen. Ich kaufe uns ein paar gute Sachen und wir essen gemütlich im Hotel. Hast du von mir geträumt?«

»Hab ich. Deshalb hab ich so lang geschlafen.«

»Dann schlaf weiter. Spätestens um halb zwei bin ich da.«

Ich schlief aber nicht weiter. Ich duschte schnell, bewunderte kurz den Blick über die Dächer von Paris, dann rief ich Irma an, die schon ungeduldig wartete.

»Hallo, Irma, jetzt kommt der versprochene Bericht.«

»Wunderbar. Wie wars?«

»Peinlich! Aber ich habs überlebt.«

»Wie sieht sie aus?«

»Ungeliebt. Zehn Kilo zu schwer, aber man könnte etwas machen aus ihr. Sie hat schöne lange Beine.«

»Wie war sie zu dir?«

»Unmöglich. Gott sei Dank. Sonst hätte ich nämlich jetzt ein schlechtes Gewissen.«

»Wie sind die zwei miteinander umgegangen?«

»Feindlich. Sie unterbricht ihn ständig und raucht wie ein Schlot. Sie weiß alles besser. Seit der Sohn auf der Welt ist, kein Küssen, kein Streicheln, no sex …«

»Wie alt ist der Sohn?«

»Sechzehn.«

»Und seither war nichts? Glaubst du das?«

»Ja. Sie ist katholisch. Sie will keine Kinder mehr.«

»Was heißt, sie ist katholisch?«

»Verhüten ist verboten. Man verhütet durch Abstinenz.«

»Seit sechzehn Jahren?«, rief Irma entsetzt. »Die Frau muss total frustriert sein.«

»Angeblich ist sie frigide.«

»Kitty, ich bitte dich! Bring ihr den richtigen Mann und dann sehen wir weiter.«

»Mein Glück ist, dass die zwei nicht zusammenpassen. Der Sohn ist auch nicht in Paris, er geht in London auf eine teure Schule, aber du, die Wohnung ist ein

Traum. Zehn Zimmer, im schönsten Haus in der Rue Dufrenoy, der ganze vierte Stock, von deinem Gästezimmer, wo ich geschlafen habe, siehst du die Fenster seines Salons.«

»Die Fenster mit dem schönen Bleiglas?«

»Ja. Genau die. Und er hat eine reizende Haushälterin von den Philippinen und eine süße schwarze Katze. Du, ich muss aufhören, Clifford kommt gleich und ich muss mich noch frisieren.«

»Wann sehen wir uns?«

»Ich komm am Nachmittag kurz bei dir im Büro vorbei.«

»Okay. Ich freu mich. Das sind ja gute Nachrichten. Auf später dann, machs gut.«

Kaum hatte ich aufgelegt, klopfte es stürmisch und Cliff war da. Er hielt eine vielversprechende Tragtasche in der Hand, mit der Aufschrift »Fauchon«.

Fauchon ist ein bekannter Feinkostladen und er packte eine Köstlichkeit nach der anderen aus. Sogar frisches Obst hatte er mir mitgebracht, Bananen, Mandarinen und eine ganze große, duftende, reife Ananas.

»War Grace noch wach, als du heimgekommen bist?«, fragte ich, als der erste Hunger gestillt war.

»Keine Ahnung. Ich schlafe hinten im Gästezimmer.«

»Und beim Frühstück? Was hat sie gesagt?«

»Da war sie schon weg. Bei einem Schreibseminar.«

»Was für ein Seminar?«

»Creative writing. Sie ist wütend, dass ich mit Schreiben so viel Geld verdiene und will es lernen und mir dann zeigen, dass sie es viel besser kann.«

»Aber zum Schreiben braucht man Talent. Das lernt man nicht einfach so wie Hemden bügeln.«

»Wem sagst du das. Aber es gibt ihr was zu tun. Sie hat auch gleich angefangen mit einem Roman, weil sie weiß, dass ich einen schreibe. Meinen Gold-Thriller, von dem hab ich dir schon erzählt, jedenfalls, sie bastelt herum an dem größten Bestseller aller Zeiten und lobt sich ununterbrochen selbst …«

»Wie ist der Roman?«

»Peinlich. Sie hat erst zwanzig Seiten, die sind unter jeder Kritik. Total verworren, komplizierte Schachtelsätze, stinklangweilige Details, sie weiß nicht, was wichtig ist. Sie kann nicht erzählen. Der Roman wird sicher nie fertig.«

»Hast du ihr das gesagt?«

»Werde mich hüten! Offiziell hab ich noch nichts gesehen.« Er schälte eine Mandarine und teilte sie mit mir: »Ja, meine Kitty, ich muss wieder weg, so leid es mir tut. Gib mir schnell noch einen Kuss, Darling, and hold me tight.«

Wir fielen uns in die Arme.

»Ich hab dich so vermisst in der Nacht«, murmelte Cliff.

»Ich dich auch.«

Schon war seine Hand auf meiner Brust, wir kamen vom Hundertsten ins Tausendste, vergaßen die Welt und als wir wieder zur Besinnung kamen, war es dreiviertel vier.

»Das hab ich jetzt gebraucht«, sagte Cliff, »aber ehrlich, Kitty, das war das letzte Mal, dass ich mit dir in ein Bett gestiegen bin, ohne vorher den Wecker zu stellen.«

»Aber schön wars.«

»Mit dir ist es immer schön, so schön, dass es mich jedes Mal erschreckt. Ich hab Angst, dass ich nie genug kriegen kann von dir, und du? Geh ich dir schon auf die Nerven?«

»Ich liebe dich.«

»Ich dich auch, sweet baby. I adore you! Aber heute wird es spät werden. Am besten, du holst mich von der Redaktion ab, sagen wir gegen zehn. Du fragst beim Portier nach mir, er bringt dich hoch in mein Büro, dann gehen wir essen und ins Kino, oder tanzen, was immer uns freut ... also, mach dir einen schönen Nachmittag, wir sehen uns dann um zehn.«

Den schönen Nachmittag machte ich mir tatsächlich. Die Geschäfte haben ja lange geöffnet in Paris und nach dem Kurzbesuch bei Irma erfüllte ich mir in dem großen Warenhaus Galeries Lafayette einen Herzenswunsch: kein Kleid, nein, sondern rote Stiefeletten aus Lackleder, die perfekt zu meinem schwarzen Maximantel passten. Sie waren leicht und elegant, aber auch robust genug, um sie in Wien im Schnee zu tragen. Seit Jahren hatte ich mir so etwas gewünscht, doch das Geld hatte nie gereicht.

Und noch etwas kaufte ich: einen leichten Pulli aus glänzendem türkisem Seidengarn, mit Lochmuster, spitzem Ausschnitt, etwas gewagt, doch total pariserisch, ich konnte nicht widerstehen.

Hochzufrieden fuhr ich dann im Autobus zur Eglise

d'Auteuil, um das Haus wiederzusehen, in dem ich Au-pair gewesen war.

Es stand noch genauso da wie früher, nichts hatte sich verändert, nur ich war nicht mehr dieselbe. Ich hatte damals nur Taschengeld verdient und jetzt fühlte ich mich richtig reich!

Trotz der teuren Sachen war immer noch was übrig von Cliffords vierhundert Francs. Es war nicht zu fassen, ich hatte mich eingestellt auf sieben Jahre Studium, sieben Jahre lernen und sparen und jetzt brach dieser Luxus über mich herein.

Aber was hatte Irma gesagt? »Kitty, mach dir nicht zu viele Hoffnungen. Jetzt bist du in Paris und er sieht nur dich. Aber nächste Woche bist du wieder in Wien, und du kennst ja das alte Sprichwort: Aus den Augen, aus dem Sinn.«

Natürlich kannte ich es, doch ich war viel zu glücklich und hatte es längst vergessen, als ich Clifford in der Redaktion abholte. Es gab aber ein anderes Problem: Die Woche verging zu schnell.

Clifford frühstückte jeden Tag mit mir, fuhr anschließend ins Büro und abends gingen wir essen, ins Theater oder in ein Konzert und dann schnell, schnell zurück ins Hotel, wo wir aneinandergeschmiegt die Nacht verbrachten.

Cliff fuhr nicht mehr nach Hause zurück.

Nur morgens tauchte er dort auf, um sich umzuziehen. Die ganze Woche, die ich in Paris verbrachte, sah er Grace nur ein einziges Mal und man wechselte kein Wort.

Ich hatte auch kein schlechtes Gewissen mehr. Cliff hatte nicht gelogen, die Ehe existierte nur noch auf dem Papier.

»Warum habt ihr euch nicht längst getrennt?«, fragte ich, als er mir wieder einmal alles aufzählte, was ihn an seiner Frau störte.

»Zu umständlich«, meinte er, »und wegen Gregory. Und es ist zu teuer. Was glaubst du, was eine Scheidung kostet. Aber hätte ich dich früher kennengelernt, wäre ich längst schon frei.«

Den letzten Nachmittag verbrachte ich mit Cliff in der Redaktion. Etwas Aufregendes war passiert: Man hatte einen berühmten Hollywood-Star betrogen, es ging um seine Memoiren und um seinen Verleger in New York und Clifford hatte für nichts anderes mehr Zeit.

Er telefonierte stundenlang herum und war begeistert wie ein kleines Kind: »Ab heute spiele ich Detektiv«, sagte er mit leuchtenden Augen, »wenn jemand den Fall lösen kann, bin ich es! Weißt du, was ich dann tue? Dann schreibe ich darüber eine Serie und verkaufe sie in die ganze Welt. Jetzt kommen aufregende Tage, ich werde viel auf Reisen sein. Halt mir die Daumen, dass alles so ist, wie ich vermute. Das ist für mich eine Riesenchance.«

Am Abend brachte er mich dann zum Zug. Trug meinen Strohkoffer, stieg mit mir ein, breitete im Liegewagen für mich die Decke aus und nahm mein Gesicht in beide Hände:

»Smile at me!«

Ich lächelte so gut es ging.

»Ah, diese Grübchen, die werde ich vermissen.«

»Ich vermisse dich jetzt schon«, sagte ich, Tränen in den Augen, »ich hab mich so an dich gewöhnt. Ich weiß gar nicht mehr, wie das ist, allein schlafen, ich in Wien, du in Paris …«

»Ja, das wird schwer«, Clifford strich liebevoll über mein Haar, »Gott sei Dank bin ich dran an dem Hollywood-Skandal, ich bin mit Arbeit eingedeckt und du auch. Du musst studieren und gute Noten schreiben und du hast deine Studienkollegen und alle deine Verehrer …«

»Die sind nicht wichtig«, unterbrach ich ihn, »die sind total uninteressant, verglichen mit dir.«

»Ich ruf dich an«, Clifford wandte sich zum Gehen, »du hörst bald von mir.« Und dann sagte er etwas, das mir den Herzschlag stocken ließ: »Kann sein, dass wir uns jetzt lange Zeit nicht sehen!«

Im letzten Moment sprang er aus dem Zug, der bereits langsam anrollte. Ich öffnete blitzschnell das Fenster, hielt die Hand hinaus, er fasste meine Finger und lief noch eine Zeitlang neben mir her.

Dann wurde das Tempo zu rasant. Er ließ mich los, winkte und ich winkte zurück und winkte und winkte, bis er nicht mehr zu sehen war.

Dann kurbelte ich das Fenster wieder hoch, ging ins Abteil, das ich für mich allein hatte, sank auf das harte Bett, begann zu schluchzen und hörte stundenlang nicht mehr auf. In Straßburg fiel ich dann in ohnmachtsähnlichen Schlaf, und als ich kurz vor Wien erwachte, befand ich mich in einer frischen, weißen Welt.

Überall lag Schnee, auf allen Bäumen, allen Straßen, allen Dächern, Wien war tief verschneit und eine blasse Morgensonne brachte den Schnee zum Glitzern.

Der Schaffner gab mir meinen Pass zurück: »Gut geschlafen? Brauchen Sie Hilfe mit dem Gepäck?«

»Nein, danke«, ich lächelte sogar. Ich hatte genug geweint und Schnee heitert mich immer auf. Ich griff nach meinem Strohkoffer, setzte die Kapuze auf und verließ ausgiebig gähnend den Westbahnhof.

Frische, kalte, stechende Winterluft, viel kälter als in Paris, doch ich trug meine neuen roten Stiefeletten und meine Füße waren warm.

Ich stapfte zur nächsten Straßenbahn. Irgendwas stimmte nicht. Aber was? Ich sah mich um, nach rechts, nach links, dann wusste ich: Es war zu still hier in Wien.

Es war so ländlich verschlafen, kaum Autos auf den Straßen, kein Stau weit und breit, kein Hupen, keine Fußgänger, die bei Rot über die Kreuzung liefen, die Gehsteige wirkten verwaist, verglichen mit dem frohen Leben auf den Boulevards in Paris.

Auch die Straßenbahn fuhr im Zeitlupentempo hinunter zum Ring, dort stieg ich um in die Linie D, die endlos auf sich warten ließ. Endlich bimmelte sie heran, halb leer, aber gut beheizt. Ich nahm am Fenster Platz und gemächlich gondelten wir durch die verschlafene Stadt, vorbei an der Universität, hinein in die tief verschneite Porzellangasse.

Dort wohnte ich.

Edle Häuser gibt es hier und das berühmte Palais

Liechtenstein mit dem wunderbaren Park und alles wirkte noch viel schöner durch den frischen Schnee.

Der D-Wagen hielt, ich stieg aus, ging vorbei an der Koralle, einem traditionsreichen Wiener Café, das es heute leider nicht mehr gibt, schon stand ich vor Nummer 45, dort war ich daheim.

»Guten Morgen, Fräulein Valentin«, Herr Engel, unser Hausmeister schaufelte gerade Schnee vom Gehsteig. »Kohlen sind für Sie gekommen. Ich habe sie oben vor Ihre Tür gestellt.«

»Danke, Herr Engel.«

»Schöne Stieferl haben Sie. Die werden Sie brauchen. Morgen kriegen wir minus 15 Grad!«

»Wann hat es denn hier so viel geschneit?«

»Vorige Woche und die ganze letzte Nacht. Übrigens gutes neues Jahr!«

»Danke, ebenfalls!«

Ich gab dem Hausmeister ein kleines Trinkgeld, dafür, dass er meine Kohlen nach oben gebracht hatte. Er bedankte sich und hielt mir die Tür auf, eine schwere Tür aus Schmiedeeisen und Glas, und ich schritt den langen Flur entlang zum Lift.

Das Haus stammte aus der Gründerzeit. Es konnte sich zwar nicht messen mit der Pracht, in der Clifford wohnte in Paris, doch es war ein ausnehmend schönes Haus.

Ich fuhr hoch in den sechsten Stock unter das Dach. Hier lagen die ehemaligen Waschküchen und Trockenböden, die man zu kleinen Studentenwohnungen ausgebaut hatte. Eine davon hatte ich gemietet, nach dem

Motto: Wenn ich mir schon nur zwei kleine Zimmer leisten kann, dann zumindest im schönsten Haus, das zu finden ist.

Ich freute mich über die zwei großen Säcke mit Kohlen, dann schloss ich auf: Sonne, Stille, aber auch eiskalte Luft. Kein Wunder, vor Weihnachten hatte ich hier das letzte Mal geheizt. Mich fröstelte, doch dann musste ich lächeln.

Mir gefiel mein Refugium. Es war ein perfektes, verstecktes kleines Nest unterm Dach, mit einem Studierzimmer voller Bücher, Schreibtisch und roter Stehlampe und einem Wohnzimmer mit Schaukelstuhl und breitem Sofa, auf dem ich auch schlief. Klo und Dusche befanden sich auf dem Gang, Küche brauchte ich keine, denn ich aß in der Mensa.

Zu Hause hielt ich mich mit Obst, Haselnüssen, Milch und Pfefferminztee am Leben. Das war billig und gesund.

Ich schob die schweren Säcke ins Vorzimmer und heizte ein. Ich besaß einen bildhübschen Ofen aus Gusseisen, der die Wärme über Nacht hielt. In der Früh brauchte ich nur nachzulegen und es war warm, bis ich von der Uni nach Hause kam. Ich liebte diesen Ofen.

Über der Aschenlade war eine verschnörkelte Tür mit mehreren Fenstern aus Glimmer, durch die man das lodernde Feuer sah. Löschte ich nachts das Licht, sah ich vom Sofa aus die rotgelbe Glut, die den ganzen Raum mit Behaglichkeit erfüllte. Dann war ich geborgen, beschützt, warm und glücklich und das leise Prasseln, das ich gerade noch hörte, wiegte mich in den Schlaf.

Kaum hatte ich eingeheizt und den Wasserkocher angesteckt, klingelte mein weißes Telefon. Es war Cliff.

»Hallo, little Kitty«, er klang nervös, »hier ist dein Verehrer aus Paris. Erinnerst du dich an mich? Oder hast du einen neuen Mann im Zug kennengelernt?«

Ich musste lachen.

»Das ist nicht komisch«, sagte Cliff, »denn wenn das so wäre, müsste ich ihn erschießen!«

»Kein Mann weit und breit, keine Angst.«

»Und die Verehrer? Stehen sie Schlange vor der Wohnungstür?«

»Noch nicht!«

»Was heißt noch nicht?«

»Das war ein Witz. Ich bin allein.«

»Sweet Darling«, sagte Clifford wieder mit normaler Stimme, »ich bin heute früher in der Redaktion, deshalb rufe ich jetzt schon an, später wird es zu hektisch mit dem Hollywood-Skandal, das wird eine Riesensache, ich habe überhaupt keine Zeit mehr, ich spiele Sherlock Holmes!«

»Wie aufregend! Ich beneide dich.«

»Der Verleger aus New York ist da. Morgen fliegen wir nach Zürich. Übermorgen muss ich nach Mallorca, die Geschichte wird immer wilder, so etwas hab ich noch nicht erlebt. Ich darf dir aber nichts erzählen, es ist noch nichts offiziell!«

»Das heißt, du bist die nächsten Tage auf Reisen?«

»Jawohl! Ich bin der Spürhund auf der Fährte! Was machst du heute noch? Gehst du abends aus?«

»Nein. Ich muss für zwei Prüfungen lernen.«

»Braves Kind. Vielleicht melde ich mich später noch.«

»Wie ist die Stimmung zu Hause?«

»Neutral. Ich habe Grace noch gar nicht gesehen. Mach dir keine Sorgen.«

»Danke noch einmal, dass du mir so viel Zeit gewidmet hast. Und danke für deine Großzügigkeit. Und du fehlst mir so.«

»Du fehlst mir auch«, sagte Cliff, »so, da kommt ein Anruf aus der Schweiz. Ich muss aufhören. Bye bye, Sweetheart, see you later!« Und er hängte ein.

Kaum hatte ich den Hörer aufgelegt, überfiel mich tiefste Melancholie. Cliffords Stimme hatte das bewirkt. Ich vermisste ihn plötzlich so sehr, dass es schmerzte. Am liebsten hätte ich geweint. Aber weinen bringt nichts! Also packte ich meinen Strohkoffer aus.

Kaum aber leerte ich die Tasche mit den Waschsachen, schnürte es mir abermals die Kehle zu: Clifford hatte immer meine Bürste benützt und seine Haare hatten sich in den Borsten verfangen. Cliffords Haare! Ich drückte die Bürste ans Herz und sank auf das Sofa. Und dachte an den Satz, den er zum Abschied gesagt hatte: Kann sein, dass wir uns jetzt lange Zeit nicht sehen!

Oh mein Gott! Was heißt »lange Zeit«? Sehen wir uns erst wieder zu Ostern? Bis dahin sind es noch zehn Wochen! Das überlebe ich nicht!

Ich stand wieder auf, nahm ein kleines Glas mit Honig aus dem Strohkoffer, das ich als Souvenir vom Principe di Savoia mitgenommen hatte, füllte es um, wusch es aus, trocknete es sorgsam ab.

Dann löste ich vorsichtig Cliffords graue Haare von den Borsten und tat sie in das Glas, schraubte den Deckel zu und seufzte tief. Ich fühlte mich verlassen von Gott und der Welt. Cliff! Cliff! Cliff! Warum war er nur so weit weg? Ich stellte das Glas auf den Schreibtisch und starrte es an. Ich muss was tun. Lernen! Lernen heitert mich immer auf. Aber zuerst rufe ich meine Mutter an.

Ich wusste, sie war nicht zu Hause. Sie war aufs Land zu einer Freundin gefahren. Als ich sie erreichte, kurz vor zwölf, waren die beiden eben von einem langen Spaziergang im Schnee zurückgekehrt.

»Mutti, hast du Zeit?«

»Für dich immer mein Schatz. Wie wars?«

Ich begann zu erzählen und hörte nicht mehr auf.

»Und was mach' ich jetzt?«, fragte ich verzweifelt, »ich bin total verliebt in einen verheirateten Mann! Was soll ich tun?«

»Du kannst tun, was du willst«, sagte meine unbezahlbare Mutter, »du bist erwachsen, du kannst dich verlieben in wen du willst, aber zwei Dinge musst du dir merken: Werde nicht schwanger! Und mach dein Studium fertig!«

»Glaubst du, wir sehen uns wieder, Cliff und ich?«

»Natürlich. Bestimmt schon bald.«

»Er hat aber noch nichts geplant und er hat gesagt, er hat überhaupt keine Zeit.«

»Weil er gerade Spürhund spielt und nicht zum Denken kommt. Weil du ihm noch nicht fehlst!«

»Du glaubst, er vermisst mich nicht?«, rief ich entsetzt.

»Natürlich vermisst er dich. Aber er hat es noch nicht bemerkt. Männer brauchen länger als Frauen, was Gefühle betrifft. Wenn es wirklich so schön war, wie du sagst …«

»Es war wunderbar! Wenn es jetzt aus ist, überstehe ich das nicht!«

Meine Mutter begann sanft zu lachen: »So kenne ich dich gar nicht, meine Kitty, so verzagt. Kopf hoch! Weißt du was?«

»Was?«

»Schreib ihm gleich einen Brief. Das frischt die Liebe auf.«

»Danke. Das tu ich. Das ist eine gute Idee.«

»Und dann fängst du sofort an und lernst für die Prüfungen. Das bringt dich auf andere Gedanken.«

»Mach ich.«

»Hast du was zu essen daheim? Wenn nicht, geh in die Koralle.«

»Ich hab noch keinen Hunger.«

»Hast du gut eingeheizt? Frierst du nicht?«

»Nein. Es wird schon warm.«

»Gut«, sagte meine heißgeliebte Mutter, »dann überlasse ich dich jetzt deinen Skripten. Und mach dir keine Sorgen. Der Mann rennt dir noch die Türen ein.«

»Wieso bist du so sicher?«

»Du unterschätzt dich, wie immer«, meine Mutter lachte kurz auf, »aber ich kenne meine charmante Tochter. Und weiß, wie sie auf Männer wirkt.«

KAPITEL VI

Trotz der tröstenden Worte meiner Mutter geschah etwas Schreckliches: Clifford rief eine ganze Woche lang nicht an. Wie ich das überstand, ist mir heute noch rätselhaft.

Ich war sicher, es ist aus und vorbei. Irma hatte recht gehabt: Aus den Augen, aus dem Sinn!

Auch meine schöne Freundin Rita rückte mir den Kopf zurecht:

»Mach dir keine Illusionen, Kitty, der Mann ist auf keiner Reise allein. Dass er so viel Zeit verbracht hat mit dir, ist schon ein Wunder. Aber wiedersehen wirst du ihn nicht. Paris ist berühmt für schöne Frauen. Warum sollte er ausgerechnet nach Wien kommen? Nur wegen dir?«

»Er liebt mich.«

»Hat er das gesagt?«

»Hundertmal! Beim Aufwachen, beim Schlafengehen, im Taxi, im Flugzeug, im Zug, am Telefon …«

»Kennen wir schon«, meinte Rita abfällig, »I love you,

I love you, I love you! Das ist nicht halb so viel wert wie ein echtes ›Ich liebe dich!‹. Das heißt, ich geh gern mit dir ins Bett, mehr nicht. Vergiss ihn Kitty, es gibt auch noch andere Männer auf der Welt.«

Es war furchtbar.

Aber müßig blieb ich nicht. Drei Tage hintereinander schrieb ich ihm Briefe in die Redaktion, voll Sehnsucht und Liebe und voll Erinnerungen an die glückliche Zeit in Mailand und Paris.

Am vierten Tag nähte ich ihm dann ein Glücksamulett. Es war rund, aus fester, glänzender, roter Seide und ich stickte ein Muster hinein, aus seinen und meinen Haaren, die sich in der Bürste gefangen hatten.

Dann säumte ich das Ganze ein mit Silbergarn und Goldfäden und bei jedem Stich flüsterte ich einen Wunsch: Dass er mich immer liebt. Dass ich die wichtigste Frau in seinem Leben bin. Dass er immer gesund bleibt und so weiter und so fort.

Dann betrachtete ich mein Werk: Rot, Silber, Gold, strahlende Farben, Lebensfreude pur! Ich steckte es in eine durchsichtige Schutzhülle und sandte es eingeschrieben in die Rue du Boccador nach Paris.

Dann war mir leichter. Den Rest überließ ich dem Schicksal.

Um mich abzulenken, ließ ich mich zum Institutsdienst an der Universität einteilen, saß jede freie Minute in der Bibliothek und abends wachte ich neben dem Telefon.

Es gab noch keine Handys, keine Anrufbeantworter, keine Computer, wollte man erreichbar sein, musste man zu Hause sitzen.

Ich verbrachte meine Abende auf dem Sofa, lernte für die Prüfungen, und wenn ich mir nichts mehr merken konnte, las ich die Bücher für die Leseliste, bis meine Augen tränten.

Das Telefon stand immer in Reichweite. Doch es läutete nicht!

Nach drei Tagen war mein Selbstbewusstsein weg. Ich fand mich hässlich, uninteressant und alt, nicht einmal meine Grübchen heiterten mich auf.

Ich musste mich zwingen morgens das Haus zu verlassen, ich hatte keinen Appetit, sogar der halbe Apfel zum Frühstück wurde mir zu viel.

Gegen Ende der Woche traf ich Karl in der Mensa. Er erzählte mir gleich, wie langweilig es in Innsbruck gewesen war ohne mich.

»Du bist ja ganz dünn«, stellte er fest, »warst du krank? Bei deiner Freundin in Paris?«

Ich schüttelte den Kopf: »Ich bin nur müde. Ich lerne für zwei Prüfungen und bin erschöpft.«

Karl legte seine Hand auf meinen Arm: »Weißt du was? Du machst eine Pause und gehst mit mir auf den Ball der Philharmoniker im Musikverein. Meine Eltern haben einen Tisch im Goldenen Saal.«

»Ich hab kein langes Abendkleid.«

»Meine Schwester leiht dir eins, ihr habt dieselbe hübsche Figur.«

Der Philharmonikerball gehört zu den exklusivsten Bällen der Welt. Normalerweise hätte ich mit Begeisterung ja gesagt. So aber starrte ich lustlos vor mich hin.

»Also, Kitty, kommst du mit?«

»Sei nicht böse, ich glaube nicht.«

Karl seufzte: »Ich mach mir Sorgen um dich. Irgendwas ist los und du sagst es nicht. Was ist denn passiert in Paris?«

Ich antwortete nicht.

»Okay, verstehe. Also, falls du doch noch mitgehen willst zum Ball, ruf mich an.«

Die Tage schleppten sich dahin, kein Lebenszeichen kam von Cliff. Auch das ganze Wochenende wartete ich umsonst. Aber dann, Sonntagnacht, um ein Uhr früh läutete das Telefon.

Ich lag auf meinem roten Sofa, Bücher und Skripten um mich herum, denn ich war beim Lernen eingeschlafen. Mit geschlossenen Augen tastete ich nach dem Hörer.

»Hallo«, murmelte ich.

»Hab ich dich aufgeweckt?«

Es war Cliff!

»Nein, nein!«, sofort war ich glockenwach. »Hallo, Cliff, wo bist du? Was machst du? Wie gehts dir?«

»Mir gehts gut. Dir auch?«

»Jetzt schon«, ich presste den Hörer fest ans Ohr.

»Ich hab eine höllische Woche hinter mir«, sagte Cliff, »ich war in Brüssel, Zürich, Mallorca, Ischia, aber ich habe deine Briefe gekriegt und am Freitag den Glücksbringer, thank you, Darling. Ich trage ihn immer bei mir, ich hab ihn zwischen die Kreditkarten gesteckt. Denkst du an mich?«

»Tag und Nacht! Du fehlst mir so.«

»Ich muss dir was sagen, das wird dich freuen. Ich hab noch immer keine einzige Zigarette geraucht!«

»Bravo! Bist du noch in der Redaktion?«

»Ja. Aber nicht mehr lang. Ich gehe gleich noch was essen.«

»Ins Sherwood?«, fragte ich wehmütig.

»Genau. Schade, dass du nicht mitgehen kannst.«

»Schade, dass du nicht bei mir bist. Ich liege auf einem schönen Sofa, Platz genug für dich und mich … weißt du schon, wann du wieder Zeit hast? Sehen wir uns irgendwann?«

»Es ist noch nichts geplant«, sagte Cliff und mein Herz sank. Doch dann hörte ich, wie er in seinem Kalender blätterte, und plötzlich rief er ganz vergnügt: »Hey! In Zürich tut sich was Ende Jänner. Wie sind deine Termine? Kannst du weg?«

»Ich hab noch zwei Prüfungen vor den Semesterferien.«

»Kannst du am 29. Jänner in Zürich sein?«

»Klar! Aber ich muss die Skripten mitnehmen und lernen.«

»Perfekt. Du lernst, ich schreibe meine Artikel, ich ruf dich morgen wieder an und sag dir Bescheid.«

»Was macht der Hollywood-Skandal?«

»Blüht und gedeiht! Ein echter Kriminalroman. Erzähle ich dir alles, wenn wir uns sehen. Jetzt schlaf weiter, meine Kitty, träum von mir. I love you, Darling. Bis morgen dann.«

Kaum hatte ich aufgelegt, sprang ich vom Sofa und tanzte herum! Ich klatschte in die Hände, warf meine Bücher in die Luft und wäre es nicht so spät gewesen, ich hätte meine Mutter angerufen und mich bedankt.

Sie hatte wieder einmal recht gehabt: Es war nicht aus! Jetzt fing es erst richtig an!

Zum ersten Mal seit einer Woche schlief ich wieder gut.

Als ich am Montag erwachte, streckte ich mich wohlig unter der Decke. Die Welt war wieder heil.

Ich sah in den Spiegel, fand mich wunderhübsch, und kaum hatte ich die Aschenlade geleert, Holz und Kohlen nachgelegt, rief Clifford wieder an.

»Hallo, Darling. Was tust du gerade?«

»Wasserkocher einstecken für meinen Pfefferminztee. Und du?«

»Ich hab für dich einen Flug gebucht. Für Samstag, nach Zürich. Das Ticket liegt in Schwechat, am Schalter von Austrian Airlines. Es ist schon bezahlt. Du musst nur eine halbe Stunde früher dort sein und es abholen.«

»Unter meinem Namen?«

»Unter Kitty Valentin.«

»Cliff, ich freu mich so auf dich. Ich war schon ganz verzweifelt. Ich hab so lang nichts von dir gehört. Ich war sicher, es ist dir zu mühsam, eine Freundin so weit weg. Ich war sicher, du überlegst es dir.«

»Ich habs mir überlegt«, sagte Clifford todernst, »aber dann sind deine Briefe gekommen. Du schreibst so offen, ohne Theater, man merkt, es kommt von Herzen.«

»Das war nicht zu viel? Drei Briefe auf einmal?«

»Im Gegenteil. Du schreibst so lebendig, das liest man gern. Ich kann mir alles vorstellen, deine kleine Wohnung, wie du lernst, wie du auf die Uni fährst, ich seh dich ganz genau vor mir und dann vermisse ich dich gleich ganz fürchterlich.«

»Ich vermisse dich auch.«

Clifford zögerte kurz: »Es wird schwierig werden«, meinte er dann.

»Macht nichts.«

»Es wird umständlich und komplizierter, als du glaubst, es wird wehtun, aber Tatsache ist, mich freut das Leben nicht mehr ohne dich.«

»Mir gehts genauso.«

»Du musst tapfer sein.«

»Das bin ich.«

»Wir werden uns oft lange Zeit nicht sehen. Hältst du das aus?«

»Hoffentlich. Wenn du dich zwischendurch meldest?«

»Das tu ich. Mach dir keine Sorgen. Jetzt muss ich aufhören. Ich hab ein Interview mit einem Bankdirektor. Ich ruf dich morgen wieder an und am Samstag sehen wir uns.«

Ich schritt in die Vorlesung wie auf Wolken. Ich war so beschwingt, ich schien über dem Schnee zu schweben. Ich vergaß in die Straßenbahn zu steigen. Es war eiskalt, beim Atmen stach es in der Nase, doch ich hatte meine Kapuze aufgesetzt und summte ein Sprüchlein im Rhythmus meiner Schritte: »Am … Samstag … bin … ich … in … Zürich, am … Samstag … werde … ich … Cliff … wiedersehen!«

Und dann zählte ich die Stunden, bis es so weit war.

Der heiß ersehnte Tag brach an: Ich fuhr nicht mit dem Strohkoffer zum Flugplatz, sondern mit einer neuen, roten Reisetasche. Ich hatte sie vom Restgeld aus Paris gekauft.

Sie passte wunderbar zu meinem langen, schwarzen Mantel. Richtig elegant sah ich aus.

Ich holte das Ticket vom Schalter und fühlte mich wie eine Frau von Welt. Ein kurzer Blick auf den Preis, er war astronomisch hoch. Darling Cliff! So viel Geld war ich ihm wert!

Ich flog mit einer Douglas DC-9. Sie war fast leer.

Und hoch über den Wolken mit Blick auf die weißverschneiten Alpen, hätte ich am liebsten laut gesungen. Das tat ich aber nicht. Ich lief nur den Mittelgang auf und ab, und als ich mich wieder beruhigt hatte, setzte ich mich und zählte die Minuten bis Zürich.

Wir landeten pünktlich. Und wer wartete auf mich? Nach der Pass- und Zollkontrolle? Mein Cliff! Mein Geliebter! Mein Augenstern! Mein Held! Er sah mich nicht, er blickte in die falsche Richtung.

Als er mich aber entdeckte, hellte sich sein Gesicht auf und er winkte mir zu. Da lief ich zu ihm und umarmte ihn vor allen Leuten.

Mein Gott, war das herrlich, ihn wieder zu spüren, seinen großen, starken Körper, seine Arme, seine Wärme, ich schmiegte mein Gesicht an seinen grünen Mantel. Am liebsten hätte ich geweint.

»Oh Cliff«, stammelte ich stattdessen, »ich bin dir so dankbar.«

»Wofür?«, fragte er zärtlich.

»Dass du mich hergeholt hast.«

»War mir ein Bedürfnis, pretty girl!«

Hand in Hand verließen wir die Ankunftshalle und stiegen in ein Taxi.

»Carlton Elite«, sagte Clifford zum Fahrer, und ohne ein weiteres Wort nahm er mich in die Arme. Wir küssten uns, bis wir halb bewusstlos waren und der Wagen bereits von der Bahnhofsstraße abgebogen und vor dem Hotel stehen geblieben war.

»I love you«, murmelte Cliff. Dann stiegen wir aus.

Das Carlton Elite war ein kleines, gediegenes Refugium für internationale Geschäftsleute. Es gab Fernschreiber mit den Börsenkursen und Zeitungen aus aller Welt. Man konnte unten bis zwei Uhr früh essen und Room-Service gab es die ganze Nacht.

Das Personal war diskret, unser Zimmer behaglich-elegant, doch wir sahen nicht die schönen Möbel und Teppiche, sondern nur das breite Bett, in dem wir prompt versanken, und dort erzählten wir uns, wie unglücklich wir gewesen waren, ganz allein, ohne den anderen.

Plötzlich waren wir nackt unter der Decke, glitten ohne Worte ineinander und liebten uns mit geschlossenen Augen voll Hingabe, Zärtlichkeit und Glück.

Und da war es wieder, dieses Wunder! Dieser Gleichklang unserer Körper, die perfekte Harmonie, die es sonst nur in Romanen gibt, in Wunschträumen, in der Phantasie! Und es war noch schöner als in Mailand, denn wir kannten uns besser und waren miteinander vertraut.

»Oh, Darling«, sagte Cliff, als wir wieder zur Besinnung kamen, »das war meine Rettung. Danach hab ich mich Tag und Nacht gesehnt. In meinem ganzen Leben hab ich noch nie einen Menschen so vermisst wie dich. Wie das weitergehen soll, ist mir ein Rätsel.«

»Was sollen wir tun?«

»Besser organisieren.«

»Aber wie?«

»Ab jetzt machen wir Pläne, bevor wir uns trennen. Dann ist das Abschiednehmen nicht so schwer. Weißt du, du übertriffst alle Erwartungen.«

»Wieso?«

»Weil normalerweise die Dinge nie so schön sind, wie man sie sich ausmalt, allein, daheim. Aber mit dir ist es noch viel schöner als in der Phantasie.«

»Danke für das Kompliment.«

»Das ist kein Kompliment, sweet Darling, das ist die Wahrheit. Und jetzt nehmen wir ein Bad. Ist dir das recht?«

Es war mir recht. Und nach dem Bad schlang Cliff ein Handtuch um seine Hüften und setzte sich auf den Wannenrand.

»Komm her!«, er zog mich auf seinen Schoß und betrachtete mich wohlgefällig mit seinen Katzenaugen, »du bist hübscher geworden. Du bist schlanker. Hast du nichts gegessen in Wien?«

»Wenig. Kein Appetit.«

»Wegen mir?«

Ich nickte.

»Hast du dir so viele Sorgen gemacht?«

»Ja. Hab ich.«

»Poor Darling. Das machen wir wieder gut. Ich hab einen Tisch bestellt in einem exzellenten Restaurant, ganz in der Nähe. Mach dich hübsch und dann erzähle ich dir, warum ich hier in Zürich bin.«

Das Restaurant lag im ersten Stock eines gepflegten Bürgerhauses und war so gemütlich, dass man meinte, bei einer Schweizer Familie zu Gast zu sein. Ich erinnere mich an eine antike Standuhr, schöne Bilder, aber auch an einen Zwischenfall, der mich hätte stutzig machen sollen: Als wir dem Kellner an unseren Tisch folgten, kam uns ein Mann entgegen, der Clifford kannte.

Er war klein und drahtig mit schmalem Mund und Glatze und er trug einen altmodischen grauen Anzug mit roter Krawatte.

»Hallo, Cliff«, rief der Mann und blieb stehen, »hast du einen Moment Zeit?«

»Nein«, sagte Clifford schroff und ging einfach weiter, »schönen Abend noch und auf bald.«

»Wer war das?«, fragte ich, als wir Platz genommen hatten.

»Ein Kollege. Schreibt für Business Week. Er wohnt bei uns im Hotel.«

»Den du nicht magst?«

»Genau. Ihm ist immer langweilig, er raucht wie ein Schlot, trinkt wie ein Loch, redet Ende nie und ich will mit dir allein sein.«

»Wie heißt er?«

»Jim Bradey. Er ist ein Freund von Grace, das heißt, seine Frau und Grace sind befreundet … widerlich, wie er dich angestarrt hat.«

»Ruft er jetzt zu Hause an und sagt, dass er uns gesehen hat?«

»Das ist mir ganz egal. Vergiss ihn. Was willst du essen?«

Ich studierte die Speisekarte und stellte fest, dass auf meiner keine Preise eingetragen waren.

»Damit sich die Damen nicht schrecken«, erklärte Cliff, der sich wieder beruhigt hatte, »bitte, denk nicht ans Geld. Iss, was dir schmeckt, wir feiern unser Wiedersehen und ABC News zahlt.«

Dann bestellte er eine Flasche exzellenten Weißwein: »Das ist genau der richtige Wein für die Geschichte, die ich dir jetzt erzählen werde. Also Kitty, was sagt dir der Name Max Anthony Kent?«

»M. A. Kent? Ist das nicht ein Schauspieler?«

»Ja, ein großer alter Hollywood-Star.«

»Er ist aber schon gestorben.«

»Nein, eben nicht. Darum dreht sich alles. Es geht um seine Memoiren. Erinnerst du dich an den Verleger aus New York, der mich in Paris besucht hat? Er hat die Rechte daran gekauft und eine halbe Million Dollar dafür bezahlt.«

»So viel Geld? Für Memoiren?«

Clifford nickte: »Der Mann hat ein hochinteressantes Leben gehabt. Im Zweiten Weltkrieg war er in Berlin, im amerikanischen Geheimdienst. Er hat die halbe deutsche Filmwelt verführt. Er war ein sehr schöner Mann und hat zwei Schauspielerinnen dazu gebracht, dass sie für Amerika spionieren.«

»Das ist ihm geglückt?«

»Und noch viel mehr, doch das führt zu weit. Nach dem Krieg hat er in Hollywood Karriere gemacht, war fünf Mal verheiratet, mit berühmten Frauen, ist steinreich geworden und jetzt pass auf: Der Verleger informiert die Presse, dass er die Memoiren gekauft hat, und kaum steht das in allen Zeitungen, kriegt er einen wütenden Anruf von M. A. Kent, der droht, wenn auch nur ein einziges Wort über sein Leben erscheint, klagt er ihn auf Millionen!«

»Das versteh ich nicht. Warum will er denn klagen?«

»Ja«, sagte Cliff, »jetzt kommt der Clou: Kent behauptet, er hat keine Memoiren geschrieben, hat mit niemandem verhandelt, hat keinen Vertrag gesehen, hat kein Geld gekriegt und der Verleger ist ein Betrüger und gehört hinter Gitter.«

Ich legte Messer und Gabel weg: »Es gibt gar kein Manuskript?«

»Doch. Sechshundert Seiten.«

»Aber nicht von Kent geschrieben.«

»Genau.«

»Von einem Fälscher.«

»Richtig.«

Ich dachte kurz nach: »Mit wem hat der Verleger verhandelt?«

»Mit einem Mann am Telefon, der behauptet hat, er ist Filmstar.«

»Das verstehe ich nicht. Er macht Geschäfte über eine halbe Million Dollar und hat den Mann nicht einmal gesehen? Wie geht das?«

»Ganz einfach«, Cliff schenkte mir Wein ein, »nach

dem Telefonat hat man ihm das Manuskript geschickt, er hats flüchtig gelesen und die halbe Million überwiesen, auf ein Konto, das man ihm angegeben hat.«

»Und wo ist das Konto?«

»In Zürich.«

»Das Geld ist hier?«

Clifford nickte. »Ja. Deshalb bin ich da.«

»Und ist es noch auf dem Konto?«

»Nein. Abgehoben am nächsten Tag.«

»Von dem Fälscher?«

»Von einer Person, die mit M. A. Kent unterschrieben hat. Ich habe heute mit dem Direktor der Bank zu Mittag gegessen. Weißt du, wer das Konto eröffnet hat? Eine gewisse Mary Ann Kent!«

»Was! Eine Frau?«

»Ja. Eine Schweizerin.«

»Eine Schweizerin hat die falschen Memoiren geschrieben und sie heißt zufällig Mary Ann Kent?«

»Nein, nein. Der Name ist falsch. Und sie hat nichts geschrieben, hat nur die Kohlen aus dem Feuer geholt und das Geld versteckt, wahrscheinlich bei ihren Eltern in Küßnacht.«

»In Küßnacht!«, rief ich perplex. »Wieso sollen ihre Eltern in Küßnacht wohnen? Es weiß doch keiner, wer sie ist.«

»Außer mir«, lachte Cliff triumphierend, »ich weiß genau, wer sie ist, und jetzt kommt der Kriminalroman, pass auf: Ich habe die Bilder von der Überwachungskamera gesehen: Kopftuch tief in die Stirn gezogen, riesige Sonnenbrille, das Gesicht war unkenntlich. Aber jetzt halt dich fest: Als sie den Scheck für die halbe Million unterschrieben hat, hab ich den Ring erkannt, den sie getragen hat.«

»Was?«

»Eine Art Siegelring, breiter Goldreif, weißer ovaler Stein, aber es ist kein Wappen eingraviert.«

»Sondern?«

»Ein Affengesicht, das lacht. Ein sehr seltener Ring. Rate, woher ich ihn kenne.«

»Keine Ahnung.«

»Dann halt dich noch einmal fest: Grace hat ihn mitgebracht, von einer Asienreise.«

»Deine Frau!«

»Genau. Sie hat ihn getragen und gesagt, er bringt kein Glück, und hat ihn unserem Au-pair-Mädchen geschenkt. Die war ganz verrückt danach und hat ihn nie mehr abgelegt.« Er lehnte sich zurück und sah mich erwartungsvoll an: »Also, Kitty, was schließt du daraus?«

»Dein Au-pair-Mädchen hat eben eine halbe Million Dollar gestohlen«, sagte ich atemlos.

»Stimmt. Nur ist sie unser ehemaliges Au-pair. Sie hat sich in einen meiner Kollegen verliebt und ist mit ihm verschwunden, Hals über Kopf, wir haben nichts mehr von den beiden gehört. Und wenn du richtig mitgedacht hast, weißt du jetzt, wer die Memoiren gefälscht hat.«

»Der Kollege?«

»Bravo!«, Clifford prostete mir zu. »Du hast einen analytischen Verstand, darauf trinken wir.«

»Wie heißt denn der Kollege?«

»Dylan Smith. Grace hat ihn öfter eingeladen, er hat ihr gefallen, als Mann. Er ist immer bis fünf Uhr früh geblieben, hat den ganzen Whisky ausgetrunken, dabei hat er sich unser Au-pair angelacht. Obwohl er verheiratet war. Sie heißt übrigens Lydia Gräupli und kommt aus Küßnacht. Ihre Eltern haben dort ein Haus.«

»Das ist wirklich ein Kriminalroman.«

»Jetzt sag ich dir aber noch was«, Clifford füllte unsere Gläser nach, »ich war von Anfang an auf der richtigen Spur. Ich kenne den Verleger, er hat meine zwei Bücher über Westeuropa herausgebracht und er hat mir die Kent-Memoiren gezeigt. Da steht überhaupt nichts Neues drin, das ist nur zusammengestoppelt aus alten Interviews – und der Stil ist miserabel. Und da trifft es mich wie der Blitz: Das Geschreibsel kenne ich. Das ist der grässliche Stil von Dylan Smith.«

»Wieso grässlich?«

»Er ist faul und macht aus Hauptwörtern Zeitwörter. Statt ›Sie fuhren im Mai auf Urlaub‹ schreibt er ›Sie urlaubten im Mai‹. Klingt unmöglich! Jedenfalls, ich komme zu Ehefrau Nummer fünf und was lese ich? Sie flitterwöchnerten auf Hawaii! Flitterwöchnern! Grässliches Wort. Typisch Dylan. Dazu jetzt noch das süße Fräulein Gräupli – für mich ist der Fall geklärt.«

»Eines versteh ich nicht: Warum hat er Kent nicht einfach gefragt, ob er seine Memoiren schreiben darf?«

»Das ging nicht. Er hat schon vor Jahren erklärt, sein Leben geht nur ihn was an, sonst keinen.«

»Dann hätte er sich denken können, dass das nicht klappt!«

»Es gibt etwas, was du nicht weißt«, sagte Cliff und bestellte noch eine Flasche Wein, »Kent hat seit fünf Jahren keine Interviews mehr gegeben. Er hat sein Gesicht nicht mehr gezeigt, keine Filmrolle mehr angenommen, er war nie mehr im Radio, man hat vergessen, wie seine Stimme klingt, es gibt kein einziges neueres Foto, er lebt nämlich jetzt mit einem Leibwächter auf den Bahamas, völlig abgeschnitten von der Welt.«

»Interessant.«

»Es gibt Gerüchte, dass er schwer krank ist, oder schon tot, du hast ja auch geglaubt, er ist schon gestorben. Dylan hat sich Folgendes überlegt: Der gute alte Kent hat genug von der Welt. Er geht nie wieder an die Öffentlichkeit. Er ist uralt, wird bald sterben, sicher ist ihm ganz egal, was man über ihn denkt, sagt oder schreibt. Jetzt oder nie! Ich fälsche seine Memoiren, kassiere viel Geld und bin für den Rest meines Lebens versorgt.«

»So kann man sich irren.«

»Ja, so gehts. Jetzt stell dir vor, Kitty, du bist ein Journalist. Was sind die nächsten drei Fragen, die du stellst?«

»Das ist leicht: Wo ist dein Kollege, wo ist seine Freundin und wo ist das Geld?«

»Richtig! Sogar die Reihenfolge stimmt. Und du wirst staunen, ich kenne die Antwort.«

»Du weißt, wo er ist?«

»Zuerst hab ich gedacht, er ist auf Ibiza.«

»Ah, deshalb warst du vorige Woche dort.«

Clifford nickte, faltete seine Serviette und legte sie auf

den Tisch. »Er hat bei einem Freund gewohnt, zwielichtiger Typ. Fälscht Dokumente, Urkunden, Pässe, vielleicht auch Banknoten, derzeit sitzt er im Gefängnis. Sein Haus ist unbewohnt. Ich hab im Dorf herumgefragt und einen Tipp bekommen, wo er steckt.«

»Wo?«

»In Palma de Mallorca, in einem Hotel. In der Bar kriegst du Drogen und triffst die Unterwelt. Ich nehme an, er versteckt sich dort, bis der ärgste Wirbel vorbei ist.«

»Hast du das der Polizei erzählt?«

»Natürlich. Und auch dem Verleger.«

»Dein Verleger war wirklich unvorsichtig.«

»Alle machen das so. Die Menschen sind Spieler. Sie wittern ein gutes Geschäft und wollen die Ersten sein.«

»Das ist aber höchst riskant.«

»Das ist der Spieltrieb und die Gier. Keiner denkt daran, dass er alles verlieren kann. Warum glaubst du, gehts in der Wirtschaft drunter und drüber? Pleiten, Börsenkrach, alles künstlich herbeigeführt, müsste alles nicht sein.«

»Die Wirtschaftskrisen sind selbst verschuldet?«

»Ja! Fast alle. Aber ich beschwere mich nicht. Das ist gut für die Zeitung und wir haben was zu schreiben. Magst du noch ein Glas Wein?«

»Nein, danke, ich bin schon beschwipst.«

»Bist du nicht. Du stellst glasklare Fragen. Apropos Fragen: Willst du mit zur Pressekonferenz, wenn es so weit ist?«

»Ja, bitte! Unbedingt! Wo müssen wir da hin?«

»Auf die Polizeidirektion. Aber erst, wenn die zwei verhaftet sind. So, jetzt zahlen wir und gehen.«

Zurück im Hotel folgte mir Clifford wie ein Hündchen. Sogar beim Zähneputzen wollte er dabei sein: »Ich bin so verliebt in dich«, sagte er zu mir im Spiegel, »ich tu alles, was du willst. Ich küsse deine Füße«, er sank auf die Knie und küsste meine Zehen, »und wenn du sagst ›Spring aus dem Fenster‹, tu ich es auch.«

In dem Moment läutete das Telefon. Clifford stand auf: »Welcher Idiot ruft um diese Zeit noch an?«

Er nahm den Hörer ab: »Oh Jim«, stöhnte er gequält, »einen Drink? Jetzt? Weißt du, wie spät es ist? Grace? Wieso Grace? Natürlich ist sie nicht da, wie du dir denken kannst. Sei bitte diskret. Wer? Wieso? Wenn es unbedingt sein muss. Okay. Ich stell sie dir vor. Bei der Pressekonferenz. Ja, sie ist eine Kollegin. Gute Nacht.«

Interessiert hatte ich zugehört.

»Dieser lästige Mensch«, ärgerte sich Cliff, »jetzt will er ganz genau wissen, wer du bist, dann erzählt er es überall herum. Komm ins Bett, wechseln wir das Thema. Was hältst du von unserem Krimi?«

»Faszinierend.«

»Ja, der gute Dylan Smith. Ein charmanter Mann. Aber suspekt. Hat schlecht recherchiert, manche Geschichten hat er einfach erfunden. Er war nie länger als zwei Jahre bei einer Zeitung. Dann hat man ihn gefeuert. Er hat immer die Frauen ausgenutzt. Immer mit zwei, drei Sekretärinnen gleichzeitig was gehabt. Aber dass er im Gefängnis endet, hätte ich nie gedacht.«

Wir stiegen in das große Bett. Clifford deckte mich liebevoll zu.

»Ich bin so froh, dass du da bist. Zu zweit ist es viel aufregender als allein. Du hörst mir zu, du verstehst, worum es geht, man kann wunderbar mit dir reden ... aber morgen hab ich nicht viel Zeit für dich. Ich habe wichtige Termine. Kann ich dich allein lassen? Wird das gehen?«

»Natürlich. Ich hab meine Skripten mit und genug zu lernen. Langweilig wird mir nie.«

»Um zwölf ist ein Mittagessen. Dorthin kann ich dich leider auch nicht mitnehmen.«

»Tu, was du musst, und wenn du fertig bist, holst du mich ab.«

»Okay. Dann nehmen wir einen Leihwagen und fahren nach Küßnacht zum Haus der Familie Gräupli. Ist dir das recht?«

»Sehr.«

»Dann kannst du mit mir Sherlock Holmes spielen. Do you love me, Kitty?«

»I love you.«

»Gut«, sagte Clifford zärtlich, »dann ist das Wichtigste geklärt«, und er begann mich zu küssen, den Rest wird man erraten, jedenfalls, ich hatte einen Höhepunkt und Cliff hatte zwei und dann schliefen wir glücklich ein.

Wir schliefen wie immer in absolutem Gleichklang. Drehte ich mich um, drehte Clifford sich mit. Rückte ich von ihm weg, rückte er nach und nahm mich wieder fest in die Arme. Sogar unser Atem ging im gleichen Takt.

Zwei Körper lagen in dem schönen breiten Bett, aber nur ein Herz und eine Seele. So kam es mir zumindest vor.

Irgendwann in der Nacht wachte Clifford auf: »Kitty! Wo bist du?«, rief er voller Angst. »Ah, there you are! Ich hab befürchtet, du bist nur ein Traum!« Er sah auf die Uhr. »Schon halb zwei. Um acht ist mein erster Termin.«

»Um acht? Am Sonntag?«, fragte ich verschlafen.

»Ein Journalist ist immer im Einsatz!« Er nahm mich in die Arme und wir liebten uns noch einmal.

Und dann schliefen wir wirklich ein.

KAPITEL VII

Am nächsten Tag fuhren wir nach Küßnacht zum Haus der Familie Gräupli. Wir fuhren den See entlang, in einem dunklen Peugeot und Clifford fand sofort den Weg, weil er zuvor nämlich schon einmal dort gewesen war.

Das Haus war klein, mit Garten, und obwohl wir stundenlang davor im Wagen saßen, ging kein Mensch dort aus und ein.

Langsam wurde es dunkel. Es begann zu schneien. Und noch immer tat sich nichts.

Plötzlich sah Clifford auf die Uhr: »Wenn du mich fragst, Kitty, ist das Ganze schon gelaufen. Wahrscheinlich ist sie verhaftet, die Eltern genieren sich zu Tode, sind verreist, wollen niemanden sehen …«

»Woraus schließt du das?«

»Nur ein Gefühl! Aber das Geld ist vielleicht noch da.«

»Wo?«

»Im Garten vergraben, im Rauchfang versteckt, ich

muss sofort zur Polizei. Falls sie wirklich schon sitzt, will ich der Erste sein, der sie sieht. Ich bring dich jetzt zurück. Hast du noch zu lernen?«

»Jede Menge.«

»Warte nicht mit dem Essen auf mich. Unten im Hotel ist ein Pub, dort isst man gut. Oder bestell dir etwas aufs Zimmer. Ich komme, sobald ich kann.«

Ich stellte mich ein auf eine lange, einsame Nacht.

Doch dazu kam es nicht!

Kurz nach zehn war Clifford wieder da, das gewisse Glitzern im Blick. Ich saß im Bett, zugedeckt bis zum Hals, Skripten in der Hand, und er lief auf mich zu, küsste mich auf den Mund und frohlockte: »Wir haben sie!«

»Alle zwei?«

»So gut wie! Aber zuerst einmal die Lydia.«

»Schon verhaftet?«

»Genau.«

»Wo?«

»Am Flughafen. Mit einem Ticket Zürich–Frankfurt, Frankfurt–Barcelona, Barcelona–Palma. Du siehst, ich habe mich nicht geirrt, unser Mann ist auf Mallorca.«

»Hat sie das Geld mitgehabt?«

»Nur einen Teil. Hunderttausend Dollar. In einem Koffer mit doppeltem Boden.«

»Hast du sie schon gesehen?«

»Noch nicht. Aber bald. Und Dylan ist auch so gut wie festgenommen. Heute Nacht gehts los. Es ist vielleicht schon losgegangen, er sitzt in der Falle. Morgen gibt die Polizei eine Pressekonferenz, ich weiß aber jetzt schon alles und kann schon anfangen zu schreiben. Hoffentlich stört dich das Tippen nicht beim Lernen.«

»Überhaupt nicht.«

Cliff zog sich splitternackt aus, schlüpfte in einen braunen Schlafrock, den er aus Paris mitgebracht hatte, breitete einen Berg Notizen aus, setzte sich neben mich ins Bett, Schreibmaschine auf den Knien, und begann zu tippen. Er schrieb auf einer grünen Olivetti, dem genauen Ebenbild der blauen, die er mir in Wien geschenkt hatte.

Er schrieb ohne Pause, und als der Artikel fertig war, gab er ihn per Telefon nach New York durch.

Begeistert hörte ich zu.

Cliff konnte wirklich schreiben, und als er fertig war, sah er mich triumphierend an.

»Das ist großartig«, rief ich hingerissen, »das ist spannend wie ein Roman!«

»Ja! Und wir sind die Ersten. Die anderen fangen nach der Pressekonferenz zu schreiben an, da sind wir bereits in Druck. Unsere Leser erfahren die Story einen ganzen Tag früher – das ist ein Triumph für ABC News!«

»Gratuliere!«

»Ja?«, Clifford sah mich zweifelnd an. »Ich hab dich beim Lernen gestört und die ganze Nacht lang wachgehalten.«

»So eine aufregende Nacht hab ich noch nie erlebt.«

»Du bist nicht böse auf mich?«

»Im Gegenteil. Das ist besser als Kino, das ist so spannend! Du hast einen phantastischen Beruf.«

»Sweet little Kitty«, Clifford sah mich zärtlich an, »du bist das Gegenteil von Grace. Nach so einer Nacht hat sie mich immer beschimpft. Sie war immer eifersüchtig auf die Zeitung. Aber Kitty, das ist erst der Anfang. Morgen gehts erst richtig los.«

Und er hatte recht.

The story broke, die Geschichte wurde offiziell, die Polizeidirektion von Zürich setzte eine Pressekonferenz an und aus der ganzen Welt flogen Journalisten ein.

Ich lernte sie alle kennen, Cliffords Kollegen von der berühmten New York Times, der Washington Post, der Chicago Tribune, dem Wall Street Journal, alle Nachrichtenagenturen waren vertreten und natürlich trafen wir Jim Bradey, der ganz genau wissen wollte, wer ich war.

»Das ist meine Dolmetscherin aus Wien«, stellte Cliff mich vor, ohne meinen Namen zu nennen.

»Charmant, charmant«, grinste Jim, »gehen wir nach der Pressekonferenz was essen?«

»Leider keine Zeit.«

»Warum?«

»Wichtiger Termin.«

»Wo?«, fragte Jim interessiert.

»Geheimnis! See you later.«

Jim wandte sich beleidigt ab und setzte sich so, dass er mich während der Pressekonferenz genau beobachten konnte. Doch ich vergaß ihn sofort.

Es war zu aufregend, was sich dort tat. Clifford ermunterte mich, Fragen zu stellen, ich machte für ihn

Notizen, übersetzte, was er nicht verstand, ich fühlte mich bereits wie eine Journalistin.

Dylan Smith, erfuhren wir, war in einem Hotel in Palma festgenommen worden. Er hatte noch nicht gestanden, und nein, er wusste nicht, dass Lydia Gräupli bereits hinter Gittern saß, mit einem Teil des gestohlenen Geldes.

Clifford kannte das schon, es stand alles in seinem gestrigen Artikel. Und während die anderen schrieben, was sie eben gehört hatten, fuhr Clifford heimlich für ein Exklusiv-Interview zu Lydia ins Gefängnis.

Mich schickte er zu Blick, einer Schweizer Tageszeitung. Dort kannte er einen Reporter, der mir Informationen über Lydias Jugend gab. Sie war vorbestraft wegen Diebstahls in einer Schmuckboutique, für die sie gearbeitet hatte, ehe sie zu den Thatchers nach Paris gekommen war. Und sie hatte ein teures Hobby: Sie ging gerne ins Casino, wo sie hohe Summen verspielte.

Abends trafen wir uns dann im Hotel.

Cliff war bester Laune.

»Wie ist es gelaufen?«, fragte ich neugierig.

»Exzellent! Sie hat mir genug für eine Doppelseite erzählt. Alles exklusiv für die Leser von ABC News. Keine andere Zeitung hat das. Jim wird sich in den Hintern beißen vor Wut!«

»War es ihr peinlich, als sie dich gesehen hat?«

»Überhaupt nicht. Sie hat geweint und mir alles brühwarm erzählt.«

»Das heißt, du weißt, wo das restliche Geld ist?«

»Angeblich in Andorra. Dort sucht man es jetzt.«

»Wie legst du die Geschichte an?«

»Verbrechen aus Liebe. Lydia ist keine beinharte Kriminelle, sie ist ein dummes, schwerverliebtes Luder und sie tut mir leid. Weißt du, wo man Dylan verhaftet hat?«

»Im Hotel, nehme ich an.«

»Im Hotel, im Bett einer deutschen Touristin.«

»Was?«

»Genau! Er geht schon wieder fremd. Aber die Deutsche hat er auch schon betrogen. Er hat sich als berühmter Autor ausgegeben, er schreibt ein Drehbuch für einen Weltklassefilm über das Nachtleben in Palma und damit er beim Casting für die Schauspieler mitreden darf, muss er fünfzehntausend Dollar vorauszahlen.«

»Die hat sie ihm geliehen?«

»Sie hat ihr Sparbuch aufgelöst! Das Geld sieht sie nie wieder. Es gibt kein Drehbuch, es gibt keinen Film …«

»Hat er so eine Wirkung auf Frauen?«

»Und wie! Er ist der geborene Hochstapler, sieht gut aus, weiß, was Frauen gefällt, hat eine blühende Phantasie und lügt wie gedruckt. Die Frauen glauben ihm alles. Es ist sagenhaft!«

»Grace hat ihn auch gern gesehen.«

»Sie war fasziniert von ihm. Bis jetzt. Das ist vorbei. Lydia liebt ihn leider immer noch. Sie ist wie unter Hypnose. Sie hat nicht begriffen, was sie da angestellt hat.«

Cliff schrieb wieder die halbe Nacht neben mir im

Bett und wieder bewunderte ich die elegante Leichtigkeit seiner Sprache und wie geschickt er die Spannung hielt, man wollte mehr lesen und mehr und das sagte ich auch.

»Grace hat mir nie Komplimente gemacht«, meinte Cliff, »sie hat behauptet, wenn sie so viel Übung hätte wie ich, könnte sie es besser. Gott sei Dank hab ich dich hergeholt, du munterst mich richtig auf.«

Unser gemütliches Zimmer im Carlton Elite verwandelte sich langsam in eine Redaktion: Überall lagen Zeitungen, Telexe, Illustrierte und Papier, wir waren fleißig wie die Bienen, jede Nacht schrieb Cliff eine Fortsetzung seiner Geschichte, jede Nacht verbrachten wir zu viert: Cliff, ich, meine Skripten und die grüne Olivetti Lettera.

Es gab Pressekonferenzen, Journalistenessen, aber leider auch meinen Prüfungstermin, der immer näher rückte. Im letzten Moment erzählte ich Clifford davon. Er war empört: »Was! Jetzt willst du weg? Kannst du die Prüfungen nicht verschieben?«

»Unmöglich! Das ist schon der letzte Termin.«

»Das ist mir gar nicht recht. Ich hab mich so an dich gewöhnt. Ich will jetzt nicht allein in Zürich sein.«

»Ich könnte wieder zurückkommen. Dann sind Semesterferien. Ich hab bis Ende Februar frei.«

Clifford dachte nach.

»Wenn du morgen früh nach Wien fliegst, bist du übermorgen wieder da?«

»Ja. Wenn es dir nicht zu teuer ist.«

»Es ist sündteuer! Aber du hast fleißig gelernt und ich

habe fleißig geschrieben, dafür belohnen wir uns jetzt. Do you love me still?«

»I adore you.«

Also kaufte mir Clifford ein Ticket von Zürich nach Wien und zurück und ich flog für zwei Tage nach Hause, es war wie im Film. Ich fühlte mich schon als Mitglied des Jetsets:

Vom Flugplatz direkt zur Universität und nach der zweiten Prüfung am nächsten Morgen wieder nach Schwechat und zurück in die Schweiz.

Clifford war inzwischen ins Baur au Lac übersiedelt, einen berühmten Hotelpalast am Zürichsee, wo der Großteil der englischsprachigen Presse abgestiegen war. Das Hotel war an Pracht und Aufwand mit dem Principe di Savoia in Milano zu vergleichen und wir hatten ein riesiges Zimmer, ganz in Weiß und Gold im zweiten Stock mit Blick aufs Wasser. Cliff saß in der Badewanne, als ich eintraf, und winkte mich sofort zu sich.

»Gut gegangen?«, wollte er wissen.

»Bestens. Beide Prüfungen habe ich bestanden, zwei Sehr gut.«

»Du hast deine Schreibmaschine mit? Warum?«

»Englische Seminararbeit. Am 13. März muss ich abgeben, hundertzwanzig Seiten. Ich habe aber erst die Hälfte. Mach dir keine Sorgen, bitte, ich tippe nur, wenn du nicht da bist. Ich hab auch Bücher mit zum Lernen, ich störe dich sicher nicht beim Schreiben in der Nacht.«

»Hier gibt es große Neuigkeiten«, sagte Cliff. »Dylan

hat gestanden, er ist in Zürich und um fünf Uhr fahre ich hin und unterhalte mich mit ihm.«

»Er will dich sehen?«

Clifford nickte, »er kennt zwar auch die anderen, er war ja bei vielen Zeitungen, aber er hat alle abgelehnt, bis auf mich.«

»Wieder eine Exklusiv-Story für ABC News!«

»Yes, Baby! Komm noch schnell zu mir in die Wanne, ich hab dich so vermisst, letzte Nacht!«

Wir schmiegten uns im warmen Wasser aneinander und küssten uns verliebt, mehr nicht, wir hatten keine Zeit.

Punkt halb fünf fuhr Clifford weg und ich machte es mir gemütlich, packte die blaue Olivetti aus, stellte sie auf ein Tischchen, ordnete die sechzig Seiten Seminararbeit, die ich mitgebracht hatte, und fing an zu tippen.

Um acht war Clifford wieder da.

»Hallo, Kitty, wir essen im Zimmer, ich muss schreiben.« Er zog seinen Mantel aus und die Schuhe und legte einen Berg vollgekritzelter Notizen auf den Schreibtisch, der vor einem der hohen Fenster stand.

»Wie ist es gegangen?«, fragte ich.

»Blendend!« Er griff nach dem Telefon und bestellte Salat und Sandwiches, dazu eine Kanne schwarzen Kaffee. »Ich hab genug Material für drei Artikel, wahrscheinlich schreibe ich heute die ganze Nacht.«

»Hat er sich geniert vor dir?«

»Diese Art Mensch geniert sich nie. Er hat gesagt: Cliff, du kennst mich, ich bin ein anständiger Kerl, hilf mir da heraus, ich revanchiere mich.«

»Hat er gesagt, wo das Geld ist?«

»Kein Wort. Er schiebt alles auf Lydia. Geplant war, dass sie es eingeschrieben nach Barcelona schickt.«

»Vierhunderttausend Dollar? Mit der Post?«

»Genau.«

»An wen?«

»An eine Person, die es nach Andorra hätte bringen sollen. Er hat mir die Bank gesagt und das Konto, da ist aber nichts. Aber weißt du, was er wirklich von mir will? Er will, dass ich herausfinde, wer Lydia in der Bank erkannt hat.«

»Hat er dich unter Verdacht?«

»Nein. Er hat keinen Schimmer.«

Clifford setzte sich und ordnete seine Notizen.

»Stört es dich, wenn ich tippe?«, fragte ich.

»Überhaupt nicht. Was glaubst du, wie es zugeht in der Redaktion? Telefone klingeln, Fernschreiber rattern, Schreibmaschinen klappern, ich hör das gar nicht mehr.«

Und er begann zu arbeiten, schrieb drei Folgen bis fünf Uhr früh, dann sank er erschöpft neben mir ins Bett. Nahm mich in die Arme und schlief sofort ein.

Am nächsten Tag liebten wir uns stundenlang, und als wir um zwei Uhr nachmittags endlich aufstanden, fragte Cliff: »Hast du ein Kleid mitgebracht?«

»Nein. Wieso?«

»Heute Abend steigt eine Party für die Auslandspresse, hier im Hotel, unten in der Diskothek. Ich will dich vorführen und stolz sein auf dich. Wir gehen einkaufen! Vergiss nicht, wir haben was zu feiern.

Deine zwei Prüfungen und noch was, das hab ich dir noch nicht gesagt: Im März fliege ich auf die Bahamas. Rate, warum.«

»Bahamas? Dort lebt doch M. A. Kent.«

»Genau. Und stell dir vor, er gibt mir ein Interview. Er liest jeden Tag meine Artikel in ABC News, ist begeistert und will mir seine Seite der Geschichte erzählen. Das ist ein echter Scoop. Von der ganzen Weltpresse, wen will er sehen? Mich! Bist du stolz auf deinen Clifford?«

Ich nickte: »Vielleicht kommt es dann auch noch zu echten Memoiren – zusammen mit dir.«

»Das wäre der Clou! Aber ein erstes Interview nach fünf Jahren Schweigen ist schon eine Sensation! Das verkaufe ich in die ganze Welt. Da kommt viel Geld herein für deine Flugtickets, little Kitty. Und jetzt kaufen wir dir was Hübsches für heute Nacht.«

Also bekam ich ein neues Kleid aus der Bahnhofsstraße. Es war altrosa, mit Silberfäden, ärmellos, betonte meine schlanke Mitte und der Rock war weit geschnitten und schwang beim Gehen hin und her.

Cliff kaufte mir auch noch ein Paar Schuhe, Silber, mit halbhohem Absatz. Zurück im Hotel zog ich mich gleich um und Clifford sah mir aufmerksam dabei zu.

»Ich weiß nicht«, meinte er, als ich endlich fertig war, »ich werde auf dich aufpassen müssen. Du bist viel zu hübsch. Ich kenne meine Kollegen. Merk dir, Kitty: Getanzt wird nur mit mir.«

Dann nahm er meine Hand und wir machten uns auf den Weg hinunter in die Diskothek. Dort war es laut, man spielte Boogie, und kaum saßen wir an einem freien Tisch, schwänzelte schon Jim herbei: »Darf ich bitten, little Lady?«

»Nein, danke«, sagte ich höflich.

»Sie tanzt nicht«, bekräftigte Cliff, »bei uns ist auch kein Platz mehr frei, tut mir leid.«

Er ging aber mit Jim zur Bar, und kaum hatte er mir den Rücken zugedreht, zog mich einer seiner Kollegen aufs Parkett, ein Riese, mit weißer Löwenmähne, strahlend blauen Augen und selbstsicherem Lachen, ich konnte nichts dagegen tun.

Er wirbelte mich herum zu einem wilden Rock 'n' Roll, und als ich zurückkam an den Tisch, war Clifford bleich vor Wut.

»Du gehst sofort hinauf und ziehst dich um«, zischte er, »wenn du dich drehst, sieht man deine Beine bis Ende nie! Du hättest die Bemerkungen hören sollen. Alles hat gestarrt.«

»Alles hat geklatscht«, verteidigte ich mich, »du willst doch stolz auf mich sein.«

»Ausgerechnet mit Bill!«

»Wer ist Bill?«

»Ein Weiberheld wie Dylan. Schreibt für die Los Angeles Times. Um ein Haar hätte ich einen doppelten Whisky bestellt. Willst du mich zum Säufer machen?«

»Natürlich nicht. Aber bitte, Cliff, sei wieder gut. Ich bleib jetzt ganz still sitzen. Ich rühr mich nicht vom Fleck!«

Das nützte aber nichts.

Das Fest dauerte bis vier Uhr früh und ununterbrochen setzten sich Kollegen zu uns und machten mir schöne Augen. Dabei tranken sie wie die Fische. Wein, Whisky, Cognac, Bier, noch nie in meinem ganzen Leben hatte ich Männer so viel trinken gesehen!

»Jetzt siehst du mit eigenen Augen, wie das ist«, sagte Cliff, als wir wieder oben in unserem eleganten Zimmer waren, »man ist von Säufern umringt. Automatisch trinkt man mit. Gott sei Dank hast du auf mich aufgepasst. Morgen bin ich der Einzige, der keinen Kater hat. Danke, dass du nicht mehr getanzt hast.«

Cliff war den ganzen nächsten Tag unterwegs und ich schrieb Kapitel vier meiner Seminararbeit.

Ich arbeitete fleißig bis fünf Uhr nachmittags, dann fuhr ich hinunter in die prachtvoll schöne Halle und trank einen Kaffee.

Ich trug meine engen schwarzen Samthosen, den türkisen Pulli aus Seidengarn, die Haare hatte ich offen und ich nahm einen Hauch rosa Lippenstift.

Kaum aber saß ich auf einem der breiten Sofas, kam schon der lästige Jim und fragte, warum mich Clifford allein gelassen hatte. Was ich ihm natürlich nicht verriet.

Als nächstes schlenderte Rupert herbei, der blonde Star der Londoner Financial Times, drei andere Journalisten aus New York kamen auch dazu und am Schluss erschien Bill Tiger, mit dem ich gestern getanzt hatte, und setzte sich ungeniert ganz dicht neben mich und wie der Teufel will, schwebte in dem Moment Cliff durch die Tür.

Als er mich umringt von seinen Kollegen sah, blieb

er wie angewurzelt stehen, runzelte seine schwarzen Brauen, warf einen Mörderblick auf Bill und obwohl ich sofort aufsprang und zu ihm lief, stand er verbissen neben mir im Lift und oben folgte eine Strafpredigt, dass ich es mit der Angst bekam.

»Man kann dich keine Sekunde allein lassen«, tobte Cliff, »ich bin schockiert! Enttäuscht! Sieh dich an: Lippenstift und das türkise, durchsichtige Dingsda. Wen willst du verführen damit? Ich warne dich, Kitty: Ich will der einzige Mann in deinem Leben sein. Ich bin eifersüchtig! I'm a jealous guy! Tu das nie wieder, oder ich schicke dich zurück nach Wien und will dich nie wiedersehen!«

Cliff setzte sich zu seiner Schreibmaschine und begann wie wild zu tippen.

»Bitte, Cliff, sei wieder gut!«, sagte ich, als ich mich von dem Schock erholt hatte. »Bitte, sieh mich an.«

Clifford wandte sich um: »Bill gefällt dir?«

»Überhaupt nicht.«

»Hat er dir seine Telefonnummer gegeben?«

»Nein!«

»Was will er dann von dir? Ich kanns dir sagen. Er hasst mich, weil ich die besten Artikel schreibe. Weil ich mehr weiß in diesem Fall als er. Dylan Smith is my story! Alle schreiben von mir ab und sterben vor Neid!«

»Ich hab kein Wort mit ihm gesprochen. Nur Jim hat mich gefragt, wo du bist.«

»Hast du es ihm gesagt?«

»Nein, keine Ahnung. Wo warst du denn so lang?«

»Ja, wo war ich?« Clifford stand auf, kam zu mir und

nahm mich in die Arme: »Sind wir wieder gut? Magst du mich noch?«

»I love you!«

»I love you too, sweet Darling, also komm.«

Er setzte sich in den grünen Lehnstuhl neben dem Schreibtisch und zog mich auf seinen Schoß: »Der Kriminalroman geht weiter«, sagte er und streichelte meinen Arm, »ich spiele wieder Sherlock Holmes. Ich war noch einmal bei Lydia Gräupli.«

»Im Gefängnis?«

Clifford nickte: »Sie hat mir eine Liste gemacht, von allen Leuten, die sie mit Dylan kennengelernt hat.«

»Wozu?«

»Ich will die vierhunderttausend Dollar finden!«

»Man hat sie noch nicht?«

»Nein! Spurlos verschwunden.«

»Und was sind das für Leute auf der Liste?«

»Von den meisten kennt sie nur die Vornamen. Aber ganz dumm ist sie nicht. Die wichtigste Spur führt nach Brüssel und von dem Mann hat sie sich eine Gewohnheit gemerkt, an der man ihn erkennt.«

»Welche Gewohnheit?«

»Er raucht und gleichzeitig kaut er Kaugummi! Sag, spielst du eigentlich Schach?«

»Nein, warum?«

»Rate.«

»Du suchst einen Mann in Brüssel, der raucht und gleichzeitig Kaugummi kaut und wahrscheinlich spielt er auch Schach!«

»Stimmt. Kluges Kind. Wir reisen morgen ab, ich

muss dringend zurück nach Paris. Aber am Freitag könnten wir uns in Brüssel treffen. Kannst du bis dahin Schachspielen lernen?«

»Klar!«

»Nur das Wichtigste. Nur die Figuren. Für eine ganz einfache Partie.«

»Kein Problem. Und du? Spielst du auch?«

»Seit meiner Schulzeit. Ich gewinne immer. Kitty, ich muss noch ein wenig arbeiten. Eine Stunde. Dann gehen wir essen. Hältst du durch, oder verhungerst du schon?«

»Nein, nein, ich kann warten.«

Clifford begann wieder zu tippen und ich schrieb weiter an Kapitel fünf meiner Seminararbeit. Keiner störte den anderen, wir waren das perfekte Team, der Streit war vergessen. Abends aßen wir in der berühmten Kronenhalle und in der Nacht, im Bett war alles wieder gut.

Überhaupt war das Leben wunderbar!

Ich weinte nicht beim Abschied, denn in fünf Tagen würde ich Cliff in Brüssel wiedersehen. Ich wäre zwar gerne nach Paris mitgeflogen, ich hatte ja Ferien, doch das ging nicht aus einem gewissen Grund. Den erfuhr ich aber erst, als wir schon am Flughafen saßen.

»Kitty, ich hab es dir noch nicht gesagt, Gregory ist in Paris.«

»Dein Sohn?«, rief ich überrascht.

»Mein Sohn, den du noch nicht kennst. Ich will zu Hause schlafen, solange er da ist, ich will nicht, dass er sich Sorgen macht.«

»Ganz recht. Nur kein Streit.«

»Ich lass dir ein Ticket für Brüssel schicken, dann spielen wir beide Detektiv. Und sei nicht böse, dass ich so eifersüchtig war.«

»Schon vergessen. Danke für das schöne Kleid und die Schuhe …«

»War mir ein Vergnügen, Darling.«

Unsere Flüge wurden aufgerufen. Wir mussten uns trennen, jeder ging zu seinem Gate. Clifford winkte mir noch einmal zu. Er flog mit der letzten Air-France-Maschine zurück nach Paris. Ich saß zehn Minuten später in einer DC-9 auf dem Weg in das tiefverschneite Wien.

Und lernte in fünf Tagen Schachspielen. Karl brachte es mir bei. Er war extra wegen mir in Wien geblieben, hatte keine Ahnung von dem Luxus-Dasein, das ich heimlich führte, und wenn wir nicht spielten, schrieb ich fleißig an meiner Seminararbeit. Donnerstagabend war das fünfte Kapitel fertig und am Freitag nahm ich mein Jetset-Leben wieder auf und flog zu Clifford nach Brüssel, wo ich noch nie gewesen war.

Anfangs gefiel mir die Stadt überhaupt nicht.

Die vielen Alleen, die heute selbst die kleinsten Gassen zieren, waren noch nicht gepflanzt. Brüssel war noch nicht die Hauptstadt Europas, weil es noch kein vereintes Europa gab.

Als wir landeten, schüttete es in Strömen, es war eiskalt und grau, überall wüteten Presslufthämmer. Die U-Bahn wurde gebaut, schöne alte Häuser wurden abgerissen, viel zu wuchtige Neubauten hochgezogen, die

Stadt war eine einzige, riesige Baustelle, voller Lärm, Dreck und Staub!

Doch der weltberühmte Grand Place, der alles überstrahlte, versöhnte mich wieder und das legendäre Hotel Metropole in seiner unfassbar goldenen Pracht! Dort war Clifford abgestiegen, wie immer: best address, top-notch!

Das ist nicht wahr, dachte ich, als ich die riesige, goldene Halle betrat, ich bin in einem Königspalast!

Alles war weiter, imposanter, märchenhafter als anderswo. Staunend betrat ich den Lift und fuhr zu unserem Zimmer hoch, wo Clifford schon ungeduldig auf mich wartete.

Er zog sich gerade um, als ich klopfte. Er öffnete mir in Socken, Unterhose und Hemd, schloss schnell hinter mir die Tür, nahm mich wortlos in die Arme und hielt mich fest.

»Meine Kitty«, murmelte er in mein Haar, »ich war ganz verlassen ohne dich in Paris.«

»Ist dein Sohn nicht gekommen?«

»Doch! Aber er trifft seine Freunde, für mich hat er keine Zeit. Lass dich ansehen!«, er hielt mich von sich weg und musterte mich mit seinen Katzenaugen. »Du bist schon wieder hübscher geworden! Falls das überhaupt noch möglich ist. Was hast du angestellt, allein in Wien?«

»Seminararbeit geschrieben und Schachspielen gelernt.«

»Good girl«, rief Cliff erfreut, »und wie heißen die Figuren?«

»König, Königin, Turm, Läufer, Bauer und Pferd.«

»Und welche Züge macht man damit?«

Ich sagte es ihm.

»Richtig!«, er streichelte meine Wange, »und wenn der König auf die Königin trifft?«

»Dann bringen sie sich um.«

»Wer wen?«

»Wer zuerst zum Zug kommt.«

»Genau! Und jetzt merk dir eines: Ich bin der König und ich bin immer am Zug. Aber wehtun werde ich dir nie. Was sagst du zu unserem Hotel?«

»So ein großes Zimmer hab ich noch nie gesehen«, ich sah mich staunend um, das Bett war noch breiter als im Baur au Lac, »und die schönen Möbel. Bist du öfter hier?«

»Ja, oft! Es ist das genaue Gegenteil von dem, wo wir heute die Nacht verbringen!«

»Wir schlafen nicht hier?«, rief ich enttäuscht.

»Wir fahren in ein Künstlercafé und spielen Schach die ganze Nacht. Setz dich, Kitty, ich erkläre dir jetzt, was wir tun werden. Wir suchen einen Mann namens Carlos. Er ist um die dreißig, bullig und klein und trägt immer teure Lederjacken. Was weißt du sonst noch über ihn?«

»Er raucht und kaut gleichzeitig Kaugummi.«

»Jawohl. Was hast du an? Den roten Pulli? Der fällt zu sehr auf. Hast du was Schwarzes mit? Nein? Dann zieh was von mir an.«

Und er reichte mir einen von seinen Pullovern.

Er war mir viel zu lang und viel zu weit, doch er war aus feinstem Kaschmir und duftete nach Cliff, nach seinem frischen Aftershave, das ich so mochte. Ich schob die Ärmel hoch: »Kann ich so gehen?«

Clifford nickte gerührt.

»Sweet Baby. Grace würde das niemals tun.«

»Was?«

»Meinen Pullover tragen und Sherlock Holmes mit mir spielen. Kiss me, honey … and off we go.«

Vorbei an riesigen Baustellen und aufgerissenen Straßen fuhren wir per Taxi in die Rue Keyenveld und hielten vor einem kleinen Lokal: Le petit Ixelles.

Es war ein echter Künstlertreff: die Männer mit langen Haaren, die Mädchen in Herrenhemden und Jeans, so gesehen passte ich in Cliffs Pullover wunderbar dazu.

Außerdem war es gemütlich warm beheizt, es gab Pflanzen, schönes Licht, sofort fühlte ich mich pudelwohl.

An fast allen Tischen wurde Schach gespielt, und wer gewann, suchte sich einen neuen Gegner. Jeder sprach mit jedem, wenn auch nur gedämpft, man musste sich ja konzentrieren und wollte keinen Lärm.

Um es gleich zu sagen: Ich verlor jede einzelne Partie. Das Glück war uns aber hold: Um ein Uhr früh tauchte plötzlich ein Mann auf: teure Lederjacke, klein, gedrungen, schien alle zu kennen, spielte eine Partie mit einer rothaarigen Matrone, gewann, sah sich nach einem neuen Partner um – und die ganze Zeit über hatte er geraucht und Kaugummi gekaut.

Cliff erhob sich und forderte ihn auf.

»Carlos«, stellte der sich vor und das Spiel begann. Es

dauerte ewig. Carlos trank literweise Bier, Cliff Mineralwasser. Um drei Uhr früh schlief ich ein. Als ich um sechs erwachte, zahlte Clifford gerade die Rechnung, dann half er mir hoch und sagte: »Danke, dass du so lange durchgehalten hast. Ich habe gewonnen und es hat sich gelohnt.«

Dann fuhren wir zurück ins goldene Metropole, sanken uns in die Arme und liebten uns, als hätten wir uns nicht fünf Tage, sondern zwei ganze Jahre nicht gesehen. Und dann schliefen wir durch bis vier Uhr nachmittags.

Als ich erwachte, war Clifford schon im Bad unter der Dusche: »Kitty, ich muss noch einmal weg.«

Wohin, sagte er mir nicht, doch er war die ganze Nacht unterwegs. Als er endlich um sieben Uhr früh zurückkam, war er nicht mehr der besorgte Liebhaber, sondern der Spürhund auf der Fährte.

»Kitty, steh auf, wir müssen zum Flughafen. Ich muss sofort nach Zürich, Lydia treffen.«

Also verließen wir unser Märchenschloss und flogen in die Schweiz. Das Baur au Lac war ausgebucht, auch im Carlton Elite war kein Zimmer mehr frei, also wohnten wir im Dolder Grand, einem Luxushotel oben auf einem Berg, hoch über Zürich. Cliff brachte mich schnell ins Zimmer und ließ mich sofort wieder allein. Als er spätabends zurückkam, telefonierte er stundenlang. Ich lag schon im Bett und hörte aufgeregt zu.

»Ist das nicht gefährlich, was du tust?«, fragte ich, als er endlich fertig war und das Licht löschte. »Es ist nicht einmal dein Geld. Warum überlässt du das nicht der Polizei?«

»Berufsehre«, sagte Cliff, »ich will mir beweisen, dass ich es kann.«

Am nächsten Tag aber erhielt er einen seltsamen Anruf. Ich hatte das Telefon abgehoben und eine fremde Männerstimme sagte: »Who the hell are you?«

Da riss mir Clifford schon den Hörer aus der Hand: »Yes«, sagte er mit seiner tiefen Stimme, »what do you want?«

Mehr verstand ich nicht, denn Cliff sprang auf, kehrte mir den Rücken zu und telefonierte im Stehen. Als er den Hörer auflegte, biss er sich auf die Lippen: »Ich muss sofort nach Barcelona«, sagte er, »du bleibst da und wartest auf mich.«

»Wer war das?«, rief ich alarmiert und stand ebenfalls auf.

Cliff zuckte die Achseln.

»Hat man dich bedroht?«

»Ich hab keine Angst.«

»Aber ich. Bitte, bleib bei mir. Das ist zu unsicher.«

»Dylan ist nur ein kleiner Gauner«, sagte Cliff, »mach dir keine Sorgen. Ich habe schon viel Schlimmeres erlebt.«

»Aber wer hat angerufen?«

»Irgendein Handlanger. Kontakt aus dem Zuchthaus. Ein kleiner, verzwickter Feigling. Am Telefon Leute schrecken, dazu braucht man keinen Mut.«

»Cliff, ich bitte dich. Gib auf.«

»Jetzt? Mir fehlt nur noch ein einziges Gespräch mit

einer Komplizin. Die Gute ringt noch mit sich, weiß nicht ja oder nein, für oder gegen den alten Dylan. Sonst ist alles geklärt!«

»Was! Noch eine Frau? Und wieso ringt sie mit sich?«

»L'amour, Darling.«

»Noch eine Geliebte?«

»Der hat einen ganzen Harem. Eine höriger als die andere …«

»Cliff, ich bitte dich, wer ist sie?«

»Die Schwester von unserem Schachspieler.«

»Und wie heißt sie? Was macht sie? Das ist so spannend und du erzählst mir nichts!«

»Das kann ich nicht. Sie ist noch völlig unbescholten. Sie ist genauso ein Opfer wie Lydia und deren Leben hat er zerstört.«

»Sitzt sie in einer Bank in Barcelona?«

Clifford lachte kurz auf: »Vielleicht! Geh wieder ins Bett, meine Kitty, halt mir die Daumen, ich bin am Abend wieder da.«

Er kam aber nicht zurück am Abend. Er rief nur an: »Leider, leider, es wird länger dauern. Ich hab dich morgen auf den ersten Flug gebucht. Es ist besser, du wartest in Wien auf mich.«

Also flog ich am nächsten Tag nach Hause. Ich konnte nicht schreiben vor Angst, denn Clifford rief nicht an.

Meine Mutter beruhigte mich: »Er wird sich schon melden. Er weiß, was er tut. Er macht das nicht zum ersten Mal. Das ist sein Beruf.«

»Wieso weißt du das so genau?«

»Das hab ich im Gefühl«, sagte meine heißgeliebte Mutter und sie hatte recht.

Zu Mittag klingelte mein weißes Telefon: »Anruf für Sie aus Spanien«, sagte das Fräulein vom Fernamt, »nehmen Sie an?«

»Unbedingt! Bitte, stellen Sie durch.«

Es war Cliff!

»Kitty, dein Daumenhalten hat genützt! Das gestohlene Geld ist auf dem Weg nach Amerika.«

»Gratuliere!«

»Bist du stolz auf deinen Clifford?«

»Und wie! Der Verleger weiß es schon?«

»Der ist im siebenten Himmel. Er zahlt mir Finderlohn, den verjubeln wir, wenn wir uns wiedersehen.«

»Wann wird denn das sein?«

»Wenn ich von den Bahamas zurückkomme.«

»Und dir ist nichts passiert?«

»Ich bin heil und ganz.«

»Gehst du heute feiern?«

»Nein, ich muss zurück nach Paris. Das Interview mit M. A. Kent vorbereiten. Jetzt stehe ich noch besser da. Der Fall ist gelöst, das Geld zurückbezahlt …«

»Du löst doch immer alle Fälle, oder?«

»Alle nicht. Du hast mir Glück gebracht, Kitty. Jetzt muss ich zum Flughafen. Do you love me?«

»I love you!«

»Okay, Darling. Denk an mich und vergiss mich nicht.«

»Und die Schwester vom Schachspieler?«

»Hab ich vor dem Gefängnis bewahrt«, sagte Clifford stolz und legte auf.

KAPITEL VIII

Clifford flog auf die Bahamas, bekam das heißbegehrte Interview, rief mich gleich danach an, dann noch einmal aus Paris, dann schickte er mir den fertigen Artikel, der in ABC News erschienen war, und dann hörte ich nichts mehr von ihm!

Ich verstand die Welt nicht mehr. Die Seminararbeit war fertig und eingereicht, ich hatte Osterferien, ich war frei und er meldete sich nicht.

War er tot? Hatte ihn ein Handlanger von Dylan Smith umgebracht? Die Tage vergingen und ich wurde fast verrückt dabei.

Ich schrieb einen Brief und schickte ihn per Express an die Redaktion. Ich schrieb drei Aerogramme. Jeden Abend rief ich an, doch ich kam nicht durch.

Man konnte noch nicht ins Ausland wählen, man rief das Fernamt an, musste auf eine freie Leitung warten, manchmal stundenlang oder die halbe Nacht. Jedenfalls, es gab eine Störung und ich kam nicht durch nach Paris.

Verzweifelt rief ich meine Mutter an: »Mutti, Clifford meldet sich nicht. Ich glaube, ich fahre am Montag zu ihm.«

»Das würde ich nicht tun«, sagte meine Mutter sofort.

»Warum nicht? Vielleicht ist ihm was passiert? Ich halte das nicht mehr aus.«

»Ich an deiner Stelle würde warten.«

»Wie lang?«

»Bis er anruft. Habt ihr Pläne gemacht für Ostern?«

»Wir wollten das gefundene Geld feiern und aufs Land fahren in die Nähe von Bordeaux, auf ein Weingut. Man hat ihm eine Beteiligung angeboten. Er hat gemeint, das sehen wir uns an.«

»Trotzdem ist das keine gute Idee, einfach so nach Paris fahren, ohne dass er dich eingeladen hat.«

»Warum nicht?«

»Männer mögen keine Überraschungen. Vielleicht gibts ein Problem und er will nicht, dass du es erfährst. Dränge dich nicht auf, das bringt nichts.«

Ich dachte kurz nach, dann war mein Entschluss gefasst: »Mutti, du hast ganz recht. Aber bist du böse, wenn ich trotzdem fahre? Ich habe einfach keine Ruhe.«

Meine Mutter lachte: »Ich bin nicht böse. Es ist dein Leben. Tu, was du tun musst.«

Also setzte ich mich am Abend in den Orient-Express und fuhr zum zweiten Mal im Liegewagen quer durch Europa und die ganze Zeit hindurch war mir nicht wohl.

Um halb acht Uhr morgens kam ich an und meine Vorahnungen wurden immer schwärzer. Anrufen konnte ich noch nicht, Cliff kam nie vor zehn Uhr in die Redaktion. Was tun?

Ablenken, Kitty Valentin!

Also ging ich spazieren im Jardin du Luxembourg. Es war ein klarer, blauer Frühlingstag und viel wärmer als in Wien. Die Tulpen blühten schon, die Kastanien hatten grüne Blättchen, es war die reinste Idylle. Doch ich merkte nichts davon.

Ein paar verschlafene Leute führten ihre Hunde aus, glücklich sprangen sie herum und die Spatzen zwitscherten vergnügt in den Kronen der Bäume, froh darüber, dass die Sonne schien.

Ich sah das alles wie aus weiter Ferne.

Schließlich verließ ich den Park und wanderte langsam den Boulevard St. Michel hinunter zum Café Select Latin, setzte mich auf die freundliche Glasterrasse und bestellte Grand Crème und Croissants.

Leider gibt es das Select nicht mehr. Es war ein wichtiger Treffpunkt für Studenten und Professoren, lag nur zehn Schritte weg von der Sorbonne. Das Telefon befand sich im Tiefparterre und von dort aus rief ich Clifford an.

Es war kurz nach zehn. Er war sofort am Apparat.

»Hallo, Cliff«, sagte ich, so ruhig es ging, »Kitty spricht.«

Lange Pause am anderen Ende.

»Kitty?«, fragte er dann, als glaubte er es nicht, »wo bist du?«

»Am Boulevard St. Michel. Ich bin mit dem Nachtzug gekommen.«

»But … what are you doing here?«, rief er in Panik. »Das war nicht ausgemacht!«

»Aber … du hast gesagt, wir feiern zu Ostern unseren Jahrestag. Vorige Ostern waren wir zusammen in Ungarn.«

»Geht nicht. Es ist etwas dazwischengekommen.«

Mein Herz sank.

»Überraschungen kann ich nicht leiden! Du hättest warten müssen, bis ich dich einlade.«

»Aber … ich hab schon so lang gewartet. Ich war sicher, dir ist was passiert. Gott sei Dank lebst du noch.«

»Mir passiert nichts! Ich bin stark wie ein Ross! Das ist jetzt wirklich zu unangenehm.«

»Ich will dich nicht stören«, sagte ich schwach, »ich fahre am Abend wieder zurück nach Wien. Wir müssen uns auch gar nicht sehen, wenn du nicht kannst …«

»Moment«, unterbrach er mich, »nicht so schnell. Sei um eins im Grand Corona, okay? Warte dort auf mich.«

Er legte auf und ich starrte auf das Telefon. Am liebsten wäre ich gestorben. Noch nie hatte Cliff in diesem unpersönlichen Ton mit mir gesprochen. Aber warum? In Zürich war noch alles Liebe gewesen und Wonne. Was war geschehen?

Ich hatte nicht die geringste Ahnung. Ich wusste nur, es war schlecht für mich.

Ich ging zu Fuß zum Grand Corona, der Seine entlang und meine rote Reisetasche wurde immer schwerer. Im Zeitlupentempo überquerte ich schließlich die Brücke hinüber zum Place de l'Alma und völlig kraftlos betrat ich das Café. Es war fast leer. Alles drängte sich auf der

Glasterrasse, weil die Sonne schien, die Schlacht ums Mittagessen war im Gang, Teller klapperten, fröhlicher Trubel, Kellner eilten hin und her, die Leute aus den umliegenden Büros aßen hier jeden Tag, man kannte einander, freute sich auf die Mittagspause, nur ich hätte am liebsten geweint.

Ich dachte an Cliff. Und zum ersten Mal hatte ich Angst vor ihm! Ich sehnte mich aber auch so sehr nach ihm, dass es schmerzte.

Fast zwei Wochen hatte ich ihn nicht gesehen!

Ich war ausgehungert nach seiner Gegenwart, seiner Liebe, seiner Wärme, seiner Nähe, ich wollte ihn halten, drücken, küssen, fühlen und in ein weiches Bett versinken, stundenlang und die Welt vergessen.

So war es immer gewesen, nach einer Trennung. Bis jetzt.

Clifford erschien Punkt eins! Streifte mich mit einem kühlen Blick, als wäre ich eine Fremde.

Ich trug einen neuen Frühjahrsmantel, himmelblau, aus echtem Bouclé, mit breitem Schalkragen, Clifford kannte ihn noch nicht. Rita hatte ihn mir billig verkauft, er stand mir ausgezeichnet, richtig schick sah ich aus.

Aber Clifford sagte kein Wort.

Er setzte sich zu mir an den Tisch, aber nicht zu nah, und tat etwas, was mich zutiefst verletzte: Er zündete eine Zigarette an.

»Du rauchst wieder?«, fragte ich niedergeschlagen.

»Ja, zu viel Stress.«

»Seit wann?«

»Seit vierzehn Tagen. Bitte, kein Vorwurf! Ich hab genug Schuldgefühle, wie es ist, ab und zu eine Zigarette schadet nicht. Garçon! Ein Schinkenomelette, einen Tomatensalat und ein Bier, blond. Und was magst du?«, er wandte sich zu mir.

»Danke. Kein Hunger. Wie wars auf den Bahamas?«

»Höchst erfolgreich.«

»Danke für den Artikel, der war wirklich gut. Schreibst du die Autobiografie von M. A. Kent?«

»Das ist noch nicht sicher.«

»Hast du deinen Finderlohn gekriegt?«

Clifford nickte. »Ist schon auf der Bank. Willst du wirklich nichts essen? Nach einer ganzen Nacht im Zug?«

»Clifford, bitte, quäle mich nicht. Sag mir ganz ehrlich: Was ist passiert?«

Clifford antwortete mit einer Gegenfrage: »Willst du eine Familie zerstören?«

»Ich? Wieso?«, ich starrte ihn an.

»Ich will wissen, ob du meine Familie zerstören willst.«

»Nein! Natürlich nicht. Aber du hast immer gesagt, deine Ehe existiert nicht mehr und deine Familie ist nur noch eine Wohngemeinschaft.«

»Das hat sich geändert!«

»Was?«

»Das hat sich geändert«, wiederholte Cliff, inhalierte tief und blies den Rauch in die Luft, »Grace hat sich geändert, um 180 Grad! Sie streitet nicht mehr mit mir, sie sagt zu allem ja, sie kommandiert mich nicht mehr herum, sie ist sanft wie ein Lamm, sie ist wie verwandelt.«

»Seit wann?«

»Seit Zürich.«

»Jim hat ihr von mir erzählt.«

»Genau. Er hat seiner Frau alles gesagt und die hat Grace den Kopf zurechtgerückt. Sie hat kapiert, es droht Gefahr, diesmal ist es ernst, sie will mich nicht verlieren, ich kann sie reizen, soviel ich will, kein Widerspruch, keine Schreierei, sie weigert sich zu streiten. Sie tut, was ich will. Zum ersten Mal seit meiner Hochzeit ist Frieden bei mir zu Haus. Weißt du, wie angenehm das ist?«

Der Kellner brachte Cliffords Bestellung, ich sah zu, wie er heißhungrig zu essen begann.

»Schlaft ihr wieder … miteinander?«, ich brachte den Satz kaum heraus.

»Nein!« Cliff verschlang einen großen Happen Omelette, »dazu haben wir beide keine Lust. Aber es dreht sich nicht alles ums Bett. Es gibt wichtigere Dinge als Sex!«

»Hat sie abgenommen für dich? Ist sie jetzt schön schlank?«

»Sie hat zugenommen. Sie kocht den ganzen Tag. Wir haben jeden Abend Gäste. Sie kocht sogar für meine Freunde, die sie früher nie eingeladen hat. Nur, damit ich zufrieden bin. Weißt du, sie tut mir leid. Sie ist hilflos wie ein Vogel in einem goldenen Käfig. Und einem Vogel im Käfig kann man keinen Fußtritt geben.«

Ich schwieg. Wie schnell sich doch die Welt verändert!

»Jedenfalls«, sagte Cliff, immer noch über seinen Teller gebeugt, »wir verreisen über Ostern. Wir besuchen die Hennessys in Genf, die haben uns schon zu Silvester eingeladen, erinnerst du dich? Grace will unbedingt hin, es ist alles fix arrangiert. Wir nehmen übermorgen die Mittagsmaschine.«

»Wie lange werdet ihr bleiben?«

»Ein paar Tage«, Cliff hatte fertiggegessen und sah auf die Uhr, »ich muss weg.«

»Okay, ich fahre dann am Abend wieder nach Wien.«

»Nein«, Cliff stand auf und zahlte, »dort drüben ist das Hotel Royal Alma, da quartiert ABC News öfter Gäste ein. Ich hab für dich ein Zimmer reserviert. Ich habe Grace gesagt, dass ich auswärts esse. Komm um halb zehn ins Sherwood und warte dort auf mich.«

Dann ging er, ohne Kuss, ganz abrupt, und ich blieb halb bewusstlos zurück. Alles hätte ich erwartet. Nur das nicht!

Wie ich ins Royal Alma kam, ist mir heute noch schleierhaft! Es war ein gepflegtes Hotel, mit schönen großen Zimmern, die Bäder neu und elegant, und ich saß stundenlang in der Wanne und zerbrach mir den Kopf.

Was sollte ich tun? Ich hatte mich nie an Männer gehängt, die mich nicht mehr wollten. Was tat ich überhaupt noch hier?

Trotzdem war ich Punkt halb zehn im Sherwood. Clifford war schon da, nicht mehr nüchtern, das sah ich sofort, zwar etwas freundlicher als am Nachmittag, doch rauchte er ununterbrochen ohne Rücksicht auf mich.

Anschließend schleppte er mich in etwas ganz Verruchtes, in einen Club in der Rue du Four, wo nur Frauen miteinander tanzten, eng umschlungen, bei schummrigem Licht.

»Das solltest du auch versuchen«, meinte Clifford und trank einen Brandy nach dem andern, »siehst du, wo die ihre Hände haben? Am Po der anderen! Was meinst du? Interessiert dich das?«

»Überhaupt nicht!«

»Dann tu so, als ob es dich interessieren würde! Du verdirbst mir die gute Laune. Du siehst mich nicht an, du sprichst nicht mit mir, wir gehen jetzt. Ich bring dich zurück ins Hotel und wir spielen Lesbierinnen. Ich heiße Käthchen und bin ein Mädchen und du gibst mir lesbische Küsse.«

»Musst du nicht nach Hause?«

»Wozu? Grace ist gezähmt. Sie macht mir keine Vorwürfe mehr, das traut sie sich nicht.«

Zurück im Hotel riss sich Clifford gleich die Kleider vom Leib, stürzte sich auf mich und wir liebten uns verbissen, wie zwei Feinde, was mich zutiefst deprimierte. Cliff tat mir weh und entschuldigte sich nicht. Und am nächsten Tag konnte ich ihm nicht in die Augen sehen.

Überhaupt war wieder alles anders. Cliff hatte einen fürchterlichen Kater, wankte aus dem Bett und ich war schuld.

»Ich kann dieses Doppelleben nicht mehr ertragen«,

sagte er nach der dritten Flasche Mineralwasser, »es ist zu teuer und macht mich krank. Ich trinke zu viel, ich rauche zu viel, du hättest nicht nach Paris kommen dürfen.«

»Warum hast du mich nicht angerufen? Dann wäre ich in Wien geblieben.«

»Was sagst du? Anrufen? Das ändert jetzt auch nichts mehr. Ich will nicht mehr lügen, ich hab ununterbrochen ein schlechtes Gewissen, ich muss Schluss machen. Wir werden uns jetzt lange Zeit nicht sehen.«

»Hast du das deiner Frau versprochen?«

»Ja. Du und ich, das ist ein ungesundes Verhältnis. Ich habe Grace nach Europa gebracht, ich bin für sie verantwortlich. Mein Sohn ist auch noch in Paris, ich bin ein Familienvater, vergiss das nicht.«

»Ganz wie du willst.« Ich wandte mich ab und begann lautlos zu weinen.

Cliff sah mich erschrocken an: »Du weinst«, stellte er fest, »ich hab dich noch nie weinen gesehen. Ich hab gar nicht gewusst, dass du das kannst!«

Er ging schnell ins Bad, duschte gründlich und kam angekleidet wieder zurück. Seine Katzenaugen waren rot, seine dichten, schwarzen Brauen gerunzelt, er stellte sich zu mir ans Bett.

»Ich mag nicht, wenn du weinst«, sagte er barsch, »reiß dich zusammen. Du bist jung, du bist hübsch, du wirkst auf Männer, das hab ich im Baur au Lac gesehen. Alle meine Kollegen waren hinter dir her. Bill Tiger hat mich sogar in der Redaktion angerufen und von dir geschwärmt, du findest schnell einen anderen.«

Er wandte sich zum Gehen.

»Du hast dein Studium, du brauchst mich nicht. Ich hab dir Geld ins Bad gelegt, damit kommst du eine Woche durch. Besuche deine Freundinnen, geh in die Museen, du bist in der schönsten Stadt der Welt. Lass mich wissen, was du tust!«

Dann ging er im Laufschritt zur Tür, knallte sie hinter sich zu und war weg.

Ich war am Boden zerstört. Noch nie hatte ich mich in einem Mann so geirrt. Ich hatte Cliff verehrt wie ein Idol, bedingungslos!

Und jetzt hatte er sich in einen rauchenden, trinkenden Wüstling verwandelt. War ich blind gewesen?

Blind und taub, Kitty Valentin! Doch das ist gut. Das macht den Abschied leichter.

Ich streckte die Hand aus zum Telefon und rief unten an am Empfang.

»Bonjour, Monsieur, kann ich bis halb eins im Zimmer bleiben? Oder brauchen Sie es schon?«

»Sie können bleiben, solange sie wollen. Mister Thatcher hat auf eine Woche verlängert.«

»Die Rechnung geht auf ABC News?«

»Jawohl. Ich wünsche Ihnen einen schönen Tag. Wenn Sie etwas brauchen, sagen Sie es mir.«

Ich bestellte Kaffee ans Bett und dachte lange, lange nach. Cliff flog morgen mit Grace und Gregory in die Schweiz. Ich könnte in Paris bleiben und eine luxuriöse Woche verbringen. Fünfhundert Francs lagen gut sichtbar auf dem Waschtisch und ich hatte keine Skrupel, sie zu nehmen.

Das war mein Teil des Finderlohns!

Hatte ich nicht mitgeholfen in Brüssel? Sogar Schachspielen hatte ich gelernt.

Ich musste wieder weinen. Es war zu schrecklich! Aus heiterem Himmel dieser Blitz.

Aber Rita hatte recht gehabt. »I love you« bedeutet nichts!

Das ist nicht halb so viel wie ein echtes: Ich liebe dich. Das kann man vergessen, so schnell, wie Clifford mich jetzt vergisst.

Schluchzend stieg ich aus dem Bett. Stand zittrig auf den Beinen und mein Magen tat so weh, als hätte Clifford mich mehrfach fest geboxt. Mir war schlecht und ich wusste immer noch nicht, was tun.

Ich rief Irma an und Doritt. Beide waren verreist.

Ich könnte an die Loire fahren, zu den Schlössern und dann zurück nach Hause. Oder nach Giverny! Doch zuerst einmal weg hier, weg von allem, was mich an Cliff erinnert.

Ich packte meine rote Reisetasche, verließ das Hotel und fuhr in die Coupole am Boulevard Montparnasse. Dort setzte ich mich auf die große Terrasse und siehe da, nach der zweiten Tasse Pfefferminztee wusste ich plötzlich wohin.

Ich stieg hinunter zur Garderobe, wo sich das Telefon befand und rief Clifford an.

»Hallo?«, meldete er sich mit verkaterter Stimme.

»Hallo, Cliff, ich möchte mich verabschieden.«

»Bist du noch im Hotel?«

»Nein.«

»Wo bist du?«

»Irgendwo in Paris.«

»Was wirst du tun?«

»Ich fahre an die Riviera.«

»Dazu hast du nicht genug Geld.«

»Ich fahre per Autostopp.«

»Was!«, schrie Cliff und ich hörte, wie irgendwas auf seinen Schreibtisch krachte und zersplitterte. Ein Glas, das er aus Schreck hatte fallen lassen?

»Autostopp? Das verbiete ich dir. Das ist viel zu gefährlich. Hörst du mich?«

Ich begann wieder zu weinen.

»Ich fahre trotzdem«, schluchzte ich und suchte verzweifelt nach einem Taschentuch.

»Dann melde dich, damit ich weiß, wo du bist. Hinterlass Nachrichten für mich im Büro.«

»Nein, das tu ich nicht. Ich melde mich nie mehr, jetzt, wo ich weiß, ich zerstöre deine Ehe. Das will ich nicht. Und vielen Dank für alles, das viele Geld, das du ausgegeben hast, die viele Zeit, die du mir geopfert hast. Und ich wünsche dir und deiner Familie alles Gute für die Zukunft und viel Erfolg mit deinen Büchern und deiner Zeitung und mit M. A. Kent. Ja, goodbye, Cliff, viel Glück. Ja, viel, viel Glück.«

Clifford wollte noch irgendetwas sagen, doch ich hatte schon aufgelegt. Lieber ein Ende mit Schrecken als Schrecken ohne Ende.

Nie wieder einen verheirateten Mann!

Weinend stieg ich die Treppe hoch, zahlte und trat hinaus auf den breiten, lauten Boulevard Montparnasse.

Am liebsten hätte ich mich vor ein Auto geworfen. Meine Mutter hatte recht gehabt. Ich hätte nicht kommen sollen. Doch das nützte jetzt auch nichts mehr.

Jetzt half nur eins: Szenenwechsel und zwar schnell. Neue Landschaft, neues Lebensgefühl, Sonne, Pinien, Palmen, Meer und Clifford vergessen.

Und wenn mich unbedingt einer umbringen will auf der Autobahn, dachte ich und schluchzte noch einmal laut auf: Nur zu!

Nur zu!

Das ist mir nämlich auch egal!

KAPITEL IX

Draußen war die Sonne hervorgekommen und vergoldete Paris. Die Platanen am Boulevard Raspail hatten bereits einen grünen Flaum, die Magnolien blühten, die Tauben waren auf Brautschau und gurrten verführerisch, doch ich war so verzweifelt, ich sah es kaum.

Ganz automatisch ging ich in das nächste Papiergeschäft, kaufte eine Straßenkarte von Frankreich, stieg die Steinstufen hinab zur Metro und fuhr zum Place d'Italie. Dort nahm ich den Bus in Richtung Fontainebleau und von dort fuhr ich per Autostopp bis Lyon.

Es war ein Kinderspiel.

Ich wartete nie länger als zwei Minuten. Keiner belästigte mich, keiner bedrohte mich, Autostopp war auch nicht halb so gefährlich wie jetzt, bereits am frühen Abend war ich dort.

Leider regnete es, als ich ankam, doch ich lief ins nächste Hotel, nicht weit vom Bahnhof, wo man mich abgesetzt hatte, und bekam noch ein Zimmer für die Nacht.

Es war erstaunlich billig, verglichen mit Paris, hatte rote Tapeten mit winzigem Blumenmuster im französischen Landhausstil und das Bett war breit und angenehm. Erschöpft schlief ich ein. Doch am nächsten Tag kam das Dilemma.

Bis jetzt hatte ich wie in Trance gehandelt. Aber nun hatte ich mich beruhigt, Abstand gewonnen und fing wieder an, normal zu denken.

Was um Himmels willen tat ich in Lyon? Ganz allein? Wo ich keine Menschenseele kannte? Was wollte ich überhaupt im Süden? Sollte ich nicht lieber den Zug zurück nach Hause nehmen? Ostern bei meiner Mutter verbringen? Sie würde mich trösten und sich freuen, mich zu sehen.

Ich überlegte kurz. Heimfahren konnte ich später immer noch. Wozu hatte ich Ferien? Außerdem: Ich brauchte keinen Trost, ich brauchte Ablenkung! Das Ziel war, Cliff zu vergessen! Und schon gab mir der Himmel ein Zeichen, es hörte nämlich plötzlich zu regnen auf.

Schnell frühstückte ich unten im gemütlichen Café, das zum Hotel gehörte, und nahm ein Taxi hinaus aus der Stadt. Am Zubringer ließ ich mich absetzen und schritt wild entschlossen hinauf zur Autobahn.

Sie war gähnend leer!

Es gab damals viel weniger Autos als jetzt, es gab auch weniger Autobahnen, der meiste Verkehr ging über Landstraßen, aber irgendjemand würde schon kommen und mich mitnehmen. Davon war ich überzeugt.

Es war ein grauer Tag mit kaltem Wind und ich fror.

Der blaue Bouclémantel war für dieses Wetter viel zu leicht. Ich zog den Schalkragen hoch und wartete.

Endlich fuhr ein Lastwagen vorbei. Dann ein roter Bus aus Belgien. Dann ein vollbesetzter silberner Peugeot. Dann kam lange nichts und endlich ein dunkler Mercedes mit deutscher Nummer. Drin ein Herr allein. Er fuhr auffallend langsam. Ich streckte den Arm aus und winkte.

Der Mann sah mich an und fuhr vorbei. Dann sah er sich um, aha, der zweite Blick, bremste, legte den Rückwärtsgang ein und fuhr vorsichtig zu mir. Er kurbelte das Fenster herab: »Wo wollen Sie hin?«, fragte er in korrektem Französisch mit ganz leichtem deutschen Akzent.

»An die Riviera«, antwortete ich und versuchte das erste Lächeln in zwei Tagen, das nicht gelang.

»Wohin genau?«

»Irgendwohin in die Sonne.«

»Wunderbar. Dann haben wir das gleiche Ziel.«

Er öffnete den Wagenschlag. Ich sah auf seine Hand: kein Ehering. Erleichtert stieg ich ein und machte es mir auf dem glatten Ledersitz bequem.

Der Mann war meine Rettung. Er war nicht nur jung, wohlerzogen und sympathisch, er führt mich auch direkt zum Meer. So ein Glück! Den hat mir der Himmel geschickt.

»Ich heiße Kitty Valentin«, stellte ich mich vor, »wir können Deutsch sprechen. Ich bin Studentin und komme aus Wien.«

»Wolfgang Obrist. Freut mich! Ich komme aus Köln.

Sagen Sie, was machen Sie denn ganz allein mitten in Frankreich auf der Autobahn?«

»Wir haben Osterferien. Ich war in Paris bei meinem Freund, wir … leider … wir haben uns zerstritten.«

»Ganz aus?«

Ich nickte, senkte den Kopf und versuchte verzweifelt nicht zu weinen.

»Waren Sie lang zusammen?«

»Nur ein paar Monate. Das heißt, wirklich zusammen waren wir nie. Er ist verheiratet.«

»Kinder?«

»Ein Sohn.«

»Schwierige Situation. Und was studieren Sie?«

»Anglistik und Germanistik. Und was machen Sie?«

»Ich bin Ingenieur.«

»Und warum sind Sie ganz allein unterwegs?«

»Ähnlicher Grund. Monströser Streit mit meiner Verlobten. Sie hat ein Verhältnis mit einem Mann von unserem Tennisclub.«

»Das tut mir leid. Geht es Ihnen recht schlecht?«

»Seltsamerweise nicht. Ich habe das Gefühl, ich bin noch einmal gut davongekommen. Ich heirate sie sicher nicht. Sie ist falsch, verlogen und verwöhnt. Wechseln wir das Thema?«

Er griff nach meiner roten Reisetasche und stellte sie auf den Rücksitz.

»Jetzt haben Sie mehr Platz. Schnallen Sie sich bitte an. Falls ich Ihnen zu langsam fahre, nur Geduld. Ich will mich nicht hetzen. Hektik gibt es genug im Büro.«

Gemächlich glitten wir durch die schöne französische

Landschaft, die bereits grün zu werden begann. Der Himmel war zwar grau, es regnete wieder leicht, doch das störte uns nicht.

Ab und zu sahen wir einander heimlich von der Seite an und einmal wandten wir beide gleichzeitig die Augen von der nassen Fahrbahn ab und lächelten uns zu.

»Sie haben hübsche Grübchen«, sagte Wolfgang Obrist, »und ein fröhliches Gesicht. Sie verbreiten gute Stimmung. Wenn wir Glück haben, sind wir zu Mittag in Avignon. Dort fängt der Süden an.«

Er griff ins Handschuhfach und holte eine Dose feiner englischer Bonbons hervor.

»Möchten Sie?«

»Danke, gern. Mhmmm. Pfefferminz. Schmeckt gut.«

»Finde ich auch!«

Mehr sprachen wir nicht. Die Landschaft wurde immer schöner, üppiger und grüner, die Sonne kam hervor, und in Avignon geschah das Wunder, denn plötzlich befand ich mich in der Welt, nach der ich mich in Paris gesehnt hatte.

Hohe Palmen, Pinien, Zypressen. Blühende Sträucher, warme, milde Luft, südliches Licht, Ferienstimmung, tiefblauer Himmel.

Wolfgang Obrist parkte den Wagen, wir stiegen aus, und spazierten durch die Stadt.

»Das ist zu schön, um wahr zu sein«, meinte er, »das ist eine völlig andere Welt. Waren Sie schon hier?«

»Noch nie.«

»Und was sagen Sie?«

»Ich bin hingerissen!«

Wir blieben stehen und bewunderten die malerischen Häuser aus Stein, mit hohen Fenstern und Toren, kein hässlicher Neubau in der Innenstadt, alles harmonisch, wie es jahrhundertelang gewesen war. Sogar die Stadtmauer hatte noch Zinnen!

»Ich frage mich, wieso man eigentlich nördlich von Avignon lebt? Vielleicht sollte ich alles verkaufen und hierher ziehen?«

»Könnten Sie das?«, rief ich erstaunt.

»Man kann alles, was man wirklich will.«

Wir schlenderten schweigend auf die große Piazza, setzten uns unter weiße Sonnenschirme, bestellten zu essen und zum ersten Mal, jetzt, wo er mir gegenübersaß, sah ich ihn mir genauer an: Er war vielleicht fünfunddreißig, kleiner als Cliff, aber sportlich, schlank, mit schmalen Hüften und schönen, breiten Schultern.

Er trug einen hellen Anzug, dazu ein blaues Polohemd, am Kragen offen. Es hatte dieselbe Farbe wie mein Mantel. Seine Augen gefielen mir, graublau, wach, intelligent. Auch seine Hände waren schön, und sein Haar war lockig, ein gepflegter, brauner Lockenkopf, der in der Sonne glänzte.

Wir hatten Pizza bestellt und Salat und starken Kaffee. Es schmeckte köstlich.

»Jetzt weiß ich, ich bin wirklich auf Urlaub«, mein Retter lächelte mich an, »genau so hab ich mir das vorgestellt, unter Palmen, im Süden, in charmanter Begleitung. Und alles, was sich abgespielt hat, oben im Norden geht mich nichts mehr an. Und Sie? Sind Sie auch schon geheilt?«

Ich nickte.

»Nennen Sie mich Wolf.«

»Okay. Ich bin Kitty.«

»Sie sehen schon viel frischer aus! In Lyon waren Sie noch leichenblass. Ich hab mir Sorgen gemacht.«

»Um mich? Sie kannten mich doch gar nicht.«

»Sie waren mir vom ersten Moment an sympathisch.«

»Sie mir auch.«

Wolf sah mich lange an: »Ich habe das Gefühl, das wird eine sehr glückliche Reise«, sagte er dann und lächelte. Ich wurde rot. Denn so seltsam es klingt, das Gefühl hatte ich ebenfalls. Seit ich nämlich zu ihm in den Wagen gestiegen war, hatte ich kaum noch an Cliff gedacht. Weg war das Ziehen, das Sehnen, diese schreckliche Leere, der tierische Schmerz. Ein echtes Wunder! Wie war das möglich, in dieser kurzen Zeit?

Nach dem Essen stiegen wir hinauf zum Palast der Päpste und bewunderten den Blick hinunter zur Rhone. Da war sie, die berühmte Brücke: Sie hatte nur noch vier Bögen und endete mitten im Fluss. Der Rest war vor vierhundert Jahren von einem Hochwasser weggeschwemmt und nie wieder aufgebaut worden. Sagen rankten sich um sie, es gab Gedichte und Lieder.

»Sur le pont d'Avignon«, summte Wolf, »auf die Brücke hab ich mich schon die ganze Zeit gefreut. Aber so schön hab ich sie mir nicht vorgestellt.«

Wir standen eng beisammen über die Brüstung gelehnt, sie war aus grauem Stein, von der Sonne gewärmt. Es war ein magischer Moment.

»Sagen wir uns du?«, fragte Wolf und sah mir zum ersten Mal tief in die Augen.

»Gern.«

Er küsste mich auf beide Wangen. Dann streckte er die Arme hoch zum Himmel und lachte glücklich: »Ich bin ein neuer Mensch! Es ist nicht zu fassen. Die Wut ist weg, der Hass ist fort. Ich bin direkt dankbar, sonst hätte ich dich ja nicht kennengelernt. Wann musst du wieder zurück nach Wien?«

»Erst Ende nächster Woche. Und du?«

»Ich sollte am Dienstag nach Ostern in der Firma sein. Aber jetzt, wo ich das gesehen habe …«

»Könntest du länger bleiben?«

»Vielleicht«, er sah auf die Uhr, »wir müssen fahren, sonst wird es zu spät. Wir haben noch kein Nachtquartier.«

Ein letzter Blick hinunter auf die alte Stadt. Sie erschien uns märchenhaft schön! Und mit gutem Grund: Wir waren noch nicht verwöhnt mit Farbfotos aus dem Süden, die meisten Bilder waren damals noch schwarzweiß, so wie die Fernsehapparate und viele Filme in den Kinos.

Diese echte, sinnliche, farbenfrohe, südliche Pracht da unten schlug uns ganz in ihren Bann!

»Avignon wird mich immer an dich erinnern«, sagte Wolf, als wir den Abstieg begannen, »wer weiß, was kommt, vielleicht kaufe ich wirklich irgendwann einmal hier ein Haus!«

Als wir wieder im Auto saßen, öffnete er das Schiebedach.

»Stört es dich?«

»Im Gegenteil. Wenn du nicht zu schnell fährst.«

»Keine Angst. Wir lassen uns Zeit. Hektik gibts genug im Büro.«

Er startete den Wagen und gemächlich fuhren wir in Richtung Nîmes. Es war ein Hochgenuss.

Alle Straßen in Südfrankreich waren damals noch prächtige Alleen aus riesigen Platanen, deren Kronen sich in der Mitte trafen. Man fuhr im Schatten, in romantischem, goldgesprenkeltem Licht, vor der heißen Sonne beschützt, unter einem malerischen, grünen Blätterdach.

Und mit jeder Minute wurde mir leichter ums Herz. Wolf hatte nämlich das Radio aufgedreht, und was hörte ich? Crosby, Stills and Nash: »Love the one you're with!«

Das passt, dachte ich erfreut, denn der Text, schnippisch ins Deutsche übersetzt, heißt so viel wie: »Kriegst du den nicht, den du liebst, liebe, wen du kriegst!«

Clifford hat jetzt Grace. Den kriege ich nicht mehr.

Wolf aber will mich, das ist sonnenklar. Und wenn er mich will, will ich ihn auch. »Love the one you're with!«

»Was denkst du denn?«, fragte Wolf, der mich beobachtet hatte.

»Warum?«

»Deine Augen sind plötzlich doppelt so groß. Was Angenehmes?«

»Vielleicht.«

»Soll ich schneller fahren?«

»Nein, nein, hier ist es so schön …«

Sorglos gondelten wir weiter nach Süden, besichtigten Nîmes mit der mächtigen römischen Arena, aßen eine Kleinigkeit, und als es dunkel wurde, erreichten wir Les Aigues-Mortes.

Staunend hielten wir an. So eine Stadt hatten wir noch nie gesehen. Tiefstes Mittelalter, ein perfektes Rechteck, mit hohen Mauern, Türmen, Zinnen, trutzig, aus Stein. Doch es gab ein Problem: Die Stadt war völlig ausgebucht. Nur ein einziges Zimmer war noch frei, ohne Bad, ohne Klo, in einer mittelalterlichen Gasse, in einem winzigen Privathaus aus Stein.

Wir ließen uns das Zimmer zeigen: Es war quadratisch und drinnen stand das größte Bett, das ich je in meinem Leben gesehen hatte. Es füllte fast den ganzen Raum aus. Staunend standen wir davor.

»Das ist ein Familienbett«, erklärte uns die Vermieterin, »hier gibt es nichts anderes. Das ist bei uns im Süden so üblich, die ganze Familie schläft in einem Bett. Aber wenn Sie getrennt schlafen wollen, bringe ich Ihnen zwei Decken und statt der Nackenrolle zwei Kissen. Wäre das recht?«

Rolf sah mich zweifelnd an.

»Nicht gerade das Ritz«, sagte er auf Deutsch und prüfte die Matratze, »aber für eine Nacht, wenns dir nichts ausmacht, dass wir das Zimmer teilen, ich schwöre, ich bin ganz brav. Ein Mann ein Wort.«

»Wirklich?«, fragte ich zweifelnd.

Wolf legte die Hand aufs Herz: »Ich tue nur, was du willst!«

Dann verschwand er und kam mit zwei Decken und

zwei Kissen zurück. Die Vermieterin brachte uns noch zwei frische Handtücher.

»Zum Frühstück gibts Croissants von unserem Bäcker«, sagte sie verheißungsvoll, »aber nur bis halb elf. Falls Sie länger schlafen, gibts nur noch Baguette. Aber dafür mit meiner besten hausgemachten Marmelade.«

Nach unseren Pässen fragte sie nicht.

Auch nicht nach dem Trauschein, was damals noch allgemein üblich war – und besaß man keinen, wurde man abgewiesen, sie sagte nur: »Ruhen Sie sich gut aus unter meinem Dach. Madame, Monsieur, seien Sie mir herzlich willkommen, et bonne nuit.«

Wolf ging in den Waschraum und plötzlich hatte ich Angst.

Wenn er sich jetzt auf mich wirft, dachte ich, macht er alles kaputt. Und das wäre schade, denn er gefällt mir gut. Die Angst aber war umsonst. Wolf benahm sich musterhaft. Schlief an einem Ende des Familienbettes, bei der Tür, ich am anderen vor dem Fenster und zwischen uns waren zwei Meter Niemandsland.

Er blieb brav eingerollt in seine Decke und kaum hatte er das Licht gelöscht, wünschte er mir leise gute Nacht und rührte sich nicht mehr.

Er bedrängte mich nicht, betastete mich nicht, schnarchte nicht, schlief sanft wie ein Kind und in der Früh weckte er mich nicht, sondern wartete, bis ich erwachte.

»Guten Morgen, Kitty«, sagte er, »die Sonne scheint. Ich war schon spazieren. Es ist ein prachtvoller Tag.«

Er war frisch rasiert, trug ein frisches, weißes Hemd

und strahlte Sauberkeit aus. Dann packte er seine Sachen und ließ mich allein.

Wir frühstückten um elf, unten in der Familienküche, an einem riesigen Familientisch, ohne Croissants, dafür aber mit köstlicher Erdbeermarmelade und duftendem Kaffee.

Den Preis für das Zimmer teilten wir, das hatte ich vorgeschlagen und Wolfgang war es recht. Und dann, ganz gemütlich fuhren wir weiter zur Küste und ich sah es endlich nach langer Zeit wieder: das Meer!

Es war von unglaublich strahlendem Blau, mit silbernen Glitzerwellen, die das Sonnenlicht brachen.

Côte d'Azur. Die azurblaue Küste!

Damals war das wirklich so.

Die Ufer waren unverbaut. Es gab schattige Pinien bis hinunter zum Sandstrand, dazwischen romantische, kleine felsige Buchten, ideal zum Schwimmen. Und das Wasser war glasklar, sauber, durchsichtig bis zum Grund.

Wolf parkte den Wagen. Kein Mensch weit und breit. Dafür Vogelgezwitscher, Sonne, laue Luft, Pinienduft.

Wir kletterten hinunter in eine dieser kleinen Buchten und tranken Bruderschaft mit dem Rotwein, den Wolf gekauft hatte, dann hielten wir ein Picknick mit Baguette, Käse und Oliven, es schmeckte wie im Paradies.

»Gehen wir schwimmen?«, fragte Wolf.

»Ich nicht. Das Wasser ist noch zu kalt.«

»Kann ich dich allein lassen? Nur ganz kurz?« Und er zog seine Badehose an, sprang ins Meer und tobte eine halbe Stunde lang herum.

»Darauf habe ich mich monatelang gefreut«, lachte er, als er wieder zu mir kam, »das war wie eine zweite Taufe. Ich bin gereinigt und geheilt und fange ein neues Leben an.«

Dann fuhren wir weiter, die Küste entlang, und suchten ein Quartier für die Nacht. Schwieriges Unterfangen!

Es war Ostern und alle Hotels waren ausgebucht. Wir fuhren nach Collioure, ein malerisches, kleines Städtchen, Treffpunkt für Künstler, Schriftsteller, Maler, kein Glück.

Wir versuchten es in Port-Vendres, an der spanischen Grenze, und fanden noch zwei Zimmer für eine Nacht. Am nächsten Tag suchten wir weiter und sieh an, in Carcassonne bekamen wir wieder ein Familienbett in einem Privathaus, innerhalb der trutzigen, mittelalterlichen Stadtmauern, die zum Schönsten gehörten, was ich je gesehen hatte.

In Carcassonne, in der Osternacht, feierte ich nicht Jahrestag mit Cliff, sondern den Beginn einer neuen Liebe mit meinem Retter.

Diesmal hatten wir nur eine Decke und unter dieser Decke schmiegten wir uns aneinander. Kein Niemandsland mehr zwischen uns, und Wolf begann mich zu streicheln.

»Kitty, du hast so eine zarte, weiche Haut, du fühlst dich so gut an …«, dann küsste er mich zum ersten Mal, es war unerwartet schön, und dann konnte ich ihm nicht widerstehen.

»Ich tu nur, was du willst«, flüsterte er, »du musst es mir nur sagen.«

Und das tat ich auch.

Es war nicht der perfekte Gleichklang zweier Körper, wie mit Cliff, doch es war aufregend und neu und so zärtlich, dass ich Clifford völlig vergaß! Nie hätte ich das gedacht!

Am nächsten Morgen drückte mich Wolfgang fest an sich: »Du bist eine Offenbarung, Kitty, du bist anders als die anderen. Du liegst nicht nur da und denkst: Hoffentlich ist es schnell vorbei; du willst was von einem Mann. Du bist echt! Mit dir ist man im siebten Himmel! Dein Freund ist ein Idiot. Lässt dich einfach gehen, der muss verrückt geworden sein …«

Wir blieben zwei Nächte in Carcassonne. Und von da an waren wir unzertrennlich.

Wir fuhren nach Aix-en-Provence, nach Arles und zurück nach Avignon, denn wir hatten uns beide verliebt in die Stadt. Wir besichtigten sogar ein Haus. Es lag in einem großen Garten mit vier mächtigen Königspalmen und vor dem Küchenfenster gab es einen herrlich duftenden Mimosenbaum. Rundherum waren Blumen in Hülle und Fülle, dazu ein gepflegter Rasen, und das Haus stand zum Verkauf oder zur Vermietung. Über den Sommer war es noch frei. Ein herrlicher Besitz!

Am Dienstag nach Ostern konnten wir uns noch nicht trennen und Wolf rief im Büro an, um zu sagen, dass er später kommen würde. Bis Freitag blieben wir an der Côte d'Azur.

Noch vier sonnige, sorglose, glückliche, verliebte Tage.

Zurück fuhren wir über die Schweiz, über den mächtigen St. Gotthard und dann weiter nach Deutschland und in Karlsruhe kaufte mir Wolf eine Fahrkarte und setzte mich in den Nachtzug zurück nach Wien.

Beim Abschied weinten wir beide. Wir wussten, so schnell würden wir uns nicht wiedersehen.

Auf dem Weg zum Bahnhof hatte mir Wolf nämlich ein Geständnis gemacht.

»Kitty, alles, was ich dir erzählt habe auf dieser Reise, stimmt. Bis auf eins: Ich habe nicht mit meiner Verlobten gestritten, bevor ich weggefahren bin.«

»Sondern?«

»Mit meiner Frau.«

Ich riss die Augen auf: »Du bist auch verheiratet?«

»Ja.«

»Warum hast du mir das nicht gesagt?«

Wolfgang seufzte: »Wenn man das sagt, rasseln sofort die Rollbalken herab. Ehrlich, Kitty: Wärst du bei mir geblieben? Die ganze Zeit? Wenn du gewusst hättest, ich bin nicht mehr frei?«

»Keine Ahnung. Vielleicht doch. Hast du Kinder?«

»Nein.«

»Was tust du jetzt? Mit ihr und dem Mann vom Tennisclub?«

»Was würdest du tun?«, fragte Wolf interessiert.

»Retten, was zu retten ist! Ich würde nicht sofort mit Scheidung drohen!«

»Du bist eine echte Freundin!«, Wolf umarmte mich spontan. »Ich kann dir nicht sagen, wie froh ich bin, dass ich dir begegnet bin. Wir sehen uns sicher wieder. Wenn ich das Haus miete, in Avignon im Sommer, kommst du hin?«

»Vielleicht.«

»Was immer passiert, ich ruf dich morgen an. Gute Reise. Es war wunderschön.«

Ich verbrachte eine angenehme Nacht im Zug. Ich hatte ein Abteil im Liegewagen für mich allein und um die Wahrheit zu sagen, es störte mich nicht, dass Wolf verheiratet war. Ich sah in ihm keinen Ehemann, sondern den Retter in der Not, der mir bewiesen hatte, dass ich Clifford nicht total verfallen war, dass ich sehr wohl für einen anderen Mann Gefühle aufbringen konnte. Dafür würde ich ihm ewig dankbar sein.

Braungebrannt, trunken vor Schönheit, mit der Gewissheit, Cliff überwunden zu haben, kam ich aus dem sonnigen Südfrankreich zurück nach Wien.

Wolf war verlässlich, rief mich gleich am nächsten Tag an. Ja, ja, Cliff war nicht der einzige Mann auf der Welt. Andere Mütter hatten auch schöne Söhne!

Was jetzt kommt, dachte ich und packte meine rote Reisetasche aus, ist studieren, studieren, studieren. Abschließen in Rekordzeit! Und das Wichtigste: Nie wieder aus Liebe leiden!

Doch da irrte ich mich!

KAPITEL X

Am nächsten Tag erzählte ich alles meiner Mutter, dann fuhr ich zur Universität, inskribierte, kaufte ein Vorlesungsverzeichnis, schrieb mich ein für zwei weitere Seminare, und traf anschließend Karl in der Mensa auf einen Kaffee.

Ich hatte ihn eingeweiht in die Affäre mit Cliff, bevor ich nach Paris gefahren war. Er hatte mir Unglück und Herzeleid prophezeit. Umso erleichterter war er jetzt.

»Danke Gott, dass du so glimpflich davongekommen bist«, sagte er und streichelte schnell meine Hand, »du kannst dich auf mich verlassen. Ich bin immer für dich da.«

Wir verabredeten uns für den nächsten Tag zu einer Vernissage in der Blutgasse, in einer Galerie, die meine liebe Freundin Sabine führte. Rita würde auch kommen und zufrieden fuhr ich dann einkaufen, die eiserne Ration: Brot, Butter, Käse, Haselnüsse, Äpfel, Bananen, Rosinen, Datteln, frische Milch, das hatte ich immer zu Haus.

Dann fuhr ich mit der Straßenbahn zurück. Im Briefkasten lag ein Aerogramm ohne Absender. Abgestempelt war es in der Schweiz. Ich nahm es mit hinauf und öffnete es neugierig:

My Darling Kitty, hoffentlich ist dir nichts passiert. Du darfst nie mehr Autostopp fahren. Du musst vergessen, was ich in Paris gesagt habe, du musst mir verzeihen, wir müssen reden, ich erkläre dir alles. I love you, Darling! Ich bin so unglücklich, am liebsten würde ich sterben. Immer und ewig Dein Cliff!

Ich starrte auf das kleine, hellblaue Blatt. Triumph wallte auf: Also hatte er mich doch nicht vergessen. Und jetzt litt er! Und ich sollte verzeihen! Zu spät, Baby, zu spät. Daraus wird nichts, okay?

Ich rief noch einmal meine Mutter an. Sie war sofort am Apparat: »Mutti, Cliff hat mir geschrieben. Ich soll ihm verzeihen, er will mit mir reden. Was soll ich tun, wenn er anruft? Lege ich gleich wieder auf?«

»Natürlich nicht. Du sprichst mit ihm.«

»Und was sage ich?«

»Nichts. Du hörst dir alles an und am Schluss sagst du ganz höflich, du musst darüber nachdenken, er soll sich bitte eine Zeitlang nicht melden … außer du willst ihn noch.«

»Nie im Leben!«

»Wirklich nicht?«

»Nie wieder einen verheirateten Mann!«

»Gut! Das musst du ihm bestimmt genug sagen. Dann lässt er dich in Ruhe!«

Kaum hatte ich aufgelegt, rief Wolf aus Köln an: »Hallo, Kitty! Ich hab mich in dich verliebt. Ich denke ununterbrochen an dich, ich muss dich so bald als möglich sehen, kann ich im Mai zu dir kommen? Nach Wien?«

»Natürlich. Aber was sagst du deiner Frau?«

»Wir sprechen nicht mehr miteinander.«

»Das tut mir leid.«

»Mir nicht. Ich rede viel lieber mit dir. Wenn ich komme, fahren wir zusammen in die Wachau. Machs gut auf der Uni. Ich ruf dich bald wieder an.«

Sehr vergnügt heizte ich ein, es war viel kälter in Wien als an der Riviera. Dann ließ ich mich auf mein breites, rotes Sofa fallen und freute mich über den Anruf, es war doch sehr, sehr schön gewesen mit Wolf! Meinem Retter …

Wie sagt man in Frankreich? Ein Lover fällt aus, zehn neue stehen vor der Tür. Kichernd griff ich nach der Leseliste, schrieb auf, welche Bücher ich in der Bibliothek bestellen würde, dann gähnte ich herzhaft. Ich war doch noch müde von der Reise. Schnell ins Bett, ordentlich ausschlafen und das neue Semester mit Freude und Schwung beginnen.

Und falls sich Clifford meldet? Dann sage ich ihm meine Meinung. Und dann vergesse ich ihn.

Ich schlief herrlich in dieser Nacht. Und als ich am nächsten Morgen erwachte, war es kurz vor zehn und jemand läutete zweimal an meiner Wohnungstür.

Ah, der Briefträger, dachte ich, schlüpfte in meinen blauen Morgenrock, bürstete schnell mein Haar und öffnete. Und traute meinen Augen kaum: Cliff stand vor mir.

Ich war so entsetzt, ich starrte ihn an und rührte mich nicht. Er sagte ebenfalls kein Wort. Er stand nur da, das graue Haar zerzaust, die Katzenaugen gerötet, bleich wie der Tod. Er trug seinen grünen Lodenmantel, den roten Schal und er wirkte sehr viel älter als Wolf und sehr viel größer und stärker.

Schweigend starrten wir einander an.

»Smile at me«, sagte Clifford mit seiner tiefen Stimme, die heiser klang und fremd, »please!«

Ich schüttelte den Kopf und wich zurück.

Clifford streckte die Hand nach mir aus: »Oh Kitty, Darling, du magst mich nicht mehr.«

»Nein! Es ist aus. Ich will keine Familie zerstören. Ich will keinen verheirateten Mann.«

»Wo warst du?«, fragte Cliff, als hätte ich nichts gesagt.

»An der Riviera.«

»Wo?«

»Die ganze Côte d'Azur entlang bis zur spanischen Grenze.«

»Autostopp?«

»Ja. Ich habe jemand kennengelernt.«

»Wen?«, rief Cliff entsetzt.

»Einen sehr netten Deutschen. Er kommt mich im Mai besuchen.«

»Was macht er?«

»Er ist Ingenieur und arbeitet in der Firma seines Vaters. Er heißt Wolf und …«

»Wann bist du zurückgekommen?«

»Gestern früh.«

»Liebst du ihn?«, fragte Clifford eindringlich, »liebst du diesen Wolf?«

»Du hast Grace und Gregory. Ich will keine Ehe auseinanderbringen.«

Clifford überhörte das: »Liebst du diesen Wolf?«, wiederholtc cr. »Hast du dich verliebt? Sag die Wahrheit, Kitty, do you love him?«

»Keine Ahnung«, sagte ich unvorsichtigerweise, »er ist sehr, sehr nett. Er ist auch gut im Bett, falls dich das interessiert.«

»Oh Darling!«, Cliff trat einen weiteren Schritt auf mich zu. »Ich könnte mich erschlagen. Ich war ein Idiot! Ich habe eine Familie und will ihr nicht wehtun, aber du bist mir der liebste Mensch auf der Welt. Deshalb bin ich hergeflogen, damit ich dir das sagen kann.«

Ich schwieg.

»Schau mich an, Sweetheart. Please, please! Glaubst du mir?«

»Nein!«, sagte ich schnell, doch es klang nicht wirklich überzeugend.

»Schau mir in die Augen, Kitty!«

Ehe ich wusste, was ich tat, hob ich den Kopf.

Das war ein Fehler!

Cliffords Blick war so voll Verzweiflung, plötzlich überströmte mich heißes Mitleid. Vorsicht, dachte ich, doch es war schon zu spät.

Cliff nahm mich einfach in die Arme, drückte mich schwer atmend an sich. Und kaum fühlte ich seine Nähe, seine Arme, seine vertrauten Hände, seine Kraft, kaum roch ich den Duft seiner Haut, versank die Riviera, Wolf, die Sonne und die Freiheit! Ich begann zu weinen und Clifford weinte ebenfalls.

»Oh Kitty, Darling! Du bist mein Ein und Alles. Ich kann nicht mehr leben ohne dich.«

Er nahm mein Gesicht in beide Hände, begann mich zu küssen und der letzte Rest von Widerstand schmolz dahin.

Wolfs Küsse waren schön gewesen, doch nach diesen Küssen war ich süchtig. Ich konnte ihnen nicht widerstehen.

»Du magst mich doch noch ein bisschen«, flüsterte Cliff nach einer Ewigkeit, »Gott sei Dank! Jetzt wird alles gut, my precious Darling, Kitty, bitte, darf ich jetzt herein?«

Er griff nach meiner Hand und folgte mir durch den kleinen Flur in das Studierzimmer.

»Schön«, sagte Cliff und sah sich um, »so viele schöne Bücher.«

Er ging zum Schreibtisch, strich über die kleine blaue Olivetti, warf einen langen Blick auf das Foto, das ich aus unerklärlichen Gründen noch nicht weggeräumt hatte, das Foto aus Budapest von uns beiden, hoch oben auf der Fischerbastei, und ging weiter ins Wohnzimmer.

»Sehr hübsch. Von wem hast du die kostbare Uhr?«

»Von meiner Großmutter. Das ist eine echte goldene Kastenuhr aus dem Biedermeier.«

»Und den schönen Teppich?«

»Von meiner Mutter. Setz dich in den Schaukelstuhl, ich muss einheizen.«

»Wie heizt man hier?«

»Mit dem Ofen.«

»Das funktioniert?«, rief Clifford zweifelnd, als hätte er noch nie einen Kohlenofen gesehen.

»Klar. In ein paar Minuten ist es wunderbar warm.«

Schon hatte ich nachgelegt, das Holz fing bereits Feuer, es war noch genügend Glut vorhanden, helle Flammen züngelten hinter den Glimmerfenstern der eisernen Tür.

»Hier schläfst du also«, Clifford betrachtete das rote Sofa, das noch als Bett hergerichtet war, »hier liegst du immer, wenn wir in der Nacht telefonieren?«

Ich nickte: »Ich habe bei der Post um ein extra langes Kabel angesucht, ich kann das Telefon auch auf den Schreibtisch stellen, ins andere Zimmer.«

»Praktisch«, meinte Cliff und sah auf meine nackten Füße, »sag, ist dir nicht kalt? Geh wieder ins Bett. Ich setz mich zu dir und wir reden.«

»Okay«, ich schlüpfte wieder unter die warme Decke. Clifford zog seinen Mantel aus:

»Was in Paris passiert ist, tut mir von Herzen leid. Das war ein Kurzschluss. Lass dir erklären …«

»Nein, nichts erklären, bitte nicht. Ich will das vergessen. Sag lieber, wie wars in der Schweiz?«

»Ein Horror!«, Cliff nahm seinen roten Schal ab. »Wir haben nur gestritten. Ich habe jeden Abend zwei Liter Wein getrunken, ich kann Grace nicht mehr ertragen. Sie ist genauso arrogant wie immer, sie hasst mich, sie hat sich nur verstellt, damit ich dich gehen lasse, ich begreife mich selbst nicht, wie kann man so blind sein?

Wie hab ich nur eine Sekunde lang glauben können, dass sie sich wirklich geändert hat?«

»Wunschdenken! Häuslicher Friede, eine bequeme Ehe wäre schön gewesen …«

»Hast du mein Aerogramm gekriegt?« Clifford lockerte seine Krawatte.

»Ja. Danke. Wohnst du wieder im Sacher?«

»Mhmm«, sagte Cliff und rieb sich die Augen, »Kitty, ich hab die Hölle hinter mir, ich habe nächtelang nicht geschlafen, ich bin todmüde, darf ich zu dir kommen? Unter die Decke? Nur ein paar Minuten. Ich tu nichts, was du nicht willst, ich will dich nur festhalten, damit du mir nie mehr weglaufen kannst.«

»Ich bin nicht weggelaufen, du hast mich fortgeschickt.«

»So sorry, Darling, so sorry«, flüsterte Cliff in mein Ohr, er lag bereits neben mir, er zitterte und zitternd nahm er mich in die Arme und aus den paar Minuten wurden viele Stunden.

Ich versäumte die Bibliothek, die Vernissage in der Blutgasse, ich versetzte Rita und Karl, Cliff nahm mich völlig in Beschlag, ich konnte nichts mehr denken, außer an ihn.

Und da war es wieder, dieses überirdische Glücksgefühl, als er mich zu streicheln begann und zu küssen, dieses wilde Begehren, die unbeschreibliche Lust, sein Rhythmus war mein Rhythmus, dieser himmlische Gleichklang, so schön, wie in Mailand beim ersten Mal. Wie konnte das sein? Nach allem, was geschehen war!

Wir liebten uns den ganzen Tag. Wir aßen nichts, wir tranken nichts, am Abend schliefen wir ein, völlig erschöpft, und als wir erwachten, war es Mitternacht.

»Oh!«, sagte Cliff und sah auf die Uhr, »ich muss sofort ins Hotel. Ich erwarte Anrufe, ich muss erreichbar sein. Pack die rote Tasche ein, Kitty, du kommst mit mir. Ich bleibe eine Woche. Nimm deine Bücher mit, die Skripten, denn wir reisen dann zusammen nach England. Ich lass dich nicht mehr aus den Augen. Willst du mit mir nach London fliegen?«

»Wann?«

»Nächste Woche. Auf drei, vier Tage.«

»Vielleicht«, sagte ich zögernd.

»Kannst du weg?«

»Wahrscheinlich schon. Die Seminare fangen erst übernächste Woche an.«

»Dann mach mir bitte eine kleine Freude.«

»Was?«

»Schau nicht so ernst. Smile at me! Ich will endlich deine Grübchen sehen!«

Wir verbrachten eine herrliche Woche zusammen im Hotel Sacher, im Herzen von Wien. Unser Zimmer lag im dritten Stock, mit Blick auf die Albertina und das Café Tirolerhof, und jeden Abend gingen wir in die Oper und aßen anschließend unten im Hotel in der berühmten Roten Bar.

Gefrühstückt wurde im Bett. Dann nahm ich die Straßenbahn und fuhr den Ring entlang zur Universität.

Es war dasselbe Luxusleben wie in Mailand, Zürich

und Brüssel, und am dritten Tag begegnete ich Karl in der Mensa und weihte ihn ein, was geschehen war.

Er war enttäuscht bis ins Mark!

»Dass er dich so schnell wieder herumkriegt, hätte ich nie gedacht«, schüttelte er den Kopf und sah mich zweifelnd an, »was ist los mit dir, Kitty? Jetzt fliegst du auch noch nach England mit. Wer weiß, was er dir da wieder antut. Oder seine Frau taucht auf und erschießt dich! Ich will mir gar nicht vorstellen, was alles passieren kann.«

»Seine Frau ist in Saint-Malo. Auf Kur.«

»Na und? Das ist noch lange keine Garantie. Ich bin aber trotzdem immer für dich da. Du kannst mich immer anrufen, auch mitten in der Nacht. Im Notfall hole ich dich zurück. Du meldest dich, wenn du mich brauchst. Versprichst du das?«

»Versprochen!«

»Dann lauf wieder zu deinem Peiniger! Manche Menschen werden erst aus Schaden klug!«

Ich fuhr aber nicht zurück ins Hotel Sacher, ich fuhr zu mir nach Hause und schweren Herzens griff ich nach meinem weißen Telefon und rief Wolfgang an in Köln.

»Wolf, du kannst nicht im Mai nach Wien kommen.«

»Warum nicht?«

»Clifford ist da. Und … wir sind wieder zusammen.«

»Was?«

»Es tut mir so leid!«

»Mir auch! So schnell hast du mich vergessen? Das glaub ich nicht.«

»Ich hab dich nicht vergessen.«

»Denkst du nicht mehr an Carcassonne? Und unsere letzte Nacht in Avignon? Ich hab noch nie so was Schönes erlebt.«

»Es war wunderschön! Nur … das andere ist stärker.«

Lange Pause.

»Jetzt ist es stärker. Aber das kann sich über Nacht ändern. Erinnere dich bitte, was passiert ist, bevor du nach Lyon geflüchtet bist.«

Ich schwieg.

»Bleiben wir in Kontakt?«, fragte Wolf nach einer Weile. »Darf ich dir schreiben?«

»Natürlich. Wir können auch ab und zu telefonieren. Wie gehts mit deiner Frau?«

»Die will ausziehen.«

»Bist du traurig?«

»Im Gegenteil. Sie interessiert mich überhaupt nicht mehr. Ich muss dir noch was sagen: Ich habe das Haus in Avignon gemietet. Für drei Wochen im Juli. Du bist jederzeit willkommen.«

»Und wenn ich nicht kann?«

»Dann fahre ich allein und denke an dich. Ich bin ein Optimist. Ich kann warten, Kitty. Irgendwann kommst du zurück zu mir.«

»Du wirst mich schnell vergessen.«

»Ich kann dich nie vergessen. Aber jetzt muss ich aufhören. Ich ruf dich wieder an.«

Ich fuhr zurück ins Hotel Sacher, Wolfgangs traurige Stimme im Ohr. Und eben, im Zimmer ging er mir plötzlich schrecklich ab. Ich sank auf das Bett und am liebsten hätte ich geweint.

Aber dann kam Cliff zurück. Er war bei der OPEC gewesen, man hatte wieder einmal den Ölpreis erhöht und er wollte einen langen Artikel schreiben. Und kaum eilte er durch die Tür, groß, stark, selbstsicher, weltgewandt, sah ich nur noch ihn. Wolf war vergessen. Ich konnte nichts dagegen tun!

»Hi, Darling, wartest du schon lang?«, er war blendend gelaunt. »Ich habe ein tolles Interview. Ich bin nicht abergläubisch, aber seit wir wieder gut sind, geht alles wie von selbst.«

Er setzte sich zu seiner grünen Olivetti: »Du bringst mir Glück, Kitty. Sogar das Schreiben ist ein Vergnügen«, er begann zu tippen, »es fließt nur so aus mir heraus! Sogar meine Aktien steigen. Das Schicksal meint es wirklich gut mit uns.«

Clifford war euphorisch. So hatte ich ihn noch nie erlebt. Alles wertete er als himmlisches Zeichen, dass wir auf ewig zusammengehörten. Naturkatastrophen inbegriffen.

Denn was geschah?

Am nächsten Tag bebte in Wien die Erde. Ich hatte das noch nie erlebt.

Es war Sonntag, wir wollten länger schlafen, aber plötzlich wachte ich auf, denn irgendjemand rüttelte an unserem Bett.

Erschrocken fuhr ich hoch und sah etwas Gespenstisches: Der Kronleuchter schwankte lautlos hin und her. Jetzt wurde Clifford wach: »Good Lord! What's that?«

Er rief unten an beim Empfang.

»Ein Erdbeben, Mister Thatcher, ist aber schon wieder vorbei.«

»Ein Erdbeben«, rief Clifford entsetzt, »in Wien?«

»Ja«, sagte der Portier, »das gibts. Vor ein paar hundert Jahren ist der Turm in der Rotenturmstraße eingestürzt.«

»Ist das weit von hier?«

»Nein, ganz in der Nähe. Aber das war am 7. September 1590.«

»Und heute? Was ist heute passiert?«

»Nicht viel. Im Salon Feistauer ist ein Bild von der Wand gefallen.«

Clifford hängte auf. »Kitty«, sagte er, »ich bin überzeugt davon, die Erde hat gebebt aus Freude darüber, dass wir wieder zusammen sind. Und in ein paar Jahren erzählen wir dann unserer Tochter: Nach dem ersten Streit, nach der Versöhnung hat in Wien vor Freude die Erde gebebt!«

Überrascht sah ich ihn an: »Du willst noch Kinder? Du hast doch schon einen Sohn.«

»Ich hätte nichts gegen ein kleines Mädchen. Mit Grübchen, so wie du. Was hältst du davon?«

»Du bist noch verheiratet und ich hab noch nicht fertig studiert.«

»Apropos Studium«, Clifford bestellte Frühstück, das serviert wurde mit zwei kleinen Sachertörtchen auf Kosten des Hauses, als Trost für den Schreck, »was dein Studium betrifft … würdest du es für mich aufgeben? Und zu mir kommen? Nach Paris? Schau mir in die Augen, Kitty. Soll ich Grace verlassen? Ich will mit dir zusammenziehen.«

»Meinst du das ernst?«

Clifford nickte.

»Aber warum soll ich mein Studium aufgeben?«

»Es ist so mühsam«, sagte Cliff.

»Das kann ich nicht.«

»Warum nicht?«

»Die englische Literatur, die deutsche, meine Bücher, die Universität, das ist so wichtig für mich! Ich mache immer alles fertig. Sonst hätte ich keinen Respekt mehr vor mir. Und meine Mutter würde mir das nie verzeihen!«

»Das heißt, zusammenleben können wir nicht.«

»Doch. In einem Jahr. Dann schreibe ich meine Dissertation, da muss ich nicht mehr in Wien sein.«

»In einem Jahr erst? Ich will dich jetzt mitnehmen. Gleich nach London! Das ist mein Plan.«

Ich seufzte.

»Stört dich das nicht?«, rief Cliff. »Diese ewigen Trennungen, unsere ganze Beziehung besteht nur aus Abschiednehmen!«

»Doch. Das ist furchtbar. Aber wir haben lange Ferien.«

»Wie lang?«

»Von Ende Juni bis Anfang Oktober. Wir könnten den ganzen Sommer zusammen sein.«

»Geht nicht«, sagte Clifford und biss in eine kleine

Sachertorte, »zumindest heuer nicht. Ich habe dir noch nicht gesagt, heuer ist Home Leave.«

»Was ist das?«

»Die Zeitung zahlt einen Sommer in Amerika, für meine Familie und mich, sie fliegen uns für sechs Wochen hinüber, von Mitte Juli bis Ende August.«

Ich war sprachlos.

»Du bist sechs Wochen weg?«

»Ja, leider.«

»Das ist viel zu lange!«

»Man kann aber nichts mehr ändern. Es ist alles arrangiert, die Flüge sind bezahlt …«

»Clifford, ich verstehe dich nicht. Falls ich hier alles liegen und stehen lasse und sofort mit dir mitkomme, wie du das willst, dann muss ich den ganzen Sommer, sechs ganze Wochen allein in Paris herumsitzen.«

»Ja …«, stotterte Cliff, »nein … bis dahin fällt mir schon was ein, ich muss erst genaue Pläne für uns machen. Ich hab gedacht, vielleicht machst du das, was du sonst immer tust in den Ferien. Was treibst du denn normalerweise, wenn du Ferien hast?«

»Ich bin Fremdenführerin.«

»Wo? In Wien?«

»Nein. Auf einer alten Ritterburg. Bei meinem Onkel.«

»Dein Onkel besitzt eine Burg? Der muss steinreich sein.«

»Ist er nicht. Was glaubst du, was die Erhaltung verschlingt? Unser Wehrgang ist fast eingebrochen. Er hat beim Denkmalamt um Geld angesucht und für das

Geld muss er Touristen in die Burg lassen und die führe ich herum.«

»Tust du das gern?«

»Ich kriege Trinkgeld und verdiene was dazu für mein Studium.«

»Dein Onkel ist sicher stolz auf dich. Hat er Kinder?«

»Keine Kinder.«

»Magst du ihn?«

»Wir lieben uns heiß. Aber er ist ein Tyrann.«

»Hast du ihm von mir erzählt?«

»Kein Wort.«

»Warum nicht?«

»Das regt ihn nur auf. Er sagt immer, ich soll die Männer meiden, die lenken mich vom Studium ab.«

»Was macht er denn den ganzen Tag auf der Burg?«

»Er hat Malerei studiert und restauriert Bilder. Er schickt mir die Kataloge vom Dorotheum und ich gehe zu den Kunstauktionen und ersteigere, was er haben will.«

»Was hast du denn schon alles ersteigert?«

»Das Letzte war eine Madonna aus einer Kapelle, die Russen haben sie nach dem Krieg verwüstet. Sie hat neun Bajonettstiche gehabt. Mein Onkel hat sie liebevoll restauriert, sie ist wunderschön geworden.«

»Ich würde ihn gerne kennenlernen, deinen Onkel. Sag, gibt es junge Männer auf der Burg?«

»Keinen Einzigen. Unser Tischler ist über fünfzig, sein Gehilfe ist verheiratet, unser Kastellan ist fast sechzig, dann gibts noch einen Mann für alles, der ist schon in Pension, und die Hilfe, die kocht und bügelt und putzt, ist eine Frau.«

»Dann ist es gar nicht schlecht, dass ich heuer nach Amerika muss«, meinte Cliff erfreut.

»Wo wohnt ihr denn in Amerika, in einem Hotel?«

»Bei meinen Schwiegereltern auf dem Land. Leider Gottes. Der einzige Lichtblick: Ich muss jede Woche nach New York in die Redaktion. Sechs Wochen mit meinem Schwiegervater … das erträgt kein normaler Mensch. Habt ihr Fremdenzimmer auf der Burg?«

»Haben wir.«

»Vielleicht fliege ich früher zurück und besuche dich.«

»Ja. Komm! Aber was sagen wir meinem Onkel, wer du bist?«

»Das überlegen wir uns noch. Jetzt ist erst April! So, jetzt müssen wir packen. Dann essen wir eine Kleinigkeit in der Roten Bar und danach gehts gleich zum Flughafen. Unsere Maschine geht um fünfzehn Uhr.«

Also verließen wir das schöne Hotel Sacher, wo ich mich schon ganz zu Hause gefühlt hatte, und flogen nach London.

Es wurde eine fürstliche Reise.

Das Wetter war zwar typisch englisch: kalt, windig, regnerisch, doch wir wohnten im eleganten Dorchester und Clifford wuchs über sich hinaus, kaufte mir eine teure Handtasche, zeigte mir die Redaktion von ABC News, stellte mich seinen Kollegen vor, und während er zur Westminster School fuhr, um seinen Sohn zu besuchen, fuhr ich zum British Museum und verbrachte einen glücklichen Nachmittag.

Abends führte mich Cliff zu Ronny Scott's, dem weltberühmten Jazz-Club. Wir hörten Roland Kirk und

Clifford rauchte nicht, trank nur Wasser, sprach nur von unserer gemeinsamen Zukunft und dann liebten wir uns die halbe Nacht.

Am Ende der Woche war ich ihm wieder ganz verfallen. Wolf war nur noch eine schöne Erinnerung.

Und als man beim Rückflug irrtümlicherweise meine rote Reisetasche nach Paris schickte statt nach Wien, freute ich mich, denn ich dachte: Das ist ein Zeichen, dass ich zu Cliff nach Paris gehöre, dass ich wirklich dort einmal mit ihm leben werde.

Zurück aus England stürzte ich mich in mein Studium. Ich schrieb zwei Seminararbeiten, bestand drei Prüfungen in Germanistik, meinem Nebenfach, mit Gut und Sehr gut, und zwischendurch traf ich Cliff.

Im Mai sahen wir uns in Luxemburg. Im Juni in Amsterdam und Den Haag. Und Anfang Juli noch ein letztes Mal in Ischia.

Cliff hatte Grace zwei Wochen früher nach Amerika geschickt und kaum war sie weg, flog er mit mir ans Meer.

»Ischia ist der Ersatz für die Reise, die ich zu Ostern nicht mit dir gemacht habe. Und ich will, dass sie diesen Wolf aus deinem Hirn verbannt. Wie alt ist er überhaupt?«

»Fünfunddreißig.«

»Was!«, rief Cliff entsetzt, »zehn Jahre jünger als ich! Deshalb hat er dir so gut gefallen. Aber das ist vorbei, Baby, ich bin der Richtige für dich! Liebst du mich, Kitty? Liebst du mich mehr als ihn?«

Ich nickte.

»With all your heart?«

»With all my heart!«

»Gut«, sagte Cliff, »und ich werde alles tun, dass das so bleibt.«

Zwei Wochen Sonne, Meer, Palmen, Liebe, Glück.

Wir wohnten in einem exklusiven Hotel an der Südküste, mit kleiner, privater Badebucht, und in der Mitte dieser Bucht war ein Felsen, zu dem schwammen wir jeden Tag.

Auf dem Weg zu diesem Felsen spielte Clifford »kissing fish«, tauchte unter mir durch und knabberte an meinen Zehen. Es war die reinste Idylle. Ununterbrochen musste er mich berühren, streicheln, lieben, küssen. Auf Vorrat, wie er sagte. Am letzten Tag kaufte er mir eine kleine Hand aus roter Koralle, fein gearbeitet, in Gold gefasst, und dazu eine zarte goldene Kette.

Feierlich legte er sie mir um: »Ich habe dein Glücksamulett, jetzt hast du auch etwas von mir, das soll dich beschützen, bis wir uns im Herbst wiedersehen.«

Am nächsten Morgen verließen wir die Insel, fuhren mit dem Boot nach Neapel und mit einem Leihwagen nach Rom. Dort, am Flugplatz Leonardo da Vinci sagten wir einander traurig Adieu.

»Ich schreibe dir jeden Tag«, versprach Cliff und lächelte mich aufmunternd an, »und sowie ich weiß, ob ich dich besuchen komme, auf der Burg, schick ich dir ein Telegramm.«

Cliffords Flug wurde aufgerufen. Er sprang hoch. »Noch etwas, Kitty: In New York habe ich einen Termin bei einem guten Anwalt. Der wird mir sagen, was eine Scheidung kostet.«

»Eine Scheidung?«, wiederholte ich perplex.

»Ich will mit dir leben! Es ist mir ernst! Aber jetzt müssen wir tapfer sein. Du gehst zu deinem Gate und ich zu meinem. Und in Gedanken bin ich immer bei dir!«

Ein letzter Kuss, eine letzte Umarmung, ich winkte ihm nach, als er durch die Sperre ging, und mein Herz sank. Scheidung hin oder her, vor mir lag ein ganzer langer Sommer ohne Cliff. Sechs ganze Wochen. Wie übersteht man das?

Weinend saß ich im Flugzeug nach Wien. Es war immer dasselbe. Kaum war Clifford weg, verließ mich alle Kraft!

Lustlos packte ich zu Hause meine Sachen und am nächsten Tag reiste ich zu meinem Onkel, der mich schon sehnsüchtig erwartete.

Um die Wahrheit zu sagen, ich hatte mich immer auf die Burg gefreut, auf die Ruhe, die Schönheit, die alten Mauern, für die Ewigkeit gebaut, auf die wuchtigen Türme, die uns beschützten, auf die riesigen Bäume im Burggraben und die schattigen Kastanien im großen Hof.

Ich freute mich auf Leonore, die schwarz-weiße Katze, auf die Turmfalken, die Schwalben, das Storchennest, auf meine zwei hübschen Zimmer und natürlich auf meinen Onkel, der zwar gerne tobte, aber hochtalentiert war für alle schönen Künste. Ein Sommer mit ihm war jedes Mal ein Genuss.

Nicht so dieses Jahr!

Die prächtige alte Ritterburg hatte ihren Reiz verloren. Ich war blind und taub, ich sehnte mich zu sehr nach Cliff.

In der ersten Woche war ich noch erfüllt von seiner Liebe, seiner Wärme, seiner Kraft. Dann aber verebbte die Energie, nicht die Energie zu lernen, Gott sei Dank, doch die Kraft, sich zu freuen. Wenn ich Cliff verliere, dachte ich, ist alles Schöne in meinem Leben vorbei!

Dabei hielt er Wort.

Ich bekam viel Post. Jeden Tag schrieb er mir einen Brief oder ein Aerogramm.

Mein Onkel brachte sie mir mit grimmiger Miene. Er hatte sofort aus mir herausgekriegt, was geschehen war, und er missbilligte es total.

»Schon wieder Post von deinem sündigen Verhältnis«, sagte er mit Grabesstimme, »glaub mir, Kitty, der wird alles tun, damit du dein Studium abbrichst. Ich warne dich. Der Mann ist gefährlich. Der ruiniert dir das ganze Leben. Schick ihn zum Teufel! Der ist ein Klotz am Bein!«

Cliffords Briefe hielten mich am Leben – bis Mitte August. Dann kamen keine mehr! Es war schrecklich. Mir fiel nämlich auf, dass in allem, was er mir geschrieben hatte, nie das Wort Scheidung vorgekommen war. Es überlief mich siedend heiß.

Das war des Rätsels Lösung: Er hatte sich erkundigt und erfahren, dass eine Scheidung zu teuer war. Höchstwahrscheinlich hatte auch Grace ihrem Vater von mir erzählt. Cliff wurde unter Druck gesetzt, hatte versprochen, seine Ehe zu retten, vor allem wegen Gregory, Grace hatte sich wieder verwandelt in ein süßes, flötendes Vögelein im goldenen Käfig, dem man nicht wehtun darf – ein zweites Mal überlebe ich das nicht!

Hätte sich das Drama zu Ostern nicht abgespielt, wäre ich viel ruhiger gewesen. So aber war ich ein gebranntes Kind!

Gott sei Dank hatte ich viele Bücher mitgebracht, von der Leseliste. Und um nicht an Clifford zu denken, verließ ich meine Zimmer nie mehr ohne Buch.

Auch in den Pausen, zwischen den Führungen, ehe die nächsten Besucher durch die Tore spazierten, setzte ich mich unter die mächtigen Kastanien im großen Hof und begann sofort zu lesen.

Eine Zeitlang ging das gut. Dann war es aus.

Ich öffnete die Seiten, konnte mich nicht mehr konzentrieren, starrte nur noch düster vor mich hin.

Karl und Rita kamen mich besuchen. Wolf schickte bunte Ansichtskarten aus Avignon. Er rief auch zweimal an. Es nützte nichts!

Eines Abends, in höchster Verzweiflung, nahm ich meinen hübschen Taschenkalender zur Hand, der mir als Tagebuch diente, und begann zu zählen: Seit unserem ersten Treffen im Dezember in Paris waren zweihundertdreiunddreißig Tage vergangen. Davon hatte Clifford einhundertzehn mit mir verbracht.

Nicht schlecht!

Plötzlich aber sah ich die Sache umgekehrt. Er hatte zwar einhundertzehn Tage mit mir verbracht, aber einhundertdreiundzwanzig mit seiner Frau! Und die Nächte dazu!

Ich sank auf den nächsten Stuhl. Einhundertdreiundzwanzig Tage und Nächte mit Grace in derselben Wohnung, allein in Paris. Die Zahl erschien mir plötzlich ungeheuerlich! Und jetzt waren sie sechs Wochen zusammen, bei den Schwiegereltern, Tag für Tag unter demselben Dach und kein Lebenszeichen kam mehr von Amerika.

Mach dir nichts vor, Kitty Valentin, er hat sich zu seiner Familie bekannt. Du musst ihn dir aus dem Herzen reißen, sofort!

Wie besessen sprang ich auf, lief zu meinem Nachtkästchen, holte seine Briefe und Aerogramme hervor und breitete sie auf der Bettdecke aus.

Alles Lügen, dachte ich, alles nur Beschwichtigungen, alles nur zum Warmhalten, damit er mich ins Bett locken kann, wann immer er will. Aber dafür bin ich mir zu gut.

Ich nahm die goldene Kette mit der Korallenhand ab und legte sie auf die Kommode.

Ich machte Feuer im Kamin und als die Flammen richtig loderten, warf ich alles hinein, was Clifford mir geschrieben hatte, sah zu, wie das Papier zu schwarzer Asche wurde und dachte: So, das war jetzt er, den ich verbrannt habe, und meine Liebe mit dazu!

Dann war mir leichter.

Um ein Haar hätte ich auch die Kette geopfert, das brachte ich aber doch nicht übers Herz.

Am nächsten Tag schien die Sonne wie nie zuvor und

meine Mutter kam zu Besuch. Auf dem Dach über den Engelsälen saß stolz ein junger Storch und im großen Burghof spazierte ein Wiedehopf herum, ein wunderhübscher Vogel mit rotbraunem Schopf, der uns jedes Jahr Ende August besuchen kam.

Wir hatten Ruhetag, keine Touristen störten uns, wir waren ganz unter uns und meine Mutter ließ mich nicht aus den Augen.

»Irgendwas ist los«, sagte sie nach dem Mittagessen, wir saßen oben, auf dem neu gemauerten Wehrgang, mit Blick über die Wälder hin zur ungarischen Grenze, »irgendwas bedrückt dich, Kitty. Du kannst noch so fröhlich tun, ich kenne dich zu gut. Also, was ist passiert?«

Da erzählte ich die ganze Misere und sie hörte aufmerksam zu. »Wenn es dir geholfen hat, alle Briefe zu verbrennen, ja, vielleicht war das gut. Vielleicht aber war es ein bisschen überstürzt.«

Überstürzt, dachte ich, wie kommt sie darauf?

Aber wieder einmal hatte meine Mutter recht gehabt, denn ein paar Tage später brachte mir mein Onkel mit grimmiger Miene vier Aerogramme von Cliff aus Kanada. Er hatte eine Reise gemacht, mit Gregory, zu den Niagarafällen und von dort dauerte die Post länger als von Amerika.

Beschämt las ich: *My precious Darling, du fehlst mir so, ich kann es nicht beschreiben. Ich bin wie ein Süchtiger ohne seine Droge. Es gibt zwei schlechte Nachrichten: Ich komme erst Anfang September zurück und eine Scheidung in Amerika ist zu teuer. In*

Frankreich ist es angeblich billiger, ich werde mich erkundigen, in Paris …

Ich las und las und im letzten Brief stand mein Lieblingssatz: *Ich habe für uns Pläne gemacht!*

»Kannst du am 9. September in Rom sein? Ich lasse dir ein Ticket schicken. Wir treffen uns am Flughafen! Meine Maschine kommt eine Stunde vor deiner an, ich werde schon da sein, wenn du landest. Kitty, ich bin ganz krank vor Sehnsucht. I love you sooooo much! Ich zähle die Tage. Vergiss mich nicht.«

Am 9. September in Rom! Das war nicht mehr lang.

Ich presste das blaue Papier ans Herz und seufzte laut auf vor Glück. Und dann ging ich hinauf in mein Zimmer und weinte mir zwei Wochen Verzweiflung von der Seele. Die Kette mit der Korallenhand hatte ich längst wieder umgelegt.

Meine Mutter gab mir einen guten Rat mit auf den Weg: »Ich muss dir was Wichtiges sagen, meine Kitty. Setz ihn nicht unter Druck, was die Scheidung betrifft.«

»Keine Angst, Mutti, das tu ich sicher nicht.«

»Es ist noch zu früh, ihr seid noch nicht einmal ein Jahr zusammen. Willst du jetzt schon heiraten? Und Kinder kriegen? Und einen Haushalt führen? Du studierst doch, weil du Karriere machen willst.«

»Ich gebe mein Studium sicher nicht auf!«

»Du hast ein aufregendes Leben«, sagte meine Mutter, »diese Reisen, die Flugtickets, die vornehmen Hotels, alle beneiden dich darum. Genieße, was du hast. Und wenn dein Studium geschafft ist und ihr liebt euch immer noch, dann kann man weitersehen!«

KAPITEL XI

Am 9. September 1972 flog ich also nach Rom. Ich dachte weder an Scheidung noch an Heirat, ich dachte nur eins: In ein paar Stunden werde ich in Cliffords Armen sein, gleich sterbe ich vor Glück!

Es regnete, als ich zum Flugplatz fuhr, doch ich war so erotisch geladen, nach zwei Monaten Einsamkeit, dass ich es kaum merkte. Ich hatte andere Bilder im Kopf: Cliff und mich, nackt, auf einem breiten Wonnebett!

Und als wir zur Raffinerie bei Schwechat kamen, mit dem hohen, rotblinkenden Schlot, dachte ich: Der zuckt wie ein Mann beim Orgasmus! In Kürze würden wir … würde ich … dann schloss ich die Augen und lächelte glücklich vor mich hin, bis ich sicher im Flugzeug saß.

Ich hatte mich sehr hübsch gemacht für Cliff. Ich trug neue Belltrousers, eng und rot, ich hatte sie vom Trinkgeld auf der Burg gekauft, dazu eine weiße Bluse aus Lochstickerei, die aus fünf Reihen breiter Rüschen bestand. Die oberste Reihe konnte man auf die Arme ziehen, was die Schultern entblößte, verführerisch sah das aus und meine Füße steckten in hohen Schuhen mit Plateausohlen, wie es wieder einmal große Mode war.

Auf diesen Sohlen konnte man kaum gehen, nur stolzieren, also stöckelte ich nach geglückter Landung in die Ankunftshalle, das Haar hochgesteckt zu einem Rossschwanz, die rote Reisetasche über der bloßen Schulter, und wartete auf Cliff.

Ich war so aufgeregt, ich kippte ständig um in diesen dummen Schuhen, fast hätte ich mir den Knöchel verstaucht!

In Rom schien zwar die Sonne, aber Clifford war nicht da. Sein Flug war verspätet, also setzte ich mich auf eine freie Bank in der großen Halle und wartete auf ihn.

Ich erntete viele bewundernde Blicke aus feurigen, südlichen Augen, manche Männer zwinkerten mir verschwörerisch zu, ein junger Rekrut setzte sich zu mir und wollte meine Adresse, ein zweiter meine Telefonnummer, sie ließen mich nicht in Ruhe. Ich war zu Tode froh, als Cliffs Maschine endlich gelandet war.

Und dann eilte er durch die Sperre und blickte wie immer in die falsche Richtung!

Er trug ein neues, grünes Sakko aus Leinen, ein helles Strickhemd, er sah umwerfend aus, mit seinem dichten, grauen Haar, den schwarzen Brauen, den Katzenaugen, ich hatte ganz vergessen, wie groß und stattlich er war, ein Mann von Welt!

Ich sprang auf.

»Cliff!«, rief ich und winkte.

Da lief er auf mich zu, breitete die Arme aus, hob mich hoch und wirbelte mich herum vor allen Leuten. Dann stellte er mich zu Boden und musterte mich, als sähe er mich zum ersten Mal.

»Bist du größer geworden?«, fragte er verblüfft, »ich hab dich kleiner in Erinnerung.«

»Das sind die hohen Schuhe. Aber du hast abgenommen!«

»Ja. Für dich! Ich habe nichts getrunken, war jeden Tag schwimmen und Tennis spielen, damit ich dir gefalle, wenn wir uns wiedersehen!«

Ich war seit meiner Kindheit nicht mehr in Rom gewesen und die ewige Stadt empfing uns in einem Rausch spätsommerlicher Pracht!

Cliff hatte uns in ein kleines, exklusives Hotel gebucht, es hieß Bella Vista und von unserer Terrasse aus gab es, wie der Name versprach, einen herrlichen Blick über Pinien und Palmen, Brunnen, Zypressen und Parks, über Dachgärten, Kirchtürme, Kuppeln und Paläste, es war atemberaubend schön.

Auf dieser Terrasse aber geschah etwas Seltsames: Cliff holte mich nicht sofort ins Bett, wie sonst nach einer Trennung. Er setzte sich auf eine weiße Bank, die zwischen hohen Töpfen mit rot blühenden Geranien stand, und sagte: »Kitty, sei nicht enttäuscht, ich hab vergessen, wie man küsst.«

»Du hast was?«, ich setzte mich sofort zu ihm.

»Ich habs vergessen. Ich war zu lang allein. Ich habs tatsächlich verlernt.«

»Magst du mich nicht mehr?«

»I love you, Darling.«

Ich legte die Arme um seinen Hals: »Dann küss mich!« Was er auch tat. Schauer liefen über meinen Rücken. Sein voller Mund, seine Wärme, der Duft seiner Haut, er hatte es vielleicht vergessen, doch er kam sofort wieder in Schwung. Wir küssten uns ewig. Dann hob er mich hoch, trug mich ins Bett und zog mich liebevoll aus.

»Oh, how pretty«, stöhnte er, denn auch meine Unterwäsche war neu, aus weißer Spitze, extra für Rom gekauft.

Dann war ich nackt. Und Clifford kam zu mir. Endlich! Und sah mir dabei direkt ins Gesicht! Das war neu! Das hatte er noch nie getan. Normalerweise hatten wir die Augen zu.

Es war so erregend, mir wurde heiß und Clifford spürte das. Er rief: »No! No! No!« Und hatte einen Höhepunkt, ohne auf mich zu warten. Das war ihm noch nie passiert. Er war verzweifelt.

»Ich hab nicht nur vergessen, wie man küsst, I can't make love anymore!«

Er sprang auf, lief ins Bad und kam nicht mehr zurück.

Ich musste ihn holen: »Cliff, das macht doch nichts. Komm wieder ins Bett!«

»Du weißt nicht, was in Amerika passiert ist «, Cliff war so verstört, er konnte mir nicht in die Augen sehen, »ich war völlig impotent. Nicht die leiseste Regung. Und jetzt das!« Um ein Haar hätte er geweint.

»Jetzt bist du bei mir«, sagte ich und schmiegte mich an ihn, »jetzt ist alles wieder gut.« Und das war es auch.

Wir liebten uns den ganzen Tag und die halbe Nacht. Es war kein frohes Wiedersehen, es war ein wilder Rausch, ich hatte zwei Orgasmen, Clifford hatte drei! Doch als ich am nächsten Morgen erwachte, war immer noch nicht alles gut.

Clifford war weg.

Er stand im Bad vor dem Spiegel und tupfte Blut von seinem Kinn:

»Du siehst, ich kann mich nicht einmal mehr rasieren«, sagte er traurig, »zwei Monate ohne dich und ich bin ein gebrochener Mann.«

»Clifford, gibts etwas, das du mir nicht sagst? Bedrückt dich irgendetwas?«

»Nein, nein, wieso?«

»Ich hab so das Gefühl! Du kannst mir alles erzählen, das weißt du doch.«

»Yes, Darling, I know. Aber mach dir keine Sorgen. Alles ist okay.«

Am Abend gingen wir tanzen in einen wilden Club namens Scacco Matto. Ich schleuderte die Schuhe mit den Plateausohlen weg und tanzte barfuß die ganze Nacht. Ich konnte nicht stillstehen, wirbelte herum wie besessen, hüpfte mir acht Wochen Sehnsucht aus dem Leib. Kummer, Angst, Trennungsschmerz, Wut! Als wir dann endlich schweißüberströmt in ein Taxi stiegen, ging gerade die Sonne auf und die Welt schien wieder heil.

»Jetzt bin ich endlich wieder normal«, meinte Cliff erleichtert, als wir zurück ins Hotel kamen, »ein ganzer Mann, so wie das vor diesem elenden Sommer war. Nie wieder, Kitty, bleiben wir so lange getrennt.«

Clifford war ohne seine grüne Olivetti gekommen, denn in Rom gab es eine Redaktion von ABC News und dort schrieb er jeden Nachmittag seine Artikel.

Er interviewte den Bürgermeister, er schrieb eine Reportage über die Filmstadt, dort wurde ein Spaghetti Western gedreht, den Amerika finanzierte, und ich holte ihn jeden Abend ab. Genau wie in London stellte er mich allen seinen Kollegen vor. Auch der Sekretärin, sie hieß Lynn, eine hübsche Blondine aus Irland, die verlegen zu kichern begann, als sie mich sah.

»Hallo«, sagte ich freundlich, »pleased to meet you.«

»Yes«, sagte sie nur, zog den Kopf ein und begann wie wild zu tippen.

Am nächsten Abend verschwand sie, sowie ich das Büro betrat, am übernächsten war sie sehr beschäftigt. Diesmal kicherte sie nicht.

Cliff schrieb noch seinen Artikel und Lynn winkte mich zu sich.

»You know«, sagte sie leise, »du bist nicht die Einzige. Wenn Cliff allein nach Rom kommt, kümmere ich mich um ihn.«

»Was heißt das?«, ich starrte sie an.

»Ja …«, sie öffnete die Schreibtischlade, holte Spiegel und Lippenstift heraus und pappte den Mund voll mit Zyklamenrot, »er lädt mich immer zum Essen ein, wenn er mit der Arbeit fertig ist, er hat mich auch schon in einen Nachtclub mitgenommen, wir sind um acht Uhr früh erst heimgekommen …«

»Und dann?«

»Was heißt dann?«, sie musterte sich selbstgefällig im

Spiegel, »was ich sagen will, er kommt deshalb so oft nach Rom, weil er mich gerne sieht.«

»Hat er das gesagt?«, fragte ich möglichst ruhig.

Sie nickte, doch in dem Moment kam Clifford aus dem Nebenraum und Lynn wurde dunkelrot, versteckte Spiegel und Lippenstift und drehte uns den Rücken zu. Sie grüßte auch nicht, als wir gingen, und sie sah uns nicht nach.

»Habt ihr gestritten, ihr zwei?«, fragte Cliff, als wir schon im Lift standen, »glaub ihr kein Wort, Kitty, sie phantasiert. Sie erfindet die wildesten Geschichten, wer mit wem und wo und wie oft. Irgendwann einmal geht sie zu weit, dann wird sie gefeuert und sie hat diesen scheußlichen lila Lippenstift …«

»Sie sagt, du kommst nur wegen ihr nach Rom.«

Clifford lachte laut auf: »Das glaubst du selber nicht.«

»Darf ich dich was fragen? Wenn wirklich nichts mehr war zwischen Grace und dir, seit Gregory auf der Welt ist …«

»Da war nichts mehr!«

»Hast du keine Freundinnen gehabt?«

»Keine Freundinnen. Ein paar kurze Affären.«

»Wie lange haben die gehalten?«

»Nicht lang. Ein paar Monate, damit Grace nichts merkt. Ich hab immer Schluss gemacht, damit sie Ruhe gibt und Gregory eine friedliche Kindheit hat.«

»Und du hast dich nie verliebt?«

»Doch«, sagte Cliff nach kurzer Pause, »einmal. In eine Engländerin.«

»Wie heißt sie denn?«

»Valery. Sie war Sekretärin in der Redaktion in Paris.«

»Sekretärin wie Lynn in Rom?«

»Vergiss die Frau, die ist verliebt in mich. Nicht ich in sie. Ich mag keine Blondinen mit lila Mund.«

»Und die Valery ist hübsch?«

»Ähnlicher Typ wie du. Nur schwarzes Haar.«

»Wie lang hat die Beziehung gedauert?«

»Willst du das wirklich wissen?«, fragte Clifford gequält.

»Ja. Das interessiert mich.«

»Eineinhalb Jahre. Dann ist Grace aufgewacht. Hat im Büro herumgetobt, hat ein Ultimatum gestellt: sie oder ich. Die arme Valery. Ich hab sie fallen lassen, wie eine heiße Kartoffel. Ich hab ihr gekündigt, weil Grace darauf bestanden hat. Sie ist nach England zurück. Sie hat mir nie verziehen. Sie hasst mich wie die Pest.«

Clifford machte eine lange Pause.

»Damals hab ich mir geschworen, nie wieder entscheide ich mich für meine Frau.«

»Bis auf Ostern«, sagte ich schwach.

»Das war ein Kurzschluss. Und jetzt gehen wir Schuhe kaufen.«

»Brauchst du Schuhe?«

»Ich nicht, aber du. Du brauchst Schuhe ohne dieses haarsträubende Plateau. Damit brichst du dir noch den Hals.«

Also bekam ich leichte, rote Schuhe, vorne offen und so bequem, ich behielt sie gleich an und trug sie die ganze glückliche Zeit in Rom.

Leider verging diese Zeit viel zu schnell und je näher die Abreise kam, umso schweigsamer wurde Cliff.

Am letzten Tag sprach er überhaupt nichts mehr. Wir saßen schon im Bus, der uns zum Flughafen brachte, erst als es zum Aussteigen war, fand er die Sprache wieder.

»Unmöglich!«, rief er laut. »Ich will noch nicht nach Paris. Musst du dringend zurück nach Wien? Nein? Dann bleiben wir noch da.«

Also fuhren wir mit dem nächsten Bus wieder zurück in die Stadt.

Das Bella Vista war ausgebucht, doch im Hotel Eden neben der Spanischen Treppe war noch ein Zimmer frei, oben im letzten Stock mit Dachgarten und Blick auf die wunderschöne Kirche Trinità dei Monti.

Dort blieben wir noch zwei Tage und am dritten wiederholte sich das Spiel. Kaum waren wir am Flugplatz angelangt, sagte Cliff: »Ich war viel zu lang allein. Wirklich, Kitty, ich brauche dich noch. Wo könnten wir hin? Wo ich einen Artikel schreiben kann? Genf! Wir fliegen nach Genf. Dort tut sich immer was!«

Und er buchte unsere Flüge um in die Schweiz!

Was Clifford dort schrieb, weiß ich nicht mehr. Ich weiß nur, wir wohnten im Hotel Intercontinental in einer Suite. Grace rief an mitten in der Nacht und danach sagte Cliff: »Wir frühstücken morgen um sieben, Kitty, ich nehme die erste Maschine zurück nach Paris.«

Er klang verstört. Dann knipste er das Licht an und setzte sich auf: »Ich kann nicht mehr schlafen. Wie spät ist es? Halb vier? Da können wir gleich wach bleiben, wenn du nichts dagegen hast.«

Er griff nach seinem Notizblock, der immer in Reichweite lag, und begann zu schreiben. Dann starrte er ins Leere und nach zehn Minuten Schweigen hatte ich genug.

»Bitte, Clifford, sag mir endlich, was los ist. Irgendwas stimmt nicht, das spüre ich genau.«

»Ich will nicht reden«, sagte Clifford schroff.

»Dann sag mir wenigstens, wie wars bei den Schwiegereltern? Der Alltag? Du hast mir gar nichts erzählt. Wie ist es in Amerika gegangen?«

»Mühsam«, Clifford gähnte lang und laut, »wir haben heile Familie gespielt.«

Heile Familie? Erschrocken sah ich ihn an. In einer heilen Familie schläft man nicht getrennt. Hatte er den ganzen Sommer mit Grace ein Schlafzimmer geteilt? Womöglich noch dasselbe Bett?

»Du und Grace … habt ihr im selben Zimmer geschlafen?«

»Gezwungenermaßen. Damit Gregory nichts merkt. Und ihre Eltern. Der Schwiegervater hätte mich stundenlang verhört. Und herumgebrüllt. Das hab ich uns erspart.«

»Aber nicht im selben Bett, oder?«

Clifford seufzte: »Ich hab gewusst, dass du das fragen wirst. Nein, nicht im selben Bett. Wir waren oben im großen Gästezimmer mit zwei Einzelbetten. Außerdem war ich nicht immer da. Ich war in Kanada und in New York.«

»Hast du mit Grace über uns gesprochen?«

Clifford seufzte und legte den Notizblock weg.

»Ja«, sagte er barsch, »das war ein Fehler. Ich wollte wissen, wie sie über eine Scheidung denkt. Sie hat gelacht und gesagt, geh zum Psychiater … Katholiken lassen sich nicht scheiden. Und dann hat sie einen Schachzug gemacht.«

»Was für einen Schachzug?«, rief ich alarmiert.

»Sie hat sich hinter Gregory gesteckt. Sie hat ihn so weit gebracht, dass er nicht mehr in London bleiben will.«

»Was?«

»Ja. Mein Sohn kommt nach Paris.«

»Ganz?«

»Ja. Er wird das Gymnasium in Paris fertig machen.«

Also das hatte er mir verschwiegen!

Plötzlich fiel mir das Atmen schwer.

»Deine Frau hat uns den Krieg erklärt. Hat sie Gregory von uns erzählt?«

»Nein. So weit ist sie nicht gegangen. Sie will, dass er eine schöne Schulzeit hat und in Ruhe lernen kann.«

»Wenn ich dich nicht gefragt hätte, hättest du mir kein Wort erzählt.«

»Doch. Hätte ich zur rechten Zeit. Das hat nichts mit dir zu tun. Zwischen uns bleibt alles beim Alten.«

»Das glaube ich nicht.«

»Ich schwöre dir, für uns zwei ändert sich nichts.«

»Doch«, sagte ich schwach, »ihr seid dann wieder eine echte Familie und ich will keine Familie zerstören.«

»Es ändert sich nichts«, sagte Clifford stur.

»Wenn dein Sohn in Paris ist, können wir nicht zusammenziehen. Das heißt, ich schreibe meine Dissertation in Wien.«

»Setz mir nicht gleich die Pistole an«, sagte Cliff, »bis dahin ist noch ein ganzes Jahr lang Zeit. Mir wird schon was einfallen«, er sah wieder auf die Uhr, »jetzt ist es vier. Wir schlafen doch noch zwei Stunden. Aber um sieben müssen wir unten sein.«

Wir frühstückten in einem bildschönen Speisesaal, aber irgendwie ging alles schief: Der Henkel von Cliffords Tasse brach ab und Kaffee spritzte über den weißgedeckten Tisch. In meinem Salzstreuer war Kristallzucker und verdarb mein Drei-Minuten-Ei. Und zu allem Überfluss war auf der Maschine nach Wien kein Platz mehr frei.

Clifford lief nervös von Schalter zu Schalter, endlich kam er erleichtert zurück. Ein Passagier der ersten Klasse hatte storniert, Cliff zahlte auf und ich bekam den Sitz.

Der Abschied war schwer: »Ich war so lange weg, ich habe Unmengen Arbeit, wahrscheinlich können wir uns jetzt längere Zeit nicht sehen«, sagte Cliff.

Dummerweise fragte ich am Schluss: »Wann kommt denn Gregory nach Paris?«

»Er ist schon da«, sagte Clifford, ohne mich anzusehen, »er ist mit Grace früher zurückgeflogen. Er wartet zu Hause auf mich.«

Kraftlos saß ich dann im Flugzeug.

Es war zwar schön in der ersten Klasse, feine Leckerbissen, heißer Toast, Bonbons, Illustrierte und neben mir ein spanischer Diplomat, der mich in Wien von seinem Chauffeur nach Hause bringen ließ.

Er gab mir seine Karte: »Sie sind sehr charmant, mein Fräulein, rufen Sie mich an? Vielleicht können wir uns wiedersehen?«

»Ja, vielleicht«, sagte ich ganz mechanisch, denn ich hatte überhaupt nicht zugehört. Ich hatte Cliff im Kopf, Clifford, Grace und Gregory, die heilige Familie. Am liebsten wäre ich gestorben.

Kraftlos fuhr ich hoch zu meiner kleinen Wohnung unterm Dach. Gregory wartete auf seinen Vater in Paris, Cliff würde wieder heile Familie spielen und im Schlafzimmer in der Rue Dufrenoy gab es keine Einzelbetten, sondern nur ein einziges Grand lit!

Cliff und Grace zusammen in einem Bett. Der Gedanke machte mich verrückt. Und das sagte ich ihm auch am nächsten Tag am Telefon. Aber Clifford lachte nur und beruhigte mich: »Du kennst sie, Kitty, du hast sie selbst gesehen, sie reizt mich überhaupt nicht als Frau.«

Doch es nützte nichts. Dass die zwei ihre Nächte zusammen verbrachten, raubte mir fast den Verstand.

Es wurde ein schrecklicher Herbst.

Wir trafen uns zwar noch im September in Stockholm, im Oktober in Barcelona und Madrid, im November in Mailand und Florenz, aber dann kam der Dezember und Clifford rief immer seltener an.

Er hatte plötzlich Familienpflichten, was ich verstand. Kaum aber hörte ich nichts von ihm, ging ich fast die Wände hoch. Ich litt entsetzlich, wenn ich von ihm getrennt war. Es war ein bohrender, schwarzer Schmerz und die Tatsache, dass er nie da war, wenn ich ihn brauchte, dass er so schwer erreichbar war, die Unsicherheit und das ewige, zermürbende Warten neben dem Telefon gaben mir den Rest.

Zum ersten Mal in meinem Leben wurde ich krank. Ich bekam plötzlich Migräne. Medikamente halfen nichts. Die Seele litt, also schmerzte auch der Kopf.

Es stach in meiner linken Schläfe, die Stirnhöhlen waren verstopft, die Augen erschöpft, plötzlich sah ich so schlecht, dass ich zum Lesen eine Brille brauchte.

Trotzdem schleppte ich mich auf die Universität und kaum war ich dort, ging es mir besser.

Nur wenn ich lernte und mich auf die Seminare konzentrierte, hatte ich einen klaren Kopf.

Und je näher Weihnachten kam und je weniger ich hörte von Cliff, desto öfter sagte dieser klare Kopf: Kitty Valentin, befreie dich von diesem Mann.

Ich kann sie nicht mehr zählen, die schwarzen Tage und Nächte, da ich verzweifelt versuchte, loszukommen von Cliff.

Er sprach auch nie mehr von Scheidung. Er erwähnte nur, dass es in Frankreich noch viel komplizierter war als in Amerika.

Als ich dann fünf ganze Tage ohne Nachricht blieb, war mein Entschluss gefasst! So kann es nicht weitergehen.

Ich muss mich trennen von Cliff!

KAPITEL XII

Schluss machen ist nicht leicht. Ich schob es auf von Tag zu Tag.

Noch dazu war Advent, Feststimmung herrschte in Wien, es hatte geschneit, die Dächer waren weiß, alle Straßen und Häuser waren weihnachtlich geschmückt und ich wartete. Auf irgendetwas: dass Clifford plötzlich vor der Tür stehen würde, wie damals nach Ostern, dass ein Anruf kam: Hallo, Darling, die Scheidung läuft. Kurzum, ich wartete auf ein Weihnachtswunder, aber nichts geschah. Ich wurde nur immer kränker.

Wolf rief mich täglich an und lud mich zu Silvester ein.

Meine Mutter kam nach Wien und besuchte mich. Karl ging mit mir zum Christkindlmarkt vor dem Rathaus, kaufte mir einen Engel aus Rauschgold und am letzten Adventsonntag gingen wir alle in ein wundervolles Konzert.

Ich hatte zehn Tage nichts von Clifford gehört: Kein Brief, kein Anruf, kein Aerogramm, ich konnte nicht mehr durch die Nase atmen, ich war weiß im Gesicht, aber Schluss gemacht hatte ich noch immer nicht. Halbtot saß ich zwischen Rita und Karl in der geheimnisvoll dunklen Minoritenkirche, wir hörten das Weihnachtsoratorium von Bach, das zum Schönsten gehört auf der ganzen Welt: Jauchzet! Frohlocket! Lobpreiset die Tage!

Ich aber saß auf der harten Kirchenbank, eingehüllt in meinen langen schwarzen Mantel, Kapuze aufgesetzt, Hände vor den Mund gepresst und weinte ununterbrochen, vom ersten Ton an.

Ich war so unglücklich, wenn ich an Clifford dachte, es schüttelte mich.

Nach dem Konzert konnte ich kaum noch auf den Beinen stehen.

»Wir fahren dich jetzt nach Hause«, sagte Rita, die ein Auto besaß, das sie ganz in der Nähe geparkt hatte, »aber vorher gehen wir noch was trinken in die Koralle. In dem Zustand lassen wir dich nicht allein.«

Die Koralle war, wie schon erwähnt, mein Stammcafé. Es lag nur zehn Schritte von meiner Wohnung entfernt und kaum traten wir durch die Tür, ging es mir besser.

Es war wunderbar warm und duftete verführerisch nach Glühwein und Punsch und kaum saßen wir in einer gemütlichen Nische vor einem der Fenster, griff Karl nach meiner Hand: »Ich kann das nicht mehr mit ansehen, Kitty. Entweder du machst morgen Schluss mit ihm, oder ich rufe ihn an und tus für dich. Du wirst sonst ernsthaft krank, ich warne dich. Schau in den Spiegel. Du bist schon ganz kaputt!«

»Wenn du willst, kommst du morgen zu mir ins Büro«, sagte Rita, »und wir machen das gemeinsam. Schluss machen ist nicht leicht, ich weiß nicht, ob du das alleine schaffst …«

»Ich schwöre! Morgen rufe ich ihn an«, ich hob die Hand.

»Dann spendiere ich jetzt einen Glühwein«, sagte Rita, »dann kommst du in Schwung.«

Leider kam ich nicht in Schwung. Ich bekam entsetzliches Kopfweh. Lag die halbe Nacht wach. Doch am Morgen räumte ich das Foto weg von Cliff und mir in Budapest, legte die Kette mit der Korallenhand ab, meldete ein Gespräch nach Paris an und eine Stunde später hatte ich Cliff am Apparat.

»Kitty!«, rief er schuldbewusst, »wieso bist du nicht in der Universität?«

Beim Klang seiner tiefen Stimme wäre ich fast schwach geworden, doch dann riss ich mich zusammen und sagte, so sachlich es ging: »Wir haben Weihnachtsferien. Und es tut mir leid, aber … Cliff, ich kann dich nicht wiedersehen!«

»Was heißt, du kannst mich nicht wiedersehen«, fragte Cliff nach einer langen Pause, »bist du verliebt? In einen anderen Mann? Hat dieser Wolf aus Köln damit zu tun?«

»Nein. Aber ich halte das nicht mehr aus. Du rufst nie an, ich bin schon ganz krank …«

»Moment«, unterbrach mich Cliff, »hör' mir bitte zu …«

»Nein! Jetzt hörst du mir einmal zu! Du liebst mich

nicht. Du hast mich angelogen. Du brauchst mich nur fürs Bett und damit du Grace im Zaum halten kannst. Glaubst du, ich durchschau' das nicht? Das ist entwürdigend. Das ist gemein! Und du schläfst wieder mit ihr in einem Bett. Das ist unerträglich! Du machst mich todunglücklich! Es ist aus, Clifford! Leb wohl!«

Clifford ging gar nicht auf mich ein.

»Fühlst du dich jetzt besser?«, fragte er, als wäre er mein Hausarzt.

»Lieber ein Ende mit Schrecken als Schrecken ohne Ende!«

»Okay, okay«, sagte Cliff, »was hast du sonst noch auf dem Herzen?«

»Nichts! Das genügt!«

»Dann hörst du mir jetzt zu, Kitty. Ich hätte dich sicher heute angerufen. Ich habe Pläne gemacht, für Silvester.«

»Zu spät. Das interessiert mich nicht mehr.«

»Kitty, Moment«, ich hörte, wie er den zweiten Apparat abhob, der schon die längste Zeit geklingelt hatte, »New York? Gut. Sofort! Kitty, leg auf, ich ruf dich gleich zurück. Geh nicht weg. Bin gleich wieder da.«

Natürlich hätte ich sofort verschwinden müssen, hinunter in die Koralle, doch ich saß wie angewurzelt neben dem Telefon. Silvester! Unser geheiligtes Silvester. Das wir zeitlebens zusammen feiern wollten. Er hatte es nicht vergessen. Er hatte Pläne gemacht.

»Da bin ich wieder«, sagte Cliff eine halbe Stunde später mit Grabesstimme, »du willst mich verlassen? Mich hat noch nie eine Frau verlassen! Wenn ich eine

Pistole hätte, würde ich mich erschießen! Ich kann nicht einmal mehr schreiben, so regt mich das auf! Gregory ist im Spital. Blinddarm! Am Donnerstag hat man ihn operiert. Ich war die ganze Zeit bei ihm. Ich hab dich nicht vergessen, Kitty. Ich hatte nur keine Zeit!«

»Tut mir leid«, murmelte ich, »wie gehts ihm jetzt?«

»Besser. Ich habe Folgendes geplant: Kannst du morgen in München sein? Wir wohnen im Bayrischen Hof. Dann mieten wir ein Auto und fahren nach Wolfsburg. Ich habe ein Interview mit dem Chef von Volkswagen. Du könntest übersetzen, mit Honorar!«

Ich schwieg. Ich war so überrascht, ich brachte kein Wort heraus.

»Kitty? Hörst du zu? Gleich danach fliegen wir an den Bodensee, nach Überlingen, in die berühmte Fastenklinik Buchinger. Zu einem hochinteressanten Seminar. Wir könnten eine Woche zusammen sein!«

Ich sagte noch immer nichts. Bei unserem letzten Treffen im November, in Florenz, hatte es noch geheißen, leider, ich kann vor Weihnachten nicht mehr weg, nicht einmal auf einen einzigen Tag! Und jetzt hat er plötzlich eine ganze Woche Zeit? Nur, weil ich Schluss machen will? Merk dir das, Kitty Valentin!

»Bist du noch da?«, rief Clifford voll Ungeduld. »Kannst du morgen in München sein?«

»Ich weiß nicht …«

»Sehen wir uns morgen in München, ja oder nein?«

»Ja«, sagte ich widerwillig. Und legte auf.

»Du bist nicht mehr zu retten«, meinte Rita, die sich

mittags meldete, »aber ich hab dich gewarnt, Schluss machen ist schwer.«

»Ich versteh mich selber nicht. Aber wenigstens ist die Migräne weg. Bist du so lieb und bringst es Karl bei?«

Zehn Minuten später rief meine Mutter an. »Hallo, mein Schatz. Rate, was passiert ist.«

»Keine Ahnung, Mutti, was?«

»Dein Clifford hat mich angerufen.«

»Was? Er kennt dich doch gar nicht.«

»Nein. Er hat mich gebeten, dass ich dir gut zureden soll. Alles wird gut, mit etwas Geduld, klärst du mich auf? Was ist los?«

»Ich hab Schluss gemacht, aber er hat mich wieder herumgekriegt. Wie lang habt ihr denn gesprochen?«

»Eine halbe Stunde.«

»Was, so lang?«

»Ja, man kann gut mit ihm reden. Er hat eine angenehme Stimme. Und jetzt hör auf zu weinen. Kein Mann ist das wert.«

Kaum hatte ich aufgelegt, rief das Fernamt wieder an: »Ein Gespräch für Sie aus Paris.«

»Hallo, Kitty«, rief Clifford atemlos, »wie gehts dir?«

»Schlecht.«

»Mir auch. Sag so was nie wieder. Sag nie wieder, dass du mich verlassen willst. Hat sich deine Mutter gemeldet? Hat sie dir gesagt, dass ich mich scheiden lassen will?«

Ich seufzte.

»Kitty, pass auf: Das Interview mit Volkswagen ist geplatzt. Neuer Plan: Wir treffen uns übermorgen, Mittwoch, in Brüssel. Ich hab dich auf die Abendmaschine gebucht. Wolfsburg und Buchingerklinik machen wir dann zusammen im neuen Jahr. Dein Ticket liegt bei Sabena am Schalter. Was ist los? Wieso weinst du schon wieder?«

»Jetzt geht das wieder von vorne los. Mir graust jetzt schon vor dem Abschied.«

»Come on, Sweetheart! Nur über Weihnachten. Silvester sind wir wieder zusammen. In Brüssel gehen wir ins Ballett. Freust du dich?«

»Mhm.«

»Wir bleiben bis Montag. Dann nimmst du die Elf-Uhr-Maschine. Ich hab deiner Mutter versprochen, dass du am Heiligen Abend zu Hause bist.«

Und so kam es, dass ich am Mittwoch im wildesten Schneetreiben wieder zum Flugplatz fuhr. Mit gemischten Gefühlen.

Einerseits war mein Kopfweh weg und ich sehnte mich wie verrückt nach Cliff, andererseits wollte ich nicht mehr aus Liebe leiden!

Ich saß im Bus und starrte schweigend hinaus auf die wirbelnden Flocken. Tat ich das Richtige? Ich war voll Zweifel. Doch die Zweifel vergingen schnell.

Als ich mein Ticket holen wollte, erfuhr ich, dass der Flughafen in Brüssel geschlossen war. Glatteis!

Und sofort dachte ich nur noch: Cliff! Mein Gott! Cliff! Wie komme ich jetzt am schnellsten zu ihm?

Heiße Angst stieg in mir auf. Ich durfte ihn nicht verlieren! Wir gehörten zusammen. Das war mir plötzlich sonnenklar!

»Was … was passiert jetzt?«, stammelte ich und konnte kaum atmen vor Schreck.

»Hier ist eine Nachricht für Sie.« Das Fräulein vom Schalter reichte mir ein Telex von ABC News aus Paris: »Für Miss Valentin«, las ich mit klopfendem Herzen. »Hallo, Kitty, du bist umgebucht nach Frankfurt. Von dort nimmst du den Zug bis Brüssel. Ich fahre über Land mit dem Wagen und warte im Hotel Metropole auf dich. Gute Reise. Auf bald.«

Von bald aber konnte keine Rede sein. Es wurde eine abenteuerliche Nacht. Wir flogen zwar pünktlich ab, landeten in Frankfurt, ein Bus brachte uns zur Bahn – doch dann ging kein Zug. Erst um ein Uhr früh fuhren wir los, aber nur bis Mainz. Dort musste ich wieder umsteigen und warten und frieren. Resultat: Ich kam erst um acht Uhr morgens in Brüssel an.

Und die ganze Zeit über starb ich fast vor Angst: Was, wenn Clifford denkt, ich komme nicht, und wieder abreist? Zurück nach Paris? Es war zum Verrücktwerden!

Auf jeden Fall war eine ganze kostbare Nacht mit ihm verloren und vertan!

Endlich, um halb neun betrat ich die weite, goldene, wunderbar warm beheizte Halle des Hotel Metropole. Nahm die Kapuze ab und lief zum Empfang.

»Bonjour, Monsieur, ist Mr. Thatcher noch da?«

»Bonjour Mademoiselle, er ist oben, Zimmer 1104. Herzlich willkommen in Brüssel und guten Aufenthalt.«

Gerettet! Glückselig stieg ich in den Lift. Erst wenn man etwas verloren glaubt, merkt man, wie sehr man es braucht. Und ich wollte Schluss machen? Und leben ohne Cliff? War ich verrückt geworden?

So schnell ich konnte, lief ich über den weichen Teppich den Korridor entlang, atemlos klopfte ich an die Zimmertür.

»Kitty, bist du das?«, hörte ich die heißersehnte Stimme.

Und dann stand er vor mir, in einem weißen Bademantel, sichtlich erschöpft vom langen Warten.

»Ich war sicher, ich seh dich nie wieder! Was ist passiert? Komm herein. Come in, come in!«

Er schloss hinter mir die Tür, aber erst nachdem er das Schild mit dem magischen Satz »Bitte nicht stören« draußen angebracht hatte. Dann nahm er mich in die Arme, hielt mich lange fest, wiegte mich im Stehen hin und her. »Sag sofort: Wo warst du so lang?«

Da erzählte ich ihm die lange, kalte, einsame Irrfahrt von Frankfurt hierher.

»Poor Darling«, Clifford nahm mir den Mantel ab und die rote Tasche, kniete nieder, zog mir die roten Stiefeletten aus und setzte sich zu mir aufs Bett: »Kitty, wir müssen reden. Ich denke ununterbrochen an das, was du gesagt hast am Telefon. Das stimmt nicht! Das ist alles nicht wahr! Es ist nicht nur das Bett. Ich hab noch nie jemand so geliebt wie dich! Und du willst Schluss machen? Das begreife ich nicht.«

»Tut mir leid«, sagte ich schwach.

»Das war ein echter Schock! Und der Grund war ein Missverständnis.«

»Was für ein Missverständnis?«

»Ich schlafe schon längst wieder im grünen Gästezimmer neben Gregory. Grace hat das vorgeschlagen. Sie schläft viel lieber allein!«

»Wie hast du ihm das erklärt?«

»Wem?«

»Deinem Sohn.«

»Gar nicht. Er hat nicht einmal gefragt. In dem Alter interessieren ihn die Freunde mehr als die Eltern. Solange das Essen pünktlich auf dem Tisch steht und nicht zu viel gestritten wird, ist alles okay. Du hast dich umsonst unglücklich gemacht und mich dazu. Warum vertraust du mir nicht?«

»Bitte, verzeih.«

Clifford seufzte. »Eins hab ich gelernt. Man darf dich nicht zu lang aus den Augen lassen. Meine Briefe hast du verbrannt, weil die Post von Kanada länger gedauert hat als von Amerika. Zu Ostern warst du blitzschnell an der Côte d'Azur mit einem anderen Mann. Gegen dich ist Grace direkt pflegeleicht.«

»Warum rufst du dann so lange nicht an?«

»Weil ich nicht ununterbrochen an dich denken will. Ich hab auch noch einen Beruf und von dem lebe ich.«

»Aber …«

»Du hast diese süße, helle Stimme. Ich hör dich reden und will dich sofort sehen. Das geht nicht, also bin ich nervös und lästig im Büro, was mich rettet, ist die Zeitung. Die bringt mich auf andere Gedanken.«

»Mich rettet mein Studium.«

Cliff runzelte die Brauen, wollte etwas sagen, hielt sich aber zurück.

»Du willst jetzt sicher baden?«, fragte er stattdessen.

»Nein, duschen. Das geht schneller.«

»Schneller wofür?«

Ich lächelte ihn an.

»Ah, diese Grübchen«, seufzte Cliff, »du meinst, dann sind wir schneller im Bett. Du hast ganz recht. Ich hab mich so nach dir gesehnt …«

Wir hatten wieder ein riesiges Zimmer mit einem Bett groß genug für eine ganze Familie, und in dieses Bett sanken wir und liebten uns wie zwei Ertrinkende.

Als ich wieder denken konnte, viele Stunden später, geherzt, geküsst, zufrieden und entspannt in meinem vollgeliebten Körper, beschloss ich, keine Angst mehr zu haben. Meinem Schicksal zu vertrauen und glücklich zu sein.

Ich war in Brüssel, im prachtvollen goldenen Metropole, mit meiner großen Liebe, worüber beschwerte ich mich? Und als ich mich dann in den Spiegel sah, staunte ich nicht schlecht: Unfassbar, wie schnell man sich erholt!

Ich war angekommen, bleich wie ein Gespenst. Und jetzt? Ich war frisch, hübsch, strahlend, ein gewisses Glitzern im Blick! Da merkt man erst, wie viel Kraft man in sich hat!

Abends, in der Oper, ging das Staunen weiter. Ich las mühelos ohne Brille das Programm, meine Augen waren wieder scharf, das Kopfweh wie weggeblasen. Was doch die Liebe alles vermag!

Ich trug das rosa Kleid, das Cliff mir in Zürich gekauft hatte, dazu die Silberschuhe, ich hatte die Haare offen und den Mund geschminkt. Zum ersten Mal seit Wochen fand ich mich wieder hübsch und Clifford fand das auch.

Wir saßen in dem herrlichen, alten Opernhaus, in dem ich noch nie gewesen war, auf sündteuren Plätzen im Parkett und Clifford sah mich von der Seite aus an:

»Irgendwas ist anders. Du wirkst nicht mehr kindlich, eher wie eine kleine Femme fatale.«

»Soll ich den Lippenstift wegtun?«

»Nein, nein! Lass nur. Alle Männer beneiden mich um dich!«

Es war ein wunderbares Ballett. Suzanne Farell, die Primaballerina voll Grazie, Schwung und Kraft, wir klatschten uns die Hände wund, doch in der Pause gab es wieder einen Zwischenfall.

Wir tranken ein Glas Champagner in der prachtvollen Halle, da winkten uns zwei Leute zu, die ich nicht kannte. Clifford zog sofort den Kopf ein, doch es war zu spät. Schon standen sie vor uns. Ein amerikanisches Ehepaar.

»Hi, Cliff«, rief die Frau mit spitzer Stimme und musterte mich mit erstaunten Augen, »Merry Christmas!«

Sie war sehr elegant, mit Pelzstola, großen Brillanten an Ohren, Fingern und Hals, ihr Abendkleid war lang und taubengrau und ihr Mann trug einen Frack. Mehrere Orden glänzten auf seiner Brust.

»Hi, Cliff«, seine Stimme war heiser, »nice to see you.« Im Unterschied zu seiner Frau schien er mich gar nicht zu bemerken und Clifford stellte mich auch nicht vor. Es war rasend peinlich.

»Das waren die Roßmanns aus New England«, sagte er, als sie wieder in der Menge verschwunden waren, »Freunde meiner Schwiegereltern und von Grace. Frag mich nicht, was die hier in Brüssel tun! Jetzt brauch ich noch ein Glas Champagner. Willst du auch noch eins?«

»Danke, nein«, ich sah ihm nach, wie er sich durchkämpfte zum Buffet.

»Fliegen die jetzt nach Paris und erzählen Grace von mir?«, fragte ich, als er mit vollem Glas zurückkam, »geht das jetzt wieder los, wie vor Ostern mit Jim?«

»Sicher nicht. Sie haben ein Apartment in London und pendeln zwischen England und Amerika hin und her. Nach Paris kommen sie selten. Kitty, wir müssen reden. Über Silvester. Ich hab eine Überraschung für dich. Ich komm dich besuchen.«

»Über Silvester?«

»Über Silvester. Ich will deine Mutter kennenlernen und deinen Onkel …«

»Meinen Onkel? Wozu meinen Onkel?«

Clifford leerte sein Glas: »Deine Mutter hat mir verraten, ihr feiert alle Weihnachten auf der Ritterburg.«

»Stimmt.«

»Ich hab gedacht, ich komm euch besuchen, auf ein paar Tage, um den dreißigsten herum und stelle mich vor. Ich will endlich deine Familie kennenlernen. Ich will, dass sie sehen, du bist in guten Händen und ich meine es ernst. Ich möchte, dass sie mich gern haben und dann feiern wir Silvester alle zusammen.«

»Auf der Burg?«

»Ja. Ist das keine gute Idee?«

»Mein Onkel ist schwierig. Er ist eifersüchtig auf dich.«

»Und deine Mutter? Glaubst du, dass sie mich mag? Deine Mutter ist mir wichtiger.«

»Meine Mutter mag dich jetzt schon.«

»Wir haben uns sehr gut unterhalten am Telefon. Sie ist eine hochintelligente Frau. Und vor dem Onkel hab ich keine Angst. Ich hab mit viel schlimmeren Leuten zu tun in meinem Beruf. So, das ist die Glocke, die Vorstellung geht weiter. Wir müssen wieder hinein.«

Er stellte unsere Gläser zurück und nahm meinen Arm.

»Sorg' dich nicht, Kitty. Und wenn die Roßmanns jetzt gleich Grace anrufen, ist es auch egal. Wir gehören zusammen. Das nächste Jahr wird unser Jahr.«

Wir setzten uns auf unsere Plätze. Die Roßmanns, entdeckten wir, saßen zwei Reihen vor uns.

Ich bekam wieder Herzklopfen, aber Clifford griff nach meiner Hand.

»Ab Herbst schreibst du doch deine Dissertation, oder nicht?«, fragte er, ehe sich der Vorhang hob.

»Ja, wenn alles gut geht und ich ein Thema kriege.«

»Bis dahin ist noch ein halbes Jahr Zeit«, sagte Cliff, »ich hab noch keine genauen Pläne gemacht, aber eines weiß ich ganz sicher: Die Dissertation schreibst du bei mir in Paris!«

KAPITEL XIII

Beladen mit Geschenken, Cognac für meinen Onkel, ein Schultertuch aus Seide für meine Mutter und zwei Kilo feinster Bonbons, flog ich am 24. Dezember mit der ersten Maschine in das weihnachtlich geschmückte Wien.

Fuhr direkt zum Südbahnhof, setzte mich in einen Zug, meine Mutter stieg in Baden zu und gemeinsam reisten wir zu meinem Onkel auf die Burg. Sie war tief verschneit, wie das ganze Land ringsum. Weißer, glitzernder, makelloser Schnee auf den Türmen, Dächern, Bäumen und in den Höfen und darüber eine blasse Sonne auf zartblauem Himmel, die alles noch viel malerischer wirken ließ. Es war das reinste Wintermärchen, unvergesslich schön.

Mein Onkel empfing uns eingemummt vor dem großen Tor. Es hatte nämlich minus vierzehn Grad. Und nur die Küche und das Esszimmer über dem Burggraben waren beheizt, dann meine beiden Zimmer im 1. Stock, die ich mit meiner Mutter teilte, und das kleine Stöckl im großen Hof, wo mein Onkel schlief. In den übrigen Räumen, Gängen, Sälen und Treppen herrschte sibirische Kälte. Auch in unserem Bad. Doch das waren wir gewohnt.

Es wurde ein harmonisches Fest. Christbaum bis zur Decke, Kerzen überall, meine Mutter am Klavier, gutes Essen, ich bekam die Bücher, die ich mir gewünscht hatte, aber eine Enttäuschung gab es doch: Mein Onkel wollte Cliff nicht sehen.

Er ließ kein Zimmer für ihn richten und sagte klipp und klar, dass er auf der Burg nicht willkommen sei.

»Eine Frechheit«, meinte er beim Weihnachtsessen am nächsten Tag, »ein verheirateter Mann, den keiner kennt, lädt sich ein, auf ein paar Tage! Er soll wiederkommen, wenn er geschieden ist!«

»Sieh ihn dir doch wenigstens an«, beruhigte ihn meine Mutter, »bist du nicht neugierig auf ihn?«

»Neugierig? Auf einen Kerl, der unsere Kitty beim Studium stört?«

»Wenn du mich fragst, ich will ihn sehen.«

Mein Onkel dachte nach.

»Gut«, sagte er dann grimmig, »er kann kommen. Aber nur für ein paar Stunden. Am 31. zu Mittag. Länger nicht. Silvester feiert ihr woanders. Ruf ihn an und teile ihm das mit!«

Gott sei Dank war Clifford nicht gekränkt.

»Kitty, das macht nichts. Hauptsache, ich lerne deine Mutter kennen. Und für Silvester denke ich mir was Schönes aus, lass dich überraschen.«

»Zieh dich warm an, wir haben minus fünfzehn Grad!«

»Ich werde mir Handschuhe kaufen. Am Samstag fliege ich nach Wien, ich übernachte im Hilton, nehme mir einen Leihwagen und am Sonntag um elf bin ich bei dir.«

Ich zitterte vor diesem Sonntag. Wie würde es laufen? Mein Onkel wurde immer gereizter, die Luft immer kälter, am Samstag hatten wir bereits minus sechzehn Grad, nur meine Mutter machte mir Mut. »Es sind nur zwei Stunden, Kitty, nur ein Mittagessen. Das werden wir auch noch überstehen.«

»Und wenn mein Onkel kein Wort mit ihm spricht?«

»Dann reden wir umso mehr!«

»Dein Wort in Gottes Ohr«, sagte ich zweifelnd.

Und der gefürchtete Tag brach an.

Es war grau, eiskalt, kein Sonnenstrahl zu sehen. In der Nacht hatte es gestürmt, Straßen waren verweht, aber Cliff traf pünktlich ein, in einem schweren Leihwagen, mit Schneeketten, brachte eine Kiste Champagner, ein Kilo Kaviar und für meinen Onkel seine beiden Bücher über den Aufbau von Westeuropa nach dem Krieg.

Die Bücher machten Eindruck, der Champagner gute Laune, das Essen dauerte bis drei, und als ich anschließend mit meiner Mutter nach oben ging, um zu packen, unterhielten sich die beiden Herren angeregt auf Französisch über die Weltwirtschaft, das Wirtschaftswunder und den Marshall Plan.

»Gut gegangen«, sagte meine Mutter, als wir in meinen Zimmern angekommen waren, »bist du jetzt beruhigt?«

»Ja«, seufzte ich erleichtert, »und wie gefällt er dir?«

»Nicht schlecht. Aber warum ist er schon so grau? Er ist erst Mitte vierzig und hat schon ganz graues Haar …«

»Er hat einen furchtbaren Schock erlitten. Als junger Mann.«

»Was für einen Schock?«

»Sagt er nicht. Ich weiß nur, er wäre um ein Haar gestorben und über Nacht war er dann plötzlich grau. Vorher hat er schwarze Haare gehabt, so schwarz wie seine Augenbrauen.«

Meine Mutter holte meine Kleider aus dem Schrank.

»Er ist ein Mann von Welt, er spricht verschiedene Sprachen, er hat Manieren, ist hochintelligent, ich verstehe gut, dass er dir gefällt.«

»Ich auch«, sagte mein Onkel, der unbemerkt von uns hereingekommen war, »er ist ein geriebener Bursche, er weiß genau, was auf Frauen wirkt, vor allem auf Kinder, die so viel jünger sind …«

Meine Mutter wandte sich um: »Du hast dich doch eben herrlich mit ihm unterhalten und jetzt sprichst du schlecht über ihn.«

»Ich trau ihm nicht. Der wickelt die Kitty um den Finger. Irgendwann einmal muss er zurück nach Amerika und wir sehen sie nie wieder.«

»Zuerst einmal macht sie ihr Studium fertig«, meine Mutter holte die rote Reisetasche.

»Oder auch nicht«, ätzte mein Onkel, ging zum Fenster und sah hinaus auf den tiefverschneiten Hof, »der will sie ganz für sich allein. Der wird alles tun, damit sie völlig abhängig von ihm ist.«

»Glaub ich nicht. Ich habe ihn beobachtet beim Essen. Er hat die Kitty wirklich lieb.«

»Natürlich liebt er unsere Kitty!«, schrie mein Onkel und trommelte mit den Fäusten auf das Fensterbrett, »wer liebt sie nicht? Aber er macht sie nicht glücklich! Denkt an die Ferien! Den ganzen Sommer hat sie kein einziges Mal richtig gelacht! Das war ein Trauerspiel. Kitty! Wie lang geht das noch? Eure verliebte Raserei kreuz und quer um die Welt?«

»Nur noch ein Semester.«

»Und dann?«

»Das hab ich dir schon gesagt. Dann schreibe ich meine Dissertation in Paris. Hast du mit Cliff über mich gesprochen?«

»Werde mich hüten! Mich interessiert nicht, was er sagt, mich interessiert nur, was er tut!«

»Er will sich scheiden lassen.«

»Kennen wir schon«, spöttelte mein Onkel, »das ist die älteste Lüge der Welt. Ich sag euch was: Ich trau ihm nicht. Er hat irgendwas. Er ist mir nicht geheuer.«

»Was soll er denn haben?«

»Irgendwas stimmt nicht mit dem. Sei vorsichtig, Kitty. Ich habe kein gutes Gefühl. Und wieso ist er schon so grau? Trinkt er zu viel?«

»Mit mir trinkt er überhaupt nichts, höchstens ein Glas Wein oder heute den Champagner. Früher hat er Whisky getrunken oder Brandy. Das Zeug rührt er nicht mehr an. Er raucht auch nicht mehr – wegen mir.«

Mein Onkel sah auf die Uhr: »Ihr müsst jetzt weg, es

wird gleich finster. Die Straßen sind schlecht geräumt. Sag ihm, er soll vorsichtig fahren. Wenn dir was zustößt, bring ich ihn um!«

Wir feierten Silvester in Wien. Auf die berühmt fröhliche Wiener Art. Wir wohnten im Hilton, dort gab es einen Hausball mit Souper. Vorher sahen wir die Fledermaus in der Staatsoper und zu Mitternacht tanzten wir den Donauwalzer, bis mir völlig schwindlig war.

So begann 1973, mein zweites Jahr mit Cliff.

Es wurde ein wildes Jahr, himmelhoch jauchzend, zu Tode betrübt und um ein Haar wäre es unser letztes gewesen.

Es fing – wie immer – mit Abschiednehmen und sich Wiederfinden an. Im Jänner trafen wir uns in Wolfsburg, dann in der Fastenklinik Buchinger am Bodensee, wo ich über die exklusive Gesellschaft staunte, Ölscheichs, Maharadschas, Ministerpräsidenten, Filmstars. Fasten, die Medizin der Zukunft!

Im Februar flog ich nach Genua und Marseille, im März nach Zürich und Genf, Anfang April nach Davos und Ende April war Alarmstufe zwölf.

Da bekam ich nämlich meine Tage nicht.

Ich vertrage keine Pille. Sie macht mich dick, frigide und depressiv. Ich kriege Fresswut und Pickel, Clifford passte deshalb auf, wenn es gefährlich war. Bis jetzt war alles gut gegangen, plötzlich aber blieb die Regel aus!

In Panik rief ich Clifford an: »Du wirst es nicht glauben, wir kriegen vielleicht ein Kind!«

»Mach dir keine Sorgen, Kitty. Das ist eine gute Nachricht. Ich erkenne es an. Was wirst du jetzt tun?«

»Ich rede zuerst einmal mit meiner Mutter.«

»Tu das. Das ist eine gute Idee.«

Meine Mutter blieb ebenfalls gefasst: »Wie lang bist du über der Zeit?«, wollte sie wissen.

»Zehn Tage.«

»Ist dir schlecht in der Früh?«

»Nein.«

»Ziehts in der Brust?«

»Auch nicht.«

»Hast du das Gefühl, die Brust ist heiß und schwer?«

»Nicht wirklich.«

»Wann ist es denn passiert? Und wo?«

»In der Schweiz. In Davos.«

»War Vollmond in der Woche?«

»Keine Ahnung, Mutti, warum fragst du das?«

»Bei Vollmond wird man leichter schwanger. Ich hole den Kalender … Moment … nein! Kein Vollmond. Glück gehabt! Noch eine Frage: Graust dir vor Kaffee?«

»Überhaupt nicht.«

»Dann reg dich ab«, sagte meine unbezahlbare Mutter, »in drei, vier Tagen hast du die Regel.«

Und sie hatte wieder einmal recht!

Drei Tage später war alles im Lot. Sofort teilte ich es Clifford in Paris mit. Er war zutiefst enttäuscht.

»Das ist eine schlechte Nachricht, Kitty. Ich hab mich so gefreut auf ein kleines Mädchen mit Grübchen.«

»Aber Cliff, ich hätte es nicht bekommen. Ich muss zuerst mein Studium fertigmachen.«

»Das sagt man immer im ersten Schreck. Aber dann

kriegt man es doch und hat es lieb … Kannst du morgen in Mailand sein?«

»Leider nicht. Da ist Seminar.«

»Kannst du es nicht einmal versäumen? Warum musst du immer anwesend sein?«

»Damit der Professor sieht, was man kann. Man muss beweisen, dass man recherchieren kann, analysieren und schreiben. Kann man das nicht, schafft man keine Dissertation!«

»Du willst unbedingt ein Doktorat!«

»Ja«, sagte ich zum hundertsten Mal.

»Ich habe auch kein Doktorat und werde trotzdem immer mehr verdienen als du.«

»Es geht mir nicht ums Geld. Ich will der Welt beweisen, dass ich es kann.«

»Und wann sehen wir uns?«

»Übermorgen?«

»Wie lange hast du dann Zeit?«

»Bis zum nächsten Seminar.«

Die Seminare waren Clifford ein Dorn im Auge. Mit größter Disziplin versäumte ich kein einziges. Es konnte noch so schön sein mit ihm, der Hotelpalast noch so grandios: Ich flog pünktlich zurück nach Wien!

Zum Ende des Semesters kam dann die Belohnung: Ich hatte alle vorgeschriebenen Seminare und Kolloquien geschafft, mit den besten Noten, und mein Professor der Anglistik, der eben zum Rektor der ganzen Universität gewählt worden war, akzeptierte mich als Dissertantin.

Wie auf Wolken schwebte ich an diesem Tag nach

Haus, rief meine Mutter an und meinen Onkel, ließ mir gratulieren und am Abend erzählte ich es Cliff.

Er war gerade in Straßburg, interviewte den Besitzer einer großen Brauerei und war eben von einem üppigen Essen im Brauhaus zurückgekehrt.

»Cliff, es ist geschafft!«

»Was ist geschafft?«

»Ich hab ein Thema für die Dissertation. Ein tolles Thema, über das sich keiner zu schreiben traut: über die Frauen im englischen Roman des 18. Jahrhunderts.«

»Wieso will das keiner? Das klingt interessant.«

»Weil es noch niemand gemacht hat. Das ist Neuland. Man kann nirgends abschreiben. Außerdem ist es eine Riesenarbeit. Man muss alle Romane lesen, aber zuerst muss man sie finden. Die meisten sind vergessen, vor allem die Schriftstellerinnen, falls es welche gegeben hat. Ich freu mich wahnsinnig. Das wird eine richtige Detektivarbeit!«

»Die du bei mir in Paris machen kannst.«

»Ja, wenn du mich noch willst.«

»Natürlich will ich dich, Kitty! Dumme Frage. Sitzt du gut? Ich hab auch eine Überraschung! Also: Ich gebe meinen sündteuren Palast in der Rue Dufrenoy auf, miete eine kleinere Wohnung für Gregory und Grace und von der Differenz, von dem Geld, das übrigbleibt, nehme ich eine hübsche Wohnung für dich und mich.«

»Wirklich? Wann?«

»Grace sucht schon seit drei Tagen. Ich hab ihr Sandy von der Redaktion zugeteilt. Und stell dir vor, sie haben heute was gefunden.«

»So schnell?«

»Du sagst doch immer, wir haben Glück!«

»Was hat sie denn gefunden?«

»Eine ganze Etage in einer schönen Villa, ganz im Grünen, direkt am Bois de Boulogne.«

»Aber was sagt sie denn dazu, dass sie aus der Wohnung muss?«

»Nichts. Sie war ihr immer viel zu groß, zu umständlich zu putzen, zu viel Arbeit, du kennst sie, sie ist nie zufrieden, angeblich ist sie ganz begeistert von der Lage …«

»Hat Gregory ein eigenes Zimmer?«

»Natürlich. Es gibt vier Schlafzimmer, zwei Salons, einen großen Balkon mit Blick auf den Park, es ist ein herrschaftliches Haus.«

»Hast du ihr gesagt, warum sie übersiedeln muss?«

»Nein. Noch nicht.«

»Sie hat keine Ahnung, dass du dort nicht wohnen wirst mit ihr?«

»Nein. Ich ziehe mit ihr um, und wenn du kommst, ziehe ich aus.«

»Clifford, das gibt aber dann ein furchtbares Drama.«

»Vielleicht. Vielleicht auch nicht. Ich muss nur eines wissen: Kann ich mich auf dich verlassen? Du rennst nicht gleich wieder weg beim ersten Streit und gehst zurück nach Wien?«

»Sicher nicht.«

»Gut«, sagte Cliff, »dann mach dir keine Sorgen. Wenn es Krieg gibt, gibt es Krieg. Aber ich kann nicht mehr leben ohne dich!«

Anfang Juli fuhr ich zu meinem Onkel auf die Burg und Cliff hielt Wort und übersiedelte tatsächlich mit Grace in die Villa am Bois de Boulogne. Mein Onkel hatte sich geirrt. Cliff meinte es ernst, er hatte wirklich die prachtvolle Wohnung aufgegeben, nur wegen mir!

Cliff rief mich jeden Tag an, plötzlich aber wurde es still. Ich wusste weder, wann ich nach Paris kommen sollte, noch wohin und je mehr Zeit verging, desto unglücklicher wurde ich.

Die alten Beschwerden tauchten wieder auf, ich bekam jeden Morgen Migräne, konnte nicht mehr durch die Nase atmen und wartete nur noch auf den Briefträger und auf einen Anruf, der nicht kam.

Mein Onkel lebte sichtlich auf: »Der Mann weiß nicht, was er will«, sagte er mit grimmiger Freude, »der ist ein Feigling. Vergiss ihn, Kitty! Der holt dich nie nach Paris. Der hat viel zu viel Angst vor seiner Frau!«

Ich war schon nahe dran, ihm zu glauben, als sich Clifford wieder meldete.

»Kitty, ich hab die Hölle hinter mir«, er klang völlig verstört, »Grace hat gedroht, sie schneidet sich die Pulsadern auf. Sie hat gebrüllt und getobt, sie weiß genau, warum wir übersiedeln, sie weiß, ich will sie verlassen. Sie hat sich mit Gregory gegen mich verbündet, du kannst dir nicht vorstellen, was sie mir gesagt haben. Dann ist etwas Schreckliches passiert. Pussy ist weg. Katzen hassen Streit. In dem neuen Haus wird nur herumgeschrien, da ist sie weggelaufen. Wir haben überall gesucht und Zettel angebracht, keiner hat sie gesehen, sie ist wie vom Erdboden verschluckt! Gregory hat geweint, Grace sagt, das ist alles meine Schuld. Kitty, ich bin am Ende, ich weiß nicht mehr, was ich tun soll …«

»Komm sofort zu mir.«

»Geht nicht. Grace ist im Stande und bringt sich wirklich um, nur weil sie mich bestrafen will.«

»Sie wird doch ihrem Sohn nicht die Mutter nehmen.«

»Aber Kitty, sie hasst mich! Sie trinkt jetzt Whisky zum Frühstück, sie raucht wie ein Schlot. Ich weiß nicht, ob ich das Richtige getan hab, vielleicht war alles falsch? Aber jetzt wo ich deine liebe Stimme höre, jetzt weiß ich, es war der richtige Entschluss!«

»Wie gehts denn jetzt weiter? Was sollen wir tun?«

»Warten. Wir müssen warten, bis sich Grace beruhigt.«

»Und Gregory?«

»Der ist Gott sei Dank nach Amerika geflogen. Meinem Schwiegervater gehts nicht gut.«

»Wie lange wird denn das dauern, bis sich Grace beruhigt?«

»Keine Ahnung! Ich hab schon gedacht, sei mir jetzt bitte nicht böse, ich hab gedacht … vielleicht … vielleicht, wenn du nichts dagegen hast … vielleicht lade ich sie ein, vielleicht fliege ich mit ihr nach Korsika, da will sie nämlich schon lange hin.«

»Du willst mit Grace nach Korsika?«, rief ich ungläubig.

»Ja, vielleicht ist das eine gute Idee, damit sie ruhiger wird.«

»Auf wie lang?«

»Keine Ahnung. Drei Wochen vielleicht?«

Ich holte tief Luft. »Cliff, ich will dich nicht unglücklich machen. Aber wenn du mit Grace nach Korsika fliegst, brauchst du nicht mehr zu mir zurückkommen.«

»Was sagst du da?«

»Dann kannst du gleich bei ihr bleiben. Dann ist es aus!«

»Aber … sei vernünftig! Es sind doch nur drei Wochen.«

»Mein Onkel hat recht. Du weißt nicht, was du willst. Du willst Grace, du willst mich, ich kann nicht mehr! Wenn du den Urlaub mit ihr verbringst, komme ich nicht nach Paris!«

»Kitty! Sei nicht so hart!«

»Einmal sie, einmal ich, das macht mich krank!«

»Ist das dein letztes Wort?«

»Jawohl!«

Ich knallte den Hörer hin und sank auf den nächsten Stuhl. Alles hat seine Grenzen! Lieber ein Ende mit Schrecken als Schrecken ohne Ende. Zu Silvester hatte ich nämlich geschworen, mir nichts mehr gefallen zu lassen! Ich wollte nicht mehr weinen, nicht mehr aus Liebe leiden, das war mein Vorsatz fürs neue Jahr!

Außerdem, das letzte Mal hatte es gut geklappt, vor Weihnachten als ich Schluss machen wollte. Da hatte er sofort für mich Zeit und mich nach Brüssel geholt! Wir werden sehen, was es diesmal bringt!

Ich erzählte meinem Onkel kein Wort von dem Gespräch. Ich machte mir auch nicht zu viele Sorgen und siehe da, ein paar Tage später griff das Schicksal ein und die Welt sah wieder völlig anders aus. Ich hatte eben eine Gruppe Holländer durch die Burg geführt, als mein Onkel mir entgegenkam: »Kitty, Telefon!«

»Wer ist es?«

»Dein wankelmütiger Amerikaner.«

»Was will er?«

»Weiß ich nicht. Ich hab gesagt, du bist beschäftigt, er hat gemeint, er wartet, bis du kommst, geh hin und sieh nach, ob er noch dran ist.«

Ich lief ins Frühstückszimmer, so schnell ich konnte. Clifford war noch am Apparat.

»Hallo, Kitty«, sagte er, »alles okay. Du kannst nach Paris kommen, wann immer du willst.«

»Was ist passiert?«

»Der Schwiegervater ist im Spital. Herzinfarkt. Gott sei Dank ist Gregory schon dort. Grace sitzt im Flugzeug, ich hab sie heute hingebracht.«

»Wie gehts dem Schwiegervater?«

»Er kommt durch und wir beide fliegen jetzt für drei Wochen ans Meer. Aber nicht nach Korsika, ich will nach Elba, dort sind weniger Touristen. Ich habe ein Haus gemietet bis Ende August. Dann fliegst du zurück nach Wien, holst deine Sachen und ziehst zu mir nach Paris. Wann kannst du weg von der Burg?«

»Wann ich will.«

»Und wer führt die Touristen herum?«

»Meine Mutter springt für mich ein.«

»Dann kaufe ich dir ein Ticket für Freitag früh. Du musst es in Schwechat holen, von Air France. Ich warte in Paris auf dich und abends fliegen wir zusammen nach Italien. Liebst du mich noch, Kitty?«

»Natürlich.«

»Du bist nicht mehr böse auf mich?«

»Nein. Aber mein Onkel wird sich ärgern.«

»Dann beruhige den alten Herrn. Soll ich ihm noch ein Kilo Kaviar schicken?«

»Nein, das nützt nichts. Ich krieg das schon hin.«

Wie erwartet war mein Onkel außer sich.

»Lauf in dein Unglück. Lauf! Lauf! Lauf!«, schrie er, dass es von den Wänden im großen Burghof hallte, »du wirst schon sehen, was passiert: kein Studium, kein Beruf, kein Doktorat. Und wenn er genug von dir hat, verlässt er dich, so wie er jetzt seine Frau verlässt.«

Das alles ging bei einem Ohr hinein und beim anderen heraus. Ich flog mit Cliff nach Elba und wir verbrachten drei Wochen am Meer, in einer hübschen, kleinen Villa mit Pergola und Garten. Es gab Pinien, blühende Sträucher und das Wasser war türkis, klar bis zum Grund, in der Ferne sah man Sardinien und Korsika, und jede Nacht las mir Clifford Geistergeschichten vor, bis ich Angst bekam, und dann liebten wir uns stundenlang.

In Elba schürfte ich mir die Hand auf.

Und wenn ich die kurze, gerade weiße Narbe betrachte, unter dem linken kleinen Finger, kommen frohe Erinnerungen: flinke Eidechsen auf sonnengewärmten Felsen, prachtvolle, schwarz-gelb gestreifte Riesenschmetterlinge, Clifford braungebrannt neben mir im warmen Sand, wir waren ein Herz und eine Seele, sprachen nur von unserer gemeinsamen Zukunft und glücklich kamen wir zurück nach Paris.

Wir landeten gegen Mittag. Abends ging mein Flug weiter nach Wien.

Clifford zeigte mir die neue Wohnung am Bois de Boulogne. Sie war perfekt. Heller und sonniger als das riesige Apartment in der Rue Dufrenoy.

Auch die Möbel kamen besser zur Geltung, Grace hatte sich selbst übertroffen und das sagte ich auch.

»Deshalb zeig ich dir das alles«, meinte Cliff, »damit du kein schlechtes Gewissen hast, damit du nicht denkst, Grace lebt jetzt im Elend und du bist schuld.«

Wir standen auf dem schönen Balkon, der die ganze Etage umgab, und bewunderten den Blick über den Park, mit den riesigen Bäumen und dahinter lag der Polo Club, wo Clifford Mitglied war.

»Grace kommt erst morgen Abend«, Cliff legte den Arm um mich, »warum bleibst du nicht da? Wir gehen schwimmen in den Pool, dann essen wir im Sherwood und zu Mittag fliegst du nach Wien. Ich bin nicht gern allein. Ich hasse leere Wohnungen.«

»Und wenn sie früher kommt?«

»Auch egal«, er drückte mich an sich.

»Dann liegen wir im Bett? Und sie kommt herein und schreit? Und Gregory hört das alles mit? Ein Horror! Nein, das will ich nicht. Das macht alles kaputt. Elba war perfekt. Ich will, dass das eine schöne Erinnerung bleibt.«

Also flog ich abends wie geplant nach Wien.

Zwei Tage lang hörte ich nichts aus Paris.

Grace war inzwischen aus Amerika zurück und am dritten Tag war ein verzweifelter Cliff am Telefon.

»Kitty, komm, so schnell du kannst. Ich ertrage Grace keinen Tag länger. Sie tut, als wäre nichts. Aber kaum will ich mit ihr ernsthaft reden, schreit sie mich nieder: Ich will keine geschiedene Frau sein, ich bring uns lieber alle um. Sie trinkt nicht mehr zum Frühstück, aber sie raucht sechzig Zigaretten am Tag! Sie riecht wie geselcht! Sie hat ihre Haare geschnitten, sie sieht aus wie ein Mann …«

»Wie gehts dem Vater?«

»Besser. Er hats überlebt. Aber sie redet nur über Krankheit, Siechtum und Tod, das deprimiert mich total, ich kann nicht mehr schreiben, wie lang brauchst du noch in Wien?«

»Wenn du willst, komme ich übermorgen.«

»So schnell? Du musst doch die Wohnung kündigen und packen und die Möbel zu deiner Mutter bringen, schaffst du das in zwei Tagen?«

Ich schwieg verblüfft. Nie war es mir in den Sinn gekommen, die hübsche kleine Wohnung aufzugeben.

Cliff verstand sofort!

»Du wirst doch nicht jeden Monat Miete zahlen, wenn du in Paris umsonst bei mir leben kannst! Du brauchst keine Wohnung mehr in Wien!«

»Doch! Ich muss zwei Mal im Jahr inskribieren und meinem Professor berichten, wie weit ich mit der Dissertation bin, außerdem sind alle meine Bücher da …«

»Die nimmst du mit.«

»Wohin? Wir haben noch keine Adresse. Die stehen

dann herum in Kisten und ich finde überhaupt nichts mehr …«

»Kitty, du begreifst nicht. Ich verlasse meine Frau für dich! Ich will, dass du die Wohnung kündigst, das ist dein Bekenntnis zu mir!«

Ich seufzte.

»Ich kann nicht länger reden, ich fliege in zwei Stunden nach Madrid, ich muss weg von Grace. Ich ruf dich morgen wieder an. Bye bye, Darling. Ich denke Tag und Nacht an dich.«

Ich legte auf und sah das Wort VORSICHT in Riesenlettern vor mir. Was hatte mein Onkel gesagt? Der wird alles tun, damit sie völlig abhängig ist von ihm? Das war zu riskant!

Ich rief meine Mutter an, und als sich Cliff am nächsten Tag aus Spanien meldete, stellte ich ihn vor vollendete Tatsachen:

»Meine Mutter übernimmt die Wohnung. Sie braucht sie, wenn sie ins Theater geht oder in die Oper. Die Miete ist ganz billig, es kommt ihr billiger als ein Hotel.«

»Okay«, sagte Cliff enttäuscht, »das sehe ich ein. Do you miss me, little Kitty?«

»I miss you terribly, Cliff.«

»Dann komm, sobald du kannst.«

»Ich komm noch diese Woche! Versprochen!«

Ein paar Tage später war es dann tatsächlich so weit: Ich übersiedelte nach Frankreich zu Cliff!

KAPITEL XIV

Es war eine glückliche Reise. Ich flog nicht, denn ich hatte zu viel Gepäck, um es in die Kabine mitnehmen zu dürfen. Ich hatte die rote Reisetasche voll mit Kleidern, Wäsche, Schuhen, den Strohkoffer, die heißgeliebte blaue Olivetti, einen weißen Seesack voll mit wichtigen Büchern und nichts davon wollte ich aus den Augen lassen. Also fuhr ich mit dem Zug.

Wieder einmal lag ich im Orient-Express, die ganze lange Nacht, und diesmal hätte ich schreien können vor Glück.

Nach eineinhalb Jahren Liebestaumel kreuz und quer durch Europa würden wir endlich zusammenleben.

»Anfangs wohnen wir im Hotel«, hatte Cliff beschlossen, »du suchst uns eine hübsche Wohnung, dann sehen wir, wie es weitergeht.«

Der Zug fuhr am Gare de l'Est ein. Es war ein strahlend blauer Septembermorgen. Clifford stand am Bahnsteig in einem neuen, weißen Leinenanzug, mit rot-weiß gestreiftem Hemd, und sah wie immer in die falsche Richtung.

Seine Stirn war gefurcht, er sah mitgenommen aus, aber kaum entdeckte er mich in dem Menschenstrom, der sich aus dem Zug ergoss, wirkte er plötzlich jung und frisch.

»Hallo, Darling!«, er küsste mich auf den Mund. »Ich hab schon befürchtet, du überlegst es dir und bleibst in Wien. Welcome to Paris. Hast du geschlafen, pretty girl?«

»Kaum. Und du?«

»Ich hab die ganze Nacht über dich geredet.«

»Mit Grace?«

»Nein. Mit einem Kollegen aus Bonn. Er hat auch gerade seine Frau verlassen.«

»Und wie gehts ihm?«

»Die Frau klagt ihn auf böswilliges Verlassen!«

»Und wie gehts bei euch? Wie hat Grace reagiert?«

»Noch gar nicht«, Cliff bückte sich nach meinem Gepäck, »sie glaubt, ich bin in Madrid und komme erst nächste Woche zurück.«

»Was?«, rief ich entsetzt. »Sie weiß noch immer nichts?«

»Nein«, Clifford lächelte mich an, »wir haben bis nächste Woche Schonzeit.«

»Cliff, du musst es ihr sagen!«

»Warum? Sie wird es schon merken, wenn ich nicht mehr heimkomme. So, Kitty. Jean wartet im Wagen auf uns. Ich hab mir zwei Tage freigenommen. Jetzt reden wir nicht mehr von Grace, wir reden nur noch über dich und mich. Okay, Darling?«

»Wohin fahren wir? Ins Angleterre?«

»Nein. Ins Mont Thabor. Das kennst du noch nicht. Es ist ganz nahe bei der Redaktion. Das hab ich mir immer schon gewünscht, so nahe zu wohnen, dass man zu Fuß hinspazieren kann und abends heimkommen zu dir …«

Das Mont Thabor war kein Hotelpalast. Es war eine Residenz für Dauergäste, die anonym bleiben wollten. Es war alles ganz diskret. Kein Leuchtschild, kein Name, keine Reklame, der Empfang lag im dritten Stock, denn nur die oberen Etagen waren zu einem Hotel umgebaut. Unten waren Wohnungen, wie in einem ganz normalen Haus!

Ich brauchte keinen Namen anzugeben, keinen Pass zu zeigen. Man führte uns in ein großes, sonniges Zimmer mit zwei Fenstertüren auf einen ruhigen Hof, in dem zwei Bäume standen. Es gab eine winzige Küche, ein schönes Bad, alles war gepflegt, Läufer lagen auf den Treppen und der Lift machte keinen Lärm.

Cliff hatte schon ein paar Sachen hingebracht: einen zweiten Anzug, seinen braunen Seidenschlafrock, die grüne Olivetti, das Manuskript seines Romans, des Gold-Thrillers, und viel Papier.

Ich legte meine Bücher aus dem 18. Jahrhundert dazu, packte meine Kleider aus, duschte schnell, dann sanken wir auf das breite Doppelbett, das halbversteckt in einer Nische hinter einem moosgrünen Vorhang stand.

Es war himmlisch!

»Ich habe immer gewusst, dass wir auch ohne Kind

zusammenkommen«, flüsterte Cliff und nahm mich in seine starken Arme, »bist du glücklich, Kitty?«

»Sehr!«

»Und ich erst ...«

Er begann mich zu küssen und schon stand ich wieder unter Strom. Danach hatte ich mich gesehnt, in wilden Träumen. Nach dem Druck seines Körpers, seinem heißen Mund, seinem einzigartigen Rhythmus, nach seinem Stöhnen vor dem Höhepunkt!

Sein Zittern, sein Zucken, sein glückliches, befreites Lachen danach, die zärtliche Umarmung, der liebevolle Blick und seine tiefe Stimme.

»Oh, Kitty! Das war wieder überirdisch schön. Ich hab dich so vermisst!«

Es folgten zwei Tage absoluter Seligkeit.

Am dritten Tag riss uns der Wecker in die Wirklichkeit zurück. »Was, schon so spät?« Clifford gähnte und streckte sich lang: »Wie gehts dir, Sweetheart?«

»Wunderbar. Und dir?«

»Mir auch!«, er gab mir einen schnellen Kuss und sprang auf, »aber jetzt muss ich in die Redaktion und Geld verdienen. Und du musst uns eine Wohnung suchen!«

Meine Mutter hatte mir für Paris ein rotes Kostüm geschenkt. Es war hochmodern, der Rock glockig, die Jacke eng tailliert, das zog ich an.

»Das ist aber hübsch«, meinte Cliff erfreut, »das kenne ich noch gar nicht. Wir frühstücken noch zusammen, Kitty. Alle Männer kriegen Stielaugen, wetten? Good for me!«

Hand in Hand spazierten wir in die Rue de Rivoli, eine prächtige Avenue mit breiten Arkaden und teuren Läden. Wir tranken Grand Crème in einem großen, lauten, lustigen Café. Dann ging Cliff zu Fuß in die Redaktion und ich kaufte den Figaro und setzte mich auf eine hölzerne Bank unter hohen Bäumen im Park gleich gegenüber, dem Jardin des Tuileries.

Es war ein warmer Tag, mit strahlend blauem Himmel, und zum ersten Mal in meinem Leben war ich wunschlos glücklich.

Paris! Paris! Paris! Paris! Ich gehörte jetzt zu den Auserwählten, die hier leben durften. Ich fasste es noch nicht! Links von mir stand der Louvre in seiner ganzen Pracht! Rechts lag der weltberühmte Place de la Concorde, wo die Champs Elysées beginnt.

Und in diesem exklusiven Viertel würde ich eine Wohnung suchen für Cliff und mich. Ich öffnete die Zeitung und sah die Annoncen durch.

Am Nachmittag besichtigte ich schon vier Apartments: Das erste leider zu klein. Das zweite im siebten Stock ohne Lift. Das dritte zu dunkel, denn es lag im Parterre, das vierte zu laut, denn alle Fenster gingen auf die vielbefahrene Avenue Marceau.

Na und? Sogar die Wohnungssuche ist in Paris ein Vergnügen, wenn man nicht sparen muss und sich anschließend nicht um die Miete zu sorgen braucht!

Am nächsten Tag lernte ich zwischen den Zeilen zu lesen: Stand da »hell und sonnig, fünfter Stock«, hieß das ohne Lift. War keine Etage angegeben, lag die Wohnung im Parterre, war dunkel und laut. Stand als

Überschrift in Großbuchstaben »Champs Elysées« und man dachte: fein, ich werde in der Prachtstraße Europas leben, wurde man ganz woanders hinbestellt und belehrt, dass sich die Wohnung nur im selben Viertel wie die Champs befände.

Am dritten Tag stellte ich fest, dass alles Hübsche am Nachmittag bereits vergeben war.

Mit einer Ausnahme: Stand da das Wort »Originell«, war die Wohnung noch frei.

Also beschloss ich, eine dieser originellen Wohnungen zu besichtigen.

Die Adresse war perfekt, ganz in der Nähe von ABC News. Es war ein sonniger Tag, ziemlich windig und ich war hoffnungsfroh, denn die Annonce lautete: Rue de Berry, 200 m^2, letzter Stock mit Lift, große Terrasse, beste Aussicht von Paris, originell!

Das Haus war groß und elegant und kaum stand ich davor, eilte schon der Mann von der Agentur herbei, voller Elan, als käme er eben von einem gewonnenen Tennismatch.

Er war klein und zart, hatte blonde Löckchen, trug einen Burberry und eine grüne Krawatte.

»Mademoiselle Valentin?«, er strahlte mich an, »danke, dass Sie so pünktlich sind. Wenn Sie Sonne lieben und frische Luft, werden Sie nirgends sonst mehr wohnen wollen.«

Das klang gut.

Er ging mir mit federnden Schritten zum Lift voraus und tatsächlich fuhren wir ganz hinauf, denn manchmal ist oben nicht oben und die Terrasse nur ein kleiner Balkon, kaum groß genug für einen Topf mit Geranien. Nein, wir hielten wirklich im obersten Stock und stiegen sogar noch eine kurze Treppe hoch.

»Eh, voilà«, rief der kleine Mann verheißungsvoll, »jetzt sehen Sie selbst, dass ich Ihnen nicht zu viel versprochen habe.«

Und ich sah!

Und musste laut lachen, denn ich stand auf einem Flachdach, umrandet von einer niedrigen Mauer aus Stein. Und in der Mitte des Daches, angelehnt an das Maschinenhaus des Aufzugs, stand ein herziges Kabäuschen mit grünen Jalousien und grüner Tür, durch die mir der Mann den Vortritt ließ.

»Sehen Sie, Mademoiselle? Alles da! Wohnzimmer, Kochnische, Schlafnische, Dusche, Klo …«

»Aber das sind höchstens dreißig Quadratmeter«, unterbrach ich ihn, »in Ihrer Annonce steht zweihundert!«

Und ich dachte an die elegante Villenetage mit vier Schlafzimmern, wo Clifford offiziell immer noch wohnte.

»Das Ganze hat zweihundert, chère Mademoiselle, Haus und Terrasse. Das ist originell! Ein eigenes, kleines Häuschen mitten in Paris. Und der Blick! Sehen Sie da unten die Champs Elysées? Und den Triumphbogen? Und auf der anderen Seite den Louvre? Und die Notre Dame? Und alle Brücken über die Seine? Und hier«, er drehte sich um, »den Eiffelturm. Das alles sehen Sie von Ihrem eigenen, kleinen Zuhause aus, wenn das nicht originell ist …«

»Sehr originell. Aber zu klein!«

»Zu klein? Mademoiselle? Aber die Terrasse! Sie stellen rundum Pflanzen auf und Bäume in großen Kübeln und haben ein echtes, grünes Liebesnest mitten in der Stadt!«

In dem Moment kam ein Windstoß und hätte mich um ein Haar von dem Liebesnest hinunter auf die Straße gefegt. Mit beiden Händen hielt ich mich fest an der offenen Tür. Der kleine Mann hatte sich an einen Fensterladen gekrallt und seine grüne Krawatte flatterte im Wind.

»Es ist zu zugig«, schrie ich, »tut mir leid!«

»Aber nur heute«, schrie er zurück, »sonst können Sie hier sonnenbaden wie an der Côte d'Azur. Alle Freunde werden Sie beneiden und denken, Sie kommen frisch von der Riviera, so braun werden Sie sein!«

»Es ist mir fast zu originell«, sagte ich, als wir wieder sicher unten auf der Straße standen, »ich suche eine ganz normale Wohnung, wissen Sie?«

»Denken Sie darüber nach, aber nicht zu lang«, er zupfte an seiner Krawatte, »so was finden Sie nie wieder. Adieu, Mademoiselle, adieu!«

»Adieu, Monsieur, und vielen Dank!«

Er winkte mir zu, ich winkte zurück, dann ging ich heim ins Mont Thabor. Ich hatte zwar noch eine zweite Adresse in der Tasche, ebenfalls sehr originell, doch die schenkte ich mir.

Am nächsten Tag regnete es in Strömen und ich blieb zu Hause.

Am Nachmittag aber kam die Sonne hervor, ich kaufte eine Zeitung und was sah ich? Eine Anzeige wie für uns gemacht: Drei Zimmer, elegant möbliert, vierter Stock, Lift, sonnig, ruhig, sofort beziehbar, Rue Lord Byron.

Die Rue Lord Byron liegt in nächster Nähe von ABC News.

Ein Blick auf die Uhr, fast schon sechs! Sicher zu spät. Hält die Wohnung, was sie verspricht, ist sie längst schon weg!

Trotzdem schlüpfte ich in mein neues, rotes Kostüm und lief hin, so schnell ich konnte.

Hübsches Haus! Entzückender, kreisrunder Lift aus Holz und Glas. Und Wunder über Wunder, die Wohnung war noch frei.

Der Grund? Die Anzeige war privat und die Besitzerin sah sich persönlich alle Bewerber an.

Sie stand vor der Tür, blond, mollig, in einem rosa Kostümchen von Chanel, und strahlte gute Laune aus.

Sie hieß Madame Amélie, teilte sie mir mit und wartete auf jemanden, der ihr sympathisch war.

»Kitty Valentin«, stellte ich mich vor und lächelte sie an.

»Was machen Sie beruflich, Mademoiselle?«

»Ich studiere Sprachen und schreibe meine Doktorarbeit über die Frauen im Roman des 18. Jahrhunderts in England.«

»Sie sind aber keine Französin. Wo kommen Sie her?«

»Aus Wien.«

»Ah, l'Autriche. L'Autriche! Dort war ich zweimal Ski fahren. Schönes Land. Leben Sie allein?«

»Nein, mit meinem Verlobten. Er ist Journalist und viel älter als ich.«

Das sagte ich, um ihr die Angst vor einem lärmenden, jungen Studentenpaar zu nehmen.

Ich wusste inzwischen, was gefragt war in Paris: Mieter, die sich ruhig verhalten, nicht laut streiten und keine laute Musik spielen. Die Häuser sind schlecht isoliert, man hört alles durch, um jeden Preis vermeidet man Mieter, »qui font du bruit« – das heißt, die lärmen und keinen schlafen lassen in der Nacht.

»Spielen Sie ein Instrument?«, fragte Madame Amélie vorsichtig.

»Nein, Madame.«

»Haben Sie Kinder?«

»Auch keine Kinder.«

»Oder einen Hund, der laut bellt?«

»Nein, keine Angst, Madame, wir brauchen beide Ruhe. Wir werden Sie sicher nicht stören, das verspreche ich.«

»Dann zeige ich Ihnen jetzt die Wohnung.«

Was ich sah, war bildschön. Ein großer Salon, ein großes Schlafzimmer mit Bad, ein Arbeitszimmer, hell und freundlich, eine weiße Küche und alles liebevoll möbliert, schöne Teppiche, schöne Vorhänge, so richtig gemütlich pariserisch.

»Das war meine Studentenwohnung. Vor meiner Heirat«, erklärte Madame Amélie, »die antiken Möbel sind noch von meiner Mutter. Mein Mann und ich wohnen nebenan, wir haben sechs Zimmer. Das hier wäre ideal für eine Tochter oder einen Sohn, leider sind wir kinderlos, deshalb vermiete ich. Gefällt es Ihnen?«

»Sehr!«

Madame Amélie zögerte kurz: »Ich würde gern Ihren Verlobten sehen.«

»Natürlich. Wann?«

»Heute noch?«

»In zehn Minuten hole ich ihn von der Redaktion ab. Wenn Sie möchten, kommen wir dann gleich vorbei.«

»Gut. Sie müssen aber vor acht Uhr da sein. Um acht gehe ich essen mit meinem Mann.«

Im Eilschritt lief ich hinunter zu ABC News. Erzählte begeistert, was ich gefunden hatte, und Clifford hörte zu. »Ist die Wohnung sonnig?«

»Sonnig und ruhig.«

»Ist im Schlafzimmer ein großes Bett?«

»Ein breites Grand lit, rot-weiß tapeziert. Die Küche ist groß genug zum Essen. Die Möbel sind bildschön und die Besitzerin ist reizend.«

Clifford sprang hoch.

»Glaubst du, gefalle ich der Dame?«

»Die Frau ist noch nicht geboren, der du nicht gefällst.«

»Darling, Kitty«, sagte Clifford geschmeichelt, »dann nichts wie hin.«

Zehn Minuten später küsste er Madame Amélie die Hand, sah sie an mit seinen unwiderstehlichen Katzenaugen, erzählte von seiner Zeitung und das wars.

»Die Wohnung ist vielleicht etwas klein?«, fragte sie nur. »In Ihrer Position, müssen Sie nicht Leute einladen und gesellschaftlich brillieren?«

»Ganz recht, Madame. Aber ich suche etwas zum

Kaufen, aus privaten Gründen, und bis dahin genügt uns Ihr charmantes Pied-à-Terre.«

»Bien, Monsieur. Ich hätte gern drei Mieten im Voraus und eine Miete Kaution. Würde das gehen?«

»Kein Problem«, sagte Cliff. »Wann? Morgen früh?«

»Gern. Dann kriegen Sie die Schlüssel.«

»Also, dann auf morgen«, Clifford lächelte charmant, »gegen zehn, ist das recht? Dann au revoir, Madame, à demain.«

Am nächsten Tag zogen wir um. Wir hatten kaum Gepäck, alles ging reibungslos.

Madame Amélie brachte uns noch zwei Tischlampen und einen Weinkühler, dann waren wir chez nous!

Es war ein erhebender Moment, denn die Wohnung in der Rue Lord Byron war unser erstes, gemeinsames Zuhause. Endlich allein! In Sicherheit!

Kein Hotel voll fremder Menschen, nicht länger vor der Welt auf der Flucht, jetzt hatten wir unser eigenes, geborgenes Nest direkt bei der Champs Elysées und rund um uns lag die Märchenstadt Paris!

Wir hatten zum ersten Mal eine gemeinsame Adresse, einen eigenen Schlüssel, der die Tür öffnete in unser eigenes Reich, und niemand hatte Zutritt, außer wir zwei!

Das Schlimmste war überstanden. Wir hatten es geschafft!

Wir schliefen wunderbar in unserer ersten Nacht in dem breiten Doppelbett, ohne Nachthemd, ohne Pyjama, Haut an Haut, und am nächsten Morgen stand Clifford vor mir auf, erkundete die Geschäfte, kaufte

Zeitungen, Milch, Brot, Butter, Orangenmarmelade und Croissants und inzwischen machte ich Kaffee.

Es gab eine blitzend verchromte Espressomaschine, hübsches gelbes Geschirr, ich tat alles auf ein Tablett, trug es ins Schlafzimmer, denn wir frühstückten im Bett.

Wir lasen Zeitung, plauderten, tranken den duftenden Kaffee, dann stellte Cliff das Tablett weg, nahm mich in die Arme, begann mich zu küssen und zwei Stunden später ging er in die Redaktion.

Es war ein Katzensprung. Er brauchte nur die Champs zu überqueren, die Avenue George V hinunterzulaufen, kurz vor der Seine links abzubiegen, schon war er in der Rue du Boccador bei ABC News.

Er liebte diesen kurzen Spaziergang vor der Hektik im Büro. Metro, Bus, Taxis, Staus, Streiks, darüber war er jetzt erhaben!

Clifford kümmerte sich um das Frühstück, ich kochte abends, wenn er nach Hause kam. Ein Straßenmarkt war gleich in der Nähe. Einkaufen in Paris ist Vergnügen pur, alles riecht so gut, schmeckt so fein, sieht so köstlich aus. Ich gab mir natürlich große Mühe und Clifford kam aus dem Staunen nicht heraus: »Dass du so gut kochst, hätte ich nie gedacht. Wer hat dir das beigebracht?«

»Meine Mutter. Aber mein Onkel kocht auch nicht schlecht!«

»Tatsächlich! Interessant. Aber Kitty, ich muss was mit dir besprechen.«

»Wegen Grace? Hast du ihr alles gesagt?«

»Kein Wort. Sie glaubt, ich bin immer noch in Madrid.«

»Was?«

»Sie denkt, ich komme am Freitag zurück.«

»Das ist übermorgen.«

»Sie hat mir ausrichten lassen, über die Redaktion, dass die Roßmanns in Paris sind. Freitagabend gibt sie ein großes Essen.«

»Die Roßmanns, die wir in Brüssel in der Oper getroffen haben? Die Freunde von deinen Schwiegereltern?«

»Genau die. Und die Hennessys kommen auch.«

»Die Hennessys aus der Schweiz?«

»Genau.«

»Oh Gott. Das heißt, du musst hin?«

»Natürlich nicht. Das hätte sie gern. Ich kenne diese Tricks. Sie lädt Leute ein, sie will mich zwingen heimzukommen, aber erpressen lasse ich mich nicht.«

»Dann musst du ihr heute oder morgen die Wahrheit sagen.«

Clifford winkte ab.

»Die kennt sie sowieso. Frauen haben einen sechsten Sinn für diese Dinge. Aber Kitty, wenn Grace am Freitag ein Essen gibt, machen wir zwei am Samstag ein Einstandsfest.«

»Willst du das wirklich?«

»Unbedingt. Einmal im Monat darf man lärmen, man muss nur vorher die Nachbarn fragen, sonst holen sie die Polizei. Ich will, dass du meine Freunde kennenlernst. Du lädst Irma ein und Doritt, aber nicht diesen grässlichen Nudisten, wie hieß er noch?«

»Knut!«

»Genau! Der kommt mir nicht ins Haus.«

»Der ist schon passé. Sie hat jetzt einen hübschen, kleinen Marokkaner.«

»Du kriegst Jean mit dem Wagen. Er fährt mit dir einkaufen und hilft dir tragen. Und jetzt machen wir gleich eine Liste, was wir brauchen. Zuerst einmal Weine, Champagner, Whisky, Brandy, Armagnac, Liköre, Calvados, Gin …«

»Aber du trinkst doch nicht mehr.«

»Nicht für mich. Für unsere Gäste. Wir richten eine Hausbar ein, dann ist was da, wenn Besuch kommt. Also, fang an zu schreiben.«

Wir machten eine ellenlange Liste, verfassten eine höfliche Notiz an alle Hausparteien, hängten sie unten an die Tür zum Lift und klingelten bei Madame Amélie.

»Machen Sie ruhig Lärm«, meinte sie freundlich, »wir sind das ganze Wochenende auf dem Land, mein Mann und ich. Danke für die Einladung, amüsieren Sie sich gut.«

Abgesegnet von der Hausfrau – Madame Amélie besaß nämlich nicht nur die zwei Wohnungen, nein, ihr gehörte das ganze große Haus –, warf ich mich mit Elan in die Vorbereitungen für das Fest.

Die Wohnung war perfekt. Es fehlte nur eins: Pflanzen. Also fuhr ich mit Jean zum Blumenmarkt am Place de Ternes und kaufte ein:

Zwei große Töpfe mit glänzendem Efeu, die stellte ich im Schlafzimmer rechts und links vom Spiegel auf den weißen Marmorkamin. Einen Margeritenbaum mit hunderten von winzigen, weißen Blüten für das Arbeitszimmer. Bunte Gartenrosen für die Vasen, die im Überfluss vorhanden waren, und für den Salon kaufte ich eine bildschöne Palme mit dem hübschen Namen Phoenix Roebelenii.

Jean stellte sie vor eine der großen Fenstertüren, und als er gegangen war, setzte ich mich unter das grüne Blätterdach und sah glücklich auf die Blütenpracht ringsum.

Nicht zu fassen dieser Unterschied!

Ein paar Pflanzen, Gott segne sie, und schon glaubt man sich an der Riviera! Fast wie in Avignon, schoss mir durch den Kopf und plötzlich sah ich Wolf vor mir, seinen dunklen Lockenkopf, und das süße Haus mit dem Mimosenbaum, den Palmen und es gab mir einen Stich ins Herz.

Aber schnell verbannte ich den Gedanken. Wolf war Vergangenheit, wenn auch offensichtlich noch nicht ganz!

Samstag kam und Cliff ging wie gewohnt in die Redaktion. Er war nicht zu Grace gefahren, zu ihrem großen Essen, hatte sich auch nicht entschuldigt und Grace hatte sich nicht gerührt.

Ich blieb zu Haus, denn am Nachmittag wurde das Buffet im Arbeitszimmer aufgebaut. Cliff hatte es bestellt. Wo? Natürlich bei Lenôtre. Als es fertig war, ein Meisterwerk wie aus einem Film, fuhr Jean nach Haus, um seine Frau zu holen. Sie würde servieren helfen.

Stolz ging ich noch einmal durch die Räume.

Alles war perfekt. Clifford brauchte sich nicht zu schämen.

Die Wohnung war zwar kleiner als die Villenetage, in der Grace residierte, sie war aber ebenso elegant. Seinen verwöhnten Freunden würde sie gefallen, daran zweifelte ich nicht.

Ein Blick auf die Uhr: Noch zwei Stunden, bis die ersten Gäste kamen, genug Zeit, um mich hübsch zu machen.

Ich nahm ein Bad, wusch mein Haar, das schon lang über die Schulter fiel, schlüpfte in meine schönste Seidenwäsche, champagnerfarben mit Spitzen, und in das neue blaue Samtkleid, das Cliff mir geschenkt hatte.

Dann lackierte ich die Nägel an Fingern und Zehen rosenrot mit Silberglanz, legte die Korallenhand ab und meine echte Perlenkette um und summte dabei fröhlich vor mich hin.

Mit diesem Fest beginnt ein neues Leben, dachte ich. Ab heute sind wir offiziell ein Paar!

Noch eine Spur Opium von Yves St. Laurent und ich war bereit für Cliff, seine Freunde, für einen unvergesslichen Abend.

Ich würde mich immer mit Genuss an diesen Tag zurückerinnern!

Aber wieder einmal irrte ich mich!

KAPITEL XV

Erstens kommt es anders – und zweitens, als man denkt!

Dieser Spruch stammt leider nicht von mir, doch er passte perfekt auf unser Einstandsfest in Paris.

Clifford nämlich glänzte durch Abwesenheit!

Jean war da, seine Frau war da, die Gäste kamen pünktlich und ich musste alle allein begrüßen, obwohl ich außer Irma und Doritt keinen kannte. Ich verstand die Welt nicht mehr.

Wo war Cliff?

Um zehn hielt ich es nicht mehr aus und rief an im Büro:

»Mister Thatcher ist schon am Nachmittag weggegangen«, sagte eine Telefonistin, die ich noch nicht kannte. Wohin er gegangen war, wusste sie nicht, sie hatte erst um acht ihren Dienst begonnen.

Endlich, um elf hörte ich den Schlüssel im Schloss – Cliff erschien!

Ich erschrak. Was war passiert? Er knallte die Tür zu,

sah wild um sich, gab mir keinen Begrüßungskuss und an seinem Hals war eine blutige Schramme.

Zwei Anzüge hingen über seinem linken Arm, in der rechten Hand hielt er eine vollgestopfte Reisetasche. Und er roch nach Cognac!

»Schnell! Komm ins Schlafzimmer!«, seine Stimme war ganz heiser. »Grace hat mich in der Redaktion abgepasst. Sie hat mich angebrüllt vor allen Leuten, sie hat mich geohrfeigt und gekratzt, sie war nicht zu besänftigen, ich hab sie dann gepackt und nach Hause geschleppt und gleich ein paar Sachen mitgebracht, wir haben uns dann ausgesprochen …«

»Sie weiß, dass ich in Paris bin?«

Clifford nickte stumm und zog seinen Rock aus.

»Kennt sie unsere Adresse?«

»Nein! Sie kennt auch unsere Telefonnummer nicht. Ich habe alles gebeichtet, dass es ernst wird mit der Scheidung …«

»Was hat sie gesagt?«

»Sie hat mich angestarrt und losgebrüllt: Du hast mich zu Tode blamiert vor den Roßmanns und den Hennessys. Wir haben die halbe Nacht auf dich gewartet. Ich will keine geschiedene Frau sein, du gehörst zum Psychiater! Hast du kein schlechtes Gewissen? Ich hasse dich!«

Clifford biss sich nervös auf die Lippen, »ich brauche ein frisches Hemd, der ganze Kragen ist blutig. Und dann sofort einen doppelten Brandy, sonst falle ich um.«

Kaum war er umgezogen, stürmte er hinaus in den Salon.

Ich blieb allein zurück. Verstaute die Anzüge, packte die Tasche aus und plötzlich verließ mich alle Kraft. Ich sank auf das breite Bett, starrte auf den grünen Efeu am Kamin und durch die Tür hinaus in den Salon, auf die vielen Gäste, die aßen und tranken und lachten und mich gar nicht vermissten.

Ich sah Cliff mit einem vollen Glas Cognac in der Hand und Rosabella, die falsche Schlange aus der Redaktion, die eine Zigarette anzündete und sie Cliff in den Mund steckte, der sie rauchte!

Ich sah mich selbst im Spiegel über dem Kamin, in meinem neuen, blauen Kleid, die Haare offen, der Mund geschminkt, die Augen voll Angst, und plötzlich dachte ich: Das Schlimmste ist nicht vorbei. Das fängt jetzt erst an!

In dem Moment kam Cliff zurück: »Kitty? Wo bleibst du? Komm! Ich stelle dich meinen Freunden vor.«

Ich folgte ihm hinaus in den Salon.

»Also, das ist Scott! Ich hab dir schon von ihm erzählt. Und Vicky, seine Freundin. Das ist Freddy und seine Sue …«

Ich lernte nach und nach die Gäste kennen, alles verheiratete Männer um die fünfzig und ihre jungen Geliebten, kein einziges normales Ehepaar.

Cliffords Freunde waren amerikanische Journalisten, sowie englische und schottische Lebemänner mit hohen Posten in internationalen Organisationen. Alle rauchten zu viel, tranken zu viel und erzählten laut frauenfeindliche Witze. Ich kam mit keinem richtig ins Gespräch. Also ging ich in die Küche.

Und was ich in der Küche sah, habe ich heute noch genau vor mir: Da stand Vicky, die Freundin von Scott, in ihrem hübschen weißen Cocktailkleid, schluchzte laut und suchte irgendetwas.

»Kann ich helfen?«, fragte ich leise.

»Entschuldige!«, Vicky wischte die Tränen fort. »Ich suche den Kaffee. Machst du bitte, bitte schnell einen Espresso für Scott? Wir müssen gehen, es ist höchste Zeit!«

»Gern. Aber dein Freund singt uns gerade schottische Balladen vor.«

»Was, er singt?«, rief Vicky entsetzt. »Wenn ich ihn jetzt nicht nach Hause kriege, singt er um acht Uhr früh immer noch. Was trinkt er denn?«

»Whisky!«

»Oh, my God! Please! Mach ihm einen Kaffee, extrastark!«

»Mach ich, gleich! Aber sag, wieso regst du dich so auf?«

Vicky sah mich an mit ihren großen braunen Augen: »Man merkt, du bist noch neu hier. Du kennst diese Männer nicht. Die trinken zu viel und dann werden sie gefährlich!«

»Was heißt gefährlich?«

Vicky begann zu flüstern: »Die verschwinden hinauf nach Pigalle und kommen nächtelang nicht heim. Du weißt nie, was sie dort tun, aber Scott hat mich einmal angesteckt mit … was Ekelhaftem … a sexual disease …«, sie schüttelte sich. »Ich war im amerikanischen Krankenhaus, es war so entwürdigend! Man hat mich vollgestopft mit Chemie und geschieden ist er immer noch nicht!«

Sie begann wieder zu weinen.

Ich wusste von Cliff, dass Scott verheiratet war und drei Kinder hatte. Vicky war seine Sekretärin gewesen, und als die Affäre aufflog, verlor sie ihren Posten. Seine Frau war katholisch wie Grace und verweigerte die Scheidung.

»Ich bin völlig verzweifelt«, schluchzte Vicky. Da flog die Tür auf und Scott tanzte herein. Er war klein und drahtig, mit feurigen dunklen Augen und einem wilden, grauen Lockenkopf.

»Was flüstert ihr zwei da in der Küche?«, er sah uns böse an. Vicky drehte sich blitzschnell um, damit er nicht sehen sollte, dass sie weinte: »Kitty macht Kaffee«, sagte sie über ihre Schulter.

»Kaffee?«, rief Scott empört. »Ich brauche keinen Kaffee, Darling. Wo ist der Whisky? Draußen ist keiner mehr!«

Er griff nach einer vollen Flasche und wollte wieder hinaus.

»Oh no!«, Vicky lief ihm nach. »Gib sofort her! Du hast genug getrunken. Wir müssen nach Haus. Be a good boy!«

Scott kniff die Augen zusammen, bis sie nur noch schmale Schlitze waren: »I am not a good boy, Darling! I'm a bad boy! You should know that! Fahr nach Hause, wann immer du willst, ich bleibe da!« Er hielt die Flasche hoch über seinen Kopf und tanzte laut singend zurück zu den anderen in den Salon.

Vicky begann wieder zu weinen.

»Das wird wieder eine schreckliche Nacht«, schluchzte sie, »ich gebe dir einen guten Rat, lass dir nichts gefallen! Du musst von Anfang an hart sein! Ich war viel zu gutmütig und jetzt steh' ich da …«

»Gib mir deine Telefonnummer«, sagte ich beruhigend.

»Gern. Ich bin froh, wenn ich mit jemandem reden kann. Ich kann dir Sachen erzählen, die glaubst du nicht.«

»Wir sehen uns in Ruhe auf einen Kaffee. Okay, hast du nächste Woche Zeit?«

»Hab ich. Aber ich warne dich. Ich bin nervlich fertig. Ich bin ein Wrack. Meine Mutter spricht nicht mehr mit mir. Sie sagt, ich vergeude meine besten Jahre mit einem verheirateten Mann.«

»Kennst du Cliffords Frau?«, fragte ich schnell.

»Ja.«

»Seht ihr sie oft?«

»Nein. Scott mag sie nicht.«

In dem Moment kam Cliff herein. »Ah, da seid ihr. Ich hab euch schon vermisst! Kitty, Doritt und Irma wollen gehen. Sagst du ihnen Adieu?«

Scott sang noch viele Balladen, wenn auch nicht bis acht Uhr früh. Um zwei war er schon so betrunken, dass er sich widerwillig von Vicky nach Hause bringen ließ.

Mühsam schoben wir ihn in den Lift, ihr Wagen stand direkt vor der Tür, Clifford hievte ihn auf den Beifahrersitz, trotz Protestgeschrei, es war richtig peinlich, aber Clifford fand das amüsant.

»Off you go, old boy!«, er klopfte ihm auf die Schulter.

»Wie kriegst du ihn in die Wohnung?«, flüsterte ich Vicky zu.

»Vielleicht gar nicht. Er hat schon oft im Auto übernachtet … ist mir aber lieber, als er zieht oben am Pigalle von Bar zu Bar.«

Sie startete den Wagen: »Bye, Cliff! Danke für das schöne Fest. Bye, Kitty. Willkommen in Paris. And welcome to the Club.«

Seufzend fuhr ich mit Clifford wieder hoch. Es waren noch ein paar Gäste da, doch um drei waren wir endlich allein.

Jean und seine Frau waren längst gegangen, hatten aber noch die Küche aufgeräumt und den Wagen dagelassen, denn wir wollten Sonntagmittag hinaus nach Versailles.

Ich leerte die letzten, überquellenden Aschenbecher, öffnete die Fenstertüren im Salon, ließ frische Luft herein und freute mich auf eine geruhsame Nacht.

Clifford rumorte bereits im Schlafzimmer herum, ich wartete auf das vertraute »Kitty, wo bleibst du so lang?«

Doch stattdessen stand er plötzlich völlig angekleidet vor mir: »Schnell, Kitty, zieh dich an, wir stürzen uns ins Nachtleben.«

»Was?«

»Ich zeig dir mein Revier.«

»Was für ein Revier?«, rief ich perplex.

»Wo ich früher immer war, nach einer Dinnerparty bei Grace.«

»Cliff, es ist halb vier!«

»Macht nichts. Dort gehts jetzt erst richtig los. Wir haben den Wagen, wir haben genug Geld, ich zeig dir Pigalle, das kennst du noch nicht.«

Beim Wort Pigalle wurde mir mulmig: »Musst du dort unbedingt jetzt hin?«

»Unbedingt! Wo ist der Autoschlüssel?«

»Jean hat ihn auf den Kamin gelegt. Muss ich mich umziehen?«

»Bleib, wie du bist.«

»Bist du da immer allein hingefahren?«

»Nicht immer. Manchmal mit Scott, aber der ist uns heute umgekippt. Wir machen einen Abschiedsbesuch, meine Kitty, denn jetzt bist du da und ich fange ein neues Leben an.«

Also zog ich flache Schuhe an, legte die Perlenkette ab, schlüpfte in eine lange, schwarze Jacke aus flauschigem Mohair, die mir Cliff in Rom gekauft hatte, und stieg seufzend mit ihm in den schweren Wagen, den Jean ganz in der Nähe geparkt hatte.

Cliff war weder nüchtern noch betrunken, er war nur schweigsam. Wortlos fuhren wir durch das stille Paris, über die leeren Boulevards hinauf nach Pigalle und Cliff hatte recht: Dort schlief keiner!

Plötzlich waren wir in einer anderen Welt.

Enge Gassen, grelle Leuchtreklame – Sex, Sex, Sex in Riesenlettern über jeder Tür –, eine Bar neben der anderen, Musik dröhnte heraus, Türsteher winkten und Trauben von kleinen, dunklen Männern lungerten auf den Gehsteigen herum.

Halbnackte Frauen jeden Alters standen neben den

Stundenhotels, auf einem Bein, das andere angewinkelt an die Wand. Man konnte unter ihre Röcke sehen und Unterwäsche trugen sie nicht.

Grell beleuchtete Auslagen zeigten Peitschen, Schnürstiefel, Reizhöschen, mit Loch im Schritt, und die Cafés waren voll besetzt.

Clifford steuerte den breiten Wagen geschickt durch die engen Gassen und parkte auf einem kleinen Platz. Dort stiegen wir aus.

»Also, Kitty, keine Angst. Wir gehen auf Wanderschaft.«

»Wanderschaft?«

»Fröhliches Wandern von einer Bar zur anderen«, sang Cliff mit lauter Stimme und sperrte den Wagen ab. Dann nahm er mich an der Hand und zog mich in eine dunkle Sackgasse, nur durch ein rotblinkendes Neonschild erhellt, hinein in ein gerammelt volles Lokal mit rauchiger Luft:

»Sieh dich gut um«, flüsterte er, »vielleicht fällt dir etwas auf!«

Wir stellten uns an die Bar, denn es war kein Tisch mehr frei. Cliff bestellte zwei doppelte Whiskys und trank sein Glas gleich halb leer, ich sagte nichts. Ich sah mich um. Die Bar war wie ein Hufeisen, halbrund und rot angestrahlt.

In diesem roten Licht, auf hohen Hockern, saßen filmreife Dämchen in kurzen Ballettröckchen, rosa und weiß aus Tüll, mit Netzstrümpfen, hohen Stilettos, knallroten Lippen, falschen Wimpern, wallenden Locken, lachten wiehernd und rauchten mit langem Zigarettenspitz.

»Und«, fragte Cliff, »was siehst du?«

»Die Frauen sind ziemlich schrill!«

»Was noch?«

»Wenn du mit Scott hierherkommst, geht er dann mit einer von denen ins Bett?«

Clifford lachte: »Falsch, grundfalsch! Du merkst es nicht? Das sind Männer!«

»Wirklich?«

»Transvestiten. Die sind oft weiblicher als jede Frau.«

»Nicht bei Tageslicht«, sagte ich gekränkt, »da sieht man, alles ist nur Schminke.«

»Kein Mensch will die bei Tageslicht sehen«, Clifford leerte sein Glas, »das ist alles nur Illusion!«

»Und das fasziniert dich? Die Illusion?«

»Das hat mich fasziniert, bevor ich dir begegnet bin. Wenn mein Gold-Thriller fertig ist, schreibe ich vielleicht einen Roman, der spielt dann am Pigalle. Komm, Kitty, wir gehen. Es gibt noch viel zu sehen.«

Aha. Er recherchiert für einen Roman!

Das beruhigte mich. Aber nicht lang. Die Wanderschaft nahm nämlich kein Ende. Wir zogen von Bar zu Bar, es wurde immer schummriger, vulgärer und teurer, Cliff stand immer wackeliger auf den Beinen, zum ersten Mal sah ich ihn richtig betrunken und das tat weh.

Sein geliebtes Gesicht verzerrte sich vor meinen Augen, die Mundwinkel sanken immer tiefer, er gestikulierte wild herum, kaufte Zigaretten, rauchte eine nach der anderen, und am Schluss entgingen wir nur um ein Haar einer wüsten Prügelei.

Clifford rempelte einen Mann an, der ihm den Eintritt in einen Club verwehrte: »Live Sex« stand über der Tür.

Der Mann packte ihn am Kragen und Clifford gab ihm eine Ohrfeige, dass es knallte.

Der Mann wurde bleich vor Wut, gab Clifford einen Stoß, dass er auf die Straße fiel: »Das ist mein Lokal! Du hast zu viel gesoffen! Vollidiot!«

Clifford stand sofort wieder auf den Beinen, ein gemeines Grinsen im Gesicht, das ich noch nicht kannte, und sagte zynisch: »Dreckslokal! Und wenn du zehn solche Löcher hast, verdiene ich trotzdem mehr Geld als du.«

»Was hast du gesagt?«

»Ich verdiene mehr Geld als du!«

Es war scheinbar die ärgste Beleidigung, mehr Geld zu verdienen als einer aus der Unterwelt, und hätte ich Cliff nicht am Ärmel weggezogen, wären die zwei aufeinander losgestürzt wie wütende Straßenköter.

Ich schob ihn geradezu zum Wagen. Ich wollte nur heim! Sofort! So schnell es ging, aber wie?

Clifford wollte mich nicht fahren lassen, hievte sich mühsam auf den Fahrersitz, steckte umständlich den Schlüssel ein und dann geschah ein Wunder: Er konnte zwar nicht mehr gehen, chauffieren aber konnte er noch!

Alles deutete auf lange Routine hin, denn sicher wie ein Nachtwandler steuerte er den schweren Wagen durch die gewundenen Gassen hinunter zu den großen Boulevards.

Zitternd saß ich neben ihm. An jeder Kreuzung erwartete ich den sicheren Tod, denn die Ampeln blinkten nur und Cliff fuhr einfach geradeaus. Nie vergesse ich sein Gesicht, die schwarzen Brauen verkrampft, die Katzenaugen rot, die Schultern nach vor gebeugt, der Kopf nahe der Windschutzscheibe.

Trotzdem fand er, ohne sich zu verirren, nach Hause, parkte perfekt zwischen zwei Autos, ohne sie zu rammen. Das Martyrium war vorbei.

Die Erleichterung, als ich endlich aus dem Wagen stieg, war grenzenlos!

Während der ganzen Fahrt hatte Cliff kein Wort gesprochen. Kaum aber waren wir sicher in der Wohnung und lagen geborgen in unserem schönen Bett, wollte er Liebe und Zärtlichkeit! Ich aber wollte nicht und konnte nicht, nein! Das war zu viel!

Die brutale Sex-Welt hatte mich verstört und der Betrunkene neben mir stieß mich ab.

»Kiss me, Darling«, lallte Cliff und griff nach mir. Ich wich ihm aus und er zog gekränkt die Decke über seinen Kopf. Zwei Sekunden später begann er zu schnarchen, was er sonst nie tat, fiel in Tiefschlaf, wachte erst um sechs Uhr abends wieder auf und hatte alles vergessen!

»Großer Gott! Ich hab den ganzen Tag geschlafen!«

Schuldbewusst sprang er auf, lief zum Kühlschrank und kam mit einer Flasche Mineralwasser zurück, »Kitty, das kommt nie wieder vor. Das war die letzte Entgleisung, das schwöre ich! Sag: Hab ich mich mit jemandem geprügelt in der Nacht?«

»Nein, hast du nicht.«

»Du bist mein Schutzengel, Darling! Das verdanke ich dir. Grace ist nie bei mir geblieben. Ohne dich würde ich jetzt halb erschlagen im Rinnsal liegen. Und dann zwei Tage im Spital!«

»Im Spital«, rief ich entsetzt.

»Alles schon da gewesen. Do you love me still?«

»Nicht, wenn du betrunken bist.«

»Das ist aus und vorbei. Ich habe nämlich was gelernt: Die Sauferei, die Prügelei, das brauche ich nicht mehr.«

»Du hast die Prügelei gebraucht. Wieso?«

Clifford seufzte: »Das ist eine lange Geschichte. Das hängt zusammen mit einem fürchterlichen Schock …«

»Wo du plötzlich grau geworden bist, über Nacht?«

»Richtig.«

»Was ist da passiert?«

»Kann ich nicht sagen. Ein Alptraum. Du musst mir helfen.«

»Wie kann ich dir helfen, wenn ich nichts weiß?«

»Mit Geduld, Kitty, mit Geduld, du musst geduldig sein. Hör zu, wir fahren nicht nach Versailles, es ist sowieso zu spät. Wir bleiben gemütlich zu Haus, es ist noch genug Essen da vom Buffet, wir ziehen uns gar nicht an, wir baden zusammen, dann spielen wir Schach und hören Musik und gehen bald ins Bett. Weißt du, was ich früher getan habe, nach so einer Nacht?«

»Keine Ahnung.«

»Weitergetrunken. Alkohol gegen Alkohol. Aber ab jetzt trinke ich nur noch Wasser!«

Wir blieben in unserer schönen, blumengeschmückten Wohnung, Clifford trank literweise Mineralwasser, war reizend zu mir, entschuldigte sich hundertmal und um elf Uhr lagen wir im Bett.

»Du musst mir was versprechen«, sagte er und schmiegte sich an mich.

»Was?«

»Tu mir den Gefallen und vergiss Pigalle. Wir reden nicht mehr davon, okay?«

»Okay!«

»Ja«, Clifford streichelte vorsichtig meine Brust, »willst du mich, Kitty, oder bist du noch zu müde?«

»Noch zu müde.«

Er ließ sofort von mir ab: »Dann schlaf gut, Darling. Ich freu mich auf eine ruhige Nacht.«

»Ich mich auch«, flüsterte ich.

Aber leider, leider wurde nichts daraus!

KAPITEL XVI

Ich hatte Clifford zwar versprochen, nicht mehr an Pigalle zu denken, doch ich träumte davon: Ich war oben, in einer verruchten Bar, mitten in einer wilden Keilerei, hatte Todesangst und plötzlich wachte ich auf und wusste, gleich passiert etwas Schreckliches.

In diesem Moment läutete das Telefon.

Clifford griff verschlafen nach dem Hörer:

»Hallo«, murmelte er in die Dunkelheit, »wer spricht?«

Es war Grace. Irgendwer hatte ihr unsere Nummer gesteckt.

»You damned son of a bitch!«, schrie sie so laut, dass ich jedes Wort verstand. »When are you coming home?«

Cliff fuhr hoch, wie von der Tarantel gestochen, knipste die Nachttischlampe an und legte beschwörend seinen Zeigefinger auf meinen Mund.

»Do you hear me?«, Grace wurde immer lauter. »Ich hab dich was gefragt! You mean bastard! Wann kommst du heim?«

»Überhaupt nicht, wenn du so schreist.«

»Ich schreie, so lang ich will«, kreischte Grace, »mein Bruder kommt nach Paris und Gregory hat keinen Vater mehr! Ich weiß genau, wo du bist. Ich weiß, mit wem du jetzt im Bett liegst! Ich weiß, du hast Scott eingeladen und Freddy, du hast dich nicht geniert und Jean servieren lassen und seine Frau. Du hast mich vor allen geschändet, hast du kein schlechtes Gewissen? I wished you were dead!«

»Wann kommt er an?«, fragte Clifford ganz ruhig.

»Wer zum Teufel? Wovon redest du?«

»Dein Bruder. Wann kommt er nach Paris?«

»Sonntag. Mit der ersten Maschine aus New York.«

»Okay. Ich hole ihn ab.«

»Und ich? Was ist mit mir? Ich will, dass du heimkommst, jetzt! Sofort! For Christ's sake, Cliff, get your ass over here! We have to talk!«

»Nicht in diesem Ton!« Cliff legte beschützend den Arm um mich. »Wir reden morgen, wenn du dich beruhigt hast.«

»Wir reden, wann ich will«, kreischte Grace so laut, dass sich ihre Stimme überschlug, und sie begann zu fluchen und zu weinen und sie hörte nicht mehr auf, bis Cliff den Hörer auf die Gabel warf.

Was nichts nutzte! Sie rief sofort wieder an und wieder und wieder, bis er den Hörer neben das Telefon legte und die Verbindung unterbrach.

Dann war Ruhe. Bis auf das penetrante Besetztzeichen, das uns jetzt nicht schlafen ließ.

Clifford seufzte, stand auf, holte eine Decke und legte sie über den Apparat. Endlich Frieden. Balsamische Stille. Gott sei gelobt!

Cliff kam wieder ins Bett und sah mich forschend an.

»Ich frage mich, woher sie unsere Nummer hat.«

»Von der Redaktion.«

»Niemals! Alle wissen, diese Nummer ist streng geheim.«

Ich tippte auf Rosabella, doch ich sagte nichts. Ich wollte keinen Streit. Ich dachte an die Damen von ABC News, und mich fröstelte. Ich habe es noch nicht erwähnt, ich ging nur ungern in die Rue du Boccador. Ich habe immer gelitten unter Eifersucht und Neid und ich wusste, woher der Wind weht, als ich zum ersten Mal Cliffords Heiligtum betrat.

Es war dasselbe wie in Rom.

Diese Blicke. Am liebsten hätten sie mich umgebracht.

Da war Sandy, klein, sanft, mit blondem Pagenkopf, die mir brüsk den Rücken kehrte, als sie mich zum ersten Mal sah.

Dann Joe, die mandeläugige Telefonistin, die mich honigsüß willkommen hieß, und Rosabella, voll Temperament, mit langen, schwarzen Locken und verschlagenem Blick. Sie hatte mich von Kopf bis Fuß gemustert, dann wortlos den Raum verlassen und die Tür zugeknallt!

Ja, da wurde mir klar, woran ich war!

Alle wussten von Cliffords unglücklicher Ehe. Alle himmelten ihn an und träumten davon, die nächste Mrs. Thatcher zu sein. Seit Jahren rivalisierten sie um Cliffords Gunst. Und da war plötzlich ich! Eine Neue!

Eine Fremde! Völlig Unbekannte! Ausländerin noch dazu! Und hatte den Mann erobert, um den sie schon seit Jahren kämpften.

Natürlich hassten sie mich, hielten zu Grace und hatten ihr unsere Nummer gesagt, in der Hoffnung, dass sie uns die Hölle heißmachen und ich wieder verschwinden würde, dorthin, wo ich hergekommen war.

»Was tun wir jetzt«, fragte ich, »nicht mehr abheben in der Nacht?«

»Geht nicht. Ich muss Tag und Nacht erreichbar sein. Nein. Ich werde sie noch einmal sehen.«

»Wann?«

»Heute Abend nach der Arbeit.«

»Das heißt, du kommst heute nicht heim?«

»Keine Angst. Spätestens um elf bin ich da.«

»Versprichst du das? Du lässt mich nicht warten, die ganze Nacht? Weißt du, nach gestern, nach Pigalle … das halte ich nicht aus.«

Clifford küsste mich zärtlich: »Mich wirst du nicht los. Ich bring sie nur zur Vernunft. Aber warte nicht mit dem Essen auf mich.«

Der Tag brach an, der letzte Montag im September. Cliff stand früher auf als sonst und ging ohne Frühstück in die Redaktion.

Ich setzte mich sofort ins Arbeitszimmer zu meinen Büchern, machte Notizen, tippte sie aus auf meiner braven, blauen Olivetti, aß die Reste vom köstlichen Buffet, goss die Blumen, wässerte die Rosen um, besuchte Madame Amélie und erzählte von dem Fest, natürlich ohne dem Nachspiel oben am Pigalle.

Dann arbeitete ich weiter. Die Zeit verging. Es wurde neun, es wurde zehn, es wurde elf, kein Cliff!

Es wurde zwölf, es wurde eins, es wurde zwei, kein Cliff!

Ich konnte längst nicht mehr lesen und mich konzentrieren, ich zitterte nur am ganzen Leib und dachte: Bei Grace ist er nicht mehr. Die geht nämlich immer früh zu Bett.

Ist er oben am Pigalle, mit Scott? Grässlicher Gedanke.

Es wurde drei, es wurde vier, da endlich läutete das Telefon. Ich lief zum nächsten Apparat, der im Salon auf einem Tischchen stand.

Erleichtert hob ich ab.

Doch es war nicht Cliff. Es war Vicky, die ganz verzweifelt klang: »Hoffentlich hab ich dich nicht aufgeweckt, Kitty, ist Scott bei euch?«

»Nein. Wieso?«

»Er ist nicht heimgekommen!«

»Cliff ist auch nicht da.«

»Oh Gott!«

»Er wollte Grace treffen, damit sie nicht ständig in der Nacht anruft, er hat versprochen, er ist um elf zurück, aber bis jetzt keine Spur. Wo ist denn Scott hingegangen?«

»Keine Ahnung. Die Sekretärin hat um sieben angerufen, dass er jetzt nach Hause fährt zu mir, aber er hat sich nicht blicken lassen.«

»Kommt das öfter vor?«

»Wenn du wüsstest«, sagte Vicky und begann wieder zu weinen, »es ist ein Alptraum! Den ganzen Tag fürchte ich mich vor der halben Stunde nach Büroschluss, ich weiß nie, kommt er, kommt er nicht. Und wenn er kommt, wie ist er gelaunt? Manchmal kommt er zum Essen, aber kaum ist er fertig, springt er auf, gibt dem Tisch einen Tritt und dem Bett und der Wand und schreit: Hier ersticke ich! Ich brauche Leben, Licht, Musik! Dann weiß ich, er rennt wieder weg und kommt die ganze Nacht nicht heim.«

»Wie lang geht das schon so?«

»Drei Jahre.«

»Drei Jahre! Das lässt du dir gefallen?«

»Pass auf«, sagte Vicky, »weißt du, wie das bei den anderen läuft? Freddy lebt immer noch bei seiner Frau. Einer Französin. Er besucht Sue zweimal die Woche und bleibt bis drei Uhr früh. Er bleibt nie über Nacht. Das ganze Wochenende ist sie allein, ihr ganzes Leben besteht nur aus Warten! Unsere Männer haben sich zu uns bekannt. Sie leben mit uns und sie zahlen alles. Das ist der Unterschied.«

»Vicky, das ist kein Leben. Wenn sich Cliff heute wieder betrunken hat, fahre ich zurück nach Wien.«

»Und wovon lebst du in Wien?«

»Ich kriege ein Stipendium und ich habe eine winzige Wohnung, ich komm schon durch.«

»Ich habe überhaupt kein Geld«, sagte Vicky traurig, »ich kann nicht weg.«

»Dann such dir einen Job. Du hast eine Ausbildung. Du bist Sekretärin.«

»Das erlaubt er nicht. Scott will nicht, dass ich arbeite.«

»Dann soll er dich besser behandeln. Sonst wirst du

noch todkrank und stirbst. So was erträgt man nicht ewig. Weißt du was? Komm sofort zu mir. Dann sieht er, wie das ist, wenn man auf jemand die ganze Nacht lang wartet.«

»Unmöglich, Kitty. Wenn er heimkommt und ich bin nicht da, weckt er das ganze Haus auf. Das trau ich mich nicht.«

»Okay. War nur eine Idee. Wenn er hier auftaucht, ruf ich dich an.«

»Ja bitte, tu das«, Vicky hatte aufgehört zu weinen, »also dann, bye bye, Kitty. See you soon.«

»Hoffentlich sind die zwei nicht gemeinsam unterwegs.«

»Ja, hoffentlich. Dann sehen wir sie zwei Tage nicht. Hat mir gut getan, das Reden mit dir. Vielleicht suche ich mir wirklich heimlich einen Job.«

»Wenn du willst, helfe ich dir dabei.«

»Danke. Ich halte dich auf dem Laufenden …«

Ich legte auf und dachte nach. Was zum Teufel sollte ich tun? Wenn ich noch länger warte, zerspringe ich!

Ich sah auf die Uhr: vier vorbei! So eine Rücksichtslosigkeit! Aber dann kam mir die rettende Idee: Ich würde Cliff eine Lehre erteilen. Er sollte am eigenen Leib erfahren, wie das ist, wenn man stundenlang auf jemand wartet, der nicht anruft und kein Lebenszeichen von sich gibt …

Ich lief ins Schlafzimmer und zog mich um: Belltrousers, türkises Top, rote Schuhe, die lange, schwarze Jacke aus Mohair, keinen Schmuck und die Haare band ich hoch zu einem Rossschwanz.

Dann steckte ich etwas Geld in die Tasche und verließ das Haus.

Auf der Straße wartete ich noch zehn Minuten – kein Cliff. Ich überquerte die Champs Elysées und ging ins Drugstore. Dort war aber nicht viel los. Also nahm ich ein Taxi und fuhr nach St. Germain des Près in ein Café, das die ganze Nacht lang offen hielt.

Ich wusste von Cliff, dass sich da die Nachtschwärmer trafen, Musiker, Künstler, Schauspieler, Journalisten, es gab vier Flippermaschinen, eine buntschillernde Music-Box und die Stimmung war laut, fröhlich und entspannt.

Gefasst schritt ich durch die Tür, setzte mich auf einen Hocker an die Bar und bestellte einen Espresso.

Mehr brauchte ich nicht.

Der Barmann verwickelte mich in ein Gespräch, der Jüngling, der neben mir stand, machte mir schöne Augen und plötzlich kamen drei Männer, Schwarze aus Afrika, etwas älter als ich, und fragten, ob ich mit ihnen Flipper spielen wollte.

»Gern«, sagte ich, stand auf und dann spielten wir Flipper bis acht Uhr früh. Ich verlor natürlich jedes Spiel, doch wir lachten ununterbrochen, es war höchst amüsant und um halb neun nahm ich den Bus und fuhr nach Hause zurück.

Und je näher ich kam, desto fester wurde mein Entschluss: War Clifford nicht da, würde ich meine Sachen packen und am Abend noch heimfahren nach Wien.

Klopfenden Herzens stand ich dann im Lift, fuhr hinauf in den vierten Stock, schloss auf – und blieb wie angewurzelt stehen.

Die ganze Wohnung war strahlend hell erleuchtet. Alle Lampen waren an, alle Türen standen offen, auch die Tür zum Bad und die Türen der Kleiderschränke.

Clifford saß im Schlafzimmer auf dem Bett, Gesicht in die Hände gestützt, regungslos.

Er war völlig bekleidet, Schuhe, Mantel, Schal, und als er mich hörte, hob er langsam den Kopf.

»Wo warst du?«, fragte er mit Grabesstimme und ich sah, dass er völlig nüchtern war.

»Wo warst du?«, fragte ich zurück und streifte meine roten Schuhe ab, »ich habe bis vier Uhr früh gewartet! Kein Anruf, nichts; ich war sicher, du bist oben am Pigalle und trinkst dich halbtot. So kannst du Grace behandeln. Mich nicht!«

»Wo hast du dich herumgetrieben bis neun Uhr früh?«, fragte Cliff, als hätte ich nichts gesagt.

»Ich hab mich nicht herumgetrieben. Ich war Flipper spielen, mit drei Schwarzen aus Kamerun, Boubou, Samedi und Alphonse.«

»Bist du verrückt geworden?«, schrie Cliff.

»Ich war in dem großen Café in St. Germain, neben dem Club, in dem wir tanzen waren.«

»Seit fünf Uhr früh warte ich auf dich! Vier Stunden sitze ich allein in der leeren Wohnung. Ich hasse leere Wohnungen! Das hab ich nicht verdient.«

Ich zog mich aus und schlüpfte ins Bett. Cliff sprang auf und rannte im Zimmer herum. Ich sah, dass er weinte.

»Wieso hast du alle Türen aufgerissen?«

»Ich hab dich verzweifelt gesucht«, schluchzte Cliff.

»In den Kleiderschränken?«

Clifford antwortete nicht, also stand ich wieder auf, schloss die Türen, löschte die Lichter, ging kurz ins Bad und dann wieder ins Bett. Clifford weinte immer noch.

»Warum bist du nicht früher heimgekommen?«, fragte ich.

»Ich war bei Grace.«

»Bis fünf Uhr früh?«

»Ja«, schrie Cliff, »ich bin eingeschlafen! Auf dem Sofa. Aber vorher haben wir uns ausgesprochen.«

»Und?«

»Irgendwer muss sie beraten haben. Sie war ganz ruhig und hat mir zugehört. Ich hab gesagt, sie kann das Auto behalten, und sie hat versprochen, sie lässt uns in Ruhe. Sie gibt mir bis Weihnachten Zeit.«

»Und dann?«

»Dann muss ich mich entscheiden. Für sie oder für dich.«

»Und wenn du dich für mich entscheidest?«

»Dann ruiniert sie mich finanziell.«

»Kann sie aber nicht.«

»Sie wirds versuchen, hat sie gedroht.«

»Cliff, das ist nur Theater. Zieh dich aus und komm ins Bett. Du kannst noch eine Stunde schlafen.«

»Kann ich nicht«, schrie Cliff, »ich muss in die Redaktion!« Plötzlich aber beruhigte er sich.

»Endlich ist es mir gelungen«, stellte er fest.

»Was ist dir gelungen?«

»Jemand zu finden, der genauso egoistisch ist wie ich.«

»Ich bin nicht egoistisch, ich wehre mich nur.«

»Du bist so hübsch, Kitty, und du quälst mich so.«

»Du quälst mich! Wieso bist du eigentlich auf dem Sofa eingeschlafen?«

»Grace hat mich betrunken gemacht. Sie hat mir Brandy angeboten und ununterbrochen nachgeschenkt. Irgendwann bin ich eingenickt und sie hat mich nicht geweckt.«

»Das hat sie absichtlich getan.«

»Möglich.«

»Damit wir streiten.«

»Das ist ihr geglückt. Kitty, ich muss weg. Ich muss heute noch nach Stockholm. Kommst du mit?«

»Ich würde lieber in Ruhe arbeiten. Die letzten Tage waren so hektisch, ich muss was tun.«

»Dein Studium ist dir wichtiger als ich.«

»Nein, aber ich hab schon ein schlechtes Gewissen.«

»Okay. Brauchst du Jean und den Wagen?«

»Nein, danke. Aber bitte, Clifford, melde dich. Und trink nicht zu viel.«

»Ich ruf dich jeden Tag an«, sagte Cliff, gab mir einen schnellen Kuss und verschwand. Abends fuhr er dann zum Flugplatz und wie versprochen rief er jeden Tag an. Ich machte mir also keine Sorgen.

Doch als er zurückkam aus Schweden, am Freitag gegen Mitternacht, bekam ich doch wieder Angst: Cliff war blass, fahrig und hatte eine Platzwunde am Kinn. Darüber klebte ein blutiges Pflaster, es sah grässlich aus.

»Was ist passiert?«, rief ich entsetzt.
»Nichts. Ich bin auf der Straße gestürzt.«
»Tuts weh?«
»Überhaupt nicht.«
»Willst du nicht einen besseren Verband?«
»Nein!«, Cliff riss das Pflaster weg, »frische Luft heilt am schnellsten. Das bleibt jetzt so.«
»Bist du sicher?«
»Das weiß ich aus Erfahrung.«
»Wieso? Verletzt du dich so oft?«
»Nicht wenn du dabei bist. Du hättest mitkommen sollen. Aber jetzt wechseln wir das Thema. So schnell fahre ich nicht wieder weg.« Und er hielt Wort.
Es folgten zwei friedliche Monate.
Sogar der gefürchtete Besuch des Schwagers ging gut vorbei. Cliff nahm ihn mit zum Essen in den Polo Club und ich las meine Romane aus dem 18. Jahrhundert und traf zwischendurch Vicky, Irma und Doritt und wir heckten Pläne aus.
Cliff machte nur noch Tagesreisen, nach Brüssel, Zürich, St. Malo, rauchte nicht, trank nur Wasser, kam jeden Abend pünktlich heim und das Beste: Grace rief nicht mehr an in der Nacht. Es waren acht Wochen voll Harmonie.
In Wirklichkeit aber war es nur die Ruhe vor dem Sturm, denn Anfang Dezember änderte sich das.
Ich hatte in der berühmten Bibliothèque Nationale in der Rue Richelieu, wo sich die Bücher befanden, die ich brauchte, um einen Leseausweis angesucht. Und dafür musste ich von meinem Professor eine Bestä-

tigung bringen, dass ich seine Studentin war und an einer Dissertation schrieb. Ich musste auch noch ein Formular in Wien unterschreiben lassen und meinem Professor über meine Recherchen berichten. Ich musste also nach Wien.

Mein Professor war inzwischen eine Berühmtheit geworden. Wie schon erwähnt, wurde er zum Rektor der Universität gewählt, war ständig auf Reisen und hatte kaum Termine für seine Studenten frei. Aber dann kam der ersehnte Anruf: Anfang Dezember könnte er mich sehen. Ich sollte in die Sprechstunde kommen, er hätte für mich Zeit.

Überglücklich teilte ich es Clifford mit.

Er war empört: »Jetzt willst du weg? Vor Weihnachten? Wo sich Weihnachten alles zwischen Grace und mir entscheidet? Jetzt lässt du mich allein?«

»Cliff, ich bin in zwei Tagen wieder da. Wieso regst du dich so auf?«

»Ich rege mich auf mit gutem Grund.«

»Was für ein Grund? Ich versteh dich nicht.«

»Vicky hat Scott verlassen! Sie hat ihre Nähmaschine mitgenommen.«

Ich schwieg, denn ich wusste genau Bescheid.

»Sie hat sich Arbeit gesucht, sie will allein leben. Wer garantiert mir, dass du wiederkommst?«

»I love you. Und ich lasse alle meine Sachen da.«

»Ich hasse Alleinsein. Ich hasse eine leere Wohnung.«

»Dann komm mit nach Wien. Schreib eine OPEC Story.«

»Geht nicht. Es tut sich nichts Interessantes.«

»Das war schon oft so. Aber du hast was Interessantes draus gemacht.«

»Zum letzten Mal: Ich kann nicht weg aus Paris.«

»Und ich kann den Termin nicht versäumen! Wenn du mich wirklich so lieb hast, wie du sagst, verstehst du das.«

»Wann gibst du endlich dieses hirnverbrannte Studium auf?«, brüllte Cliff, »ich verdiene genug für uns zwei!«

»Nie!«

»Okay«, sagte Cliff nach einer Weile in völlig anderem Tonfall, »tu dir keinen Zwang an. Aber du fährst gegen meinen Willen. Und falls irgendwas passiert, etwas Unvorhergesehenes, du bist schuld!«

KAPITEL XVII

Aus Protest, weil ich wegfuhr, zahlte Clifford meine Reise nicht. Und da ein Flugticket für mein Stipendium zu teuer war, fuhr ich mit dem Zug. Wieder einmal mit dem Orient-Express, eintausenddreihundert Kilometer von Paris nach Wien.

Cliff brachte mich zwar zum Bahnhof, ging aber nicht mit hinein. Es war ein dunkelgrauer, kalter Tag, wir waren mit Jean gekommen, mit dem Wagen, und Cliff hatte sich die ganze Zeit in düsteres Schweigen gehüllt.

»Überlege es dir noch einmal«, sagte er drohend, als Jean den Wagen parkte, »überleg es dir gut!«

»Aber Cliff, ich kann nicht! Ich bin fix angemeldet. Wir sind doch keine Kinder mehr.«

Ich griff nach meiner roten Reisetasche und wir stiegen aus. Cliff stellte sich neben mich und sah angestrengt über meinen Kopf hinweg in die Ferne.

»Wenn alles in Ordnung ist, ruf ich dich morgen an«, sagte er brüsk.

»Und wenn du nicht anrufst?«

Er zuckte die Schultern.

»Was ist dann nicht in Ordnung?«

»Wirst du schon sehen.«

»Und was tu ich dann? Wenn du dich nicht meldest?«

»Dann bleibst du in Wien und wartest, bis du von mir hörst.«

Er gab mir keinen Kuss und wandte sich zum Gehen.

»Vielleicht ist es gut, dass du jetzt wegfährst«, meinte er dann bitterernst, »dann können wir uns die Sache noch einmal gründlich überlegen.«

Ich stand da wie versteinert. Immer diese Drohungen im letzten Moment, wenn man sich nicht mehr wehren kann! Ich sah Clifford nach, wie er ungerührt um den Wagen ging, vorne Platz nahm, neben Jean, ihm ein Zeichen gab – und die große, schwarze DS glitt lautlos davon.

Wie lange ich dastand, weiß ich nicht mehr, jedenfalls erreichte ich gerade noch in letzter Sekunde den Zug.

Der Liegewagen war voll besetzt, fünf andere lagen schon auf ihren Betten, darunter ein Mann, der ab Nancy fürchterlich schnarchte.

In Straßburg weckten uns die Zöllner und durchwühlten unser Gepäck, ab Karlsruhe stand ich nur noch auf dem Gang und sah hinaus in die schwarze Nacht. Ab Ulm lag Schnee, München und Salzburg waren tiefverschneit, Wien dagegen nur angezuckert. Dafür wartete dort eine Überraschung auf mich.

Meine heißgeliebte Mutter holte mich ab! Sie stand fröhlich winkend auf dem Bahnsteig, sie sah nie in die falsche Richtung, strahlend lief ich auf sie zu und umarmte sie fest.

»Das ist aber lieb von dir! Bist du extra wegen mir nach Wien gekommen?«

»Bin ich, mein Schatz. Ein Vöglein hat mir geflüstert, dass du mich brauchst.«

»Hat dich Cliff angerufen?«

»Nein. Von dem hab ich kein Wort gehört.«

»Mutti, ich brauch dich wirklich. Weißt du, was passiert ist? Cliff ist so beleidigt, dass ich meinen Professor treffe, er hat gedroht, er überlegt sich alles noch einmal. Und wenn er heute Abend nicht anruft, brauche ich morgen gar nicht zurückfahren nach Paris.«

Meine Mutter griff nach meiner Reisetasche: »Na und?«, sagte sie ungerührt, »bleibst du eben da. Du kommst schon durch!«

»Gott sei Dank hab ich die Wohnung behalten.«

»Ja, das war klug. Ich war schon oben und hab eingeheizt und viele gute Sachen gekauft, auch das Schwarzbrot, das du in Paris nicht kriegst, das dir so schmeckt. Wir frühstücken jetzt gemütlich, dann gehst du auf die Uni, dann essen wir zu Mittag in der Koralle, ich lade dich ein, dann spazieren wir durch den Christkindlmarkt und dann fahre ich heim. Oder soll ich bei dir bleiben? Über Nacht?«

»Nein, Mutti, fahr ruhig zurück.«

»Dann machen wir uns jetzt einen herrlichen Tag. Ich freu mich so, dass du da bist, ich hab dich schon sehr vermisst. Aber gut siehst du aus, jung und frisch, trotz der Streiterei.«

Ich musste lachen: »Mich bringt so schnell nichts um.«

»Das hast du von mir geerbt«, sagte meine Mutter und hängte sich bei mir ein, »wir sind nämlich von drüben beschützt. Weißt du was? Wir nehmen keine Straßenbahn, wir leisten uns ein Taxi, dann sind wir gleich daheim.«

Trotz der Unsicherheit – würde Cliff sich melden oder nicht – wurde es ein glücklicher Tag.

Auf der Universität ging alles glatt.

Mein Professor schenkte mir zwanzig Minuten seiner kostbaren Zeit, obwohl zehn andere Studenten vor dem Sprechzimmer warteten. Er schrieb die Bestätigung, die ich für den Leseausweis brauchte, unterzeichnete das Formular, hörte sich an, welche Romane ich bisher durchgearbeitet hatte und empfahl mir dann, die Detektivarbeit nach den vergessenen Autorinnen zu beginnen. Vor Semesterschluss, Ende Juni, sollte ich dann wiederkommen und berichten.

Hochzufrieden traf ich dann meine Mutter in der Koralle und nach dem Essen kosteten wir die berühmte Fächertorte, die beste von ganz Wien: Mürbteig, eine Lage Apfel, darüber Nuss, darüber Mohn, und eine köstliche Melange. Es schmeckte himmlisch!

Dann setzten wir unsere Kapuzen auf, denn große Schneeflocken fielen vom Himmel, und spazierten eingehängt zum Christkindlmarkt im Rathauspark.

Dort glitzerte und funkelte und schimmerte es wie im Paradies. Bunte Lampions verzierten die Bäume, es gab den schönsten Christbaumschmuck, Krippen, Jesuskinder, Gold- und Silbersterne, es war eine Reise zurück in die Kindheit und gut gelaunt brachte ich meine Mutter dann zur Badner Bahn.

»Mach dir nicht zu viele Sorgen«, meinte sie zum Abschied und gab mir einen herzhaften Kuss, »der lässt dich nicht los. Du wirst noch ihn verlassen. Wirst schon sehen!«

Dann stieg sie ein, ich winkte ihr noch nach, dann fuhr ich mit der Straßenbahn nach Hause und wartete neben dem Telefon.

Ich wartete und wartete, legte Kohlen nach, streckte mich aus auf meinem roten Sofa, draußen schneite es immer dichter, doch kein Anruf kam aus Paris.

Es kam auch keiner am nächsten Tag.

Und am übernächsten Tag.

Und am Tag danach.

Und ich rief auch nicht an. Diesmal war alles anders.

Ich weinte nicht, ich wurde ganz ruhig. So kann er seine Frau behandeln, dachte ich, mich aber nicht! Ich lasse mir nichts mehr gefallen, keine Träne weine ich ihm nach.

Am fünften Tag ohne Nachricht schrieb ich einen Brief: *Hallo, Clifford! Ich nehme an, dass du mich nicht mehr liebst und dich für Grace entschieden hast. Schick mir bitte meine Sachen und mach dir keine Sorgen um mich. Ich liebe dich auch nicht mehr! Thanks for a lot of unhappiness, Kitty.*

Ich schickte ihn per Express in die Rue du Boccador, dann war ich wie befreit.

Ich rief meine Mutter an und sagte, dass ich mit Cliff

Schluss gemacht hatte. Ich fuhr zu Rita ins Büro und erzählte ihr alles brühwarm.

Ich rief Wolf an in Köln, der sich wahnsinnig freute, und lud ihn zu Silvester ein.

Ich fuhr zur Universität, traf Karl in der Mensa und ließ mir gratulieren, dass ich endlich die richtige Entscheidung getroffen hätte.

»Lang hats gedauert«, meinte er und nahm meine Hand, »aber du hast immer noch deine hübschen Grübchen, wenn du lachst. Kaputt gemacht hat er dich nicht.«

Später fuhren wir zu Sabine, in die Galerie in der Blutgasse, bewunderten die neuen Bilder, verbrachten einen langen Abend zu dritt, sprachen über die Lügen verheirateter Männer, tranken den Rotwein, den Sabine immer auf Vorrat hatte. Ich vermisste Cliff keine Sekunde und bis zum Wochenende blieb das so.

Ich war unbeschwert, lachte, las die Bücher, die ich in Wien gelassen hatte, verbrachte einen erholsamen Sonntag bei meiner Mutter und dachte: Die Hürde ist überwunden! Cliff war eine hochinteressante Erfahrung, ein Ausflug in die internationale Glitzerwelt, ein wildes Strohfeuer, aber jetzt ist es vorbei.

Als ich am Montag zurück in die Porzellangasse kam, lag im Postfach ein blaues Aerogramm. Aus Paris. Von Cliff. Es enthielt nur einen Satz in Großbuchstaben, dreimal unterstrichen: BITTE GIB NICHT AUF!

Am nächsten Tag wartete ein großes, braunes Kuvert auf mich mit einer Karte, die den Eiffelturm zeigte, und dem Brief, den ich ihm geschickt hatte.

Er war offen und darunter stand mit zittriger Schrift: »Das hast du nicht ernst gemeint!« Auf der Karte, hingekritzelt, kaum leserlich: »Ich muss mit dir reden. Es ist lebenswichtig! Ich ruf dich an.«

Anrufen?, dachte ich. Wirklich nicht!

Ich kaufte eine Postkarte mit dem Riesenrad und schrieb zurück: »Nicht nötig. Schick mir bitte meine Sachen.«

Und sicherheitshalber hob ich nachts nicht mehr ab, wenn das Telefon klingelte.

Ein paar Tage später klopfte der Paketdienst an meiner Tür. Ich bekam aber keine große Sendung mit meinen Kleidern, wie ich erwartet hatte, man überreichte mir nur ein kleines Päckchen mit drei Büchern und einen Brief.

Und dieser Brief machte alles zunichte, meine innere Ruhe war dahin.

Liebe Kitty, las ich entsetzt, *am Abend, als du weggefahren bist, war ich mit Scott oben am Pigalle. Ich kann mich nicht mehr an alles erinnern, aber ich habe mit zwei Bardamen Cognac getrunken und sie mitgenommen nach Hause. Sie haben einen Freund mitgebracht. Sie wollten mich erschlagen und berauben. Sie haben die Telefondrähte aus der Wand gerissen und deine Perlen gestohlen. Madame Amélie hat die Polizei gerufen und mich gerettet. Ich war drei Tage im Spital, Platzwunden am Kopf, Augen zugeschwollen, ich muss dringend mit dir sprechen. Bitte, hebe ab! Dein unglücklicher Cliff.*

Ich ließ das Blatt sinken und schwarzer Hass stieg in

mir auf. Ich hatte ihm vertraut und alles zurückgelassen, meinen Schmuck, meine Bücher, und er hatte sich trotz aller Versprechungen wieder betrunken, oben am Pigalle, und diese Verbrecher in unsere erste eigene geheiligte Wohnung mitgeschleppt!

Und sich in unserem Bett mit ihnen vergnügt – meine Kette lag nämlich immer auf dem Nachttisch!

Und als er zu betrunken war, um sich zu wehren, hatten sie ihn niedergeschlagen und meine Perlen gestohlen.

Meine Perlen! Das ging mir nicht aus dem Kopf!

Meine schönen Perlen. Mein Onkel hatte sie mir zu Beginn meines Studiums geschenkt. Sie waren der einzige wertvolle Schmuck, den ich besaß. Nein, ich hatte kein Mitleid mit Cliff. Und in dem Moment klingelte das Telefon. Wie in Trance griff ich danach. Es war Cliff.

»Kitty! Endlich! Hörst du mich?«, seine Stimme war ebenso zittrig wie seine Schrift.

»Ja«, sagte ich kühl, »wo bist du jetzt?«

»Zu Hause.«

»Bei Grace?«

»Ja.«

Ich hatte große Lust, aufzulegen, aber irgendetwas hinderte mich daran.

»Ich kann jetzt nicht allein sein. Irgendjemand muss sich um mich kümmern. Ich kann nicht allein in einer verwüsteten Wohnung bleiben.«

»Sie haben die Wohnung verwüstet?«, stammelte ich, »und Madame Amélie?«

»Hat uns sofort gekündigt. Ich bezahle natürlich den Schaden. Bis Silvester habe ich noch die Schlüssel. Wann kommst du zurück?«

»Nie wieder«, sagte ich und legte auf.

Ich genierte mich zu Tode. Was würde unsere arme Vermieterin jetzt von uns denken? Sie hatte uns die schöne Wohnung anvertraut, ihre eigenen, kostbaren Möbel, und was passiert mit meiner Palme? Dem Margeritenbaum? Dem Efeu im Schlafzimmer?

Cliff war nicht mehr zu retten. Mit diesem Mann will ich nichts mehr zu tun haben!

Automatisch rief ich meine Mutter an: »Mutti, etwas Schreckliches ist passiert.«

»Erzähle«, sagte sie, und als ich fertig war, meinte sie ganz ruhig, »er hat sich gerächt, weil du ihn allein gelassen hast. Er hat dich bestraft.«

»Die Strafe war zu hart. Sowas tut kein normaler Mann.«

»Er ist ein Spieler. Er hat hoch gepokert. Er hat dir gezeigt, was passieren kann, wenn du das nächste Mal gegen seinen Willen nach Wien fährst.«

»Es gibt kein nächstes Mal.«

»Weißt du, nach dem, was du erzählst, dürfte er heimlich ziemlich viel trinken und dann wird er ein anderer Mann. Er weiß nicht mehr, was er tut. Das ist tragisch, Kitty. Ein Säufer klammert sich an dich und reißt dich mit hinunter und du wirst krank vom ewigen Aufpassen und Warten. Man wird hysterisch und es wird nicht besser.«

»Ich warte nur noch auf meine Sachen. Dann will ich

ihn nie mehr wiedersehen, nie mehr an ihn denken, dann ist es aus und vorbei.«

Aber Clifford ließ sich nicht verdrängen.

Kaum hatte ich ihn aus meinen Gedanken verbannt, kamen wieder Bücher aus Paris. Oder ein Paar Schuhe oder ein Kleid. Ständig läutete der Paketdienst bei mir und kam kein Paket, lag ein Brief unten im Fach, oder eine Postkarte, und es kamen ständig Telegramme, manchmal drei am Tag.

Er rief auch ununterbrochen an, ich wagte bald nicht mehr abzuheben. Man konnte nämlich inzwischen direkt wählen, ohne Fernamt, das heißt, man konnte keinen Anruf mehr verweigern.

Einmal aber, spät in der Nacht, nahm ich im Halbschlaf den Hörer ab. Es war Cliff: »Kitty, du musst zurückkommen zu mir. Ich bitte dich auf Knien um Verzeihung. Ich kann nicht mehr essen, nicht mehr schlafen, nicht mehr denken, ich kann kaum noch schreiben, ich bin halbtot ohne dich! Ich nehme eine andere Wohnung, eine größere, schönere, du kriegst neue Perlen, du kannst sie dir aussuchen beim besten Juwelier von Paris. Kitty, ich muss morgen nach Kopenhagen. Ich fliege über Wien. Ich bin morgen Abend bei dir.«

»Da hab ich keine Zeit.«

»Was heißt, du hast keine Zeit?«

»Du kannst schon kommen, aber nicht zu mir.«

»Das versteh ich nicht.«

»Wenn du unbedingt willst, können wir zusammen einen Kaffee trinken, aber nicht bei mir. Ich verbringe sicher nicht die Nacht mit dir. Ich schlafe nicht mit dir.«

»Oh Darling, please, please! Don't you miss me? I miss you so much! Don't you want to make love to me?«

Er begann wieder zu weinen. Es rührte mich nicht.

»Clifford, wenn du willst, dass ich irgendwann einmal wieder normal mit dir rede, dann bitte, lass mich in Ruh! Schick mir meine Sachen, aber bitte keine Briefe, keine Telegramme ...«

»Es sind noch drei Briefe unterwegs.«

»Danke. Ich lese sie sicher nicht.«

»Feiert ihr wieder Weihnachten auf der Burg!«

»Nein. Bei meiner Mutter. Mein Onkel kommt zu uns.«

»Hast du Zeit für mich zu Silvester?«

»Nein. Da kommt Besuch.«

»Aus Köln?«

»Genau!«

»Das habe ich gewusst!«, Clifford begann zu schreien. »Dieser Wolf aus Köln, ich habe immer geahnt, dass hinter meinem Rücken etwas läuft ...«

»Gar nichts läuft. Wir haben uns seit damals nicht mehr gesehen. Ab und zu hat er mir eine Karte geschrieben, aus Avignon, sonst nichts.«

»Du hast geschworen, du verbringst Silvester immer mit mir.«

»Da hast du auch noch nicht zwei Huren in unser Bett geschleppt!«

»Das hab ich nicht!«

»Das hast du mir geschrieben.«

»Aber nicht ins Bett, Kitty, nicht ins Bett! Ich hab sie nicht angerührt. Ich kann nicht mehr mit anderen

Frauen. Ich bin impotent außer mit dir. I love you, Darling. Ich bin morgen in Wien. Sehen wir uns?«

»Nein!«

»Don't you want to make love to me?«

»Nur über meine Leiche«, sagte ich und legte auf.

Von da an war Ruhe.

Clifford meldete sich nicht mehr.

Ich verbrannte die drei Briefe und seine Haare gleich dazu, die geheiligten, grauen Haare aus dem hübschen Marmeladenglas vom Principe di Savoia in Mailand, die vom Glücksamulett übrig geblieben waren.

Das Foto aus Budapest versteckte ich in der untersten Schreibtischlade und dann wartete ich darauf, dass es mir besser ging.

Das war aber nicht der Fall.

So sehr ich mich auch bemühte, ich hatte immer Cliffords Stimme im Ohr.

Und diese Stimme hatte mich von Anfang an betört. Sie war tief und männlich, voll Kraft. Eine starke, eindringliche, erotische Stimme, oft sagte er nur ein Wort und mir zitterten die Knie. Ich muss mich ablenken, aber wie?

An der Universität hatten die Ferien begonnen. Ich packte die wichtigsten Bücher ein, schloss meine Wohnung ab und fuhr zu meiner Mutter in ihr gemütliches Haus in Baden bei Wien.

Weihnachten stand vor der Tür, es gab viel zu tun, ich wollte ihr helfen und gemeinsam wuschen und bügelten wir Tischtücher und Servietten, polierten das Silber, überzogen die Betten, sortierten den Christbaumschmuck, putzten die Zimmer, wir kamen kaum zum Atmen, aber besser ging es mir nicht.

Wir machten die herrlichsten Bäckereien, Christstollen, Eisenbahnerschnitten, Velour Chiffon, das ganze Haus duftete danach, doch ich konnte keinen Bissen kosten.

Ich führte ein Marzipanherz zum Mund und legte es auf den Teller zurück. Ich nahm einen Mandelbogen in die Hand und es würgte mich. Aß ich doch etwas, wurde mir schlecht.

Jeden Abend hatte ich Migräne, die Stirnhöhlen schmerzten, die Nase war verstopft, ich schlief schlecht und wachte todmüde auf. Meine Kehle war wie zugeschnürt, ich konnte nicht mehr lächeln, kaum sprechen, zum Lesen brauchte ich wieder die Brille, ich weinte nicht, doch ich war wie tot.

Ein Leben mit Clifford war nicht mehr möglich, aber ohne ihn schien alles öde, grau und leer. Ich hatte keinen Liebeskummer, ich war richtig liebeskrank. Ich freute mich auf nichts. Ich konnte nicht studieren, mir fehlte die Kraft und zum ersten Mal war es mir egal.

Alles war mir egal. Mein Studium, meine Zukunft, Leben oder Sterben. Es interessierte mich nicht mehr.

Meine Mutter rettete mich.

Sie ließ mich schlafen, solang ich wollte: »Bleib ruhig liegen, Kitty, schlaf dich gesund.« Sie kaufte eine neue Heizdecke für mein Bett, Rosenöl für das Badewasser. Sie brachte mir köstliche Schokolade, setzte sich zu mir, hörte mir stundenlang zu.

Eine Woche vor Weihnachten, wir hatten eben Lebkuchen gebacken, mit Nüssen und kandierten Früchten, läutete das Telefon. Meine Mutter nahm ab.

»Oh«, sagte sie, »yes. I'll ask her.«

Es war Cliff.

»Er ruft später wieder an«, sagte meine Mutter, »er bittet dich, dass du mit ihm sprichst.«

Ich schüttelte den Kopf: »Das tu ich sicher nicht. Sag ihm, ich will ihn nie wiedersehen.«

»Das tu ich nicht! Der ist im Stande und lässt sich blitzschnell scheiden und dann will er dich ganz.«

»Mutti, was heißt, er will mich ganz. Er ist doch gerade zu seiner Frau zurückgegangen.«

»Er klingt todunglücklich. Du hättest ihn hören sollen. Er klingt wie ein schwerkranker Mann. Offensichtlich hält er es nicht mehr aus zu Hause.«

Meine Mutter kostete den Lebkuchen: »Mhmm, Kitty, der ist wunderbar. Iss doch ein kleines Stück. Mir zuliebe. Du bist ja schon ganz dünn.«

»Mutti, ich kann nicht.«

»Auch nicht einen winzigen Bissen? Nein? Jetzt läutet das Telefon schon wieder. Gehst du hin?«

»Bitte, geh du.«

Das Telefon befand sich im Vorzimmer und ich hörte, wie meine Mutter sagte: »Nein, leider, sie kann noch nicht.«

Dann war langes Schweigen und am Schluss sagte sie: »Yes, alright! I will do that. I promise.«

»Was hast du ihm versprochen?«, fragte ich misstrauisch, als sie wiederkam.

»Ein Paket ist für dich unterwegs. Er hat Angst, du wirfst es weg. Er hat mich gebeten, ich soll es öffnen und dir den Brief vorlesen, der drinnen ist. Das hab ich ihm zugesagt.«

»Und was ist in dem Paket?«

»Keine Ahnung. Lassen wir uns überraschen. Vielleicht irgendetwas Schönes, was dich freut.«

»Mich freut nichts mehr«, sagte ich traurig, »schon gar nichts, was von Clifford kommt.«

Aber wieder einmal irrte ich mich.

KAPITEL XVIII

Drei Tage später kam ein kleines, kostbar verpacktes Päckchen für mich an.

Meine Mutter öffnete es und zog eine Kette heraus. Sündteurer Modeschmuck von Yves St. Laurent: Gerippte Perlen aus violettem Glas, falsches Gold, pompöse YSL-Schließe, lila Seidenschnüre mit Quasten, nie im Leben hätte ich so etwas gekauft.

Rosabella aus der Redaktion hatte das ausgesucht. Das war ihr Geschmack: angeberisch, madamig, protzig und falsch!

Meine Mutter zog die Brauen hoch und legte die Kette mit spitzen Fingern auf den Tisch.

»Also«, sagte sie und seufzte, »hör bitte zu, was er schreibt.«

Und sie las vor: *My Darling, Kitty! Eine kleine Aufmerksamkeit, bis du dir selbst eine neue, echte Perlenkette aussuchen kommst. Du bist böse auf mich, mit Recht. Aber wieder einmal ist es ein Missverständnis. Ich schwöre bei meinem Leben, ich habe nichts mit den zwei Frauen gehabt. Du bist mein Ein und Alles. Kitty, ich liebe nur dich. Ich kann gar nicht mehr mit anderen Frauen, mein Körper weigert sich.*

Grace und ich sind verfeindet! Wir sprechen nicht mehr mitsammen. Ich habe mir einen Anwalt genommen. Er heißt Doktor Kroft. Ich habe heute noch einen Termin bei ihm. Grace hat eine Anwältin. Sie heißt Madame Reeder. Nach den Feiertagen beginnt die Scheidung. Es wird ein Vermögen kosten, doch das bist du mir wert. Ich kann nicht mehr leben ohne dich.

Meine Kitty, sei nicht zu hart. Kein Mensch ist fehlerfrei. Man muss auch verzeihen können. Ich verspreche feierlich, dass ich dich von jetzt an nur noch glücklich machen werde.

Wenn du zurückkommst, nehme ich eine schöne, große Wohnung, mit einem Gästezimmer für deine Mutter. Sie ist mir jederzeit willkommen!

Du kriegst ein Auto und ein eigenes Konto, du kannst in Ruhe fertig studieren. Ich werde dir den kleinen Hund kaufen, der dir so gefallen hat im Tiergeschäft.

Wir werden in Konzerte gehen und in die Oper und weite Reisen machen. Wir werden ein schönes Leben haben und glücklich sein.

Wenn ich geschieden bin und du mich noch willst, können wir heiraten. Ich hätte gern eine kleine Tochter, die dir ähnlich sieht und Grübchen hat wie du.

Meine liebste Kitty, ich wünsche dir und deiner Familie frohe Weihnachten. Ich bin unglücklich und einsam.

Ich habe Gregory gestanden, dass ich mit seiner Mutter

nicht mehr leben kann. Es hat sehr wehgetan! Morgen fliegen wir alle zusammen zum letzten Mal Ski fahren nach St. Moritz.

Nach den Feiertagen melde ich mich bei dir. Happy new Year, Darling Kitty. Dein Cliff.

Meine Mutter legte den Brief neben die Kette und wartete.

»Glaubst du, das meint er ernst?«, fragte ich nach einer Weile.

»Klingt ehrlich. Ja.«

»Glaubst du wirklich, er hat die Frauen nicht angerührt?«

»Doch, das glaube ich schon. Erotisch ist er auf dich fixiert und er war nicht ausgehungert. Ihr wart ja noch zusammen, in der Nacht davor.«

»Ich gehe trotzdem nicht zu ihm zurück.«

»Musst du auch nicht. Aber es ist ein gutes Gefühl, dass du zurückgehen könntest.«

Meine Mutter reichte mir einen Teller mit Eisenbahnerschnitten und ohne eine Sekunde zu zögern, nahm ich ein Stück und aß es mit Genuss. Plötzlich war meine Nase frei und das Kopfweh weg.

»Na endlich«, meine Mutter stand erleichtert auf. Sie ging in die Küche und kam mit einer großen Kanne Pfefferminztee zurück, »endlich kriegst du wieder Appetit.«

Sie schenkte mir eine ganze blaue Tasse voll, dann aßen wir den Teller leer.

»Er will dir ein Auto kaufen?«

»Das werden wir erst sehen.«

»Und was ist das für ein Hund, der dir so gefallen hat?«

»Ein Wollknäuel, sooo süß. Eine Mischung aus Pudel und Spaniel. Aber eigentlich wundert mich das. Er mag nämlich keine Tiere. Bis auf seine Katze, die davongelaufen ist. Die hat er heiß geliebt.«

Das Telefon begann zu läuten.

»Das ist dein Onkel«, meine Mutter begann den Tisch abzuräumen, »nimmst du ab?«

Es war aber nicht mein Onkel, es war Cliff aus St. Moritz.

»Kitty, endlich!«, ich erkannte ihn kaum wieder. Seine Stimme war ganz heiser und voller Angst, »hast du das Päckchen gekriegt?«

»Ja.«

»Und die Kette?«

»Danke.«

»Gefällt sie dir?«

»Nein.«

»Rosabella hat sie ausgesucht. Hör zu, Kitty, warum kommst du nicht nach Weihnachten hierher? Ich bin im Palace Hotel, das wird dir gefallen. Ein prachtvolles Haus, es gibt alles, was du dir wünschst, ein Schwimmbad …«

»Und Gregory?«

»Ist abgereist. Zu Freunden nach Davos.«

»Und Grace?«

»Ist abgereist, nach London zu den Roßmanns. Kitty, wenn du Silvester mit diesem Wolf aus Köln verbringst, erschieße ich mich.«

Ich schwieg.

»Hörst du? Bist du noch da? Ich habe gesagt, ich erschieße mich, wenn du Silvester mit diesem Wolf …«

»Skifahren freut mich momentan nicht.«

»Brauchst du nicht. Wir gehen spazieren, im Schnee, wir machen Schlittenpartien, wir fahren mit der Seilbahn hinauf auf die Gipfel, von dort hast du die schönste Aussicht auf der Welt.«

»Warst du eigentlich in Kopenhagen? Und in Wien?«

»Nein. Ich bin in Paris geblieben. Kitty, ich will, dass du zu mir kommst und mit mir Silvester feierst, wie du in Mailand geschworen hast …«

»Ruf mich nach Weihnachten wieder an.«

»Ich ruf dich morgen an.«

»Nein. Ich bin noch nicht so weit. Ich hab mich noch nicht erholt, von dem Schock.«

»Übermorgen. Übermorgen sagst du mir, wann du kommst. Du gehörst zu mir. Du bist jetzt meine Frau. Ich lass mich für dich scheiden, verstehst du das nicht?«

Ich seufzte: »Ich bin schon froh, dass ich überhaupt mit dir reden kann.«

»Wieso?«

»Ich hab dich gehasst!«

»Und jetzt?«

»Ich weiß es nicht.«

»Ich hab dir zwei Briefe geschickt«, sagte Clifford eindringlich, »Kopien von Briefen an meinen Vater und meine Schwester. Ich hab ihnen alles geschrieben von dir und mir, dass wir seit zwei Jahren zusammen sind, dass ich Grace verlassen habe, dass ich mich scheiden lasse, das ist kein Spiel, Kitty, das ist ernst. Also: Für wann soll ich dein Ticket reservieren?«

»Ich weiß es nicht.«

»Mehr hast du mir nicht zu sagen?«

»Noch nicht«, murmelte ich und legte auf.

Aber kaum hatte ich aufgelegt, kam eine Flut von schönen Erinnerungen über mich: unser erstes Silvester im Principe di Savoia, Cliff in Ischia als Kissing Fish, der paradiesische Sommer auf Elba, die liebestrunkenen Tage in Paris im Mont Thabor, seine heißen Küsse, seine weichen Hände, seine schöne Haut, der Ausdruck in seinen Augen, wenn er mich in die Arme nahm. Den ganzen Tag konnte ich an nichts anderes mehr denken. Am Abend war es dann so weit: Cliff hatte mich wieder völlig in seinem Bann. Ich rief Wolfgang an in Köln und sagte unser gemeinsames Silvester ab!

Mein Onkel konnte es nicht glauben. Wir hatten schöne Weihnachten verbracht, ohne das Thema zu berühren, er hatte nichts gefragt, aber jetzt ging sein Zorn mit ihm durch: »Ich höre, du fliegst tatsächlich wieder zu diesem Säufer? Was muss denn noch alles passieren? Noch eine Katastrophe? Noch eine zertrümmerte Wohnung? Mit dem kannst du dir keine Zukunft aufbauen. Das wird in Blut und Tränen enden!«

»Musst du immer so maßlos übertreiben?«, rief meine Mutter.

»Übertreiben? Wer hat recht gehabt? Ich hab euch gleich gesagt, dass mit dem irgendetwas nicht stimmt. Du müsstest ihr den Mann verbieten, Louison!«

»Das kann ich nicht. Kitty ist erwachsen.«

»Aber sie kommt und kommt nicht zur Vernunft!«

Meine Mutter seufzte: »Das hat nichts mit Vernunft zu tun. Warst du nie verliebt? Sie braucht ihn noch. Sie kommt noch nicht los. Du hättest sie sehen sollen, sie war halbtot …«

»Sie sieht immer noch aus wie ein Gespenst. Man muss was tun. Tu was, ich bitte dich!«

»Leidenschaft vergeht«, sagte meine Mutter beruhigend, »nur Geduld. Das dauert nicht ewig. Wenn es so weit ist, löst sich alles von allein.«

Also flog ich am 30. Dezember in die Schweiz und traf Clifford in St. Moritz.

Das Palace Hotel, der Schnee, die Berge, die Sonne, die eleganten Wintergäste, die luxuriöse Suite, in die Cliff extra wegen mir gezogen war, das alles schien mir wie ein Traum.

Nur Cliff war echt. Aber er war mir fremd geworden. Und er erschien mir riesengroß! Er trug braune Cordhosen und einen grünen Pulli mit Rollkragen, der ihm wunderbar stand, er wirkte sportlich-elegant mit seinem dichten grauen Haar, er nahm mich in die Arme – doch ich fühlte nichts!

Ich stand steif wie ein Stock, ich konnte mich nicht rühren, ich konnte die Arme nicht um seinen Hals legen, ich war wie gelähmt!

»Oh Kitty, endlich, endlich«, er drückte meinen Kopf an seine Brust, »ich war sicher, ich seh dich nie wieder!«

Er zitterte vor Freude, ich hörte sein Herz klopfen, stürmisch und laut, ich fühlte seine Wärme, seine Kraft, doch ich begehrte ihn nicht.

Ich stand einfach nur da, ließ mich umarmen, dachte nichts, ließ alles geschehen.

Clifford nahm mein Gesicht in seine schönen Hände: »Was willst du tun, Kitty? Essen gehen?«

»Nein, kein Hunger.«

»Du bist ganz durchsichtig. Magst du nicht eine Kleinigkeit essen?«

Ich schüttelte den Kopf.

»Was willst du dann?«

»Schlafen. Ich bin todmüde. Aber geh du ruhig hinunter. Geh nur. Es stört mich nicht.«

»Ohne dich? Never ever!« Clifford hob mich hoch wie ein Kind und trug mich ins Schlafzimmer. »Ich war lang genug allein. Ich lass dich nie mehr aus den Augen. Ich geh mit dir schlafen. Oh Kitty, sweet Darling. I love you so much!«

»Aber nur schlafen«, sagte ich verzagt.

»Ja, ja. Nur schlafen. Und halten!« Und er hielt mich fest die ganze Nacht.

Ich schlief wie ohnmächtig in seinen starken Armen. Ich träumte nichts und schlief auch noch den halben nächsten Tag.

Als ich endlich erwachte und die Augen öffnete, war mir Clifford nicht mehr fremd!

Vorsichtig kamen wir uns näher. Ein scheuer Kuss, ein zweiter, ein dritter, eine heiße Umarmung, wir begannen uns zu streicheln und hörten nicht mehr auf. Wir verbrachten die Silvesternacht im Bett und den ganzen Neujahrstag dazu.

Es wurde ein wilder Rausch des Sichwiederfindens,

zwei Körper in totaler Harmonie. Es ging nicht um multiple Orgasmen, verrückte Positionen, wir wollten uns nur halten, drücken, küssen, fühlen, jeder Kunstgriff war zu viel.

Wir verstanden uns immer noch ohne Worte, er wusste immer, wie weit ich war, nie ließ er mich hängen vor dem Höhepunkt, er konnte, solange ich wollte, wann ich wollte, wie oft ich wollte, und war nachher zärtlicher als zuvor!

Dann lagen wir eng umschlungen in unserem Luxusbett, in totaler Euphorie, wie zwei Magnete fest aneinandergepresst, untrennbar in alle Ewigkeit! Es war dasselbe Verstehen, derselbe himmlische Gleichklang wie beim ersten Mal. Wie war das möglich, nach all dem Schrecklichen, das geschehen war?

Wir verschliefen die ganzen fünf Tage in St. Moritz. Wir fuhren nicht mit dem Pferdeschlitten, machten keine Spaziergänge im Schnee, gingen nicht essen ins Restaurant, wir wollten nur in Ruhe beisammen sein.

Cliff bestellte Roomservice, trank nur Wasser, rauchte keine einzige Zigarette, und wenn wir gegessen hatten, setzten wir uns vor eines der großen Fenster und sahen händchenhaltend hinaus in den Schnee.

»Ich muss dich etwas fragen«, sagte ich am letzten Tag, als es draußen bereits zu dunkeln begann.

»Frag, was du willst, Darling. Ich habe keine Geheimnisse mehr vor dir.«

»Hast du dich immer vor leeren Wohnungen gefürchtet?«

»Nein«, Clifford ließ meine Hand los und setzte sich auf, »erst seit Korea.«

»Korea?«, fragte ich ungläubig, »du lieber Gott. Du warst im Krieg in Korea?«

Clifford nickte.

»Und das sagst du mir nicht?«

Clifford schüttelte den Kopf.

»Warum nicht?«

»Weil ich das endlich vergessen will. Das war zu schrecklich. Keiner kann sich das vorstellen, der das nicht durchgemacht hat. Du hast kaputte Nerven für den Rest deines Lebens. Du bist nicht mehr der, der du vorher warst.«

»Aber du warst doch Student in Harvard. Du hast doch die Uni abgeschlossen.«

»Nicht nur das«, unterbrach mich Cliff, »ich hatte ein Stipendium bekommen, als Einziger, an die Sorbonne nach Paris, das war mein Traum! Und drei Wochen vor der Abreise kommt der Brief: Einberufung nach Korea an die Front.«

»Seither hast du vor leeren Wohnungen Angst?«

»Nein, zuerst einmal bin ich süchtig geworden, nach Alkohol und Nikotin.«

»Wieso?«

»Man hat im Lager tonnenweise Zigaretten verteilt und Whisky, natürlich umsonst. Wir haben geraucht wie die Schlote. Du weißt nicht, wie das ist im Krieg. Du hast keine Ahnung, ob du am nächsten Tag noch lebst. Du nimmst, was du kriegst, Zigaretten, Whisky, und vor der Night Patrol kriegst du ein Freudenmädchen, das schlüpft zu dir in den Schlafsack. Auch umsonst, wenn du willst.«

»Was?«

»Ja. In Asien ist das keine Schande, wenn eine Frau ihren Körper verkauft, damit die Familie was zu essen hat.«

»Was bitte ist Night Patrol?«

»Die Hölle, Kitty, die Hölle! Man schleicht im Gänsemarsch durch den Dschungel in stockdunkler Nacht und kontrolliert die Grenze, die man am Vortag erobert hat. Und du weißt genau, der Feind tut das auch.«

»Entsetzlich!«

»Wenn man aufeinandertrifft, ist der, der als Erster geht, sofort tot!«

»Wer geht denn als Erster?«

»Wenn sich keiner freiwillig meldet, wird gelost.«

»Wer wird sich denn freiwillig melden?«

»Ich hab mich gemeldet. Du kriegst nämlich Punkte und wenn du genug Punkte hast, gibts eine Woche Fronturlaub auf Hawaii.«

»Warst du auf Hawaii?«

»Nein, dazu hats nie gereicht.«

»Gott sei Dank lebst du noch.«

Clifford nickte: »Glück gehabt. Trotzdem hat sich Furchtbares abgespielt. Weißt du, es trifft nicht immer den Ersten. Einmal bin ich zurückgekommen und habe nicht bemerkt, dass bis auf zwei alle Kameraden hinter mir umgebracht worden sind. Lautlos! Ich hab nichts gehört. Darunter war mein bester Freund. Ich hab mich dann sinnlos betrunken, ich war den ganzen

Tag im Koma und als ich aufgewacht bin, waren meine Haare grau.«

»Das war der Schock, von dem du mir erzählt hast.«

»Ja«, Clifford biss sich auf die Lippen, »wechseln wir das Thema?«

»Nur noch eine Frage: Was ist dann passiert?«

»Man hat mich versetzt. Weg von der Front. Ich war der Einzige mit einem fertigen Studium. Ich hab dann die Armeezeitung herausgebracht.«

»Jetzt verstehe ich, warum du dich immer so schreckst, wenn jemand hinter dir steht, den du vorher nicht bemerkt hast. Das kommt von Night Patrol.«

»Genau. Ich habe Alpträume gehabt, jahrelang. Ich bin schreiend aufgewacht in der Nacht. Deshalb muss ich mich ab und zu sinnlos betrinken, in einer Bar in Pigalle, und irgendwen verprügeln, und wenn es nur ein Zuhälter ist … das heißt, jetzt nicht mehr. Jetzt hab ich dich. Du hast mir das Rauchen abgewöhnt und das Trinken. Aber eine leere Wohnung macht mir immer noch Angst.«

»Du hättest mir das alles viel früher erzählen müssen.«

»Dann wärst du nicht nach Wien gefahren?«

»Dann wäre ich geflogen und am Abend zurückgekommen. Sag: Wie waren die Freudenmädchen im Schlafsack?«

»Was?«

»Die Freudenmädchen. Waren sie hübsch?«

»Manche schon, alle nicht. Aber mach dir keine Sorgen, ich hab das abgelehnt. Meine Mutter hat mir beim

Abschied einen langen Vortrag gehalten über Syphilis und außerdem haben mir die Mädchen leid getan. Die waren nicht alle freiwillig bei uns.«

»Man hat sie gezwungen?«

»Man hat sie gut bezahlt und die Eltern auch. Aber mir war das alles widerlich. Grace war meine erste Frau. Das hab ich dir schon erzählt.«

»Ja, das hast du.«

Ich schmiegte mich an Cliff und er streichelte mein Haar.

Das Problem war gelöst. Der Krieg in Korea war schuld und hätte ich davon gewusst, ich hätte die Tragödie vor Weihnachten verhindern können.

Also wieder ein Missverständnis. Doch das kommt nie wieder vor.

»Was hättest du getan, wenn ich nicht zu dir zurückgekommen wäre?«, fragte ich nach einer Weile.

»Ich hätte mich erschossen«, sagte Cliff, ohne eine Sekunde zu zögern.

»Clifford! Hör auf! Über so etwas macht man keine Witze.«

»Das ist kein Witz.«

»Hast du eine Pistole?«

»Ja, meine Militärpistole.«

»Das ist aber verboten.«

»Offiziell hat man sie mir gestohlen.«

»Cliff, ich bitte dich. Wo hast du sie? In der Wohnung?«

»Gut versteckt. Und noch was, Kitty: Lass dir nie einreden, der Krieg ist der Vater aller Dinge. Der Krieg ist der Vater aller Brutalität. Je mehr Kriege, umso mehr gestörte Menschen gibt es. Nach jedem Krieg wird die Welt brutaler. Aber als Zeitungsmann beschwere ich mich nicht. Das gibt Riesenauflagen und bringt viel Geld.«

Als wir am nächsten Tag nach Paris zurückflogen, war ich geheilt.

Ich konnte essen, lachen, sprechen, ich konnte wieder ohne Brille lesen, ich konnte mich wieder auf meine Bücher konzentrieren, ich war frohen Mutes und voll Kraft.

Und die brauchte ich für das neue Jahr. Für 1974.

Das dritte Jahr mit Cliff.

In dem wieder einmal alles anders werden sollte!

KAPITEL XIX

Wenn auch nur das Geringste passiert«, hatte meine Mutter zum Abschied gesagt, »kommst du sofort heim! Und falls er dich nicht gehen lässt, kommen dein Onkel und ich nach Paris und holen dich. Du darfst nichts mehr riskieren, meine Kitty. Wenn er wieder trinkt, rufst du sofort an!«

Doch von Trinken konnte keine Rede sein. Cliff hatte solche Angst, mich zu verlieren, er las mir jeden Wunsch von den Augen ab. Und vom ersten Tag an hatten wir Glück.

Ich brauchte keine Wohnung zu suchen. Ein Journalist von ABC News ging nach Amerika zurück und wir übernahmen sein Apartment in der Rue Boulard.

Und wo ist die Rue Boulard? Gleich ums Eck von der Rue Mouton Duvernet, wo wir nackt gebadet hatten. So schließt sich der Kreis!

Die Wohnung lag im zweiten Stock eines schönen, alten Hauses, war freundlich, ruhig, sonnig und doppelt so groß wie unsere erste Wohnung in Paris.

»Das ist ein richtiges Zuhause«, meinte Cliff und ging von einem Zimmer ins andere, »hier kann man leben, hier werde ich meinen Gold-Thriller schreiben, hier kann man glücklich sein.«

»Gregory kann übers Wochenende kommen.«

»Deine Mutter kann uns besuchen. Sie kann bleiben, so lang sie will, wir haben genug Platz.«

Die Wohnung war in der Tat perfekt.

Es gab einen großen Salon, ein großes Schlafzimmer, eine weiße Küche, zwei Bäder, ein Gästezimmer, ein Arbeitszimmer, offene Kamine, große Spiegel, Glastüren, Stuck und rundherum einen Balkon, auf den ich Rosen und Lorbeerbäume stellen sollte.

»Du kriegst das Arbeitszimmer«, sagte Cliff, »du kannst deine Notizen ausbreiten, deine Bücher, deine Skripten, das ist das Zimmer für die Dissertation.«

»Und wo schreibst du?«

»Auf dem englischen Tisch im Salon. Ich brauche weniger Platz als du. Und wenn Besuch kommt, räume ich alles weg.«

Mein Arbeitszimmer ging nach hinten, in den großen Garten der Villa Boulard. Und von meinem Schreibtisch aus sah ich direkt in das Atelier einer japanischen Malerin. Es hatte ein riesiges Fenster und davor, auf dem breiten Fensterbrett, lagen eine schwarze und eine weiße Decke. Auf der weißen thronte eine rote Perserkatze und auf der schwarzen eine weiße. Sie lagen ganz still und genossen die Sonne.

»Cliff, komm schnell! Das musst du sehen!«, rief ich entzückt.

»Schöne Tiere«, sagte Cliff, »schönes Fell. Die werden jeden Tag gebürstet, das sieht man gleich. Denen gehts gut.« Dann wandte er sich ab und seufzte. Offensichtlich dachte er an Pussy. Sie war nie wieder aufgetaucht.

Vom ersten Tag an fühlten wir uns zu Hause in der Rue Boulard. Wir holten Cliffords Kleider aus Neuilly, sein Klavier, seine Noten, seine Schuhe, seine wichtigsten Bücher und aus der Aufbewahrung holten wir die Möbel, die Grace nicht in die Wohnung gebracht hatte.

»Ich kann zwar nicht mehr zu Fuß in die Redaktion gehen«, meinte Cliff, »aber Jean wird mich fahren. Und wenn du willst, nimmt er dich mit in die Bibliothek. Ich hätte lieber näher gewohnt, aber die Gegend hier ist zu schön. Die vielen Geschäfte und der Straßenmarkt in der Rue Daguerre ...«

»Und die vielen Cafés. Und unser Bad. Erinnerst du dich noch? Wir können jeden Tag schwimmen gehen.«

»Das werden wir«, sagte Cliff, »wir tun alles, was du willst!«

Clifford hielt die Versprechungen, die er mir in seinem Weihnachtsbrief gemacht hatte.

Er reichte die Scheidung ein und wollte mir sogar einen Hund kaufen. Doch der kleine wollige, in den ich mich verliebt hatte, war längst weg und kein anderer reizte mich.

Ich wollte auch keine Perlen mehr. Mein Onkel hatte mir eine neue Kette versprochen: »Wenn du das Studium schaffst, kriegst du sie zur Promotion.«

Das genügte mir. Ich konnte warten. Ich wollte keine Perlen mehr in Paris.

Mit dem eigenen Bankkonto ließ sich Clifford Zeit. Und ich drängte ihn nicht. Er gab mir jede Woche Wirtschaftsgeld, mehr als ich brauchte, doch zu einem Auto sagte ich nicht nein. Und wieder hatten wir Glück.

Der Journalist, der uns die Wohnung überließ, verkaufte uns auch seinen Wagen. Einen kleinen, schnittigen Lancia Coupé, außen grau mit Silberglanz, innen helles Leder. Er war wunderbar zu fahren, leicht zu parken und viel praktischer in der Stadt als der schwere Bentley, den Grace bekomme hatte.

Die ersten drei Monate in der Rue Boulard liebten wir uns halbtot. In unserem Schlafzimmer stand ein verlockendes Doppelbett, Kopf- und Fußende aus weißem Holz, bespannt mit dicker, glänzender gelber Seide, und in diesem Bett schwor mir Clifford ewige Liebe und Treue. Er rauchte nicht, trank keinen Tropfen, sah nur mich und ich nur ihn, wir konnten die Finger nicht voneinander lassen, doch das Glück dauerte nicht ewig. Ende April war es vorbei.

Unser Tagesablauf war anders als in der Rue Lord Byron. Wir standen gemeinsam auf, denn Jean holte uns mit dem Wagen ab, brachte Cliff in die Redaktion und mich in die Bibliothek. Dort arbeitete ich bis sechs, fuhr mit dem Bus heim, kaufte ein in der Rue Daguerre, spazierte glücklich durch den Straßenmarkt nach Hause, kochte Essen und wartete auf Cliff.

War er mit seinen Artikeln fertig, rief man an aus der Redaktion: »Hallo, Miss Valentine, this is ABC News. Mister Thatcher is on his way.«

Genauso war es am letzten Freitag im April.

Sandy hatte eben Clifford angekündigt. Ich machte das Essen fertig, deckte den Tisch, faltete die Servietten, polierte die Gläser und goss die Marinade auf den Salat. Dann wartete ich, aber keiner kam.

Es wurde neun, es wurde zehn, kein Cliff!

Um elf hatte ich bereits alle Zustände: Magen verkrampft, Nase verstopft, Stechen in der linken Schläfe, Zittern in den Knien.

Wenn das jetzt wieder losgeht wie vor Weihnachten, dachte ich, ertrage ich es nicht. Ist er bei Rosabella? Ist er mit Scott oben am Pigalle?

Ich griff zum Hörer und rief Vicky an.

Sie war vor drei Wochen zu Scott zurückgekehrt, samt Nähmaschine, doch sie arbeitete weiter als Sekretärin bei der Los Angeles Times. Sie war nicht mehr abhängig, sie konnte jederzeit weg.

»Vicky, Cliff ist nicht heimgekommen. Ist er mit Scott unterwegs?«

»Hallo, Kitty. Scott ist verkühlt und liegt im Bett.«

»Oh, Verzeihung. Hoffentlich habe ich ihn nicht geweckt?«

»Nein, er ist noch wach. Warte. Ich frage, ob er irgendetwas weiß.«

»Ja bitte, tu das. Ich bin schon ganz nervös.«

»Kenne ich«, sagte Vicky, »bin gleich wieder da.«

»Also, pass auf«, teilte sie mir mit, als sie zurückkam, »es gibt ein Essen für die internationale Presse bei Le Nôtre. Vielleicht ist er dort?«

»Warum hat er mir das nicht gesagt?«

»Keine Ahnung. Willst du zu uns kommen, wenn du nicht allein sein magst?«

»Lieb von dir, aber ich warte lieber hier.«

»Halt mich auf dem Laufenden, okay? Und lass dir nichts gefallen.«

»Mach ich. Gute Nacht. Und baldige Besserung für Scott.«

Ich nahm ein warmes Bad zur Beruhigung, dann ging ich zu Bett. Konnte aber nicht schlafen. Angestrengt horchte ich auf das kleinste Geräusch aus dem Treppenhaus. Aber stundenlang rührte sich nichts.

Endlich, um fünf Uhr früh hörte ich schwere, unsichere Tritte, die immer näher kamen.

Das war Cliff.

Ich sprang aus dem Bett, lief zur Tür und schloss auf.

»Wie … sooo … bist du noch … wa … a … ach?«, lallte Cliff. Er stank nach Cognac, schwankte bedrohlich, schob mich wortlos zur Seite und tastete sich an der Wand entlang zur Küche.

Kein Kuss, keine Erklärung, kein »es tut mir leid, Darling«, nichts.

In der Küche riss er den Eisschrank auf, trank gierig eine Flasche Mineralwasser leer.

»Warst du bei Le Nôtre?«, fragte ich, als er fertig war.

»Le Nôtre? Wovon redest du?«, er wandte sich um und sah mich böse an, »ich war bei Grace in Neuilly.«

»Du warst bei Grace? Bis jetzt?«, rief ich entsetzt. Clifford begann zu schreien: »Ich habe sie drei Monate nicht gesehen! Drei Monate! Man wird wohl noch seine eigene Frau treffen dürfen. Du kannst mich in keine Zwangsjacke stecken. Ich bin ein freier Mann!«

»Aber Cliff …«

»Kein Wort!«, schrie er weiter, »ich will nicht darüber reden.«

»Schrei nicht so. Du weckst das ganze Haus auf.«

»Ich schreie, so laut ich will«, tobte Cliff, »ich wohne hier. Ich zahle die Miete!« Und er riss sich die Kleider vom Leib, verstreute sie in der Küche, stolperte über seine Schuhe, stürzte zu Boden und kroch auf allen vieren ins Bett.

»Jetzt wird geschlafen«, lallte er und löschte das Licht. Ich stand bewegungslos im Dunkeln, wie vor den Kopf geschlagen. Und als ich mich endlich zusammenriss und auf Zehenspitzen ins Schlafzimmer schlich, schlief er bereits tief und fest.

Von da an herrschte Eiszeit in der schönen Wohnung in der Rue Boulard. Es war schrecklich.

Cliff kam nur noch schlechtgelaunt nach Haus, mit grauem Gesicht, saß dumpf brütend beim Essen, antwortete auf keine Fragen und sagte immer wieder denselben Satz: »Ich weiß nicht, ob ich das Richtige tue. I don't know, if I am doing the right thing.«

Plötzlich machte ich alles falsch.

Ich kochte »zu europäisch«. Ich kleidete mich »zu pariserisch«. Ich dachte nur an mein Studium und nicht an ihn: »Du hörst mir nicht zu. Amerikanische Frauen gehen viel mehr auf ihre Männer ein.«

Ich vergönnte ihm kein Vergnügen mehr oben am Pigalle. Ich verbrauchte zu viel Wirtschaftsgeld. Ich trank nicht genug Wasser. Ich trank nicht genug Wein. Ich vergönnte ihm keine Zigaretten. Ich war schuld, wenn er zu lang im Bett blieb.

»I can't stay in bed all day«, schrie er nach einem zärtlichen Sonntagmorgen, als ich schon gedacht hatte, jetzt ist alles wieder gut, »I have a job to do. Ich muss in die Redaktion!«

»Heute ist Sonntag«, wagte ich zu sagen.

»Bei uns gibt es keinen Sonntag!« Und er stürzte ins Bad, zog sich blitzschnell an, stürmte aus der Wohnung und knallte die Tür hinter sich zu.

Es wurde aber noch viel schlimmer.

Ein paar Tage später wachte ich auf und Cliff war weg. Und seine Waschsachen und sein Rasierapparat.

Er hatte auch vier Hemden mitgenommen und Unterwäsche. Großer Gott! War er zu Grace zurückgegangen?

Ich sah auf die Uhr. Es war elf. Er musste ziemlich früh verschwunden sein, denn ich hatte ihn nicht gehört.

Ich hatte auch Jean nicht gehört, der normalerweise Punkt halb zehn unten hupte. Hatte er ihn früher abgeholt? Oder überhaupt nicht?

Ich lief in den Salon zum Telefon und rief in der Redaktion an. Rosabella war am Apparat: »Hallo, Kitty. Cliff musste dringend nach Zürich. Er kommt am Wochenende zurück.«

»Was tut er in Zürich?«

»Wichtige Story. Darf ich nicht sagen. Aber gut, dass du anrufst: Ich soll dir ausrichten, ihr kriegt nächste Woche Besuch.«

»Wir kriegen Besuch? Vom wem?«

»Sein Vater kommt aus Amerika. Ihr habt aber nicht genug Handtücher …«

»Was haben wir nicht?«

»Genug Handtücher für das Gästebad. Ich habe euch ein paar gekauft.«

»Hat Cliff das bestimmt?«

»Nein, hat er nicht. Er hat mich freundlich darum gebeten.«

»Ja, natürlich. Kann ich sie holen?«

»Wenn du willst«, sagte Rosabella kühl, »sonst gebe ich sie Jean mit. Er bringt sie dann vorbei.«

»Welche Farbe hast du genommen?«

»Grün. Ist was auszurichten, wenn sich Clifford meldet?«

»Nein, danke. Nichts.«

»Okay. Das wärs dann.« Und sie legte auf.

Ich ging in die Küche und machte mir eine Tasse Kaffee. Und setzte mich auf den Balkon vor meinem Arbeitszimmer.

Es war ein herrlicher Tag. Die zwei Perserkatzen lagen auf ihren Decken in der Sonne, die Kastanien blühten wie im Rausch, alle Bäume waren bereits grün, auch die Platanen und mein erster Gedanke war: Gott sei Dank habe ich meiner Mutter nichts erzählt, sie hätte sich nur unnötig gesorgt. Gerettet! Er ist nicht zurückgegangen zu Grace.

Außerdem: Sein Vater wohnte bei uns, nicht bei ihr. Das war ein Bekenntnis zu mir! Ich hatte immer Angst vor diesem Vater gehabt, bis mir Cliff verraten hatte, dass er sich überhaupt nicht mit Grace verstand.

»Er hat sich immer gewundert, dass ich sie so lange ertragen habe. Er lässt dir sagen, er freut sich auf dich. Du bist in der Familie willkommen.«

Das war ein kleiner Lichtblick.

Aber dann hätte ich am liebsten geweint. Er behandelte mich jetzt genauso schlecht wie seine Frau. Er war mit mir um die halbe Welt gereist, ohne ihr auch nur ein Wort zu sagen. Jetzt sagte er mir nichts mehr.

Und er schrie mit mir, so wie er sie angeschrien hatte, am Telefon.

»Schreien ist normal«, tobte er, als ich mich beschwerte, »keine Frau in Amerika regt sich auf, wenn man schreit. Schreien ist gesund!«

Jetzt war ich es, die Ohropax brauchte, wenn er zu Hause war und ich arbeiten wollte. Seine laute, tiefe, eindringliche Stimme, die ich so geliebt hatte, tat mir plötzlich weh.

Und das Schlimmste: Ich hatte wieder Migräne bekommen und die Augen waren schlechter geworden. Ich musste zum Optiker, für eine stärkere Lesebrille. Das schrieb ich dann doch meiner Mutter und sie rief gleich an.

»Willst du heimkommen? Ich hol dich sofort. Morgen bin ich bei dir, wenn du willst.«

»Nein, Mutti, ich kann noch nicht weg von ihm.«

»Dann lass dir nicht so viel bieten. Willst du eine Ersatz-Ehefrau sein? Dann bist du nicht mehr interessant und er sucht sich seine Abenteuer anderswo.«

»Ja, du hast ganz recht.«

»Um wie viel sind denn die Augen schlechter geworden?«

»Um eine halbe Dioptrie.«

»Was? So viel in der kurzen Zeit? Wenn das so weitergeht, sehe ich schwarz.«

»Es wird schon wieder besser werden. Sag nur, wieso schreit er so mit mir?«

»Weil er Angst hat. Nur ängstliche Menschen schreien. Er muss sich vor irgendetwas fürchten. Hast du eine Ahnung, was das ist?«

»Nicht wirklich. Er sagt mir nichts mehr.«

»Gibts Probleme mit der Zeitung? Wird er geklagt?«

»Nicht, dass ich wüsste.«

»Hat er schlecht investiert? Hat er Geld verloren an der Börse?«

»Keine Ahnung.«

»Dann halt die Augen offen und finde es heraus. Man muss immer wissen, woran man ist. Wie gehts denn in der Bibliothek? Kannst du dich konzentrieren?«

»Ja, wunderbar. Das ist meine Rettung. Die Dissertation wird toll. Ich hab dir einen Brief geschrieben, wie weit ich schon bin. Hochinteressant, was ich alles finde.«

»Das ist das Wichtigste«, sagte meine Mutter erfreut, »ist sein Vater schon da?«

»Er kommt übermorgen.«

»Gut. Dann wünsch ich dir viel Glück. Und wenn du mich brauchst, ein Anruf genügt!« Und sie legte auf.

Clifford und sein Vater trafen am selben Tag in Paris

ein. Und Cliff war wie ausgewechselt. Nahm mich in die Arme: »Oh Kitty, du hast mir so gefehlt.« Entschuldigte sich für jedes böse Wort: »Tut mir so leid, I don't know, what came over me.«

Und im Bett herrschte plötzlich wieder Liebe und Wonne, als hätten wir nie Streit gehabt. Er schrie auch nicht mehr mit mir, war lieb und sanft, wie er es früher gewesen war, und mit seinem Vater verstand ich mich ebenfalls prächtig.

Er war ein großer Mann, mit schwarzem Haar und derselben tiefen Stimme wie Cliff, doch die Stimme war ruhig, von Hektik keine Spur.

Er hatte mir ein Kochbuch mitgebracht, verbreitete gute Laune und ich fühlte mich geborgen in seiner Gegenwart.

Er war hochgebildet, Professor für Indologie und Geschichte, kleidete sich ganz in Weiß, aß vegetarisch, las Sanskrit, hatte als junger Mann in Indien gelebt, jedenfalls, kaum war er da und hatte sich im Gästezimmer etabliert, herrschte Friede und Eintracht in der Rue Boulard.

Gleich am ersten Abend fuhr er nach Neuilly und besuchte Grace und Gregory.

Und von ihm erfuhr ich, dass meine Mutter recht gehabt hatte: Clifford hatte Angst.

Und er sagte mir auch wovor.

Grace hatte es sich plötzlich anders überlegt und stellte riesige Forderungen für die Scheidung!

»Sie will alle Ersparnisse, Lebensversicherungen und drei Viertel seines Gehalts. Sie will Extrazahlungen für Gregory, solange er studiert, sie will die Hälfte von allem, was mein Sohn in Zukunft kauft und investiert, sie will nichts hören und nichts sehen, sie will nur Geld.«

»Aber ihr Vater ist so reich«, rief ich entsetzt, »sie erbt einmal Millionen.«

»Sie will ihn strafen: Wenn Clifford mich nicht mehr will, ruiniere ich ihn finanziell.«

»Das hat sie gesagt?«

»Das meint sie ernst.«

»Und was passiert jetzt?«

»Jetzt gleich noch nichts. Grace ist mit ihrer Mutter an die Loire gefahren. Sie hat sie geholt zur Verstärkung. Wenn sie wieder da sind, setzen wir uns alle zusammen. Wir bringen sie schon zur Vernunft.«

»Aber wie?«

»Cliff war in der Schweiz und hat ein paar Sachen geregelt. Er weiß jetzt, wie er sich wehren kann.«

»Hoffentlich. Zu Weihnachten hat es geheißen, Grace will sich scheiden lassen.«

»Zu Weihnachten wollte sie, jetzt will sie wieder nicht.«

»Lang halt ich das nicht mehr durch.«

»Darauf wartet sie«, sagte Cliffords Vater ganz ruhig.

»Ich will keine Ehe zerstören und niemandem schaden.«

»Schaden? Du schadest keinem. Mein Sohn hat sich halbtot gesoffen in dieser Ehe. Die zwei haben sich zerfleischt. Grace ist frigide, er hat ständig Freundinnen gehabt, und jetzt? Schau ihn an: Er trinkt kaum noch, raucht nicht mehr, sieht zehn Jahre jünger aus, das ist dein Verdienst.«

»Leicht ist es nicht«, sagte ich seufzend.

»Du musst durchhalten. Du bist die Rettung. Es dauert nicht mehr lang.«

»Cliff ist so unbeherrscht. Er kann so verletzend sein.«

»Das sind die Folgen von Korea. Früher war er das nie. Du liebst ihn schon noch, oder?«

Ich nickte stumm.

»Dann hab Geduld. Es wird alles gut.«

Das Treffen mit Grace und ihrer Mutter fand an einem Samstag statt. Und am selben Abend flog Cliffords Vater zurück nach Amerika. Ich hatte kein gutes Gefühl, als Cliff ihn zum Flugplatz brachte. Plötzlich hatte ich Angst, dass es wieder so werden würde wie vor seinem Besuch. Ich erwartete eine neue Hiobsbotschaft. Und ich bekam sie prompt!

»Grace weiß jetzt, ruinieren kann sie mich nicht«, sagte Cliff, als er wieder zurück war, »dafür will sie sofort ein Haus. Ich soll ihr ein Haus an der Loire kaufen, wo sie mit Gregory den Sommer verbringen kann.«

»Und wer sucht das Haus?«

»Sie. Und sie bestimmt die Größe, die Lage und den Preis. Aber sie wird nichts finden, ich kenne sie, sie ist zu wählerisch, aber da ist noch was …«

»Was?«

»Wie soll ich sagen … es gibt eine Änderung …«

»Welche Änderung? Clifford, bitte! Was hat sich geändert?«

»Ich darf Gregory nicht mehr sehen. Sie hat mit ihrer Mutter beschlossen: Wenn du deinen Sohn sehen willst, musst du auch mich sehen. Allein überlasse ich ihn dir nicht mehr.«

»Und?«, fragte ich zaghaft.

»Ich hab ja gesagt. Was soll ich denn machen? Es gibt sowieso schon viel zu viel Streit.«

Bis dahin hatte Clifford seinen Sohn ein- bis zweimal die Woche zum Essen ausgeführt, ins Kino, in ein Konzert, das war jetzt vorbei.

Ab sofort gab es einen Familiensonntag, der mich zutiefst deprimierte.

Um acht Uhr früh hetzte Clifford wie von Furien gejagt aus dem Haus. »Ich muss zum Bäcker. Ich muss Brot kaufen und Croissants. Ich muss rechtzeitig zum Frühstück in Neuilly sein.«

Und dann hörte ich nichts mehr von ihm, bis er abends gegen elf nach Hause kam. Mit grauem Gesicht, wortkarg und so abwesend, dass ich nichts mehr zu fragen wagte.

Und je wärmer es wurde und je schöner das Wetter war, umso öfter wurde aus dem Familiensonntag ein ganzes Wochenende. Er verbrachte es im Polo Club mit Grace und Gregory, im Grünen und ich saß zu Haus in der Stadt und litt Höllenqualen, weil ich nicht wusste, ob er abends wieder zu mir zurückkommen würde.

Gott sei Dank hatte ich meinen hübschen, silbernen Lancia. Wenn ich es nicht mehr ertrug allein, bei schönem Wetter, setzte ich mich hinter das Steuer und fuhr nach Versailles. Dort verbrachte ich ein paar glückliche

Stunden in dem herrlichen Park, auf einer Decke im Gras, unter schattigen Bäumen.

Es war Balsam auf meiner wunden Seele: Vogelgezwitscher, Blumenduft, Ruhe und Frieden und gestärkt fuhr ich dann wieder zurück nach Paris.

Und tat etwas, was niemand wusste, nicht einmal meine Mutter und natürlich auch nicht Cliff. Es war mein größtes Geheimnis seit drei Jahren: Ich schrieb einen Roman!

Ich tat ja nichts anderes, als Romane für mein Studium zu analysieren. Seit Jahren las ich Tag und Nacht Romane in der Bibliothek und im Bett und irgendwann einmal kam mir die Idee, was die können, kann ich auch!

Ich hatte schon als Kind mit Begeisterung geschrieben, deshalb studierte ich Literatur. Und ich dachte: Wenn es nichts wird … wegwerfen kann ich es immer noch. Dann war es zumindest eine gute Übung für die Dissertation!

Außerdem habe ich einen gesunden Widerspruchsgeist. Sagt jemand: Das kannst du nicht, muss ich beweisen, dass er sich irrt.

Und so begann ich, von allen Seiten entmutigt, auf der geheiligten kleinen blauen Olivetti neben den Seminararbeiten heimlich einen Roman.

Neunundneunzig Prozent aller Romane werden nie fertig, hatte Cliff gesagt. Und jetzt, im dritten Jahr unseres Zusammenlebens, war er immer noch nicht über das zweite Kapitel seines Gold-Thrillers hinausgekommen.

Rita steckte immer noch auf Seite vierzig ihres Abenteuerromans fest und Grace waren schon im ersten Kapitel alle Ideen versiegt.

Ich aber war mit einhundert fertigen Seiten nach Paris gekommen, inzwischen hatte ich zweihundert und das Ende war in Sicht.

Ich hatte ein fröhliches Thema gewählt, um die Unsicherheit mit Clifford besser zu ertragen, eine Welt der Schönheit und Geborgenheit, in die ich mich flüchten konnte, um zu überleben.

Und was lag da näher als die Ritterburg meines Onkels? Tausend Jahre Geschichte, ein runder Turm, ein eckiger Turm, mächtige Mauern, Geheimnisse, Liebe und Intrigen, ein versteckter Goldschatz, ein Happy End!

Es war schwieriger als gedacht, doch die gefürchteten Familienwochenenden verloren ihren Schrecken, ich kam erstaunlich gut voran, es wurde ein spannender, heiterer Sommerroman. Und im Juli war er fertig! Dreihundertzwanzig Seiten! Es war geschafft!

Grace hatte inzwischen die Suche nach einem Haus an der Loire aufgegeben. Sie wollte jetzt mit Gregory nach Hawaii.

»Vier Wochen Hawaii«, sagte Cliff, wir waren zu Hause und hatten soeben zu Abend gegessen, »weißt du, was das kostet? Allein die Tickets? Ein Vermögen! Aber alles hängt an mir! Ich muss allein das Geld verdienen, für Grace und Gregory und dich.«

Da erzählte ich ihm von meinem Roman.

Clifford hörte zu und der Mund blieb ihm offen stehen. Dann lief er rot an und begann zu schreien: »Du wagst es und schreibst einen Roman? Das ist eine unerhörte Frechheit! Ich arbeite mich krumm und schief, ich finanziere zwei Haushalte und was tust du? Du schreibst einen Roman? Das verzeihe ich dir nie!«

Ich starrte ihn an, entsetzt: »Aber Cliff. Ich hab es für dich getan.«

»Für mich? Bist du verrückt? Du hast es getan, damit du allen zeigst, du bist besser als ich!«

»Nein, du hast eben gesagt, alles kostet so viel Geld. Ich hab gedacht, vielleicht kann ich was dazuverdienen …«

»Mit Schreiben?«

»Ja!«

»Glaubst du im Ernst, irgendwer interessiert sich für das, was du schreibst? Du hast keine Ahnung von der Welt. Du investierst nichts in unser Verhältnis, du gehst nicht mit auf Reisen, damit du mich heimlich übertrumpfen kannst, für ein Hirngespinst, das nichts bringt.«

»Beverly hat gesagt, für Schlossromane gibts einen großen Markt.«

»Beverly ist meine Agentin. Du nützt mich nur aus, meine ganzen Beziehungen, du bist berechnend, du lässt mich links liegen und hast alle Vorteile von ABC News, du bist das Letzte. Du bist undankbar, du bist … du bist …«

»Aber Clifford, bitte …«

»Halt den Mund! Ich bin ein berühmter Journalist. Ich hab keinen Roman fertiggebracht. Du glaubst doch nicht im Ernst, dass du das kannst mit deinem kleinen Frauenhirn?«

Ich senkte den Kopf. Alles hätte ich erwartet, nur das nicht.

»Du hast einen Größenwahn, genau wie Grace«, tobte Cliff, »du bist nichts, du hast nichts, du kannst nichts. Du bist hinterhältig und verlogen.« Und er schrie und raste, bis er im wahrsten Sinn des Wortes vor dem Mund schäumte.

Aber plötzlich beruhigte er sich.

»Zeig mir das Manuskript«, sagte er.

Ich reichte es ihm mit zitternder Hand. Er blätterte herum.

»Peinlich«, er legte es auf den Tisch, »ein erster Entwurf, sonst nichts. Ich geb dir einen guten Rat, lass das liegen und widme dich deiner Dissertation.«

»Das kann ich nicht. Ich hab Beverly versprochen, in zehn Tagen kriegt sie es. Jake ist bestellt. Er kommt morgen Mittag und fängt mit der Reinschrift an.«

Jake war ein junger Amerikaner. Er studierte Publizistik und machte ein Praktikum bei ABC News. Er war dankbar für jede Arbeit, damit mehr Geld für sein Studium hereinkam.

Clifford wurde bleich vor Wut: »Du hast Jake engagiert?«

Ich nickte.

»Und wer bezahlt ihn?«

»Ich.«

»Von welchem Geld?«

»Von meinem Stipendium.«

Clifford runzelte seine schwarzen Brauen: »Fällt dir nichts auf?«, fragte er gefährlich leise.

»Nein. Was?«

»Jake kommt hierher? In unsere Wohnung? Ausgerechnet morgen? Am Wochenende, wo ich frei bin? Wo wir was unternehmen könnten? Du und ich?«

»Wir unternehmen längst nichts mehr. Du bist Samstag und Sonntag immer im Polo Club!«

»Und du bist ganz allein mit Jake in der Wohnung, die ich bezahle? Also das hast du vor! Es ist nicht zu fassen! Weißt du was? Das genügt! Wir machen Schluss! Es tut mir leid, dass ich für August die Miete bezahlt habe!«

Er sprang auf und stürzte aus der Wohnung und polterte die Treppe hinab.

Ich saß da wie gelähmt.

Minutenlang konnte ich mich nicht rühren. Dann stand ich langsam auf, ging zum Telefon und rief meine Mutter an.

»Hallo, mein Schatz«, rief sie froh, »was gibts?«

Ich erzählte die ganze Geschichte, mit zitternder Stimme.

»Und jetzt ist alles aus«, schloss ich, »er hasst mich dafür.«

»Nichts ist aus, meine Kitty. Das ist nur Bluff. Aber du hast einen Roman geschrieben! Das ist wunderbar. Ich bin stolz auf dich!«

Beim Klang ihrer lieben Stimme brach plötzlich das ganze Unglück aus mir heraus. Ich hatte mir zwar zu Silvester vor zwei Jahren geschworen, nie wieder wegen Clifford zu weinen, doch es war stärker als ich.

»Mutti, ich versteh ihn nicht«, schluchzte ich verzweifelt, »so ein berühmter Mann und eifert mit mir, einer kleinen Studentin. Begreifst du das?«

»Ja«, sagte meine Mutter sanft, »er hat kein Selbstbewusstsein. Trinker haben einen riesigen Minderwertigkeitskomplex.«

»Glaubst du, er mag mich nicht mehr?«

»Natürlich mag er dich. Aber er hat ein schlechtes Gewissen. Er weiß, er behandelt dich nicht fair. Er hat Angst, du rennst ihm davon. Er kritisiert an dir herum, damit du ja nicht glaubst, du bist etwas wert. Sonst könntest du ihn ja verlassen und selbstständig sein. Er will, dass du abhängig bleibst.«

»Wenn man ständig angeschrien wird, rennt man weg. Begreift er das nicht?«

»Das begreifen die meisten Männer viel zu spät.«

»Aber was hab ich falsch gemacht?«

»Nichts, meine Kitty! Du warst fleißig und brav!«

»Du glaubst nicht, dass er zurückgegangen ist zu seiner Frau?«

»Aber wo! Und wenn, ist es das Beste, was dir passieren kann.«

»Ich hab gedacht, ich mache ihm eine Riesenfreude. Damit er auf mich stolz sein kann.«

»Genau das will er nicht! Du sollst stolz sein auf ihn, nicht umgekehrt. Aber jetzt erzähle. Wovon handelt dein Roman?«

Ich erzählte von Anfang an und meine Mutter hörte andächtig zu.

»Sehr hübsch«, meinte sie dann erfreut, »das wird

deinen Onkel amüsieren. Gratuliere. Das hast du gut gemacht.«

»Und was tu ich jetzt? Soll ich Jake abbestellen?«

»Auf keinen Fall. Du machst alles, wie geplant.«

»Hoffentlich geht das gut.«

»Wird schon gutgehen. Und wenn nicht, hast du es zumindest probiert.«

Zur Strafe, weil ich einen Roman geschrieben hatte, kam Clifford die ganze Nacht nicht heim. Ich befürchtete das Schlimmste. Sah ihn halb erschlagen oben am Pigalle, ermordet in einem Bordell, aber nein! Als es dämmerte, tauchte er plötzlich auf, unverletzt, aber bleich wie der Tod. Man hatte ihm sein ganzes Geld geklaut.

Schwankend stand er in der Schlafzimmertür: »Gib mir zwanzig Francs. Ich muss das Taxi bezahlen.«

Ich gab ihm Geld aus der Haushaltskasse. Er nahm es und verschwand. Als er zurückkam, lief er sofort ins Gästezimmer und warf die Tür hinter sich zu.

Es war das erste Mal, dass er in einem anderen Zimmer schlief und ich allein in unserem schönen, gelben Seidenbett. Das heißt, ich hatte nicht geschlafen, ich hatte die ganze Nacht geweint. Als ich aufstand, konnte ich kaum mehr aus den Augen sehn.

Den ganzen Vormittag über hatte ich Herzflattern, Hassgedanken und Panikattacken. Ich konnte nichts essen, nichts trinken, meine Hände zitterten immer noch. Ich konnte kaum atmen, ich hatte solche Angst. Würde er Jake hinauswerfen? Und mich dazu?

An diesem Wochenende fuhr Clifford nicht zu Grace.

Er saß im Salon wie ein Wachhund und sah zu, wie Jake meinen Roman abtippte. Jake war fleißig. Arbeitete Samstag und Sonntag bis spät in die Nacht. Am Montag kam er wieder zu Mittag. Und abends nach Dienstschluss. Und Clifford kam ebenfalls und sah ihm zu, wie er schrieb.

Am Freitag war es dann so weit: Um fünfzehn Uhr hielt ich ein sauberes Manuskript in der Hand. Abgetippt waren es vierhundert Seiten. Ein hoher Stoß. Ich legte ihn auf den Schreibtisch und setzte mich stolz davor.

Denn was hatte Jake gesagt, als ich ihn bezahlte?

»Danke! Das war leicht verdientes Geld. Hat mir großen Spaß gemacht. Super Buch. Freu mich schon auf den nächsten Roman!«

Endlich ein Lob! Also hatte ich mich nicht umsonst geplagt. Doch ich war plötzlich so erschöpft, wie nach einer schweren Prüfung, die ich bestanden hatte.

Ich seufzte tief auf und sah aus dem Fenster, auf die hohen Bäume im Garten der Villa Boulard: Die Rosen blühten, der Springbrunnen warf glitzernde Tropfen in die Luft.

Doch es war zu heiß für die Perserkatzen. Die Decken lagen zwar da, doch das Fenster war zu und die Jalousie herabgelassen zum Schutz gegen die Sonne.

In dem Moment kam Clifford in mein Arbeitszimmer. Wir hatten die ganze Woche kein Wort gesprochen, nicht zusammen geschlafen, nicht zusammen gegessen. Er hatte mir auch kein Wirtschaftsgeld mehr gegeben.

»Steh auf und pack deine Sachen«, sagte er barsch.

Ich wandte mich um und fragte betont ruhig: »Ziehen wir jetzt schon aus? Du hast doch bis September die Miete bezahlt.«

»Wir ziehen überhaupt nicht aus. Grace und Gregory sitzen im Flugzeug nach Hawaii. Wir fliegen ans Meer.«

Sofort kehrte meine Energie zurück: »Wann?«, fragte ich atemlos.

»Heute Abend. Wir nehmen den Nachtzug nach Barcelona und morgen früh die erste Maschine nach Mallorca.«

Ich sprang hoch. »Ich muss zur Post. Ich muss das Manuskript kopieren und wegschicken.«

»Wieso? Das interessiert doch keinen. Das ist überhaupt nicht wichtig. Wichtig ist, dass wir nichts vergessen und pünktlich am Bahnhof sind.«

»Ich bin in einer Stunde wieder da.«

»Geht das schon wieder los?«, brüllte Cliff. »Ich bin dir ganz egal, was? Du denkst nur an dich! Lass dir was sagen: Der Roman ist noch nicht fertig. Der muss noch überarbeitet werden.«

»Jake hat er gut gefallen.«

»Weil er was verdient hat dabei. Begreifst du das denn nicht? Das ist ein erster Entwurf. Kein Verleger nimmt das.«

»Beverly hat gesagt, sie will ihn sofort sehen. Ich hab versprochen, sie kriegt ihn gleich.«

Clifford hob die Hand.

»Wunderbar! Mademoiselle weiß alles besser! Stoß dir die Nase an und lerne gleich, wie das ist, wenn man

Absagen kriegt und Absagen und Absagen … hörst du mir überhaupt zu?«

Ich begann das Manuskript einzupacken.

»Ob du mir zuhörst, will ich wissen«, brüllte Cliff.

»Das ganze Haus hört dir zu«, sagte ich beschwichtigend, lief zur Post, gab das Manuskript auf und dann war mir leichter. Ich hatte mein Bestes getan.

Den Rest überließ ich dem Schicksal.

Als ich zurückkam in die Rue Boulard, saß Clifford auf seinem fertig gepackten Koffer neben der Tür. Er hatte sich umgezogen, trug ein weißes Polohemd, helle Hosen, er war frisch rasiert, doch als er mich sah, kniff er seine Katzenaugen zusammen.

»Ich weiß nicht, ob ich dich mitnehmen soll. So wie du dich aufführst, vergeht einem die Lust.«

»Wenn du willst, bleibe ich da«, sagte ich ganz ruhig, »das kommt billiger, dann sparst du Geld.«

»Unsinn! Die Tickets sind gekauft und das Hotel ist reserviert.«

Er stand auf, ging ins Gästezimmer und kam mit einer grünen, prallgefüllten Reisetasche zurück, die ich noch nie gesehen hatte. Was war da drin? Bücher?

»Du hast eine halbe Stunde Zeit!«, er sah auf die Uhr, »ich fahre pünktlich weg. Im Notfall auch ohne dich. Und zum letzten Mal: Wenn du noch einmal hinter meinem Rücken Bücher schreibst, ist es aus! One more time and you are out!«

Und er lief in den Salon, schenkte sich ein Glas Cognac ein und trat hinaus auf den Balkon.

Ich war pünktlich fertig, doch dann rief ich noch

schnell meine Mutter an: »Mutti, wir fliegen heute nach Mallorca.«

»Hör sofort auf, wir müssen weg!«, tobte Cliff hinter meinem Rücken, »deine Mutter ist dir wichtiger als ich!«

»Aber Cliff, sie muss doch wissen, wo wir sind.«

»Das wird sie schon erfahren!«, und er riss mir den Hörer aus der Hand, knallte ihn auf die Gabel und hielt mir eine wütende Strafpredigt den ganzen langen Weg bis zum Bahnhof. Und im Zug tobte er dann weiter, mit seiner dröhnenden Stimme, bis der Schlafwagenschaffner energisch an die Tür trommelte.

Dann war er still. Und sagte überhaupt nichts mehr. Nicht einmal Gute Nacht.

Und ich dachte: Lieber Gott! Wieso tu ich mir das an! Warum bin ich nicht in Paris geblieben, in unserer schönen, friedlichen Wohnung. Warum habe ich mich nicht ans Steuer gesetzt und bin nach Avignon gefahren? In das Märchenhaus mit dem Mimosenbaum und den vier Königspalmen?

Wolf hatte mir geschrieben. Er hatte es wieder gemietet, über den Sommer. Wolf! Mit seinem Lockenkopf. Seinen wachen, hellen Augen.

Ich könnte mich erschlagen! Wieso fahre ich mit in diesen grässlichen Urlaub? Drei Wochen Clifford, Tag und Nacht! Das überlebe ich nicht.

Aber wieder einmal wurde alles ganz anders.

Wieder einmal irrte ich mich!

KAPITEL XX

Ich irrte mich aus einem guten Grund. Ich hatte die heilende Kraft des Südens unterschätzt. Kaum waren wir gelandet, wurde Clifford ein anderer Mann. Wir wohnten in einem Hotel, ganz im Norden, in einer unverbauten Bucht. Keine Straße führte hin. Man nahm ein Boot, von einem verschlafenen Hafen aus, und fuhr ins Paradies.

Die ganze Nordküste war damals noch reinste Natur. Kaum Touristen, kaum Hotels, kaufte man ein und wollte bezahlen, hieß es: »Nein, nein, nein. Kein Geld. Zahlen Sie morgen!«

Wir hatten ein wunderbares Zimmer mit antiken, spanischen Möbeln in einem kleinen Luxushotel, das keine Reklame machte, das in keinem Führer stand, ein echter Geheimtipp in einem duftenden Pinienhain, mit langem Sandstrand und reizendem Personal.

Am zweiten Tag schon warf Clifford seine Schlaftabletten weg und die Beruhigungspillen, die er seit dem ersten Wiedersehen mit Grace im April genommen hatte. Am dritten legte er bereits den Arm um mich und ich ließ es geschehen, obwohl ich mir in Paris geschworen hatte, ihm nie wieder nahe zu kommen. Am vierten gingen wir Hand in Hand zum Meer. Am fünften nahmen wir ein Mitternachtsbad unter einem unfassbar glitzernden Sternenhimmel. Später dann, in unserem Zimmer, küssten wir uns wieder zum ersten Mal nach fast zwei Wochen.

»Oh Baby, just to touch you«, stöhnte Cliff, »your soft, silky skin …«, und er hob mich hoch und legte mich auf das Bett und ich konnte ihm nicht widerstehen, he was so damned good in bed, dazu der betörende Duft der Pinien, das ekstatische Zirpen der Grillen, sodass ich keine Sekunde vergaß: Ich bin im Süden! Am Meer! Im Paradies!

Wir liebten uns den Rest der Nacht und den halben nächsten Tag, es war ein echter Neubeginn, nie hätte ich das gedacht! Wir erlebten Sternstunden, Cliff und ich. Und von da an wurde er wieder zum Beschützer: brachte mir morgens das Frühstück ans Bett, trug mich über ein Feld von stacheligen Disteln, das uns den Weg zu einem einsamen Strand versperrte, trug mich wieder zurück, rieb mich ein mit Sonnenöl, kämmte mein Haar, massierte meine Füße, rauchte nicht, trank höchstens abends ein Glas Wein.

»Gott sei Dank ist Grace so weit weg«, sagte er, »in Paris ruft sie ständig an in der Redaktion: Hast du kein schlechtes Gewissen? Fühlst du dich nicht schuldig? Genierst du dich nicht? Manchmal schickt sie Gregory vor. ›Hallo, Daddy‹, sagt er und ich freue mich auf ein Gespräch, da reißt sie ihm den Hörer aus der Hand und beschimpft mich wüst. Das ist ein Albtraum, little Kitty. Deshalb war ich so unmöglich zu dir. Kannst du das verstehen?«

Er beichtete mir auch, was sich an den Familienwochenenden tat: »Keiner spricht mit mir beim Frühstück. Ich bin der Außenseiter. Zu Mittag wird es besser und abends ist man wieder vertraut. Und dann sagt Grace: Jetzt ist es fast wieder so wie früher. Warum musst du jetzt unbedingt gehen? Das zehrt an den Nerven, weißt du? Und jeden Sonntag dasselbe Lied …«

Clifford hatte seine grüne Olivetti mitgebracht. Und das Manuskript seines Gold-Thrillers.

Am ersten Tag hatte er mich ignoriert, stundenlang herumverbessert und bis spät in die Nacht getippt. Nach unserer Versöhnung stellte er die Maschine in den Schrank: »Ich hab genug geschrieben in Paris. Komm, wir gehen schwimmen.«

Dann setzten wir Taucherbrillen auf und schwammen die malerische Küste entlang, zu völlig unberührten, felsigen Buchten, es war ein Hochgenuss! Das Wasser war kristallklar und voll winziger Silberfische. Ich sah purpurrote Seeanemonen auf gelben und grünen Steinen, ich sah Seeigel und die Farbenpracht unter Wasser zog mich ganz in ihren Bann.

Glücklich kamen wir dann zum Hotel zurück, aßen abends im Freien, alles schmeckte frisch und wunderbar und die Luft duftete nach wilder Minze. Und dann liebten wir uns die halbe Nacht.

Clifford schrieb keine Zeile mehr an seinem Buch. Dafür las er jeden Tag einen ganzen Kriminalroman – »zur Inspiration«, wie er sagte. In der grünen Reisetasche befanden sich tatsächlich Bücher, einundzwanzig Krimis. Einer für jeden Urlaubstag.

»Das liest sich so leicht«, sagte Cliff, »und keiner weiß, was für eine Schwerarbeit das ist! Arme Kitty! Hast dich so geplagt mit deinem Roman und ich schrei dich an und hab dich beschimpft. Kannst du mir das verzeihen? Und vergessen? Dann komm her und halt mich fest. Es kommt nie wieder vor …«

Als wir nach Paris zurückflogen, waren wir wieder ein Herz und eine Seele. Keinen einzigen Streit hatte es gegeben. Kein lautes Wort. Nur, für wie lange, fragte ich mich, wie lang?

Doch die gute Stimmung hielt an, ja, sie wurde sogar noch besser. Eine Woche nach unserer Rückkehr kam ein Brief von Cliffords Agentin Beverly. Eine Absage! Selten hatte ich Cliff so glücklich gesehen.

Erstaunlich gut für einen ersten Roman, schrieb sie, *doch der Anfang ist zu lang, die Burg zu ausführlich beschrieben, das musst du aufteilen auf mehrere Stellen, sonst langweilst du deine Leser. Der Sommergast im dritten Kapitel muss heraus, er ist uninteressant und kommt später nie wieder vor. Die Liebesgeschichte braucht mehr Schwung. Aber die Story gefällt mir sehr. Die Personen sind glaubwürdig und amüsant, dein Stil auffallend elegant. Wenn du noch ein halbes Jahr ernsthaft daran arbeitest, könnten wir über einen Vertrag reden. Das Manuskript schicke ich mit gleicher Post zurück. Derzeit heißt das Urteil: Leider nein! PS: Es muss auch noch mehr Spannung hinein.*

Ich ließ den Brief sinken. Ich war am Boden zerstört. Noch ein halbes Jahr Arbeit? Undenkbar! Ich hatte schon genug Zeit vertan. Ich musste mit meiner Dissertation weiterkommen.

»Hab' ich dirs nicht gleich gesagt?« Clifford strahlte mich an. »Das Buch ist noch nicht fertig, das ist ein erster Entwurf.«

Und zum Trost kaufte er mir ein teures Kostüm von Ted Lapidus, das ich schon lange in der Auslage bewundert hatte. Es war aus dunkelblauem, leichtem Samt, die Jacke über und über mit bunten Sternchen bestickt. Es betonte meine schlanke Mitte und passte mir so gut, dass sich die Männer auf der Straße nach mir umdrehten.

Plötzlich bemerkten sie mich auf den ersten und nicht mehr auf den zweiten Blick!

Doch das tröstete mich nicht. Mein Roman wurde abgelehnt. Ich hatte versagt.

Und dann kam Grace zurück, schwer begeistert von Hawaii.

»Jetzt will sie dort ein Haus«, sagte Clifford, »ich soll ihr auf Maui ein Haus kaufen. Sie hat zehn Kilo abgenommen und ihr Haar wieder wachsen lassen. Sie sieht sehr gut aus!«

Kaum waren Grace und Gregory zurück in Paris, wurde Clifford merklich kühler zu mir. Er kam gleich eine ganze Nacht nicht heim, verschwand einmal pro Woche zu einem »Solo Dinner« und je näher der Oktober kam und der gefürchtete Termin, wo ich nach Wien musste, zur Inskription, desto bissiger wurden die Bemerkungen über mein Studium und desto liebloser ging er mit mir um.

Kaum aber sagte ich: »Wenn du mich nicht mehr willst, trennen wir uns«, war er wie ausgewechselt. Ein paar Tage lang. Dann ging es wieder von vorne los: Er hastete morgens aus dem Haus, ohne Gruß, ohne auf mich zu warten, fuhr mit Jean allein in die Redaktion, schenkte mir tagelang kein Lächeln und was am schlimmsten war: Er sah mich nicht mehr an. Er sah an mir vorbei. Als ob ihn ein furchtbar schlechtes Gewissen plagte.

Fragte ich: »Was ist denn los? Willst du mir was sagen?«

Hieß es nur: »Das bildest du dir ein.«

Aber alles kommt ans Licht!

Und am Sonntag vor meiner Abreise nach Wien erfuhr ich dann endlich, was sich hinter meinem Rücken getan hatte.

Es war ein herrlicher Herbsttag und wir schliefen noch in unserer schönen Wohnung in der Rue Boulard.

Es war ganz still im Haus, auch auf der Straße regte sich nichts.

Plötzlich aber, Punkt neun, klingelte es an unserer Tür, viermal kurz, einmal lang, laut und schrill. Das war unser geheimes Signal. Wer konnte das sein?

Seltsamerweise schien Clifford nichts zu hören, also schlüpfte ich in mein blaues Hauskleid, noch halb verträumt, und öffnete die Tür.

Rosabella stand vor mir.

»Um Gottes willen. Rosabella«, stammelte ich, »was ist los? Ist was passiert?«

»Was soll passiert sein?«, fragte sie von oben herab. Sie roch stark nach Parfum, trug ein enges, weißes Kleid mit tiefem Ausschnitt, hatte die Nägel knallrot lackiert und die schwarzen Locken offen und sie gingen ihr bis zum Po.

Unterm Arm hielt sie Klaviernoten und in der Hand zwei Stangen Lucky Strike.

»Ist Cliff schon auf?«, wollte sie wissen.

»Nein, er schläft noch.«

»Gib ihm das«, sie reichte mir die Zigaretten, »kleiner Gruß von mir.«

»Clifford raucht nicht mehr.«

»Gib sie ihm trotzdem. Und darf ich jetzt endlich herein? Ich muss üben.«

»Du musst was?«

»Klavier üben. Was denn sonst?«

Ich schnappte nach Luft: »Das ist ein Witz, oder?«

»Wieso? Clifford hats erlaubt. Ich spiele Chopin am Samstag in unserer Botschaft, hat er dir nichts gesagt?«

»Nein. Kein Wort.«

Rosabella zeigte ihre strahlend weißen Zähne: »Ja, ja«, lachte sie schadenfroh, »wir haben ein paar Geheimnisse, Cliff und ich.« Und sie drängte sich an mir vorbei hinein in den Salon und lief zum Piano, das zwischen zwei hohen Fenstertüren stand.

Ich lief ihr nach: »Du kannst hier nicht üben«, rief ich

in Panik, »du weckst das ganze Haus auf. Alle schlafen noch. Du hast doch ein eigenes Klavier. Spiel daheim.«

»Geht nicht«, sie öffnete die Noten, »die Nachbarn beschweren sich.«

»Und unsere Nachbarn?«

»Die sind mir egal. Die kenne ich nicht.«

Und sie begann Tonleitern zu üben im Fortissimo.

Rosabella war eine große Frau, einen halben Kopf größer als ich, mit starken Armen und Händen, vom Klavier zerren konnte ich sie nicht. Also stürzte ich ins Schlafzimmer und weckte Clifford auf: »Du wirst es nicht glauben«, rief ich atemlos, »Rosabella ist da und döllert am Klavier. Komm schnell! Wirf sie hinaus! Sie hört nicht auf mich!«

Clifford öffnete ein müdes Katzenauge: »Lass mich in Ruhe!« Und er tat ein Kissen über seinen Kopf.

Ich riss es weg.

»Sie hat dir Zigaretten mitgebracht. Rauchst du wieder heimlich?«

Clifford antwortete nicht.

»Und wieso kennt sie unser Signal? Bist du jetzt verliebt in sie? Ist das das kleine Geheimnis, das ihr zwei habt?«

Clifford war sofort hellwach.

»Ich in sie?«, rief er empört. »Ich war nie verliebt in sie. Sie ist verliebt in mich. Seit Jahren! Und sie tut mir leid.«

»Was? Sie tut dir leid? Wieso?«

»Sie hat keinen Freund, sie ist am Sonntag immer allein, sie kommt aus Holland, hat keine Verwandten in

Paris. Sie hofft, dass du ihr Frühstück machst und dass sie den Tag mit uns verbringen kann.«

»Es gibt gar kein Konzert in der Botschaft?«

»Doch. Wohltätigkeit. Sie sammeln Spenden für irgendwas.«

»Hast du ihr wirklich erlaubt, dass sie herkommt? Heute, am Sonntag?«

Clifford seufzte gepeinigt: »Ich hab ihr gesagt, sie kann eine Stunde üben. Ich hab nicht gesagt: Komm um neun Uhr früh.«

»Und jetzt bleibt sie den ganzen Tag da?«

»Nein! Sie ist beleidigt. Ich bin nicht aufgestanden, hab sie nicht begrüßt und jetzt würde ich gerne weiterschlafen.«

»Aber wieso übt sie nicht zu Hause?«

»Der Klavierstimmer ist nicht gekommen.«

»Cliff, ich versteh dich nicht. Die Frau will uns auseinanderbringen. Das ist eine falsche Schlange.«

»Wir sind eine große Familie in der Redaktion, das verstehst du nicht. Wir helfen uns auch privat. Rosabella ist völlig harmlos.«

»Nein! Ist sie nicht!«

»Doch! Und jetzt ist Schluss! Wenn du so weitermachst, mit deiner absurden Eifersucht, treibst du mich noch aus dem Haus!«

Und er rollte sich zur Seite und versteckte sich unter der Decke.

In dem Moment verstummte das Klavier. War Rosabella gegangen? Nein! Sie stand auf dem Balkon, neben dem roten Rosenstock, und rauchte.

»Clifford kommt nicht«, sagte ich und reichte ihr einen Aschenbecher, »er ist noch müde.«

Dann lehnte ich mich über das schöne Gitter aus Schmiedeeisen und wartete, dass sie ging.

Was sie nicht tat. Genüsslich rauchte sie fertig, stellte den Aschenbecher zu Boden und lehnte sich neben mich.

»Gib auf«, sagte sie, ohne mich anzusehen, »das ist ein guter Rat.«

»Wie bitte?«

»Ich rede von Cliff. Du kriegst ihn nie.«

»Ach ja?«, sagte ich so ruhig wie möglich. »Er lässt sich meinetwegen scheiden.«

Rosabella begann laut zu lachen: »Du hast von nichts eine Ahnung!«

Ich starrte sie an.

»Die Scheidung ist gestoppt!«

»Was?«

»Längst gestoppt. Und weißt du, was er Grace gesagt hat?«

»Nein.« Ich brachte das Wort kaum heraus.

»Er hat gesagt: Wieso regst du dich so auf? Zwischen uns bleibt alles beim Alten. Mit dem einzigen Unterschied, dass ich nachts nicht mehr zu Hause schlafe. Tagsüber ist alles so, wie es immer war.«

»Mir hat er gesagt, er verkehrt mit ihr nur noch per Rechtsanwalt.«

Rosabella zündete eine zweite Zigarette an, legte den Kopf zurück und blies den Rauch in die Luft: »Was Clifford sagt und tut, ist nicht dasselbe«, meinte sie dann und genoss ihren Triumph!

Ich wandte den Kopf ab. Also das war des Rätsels Lösung. Nur, dass es so schlimm war, hätte ich nicht gedacht.

»Woher weißt du das alles?«, fragte ich nach einer Weile. Mir war plötzlich eiskalt und ich fröstelte in meinem blauen Hauskleid.

»Ich sitze nebenan in der Redaktion. Ich höre automatisch mit, wenn Cliff telefoniert. Du bist nicht die Erste, weißt du? Meine Kollegin Valery hat auch gedacht, sie wird die nächste Mrs. Thatcher …«

»Aber er lebt mit mir. Mit Valery hat er nie gelebt.«

»Stimmt«, sagte Rosabella ungerührt, »das ist neu.«

»Wir sind schon seit drei Jahren zusammen.«

Rosabella nickte: »So lang hat das noch nie gedauert. Aber je länger es dauert, desto schneller wird es Routine.«

»Sei bitte still.«

»Desto schneller langweilt sich ein Mann. Und die andere wird wieder interessant. Sicher weißt du nicht, dass er sie öfter zu Geschäftsessen mitnimmt.«

»Grace? Er nimmt sie mit?«

»Jean fährt sie anschließend zum Einkaufen. Und letzte Woche, die Reise nach Frankfurt, er hat Grace eingeladen und Gregory. Ich weiß es, ich habe die Flugtickets reserviert …«

»Was?«

»Schau nicht so entsetzt«, sagte Rosabella zufrieden, »du kannst mir dankbar sein. Jetzt weißt du wenigstens, woran du bist.«

»Das Haus auf Hawaii kriegt sie auch, nehme ich an.«

»Nein. Aber ein neues Auto, einen Zweitwagen für Paris. Der Bentley ist ihr zu groß für die Stadt. Sie will einen englischen Sportwagen. Einen grünen Morgan, rote Ledersitze, superschick!«

Sie drückte den Zigarettenstummel in die Erde des roten Rosenstocks, nickte mir hochmütig zu, packte ihre Noten und schritt zur Tür.

Ich sah ihr nach und stand da wie gelähmt. Ich war barfuß, meine Füße waren eiskalt, ich konnte mich nicht rühren vor Schreck. Meine Welt war wieder einmal eingestürzt und ich wusste nicht, was tun.

Kaum war Rosabella weg, tauchte Clifford auf. Er trug seinen braunen Morgenrock und ich sah sofort, er hatte alles mitgehört.

»Mach mir einen Kaffee«, sagte er barsch.

Ich schleppte mich in den Salon und sank auf das gelbe Sofa vor dem Kamin.

»Du hast die Scheidung gestoppt«, fragte ich kaum hörbar, »warum?«

»Zu teuer. Eine Scheidung ist ausgeschlossen. Wenn ein Mann sein Geld verliert, verliert er seine Potenz. Ich als impotenter Habenichts, ehrlich, ich glaube nicht, dass du dann bei mir bleibst.«

»Das ist der einzige Grund?«

»Nein«, Clifford setzte sich an den englischen Tisch mit der grünen Olivetti und dem Gold-Thriller, »Grace ist jetzt ganz anders. Sie raucht nicht mehr, sie trinkt nicht mehr, sie ist reizend zu mir, sie hat abgenommen. Ich mag sie gern. Warum soll ich sie verlassen?«

»Entweder sie oder ich«, murmelte ich.

»Was sagst du?«, Clifford sprang hoch und lief im Zimmer auf und ab, »ich soll alle Brücken abbrechen und du bekennst dich nicht zu mir? Du bist verliebt in dein Studium. Du bist süchtig nach einem Doktorat! Morgen willst du nach Wien, ich weiß nie, ob du wieder zurückkommst. Vielleicht triffst du diesen Wolf aus Köln? Oder turtelst mit deinem Professor? Oder mit deinen jungen Kollegen? Solange du studierst, bleibe ich verheiratet. It's as simple as that!«

»Aber Cliff, das Studium ist meine Sicherheit für die Zukunft. Ich will dich nicht immer um alles bitten müssen …«

»Wird dir nichts anderes übrig bleiben. Der Roman ist eine Pleite, die Dissertation geht auch daneben …«

»Wieso geht die Dissertation daneben?«

»Das ist mein Gefühl!«

»Was soll ich deiner Meinung nach tun?«

Clifford lief rot an: »Stop that bullshit! Du bist eine Frau. Du musst nichts beweisen! Ich verdiene genug Geld und du kümmerst dich um den Haushalt und um mich.«

»Beverly hat gesagt, ich habe Schreibtalent.«

»Hat sie den Roman genommen?«, er grinste höhnisch. »Hat sie nicht! Das war eine höfliche Ausrede, Baby, du hast keine Ahnung von der Welt. Aber langsam reißt mir die Geduld.«

»Clifford, schau mich an. Warum hast du mir nichts gesagt von der Scheidung? Weißt du, wie kränkend es ist, wenn man es von der Sekretärin erfährt?«

Clifford biss sich auf die Lippen und schwieg.

»Du warst mit Grace in Frankfurt? Warum hast du mich nicht gefragt?«

»Du kommst ja nicht mehr mit! Du musst ja in die Bibliothek. Du hast ja keine Zeit mehr für mich! Nur nach Wien geruhst du zu fliegen.«

»Habt ihr im selben Hotelzimmer geschlafen?«

»Wir waren zu dritt!«, schrie Cliff. »Gregory war mit. Es war völlig harmlos. Ich reise nicht gern allein. Aber du interessierst dich ja nicht mehr für mich!«

»Doch«, sagte ich, »sonst wäre ich nicht mehr hier.«

»Du machst mir nicht einmal einen Kaffee, wenn ich dich darum bitte, so weit sind wir schon!«

Ich stand auf und schleppte mich in die Küche.

»Ich hätte es dir sowieso heute gesagt«, rief mir Clifford nach, »beeil dich. Es gibt was Wichtiges zu besprechen und ich will dir einen Vorschlag machen.«

»Welchen Vorschlag?«, fragte ich, als ich zurückkam, mit einer vollen Kanne und einer zweiten mit heißer Milch.

»Zuerst das Wichtigste«, Clifford hielt mir seine Tasse hin, »dein Roman ist nichts geworden. Aber meine Sterne stehen glänzend! Es gibt grandiose Neuigkeiten. M. A. Kent ist nicht mehr auf den Bahamas.«

Ich schwieg und kostete den Kaffee. Mhmm. Das half.

»Interessiert dich das nicht?«, fragte Clifford drohend. »M. A. Kent ist nicht mehr auf den Bahamas!«

»Doch, doch«, sagte ich höflich, doch im Grunde war es mir egal. Cliff hatte mich belogen und betrogen, die ganze Redaktion lachte über mich, Rosabella triumphierte, keine Scheidung, aber eine blühende neue

Idylle mit Grace, M. A. Kent hätte auf den Mond fliegen können, es hätte mich nicht berührt.

»Willst du nicht wissen, wo er ist?«, rief Clifford laut.

Ich nickte automatisch.

»Er ist in London! In Behandlung. Bei einem weltberühmten Spezialisten. Es geht ihm schon viel besser. Und jetzt halt dich fest: Nach all den Jahren hat er mich nicht vergessen. Er denkt daran, seine Autobiografie zu verfassen. Und wer soll sie schreiben? Ich!«

»Gratuliere!«

»Danke! Und jetzt mein Vorschlag: Wenn du mit diesem schwachsinnigen Studium aufhörst, das nichts bringt, darfst du an dem Buch mitarbeiten.«

Ich reagierte nicht. Schenkte uns beiden Kaffee nach und dachte: Das ist ein echter Machtkampf. Aber den gewinne ich!

»Ich hab gesagt, du darfst mitarbeiten an meinem Buch, bist du taub? Du wirst gut bezahlt. Aber es ist viel Arbeit. Zum Herumkritzeln im 18. Jahrhundert bleibt dann keine Zeit!«

Ich schwieg.

»Das wird ein Weltbestseller! Und dein Name steht drin.«

»Wenn Kent nicht vorher stirbt!«, sagte ich kalt.

»Mit dir kann man nicht reden«, tobte Cliff, »warum soll er sterben? Ich sag dir grade, dass es ihm viel besser geht.«

»Das weiß man nie. Er ist todkrank. Ich verlass mich lieber auf mein Studium.«

Dann stand ich auf, nahm meine Tasse und ging in mein Arbeitszimmer. Cliff lief mir nach.

»Bist du noch zu retten?«, schrie er, »ich biete dir eine einmalige Chance! Wenn du nicht annimmst, bist du verrückt!«

Ich setzte mich an den Schreibtisch, als wäre er nicht da.

»Was tust du?«, brüllte Cliff.

»Ich muss arbeiten.« Ich öffnete die Lade, griff nach der Schachtel mit Ohropax und legte sie gut sichtbar neben meine kleine, blaue Olivetti.

Cliff wurde dunkelrot. Stürzte aus dem Zimmer. Rannte durch die Wohnung und knallte alle Türen zu. Ich beachtete ihn nicht.

Er lief ins Gästezimmer, schloss hinter sich ab und wartete, dass ich ihn holen kam. Ich dachte nicht daran. Er stürzte wieder heraus, hinein in die Küche, kam mit dem Staubsauger zurück und bearbeitete den Teppich im Salon. Ich blieb ruhig sitzen.

Er nahm ein Bad. Warf sich im Schlafzimmer auf das Bett, dass es krachte. Ich ignorierte ihn. Ich war so gekränkt, er hätte sich erhängen können, es hätte mich nicht gerührt. Lange Zeit war Stille. Dann tauchte er wieder auf, die grüne Reisetasche in der Hand. Inzwischen war es drei Uhr nachmittags.

»Ich muss nach Brüssel«, rief Clifford, »kommst du mit?«

»Ich nicht, aber Grace sagt sicher ja! Gute Reise.«

Clifford starrte mich an.

»Das ist deine letzte Chance«, sagte er dann gefährlich leise, »ich bin morgen Abend wieder zurück. Wenn du nach Wien geflogen bist, kriegst du Probleme. Glaube nicht, dass ich allein in der leeren Wohnung bleibe.«

Ich hob den Kopf: »Du lädst sicher wieder deine Freunde von Pigalle ein, die alles verwüsten. Gute Unterhaltung.«

»Spiel dich nicht mit mir«, brüllte Cliff, »wenn du morgen nicht mehr da bist, kannst du gleich in Österreich bleiben! Du hast einen ganzen Tag Zeit zum Überlegen. Dein Professor oder ich!«

Und er machte kehrt und verließ, ohne sich noch einmal umzusehen, das Haus.

Kaum war er weg, sprang ich auf.

Vorhin war mir noch kalt gewesen, jetzt war mir plötzlich so heiß, dass ich kaum Luft bekam. Ich riss die Fenstertüre auf und trat hinaus auf den Balkon.

Die rote und die weiße Perserkatze lagen auf ihren Decken, frisch gebürstet, mit glänzendem Fell, ein Bild der Zufriedenheit.

Hinter ihnen, mitten im Atelier, stand ein riesiger, rotblühender Oleanderbaum in einem hohen, dunkelblau glasierten Topf. Daneben war die Staffelei, leer, ohne Bild. Auch die japanische Malerin war nicht da. Doch selbst wenn sie da gewesen wäre, hätte ich sie nicht bemerkt! Ich sah Cliff und Grace vor mir! In Frankfurt! Im selben Bett! Und ich fühlte, wie ich innerlich zu sieden begann. So eine Gemeinheit! Und wenn ich mein Studium aufgebe, muss ich mir das gefallen lassen, bis er genug hat von mir und mich eintauscht gegen Rosabella. Oder Lynn in Rom mit dem lila Lippenstift!

Zeit, zu gehen, Kitty Valentin! Und zwar gleich!

Wütend lief ich ins Bad, riss mir das blaue Hauskleid vom Leib und duschte kalt.

Dass ich ihn nicht heiraten konnte, war mir schon nach der Tragödie in der Wohnung von Madame Amélie klar geworden. Dass er die Scheidung gestoppt hatte, war nur der berühmte letzte Tropfen, der das Fass zum Überlaufen bringt.

Nicht mit mir, Baby! Man darf sich nicht alles gefallen lassen. Jetzt ist es so weit. Mein Entschluss war gefasst.

Und ich lief in den Salon, in höchster Aufregung, nur ein Handtuch um die Hüften, rief Vicky an, meine Mutter, Irma, Doritt, Rita, Karl und Wolf in Köln.

Dann schrieb ich einen Abschiedsbrief.

Clifford, du verbietest mir Romane zu schreiben und mein Studium abzuschließen, obwohl du weißt, wie viel mir das bedeutet!

Du kannst mich nicht mehr lieben, deshalb verlasse ich dich!

Bitte, informiere Scott, wann du die Wohnung kündigst, damit Vicky meine Rosenstöcke holen kann. Ich habe sie ihr geschenkt!

Die Lorbeerbäume nehme ich mit nach Wien.

Danke für alles, was du für mich getan hast.

Vielleicht können wir irgendwann einmal Freunde werden.

Viel Glück mit M. A. Kent, Grace und Gregory,

Kitty.

Den Brief steckte ich in seine grüne Olivetti auf dem englischen Tisch, dann zog ich mich an für die Reise:

Schwarze Unterwäsche aus Spitze, Sternchenkostüm, Ohrringe aus roter Koralle, ich hatte plötzlich das Bedürfnis, hübsch zu sein. Das Haar band ich hoch zu einem Rossschwanz.

Dann packte ich das Auto voll: Drei Ordner mit Notizen für die Dissertation. Meinen Roman, den weißen Seesack voll mit Büchern, meine kleine blaue Olivetti, schwarzer Maxi-Mantel, himmelblauer Bouclé-Mantel, Glockenhosen, Kleider, Schuhe, Pullover, Wäsche, das vegetarische Kochbuch, das mir Cliffords Vater geschenkt hatte, die dazugehörigen Gewürze aus der Küche. Die rote Reisetasche, Strohkoffer, das rote Kostüm von meiner Mutter, die roten Stiefeletten, alles kam in den kleinen, silbernen Lancia.

Am Schluss holte ich noch die zwei kugelig gestutzten Lorbeerbäumchen vom Balkon.

Dann entfernte ich den Zigarettenstummel, mit dem Rosabella den armen Rosenstock gedemütigt hatte, leerte den Aschenbecher und gab allen Rosen frisches Wasser, den weißen, den gelben, den rosa und den roten.

Dann machte ich das gelbe Seidenbett, in dem ich früher einmal glücklich gewesen war, und schloss hinter mir die Tür.

Ich wusch das Kaffeegeschirr ab, räumte die Küche auf und ging zum letzten Mal durch die schöne Wohnung, die ich so sehr ins Herz geschlossen hatte.

Ich würde sie mehr vermissen als Cliff! Zumindest hoffte ich das. Dann verließ ich schnell das Haus.

Adieu, du hübsche Rue Boulard.

Adieu, Schwimmbad und Rue Daguerre.

Adieu, mein geliebtes Paris! Aber ich schwöre: Irgendwann einmal komme ich zurück! Doktorat in der Tasche. Erfolgreich! Aus eigener Kraft.

Dann setzte ich mich ans Steuer. Und fuhr eintausenddreihundert Kilometer in einem Zug durch nach Wien.

Und die ganze Fahrt über führte ich hitzige Streitgespräche mit Cliff, wütende Dialoge über seine Falschheit und seinen Verrat!

Ich brauste durch die Nacht, überholte alles und jeden, ein sanfter Druck auf das Gaspedal, schon schoss ich mühelos an den schnellsten Autos vorbei, elegant, ohne das Getöse, das andere Sportwagen machen. Es war richtig befreiend.

Es gab noch nicht so viele Autobahnen wie jetzt, sie waren auch noch nicht so breit, doch es war weniger Verkehr und an den Grenzen war ebenfalls nichts los.

Um fünf Uhr früh war ich in Salzburg und bis dahin hatte ich mich beruhigt. Es war noch dunkel und der Zöllner winkte mich zur Seite wegen der Lorbeerbäume, die aus dem Fenster ragten.

»Sind die seuchenfrei?«, fragte er und gähnte.

»Jawohl, Herr Inspektor. Und kerngesund.«

»Dann gute Fahrt, kleines Fräulein!«

Und er winkte mich durch. Den Pass hatte er gar nicht angesehen.

Hurra! Ich war in Österreich! Gerettet! Zu Hause!

Das Abenteuer Clifford Thatcher lag hinter mir.

Ich hatte geliebt und gelitten und viel gelernt, es hatte schrecklich wehgetan, doch ich hatte überlebt!

Und jetzt, Kitty Valentin, fängt was Neues an!

Und keine Angst vor der Zukunft! Sie gehört dir!

KAPITEL XXI

Um neun Uhr früh war ich in Wien, erstaunlich frisch und vergnügt! In Salzburg hatte es geregnet, hier war ein klarer, sonniger Herbsttag, wie man ihn sich nicht schöner wünschen kann.

Ich fuhr sofort zur Universität, inskribierte für das neue Semester, suchte um Verlängerung des Stipendiums an und besuchte meine liebe Freundin Grete in ihrem neuen Büro.

Sie hatte heuer das Studium geschafft, war Frau Doktor mit einem Monatsgehalt und ohne Sorgen mehr für die Zukunft. Sie war Assistentin bei meinem Professor, der leider wieder auf Reisen war, doch sie merkte mich gleich für den ersten Termin vor.

»Du stehst ganz oben auf der Liste«, sagte sie, »sowie er da ist, ruf ich dich an. Und wie gehts mit der Dissertation?«

»Ausgezeichnet! Ich hab die tollsten Sachen gefunden in Paris. Aber das erzähle ich dir einmal in Ruhe. Und vielen Dank.«

Dann fuhr ich zur Hofburg, wo sich die Nationalbibliothek befand, und sah im Katalog nach.

Und dann blieb mir das Herz stehen: Kein einziges der Bücher, die ich in Paris entdeckt hatte, gab es in Wien.

Nur die, die jeder kannte, waren vorhanden und über die war schon hundertmal geschrieben worden! Großer Gott! Was tu ich jetzt?

Ich sank auf eine Bank bei den Garderoben und stützte den Kopf in die Hände. Dabei fielen mir die Augen zu.

Ausschlafen, dachte ich, das ist jetzt das Wichtigste. Dann sehen wir weiter und ich stieg wieder in den kleinen silbernen Lancia und fuhr, wie abgemacht, zu meiner Mutter.

»Komm sofort zu mir nach Baden«, hatte sie am Telefon gesagt, »es ist besser, du bist die ersten Tage nicht allein.«

Also brauste ich nach Süden und um zwei Uhr kam ich an. Meine Mutter wartete schon im Garten, und als sie mich sah, lief sie mir entgegen und umarmte mich fest. Sie trug ihr neues Pepitakleid, das ihr wunderbar stand, und ich war so glücklich sie zu sehen, am liebsten hätte ich geweint.

»Mutti, endlich!« Ich gab ihr einen Kuss. »Ich hab mich schon so auf dich gefreut!«

»Und ich mich auf dich! Lass dich ansehen! Elegant bist du geworden, richtig pariserisch. Wie gehts dir denn, Kitty, gehts dir recht schlecht?«

»Nicht so schlimm. Ich bin nur müde!«

»Logisch. Willst du was essen?«

»Nein, danke, nur schlafen.«

Meine Mutter hängte sich bei mir ein: »Dein Zimmer ist gerichtet, schlaf, so lang du willst.« Und sie begleitete mich hinauf, schlug die Decken zurück und schüttelte das Kissen auf. Ich sank sofort ins Bett, und als ich die Augen wieder öffnete, dunkelte es schon. Und dann wunderte ich mich: Seltsamerweise war ich gar nicht hungrig. Ich war nur aufgewühlt, wie unter Strom. Ich vibrierte innerlich und ich dachte ständig an Cliff. Jetzt kommt er heim, jetzt findet er den Brief, jetzt fährt er zu Vicky, ob er mich vermisst? Miststück! Hoffentlich gehts ihm recht schlecht! Das vergönne ich ihm! Dann machte ich mich frisch und lief die Treppe hinab.

Meine Mutter hatte in ihrem schönen Erkerzimmer den Tisch gedeckt. Es gab meine Lieblingsvorspeise: Apfel mit Karotten, fein geschabt, dazu frische Nüsse, etwas Honig und Zitrone.

Dann Kräuteromelette mit Petersilkartoffeln.

Und dann konnte ich nicht mehr.

»Keine Linzertorte?«, rief meine Mutter. »Extra für dich gemacht, mit mehr Mandeln als Mehl. Die isst du doch so gerne.«

»Morgen zum Frühstück, Mutti. Jetzt will ich nur reden.«

»Dann komm und erzähl mir genau, wie es war.«

Das tat ich, und als ich fertig war, sagte meine Mutter: »Irgendwie geht mir das zu schnell. Auch eine unglückliche Liebe muss man ausleben. Erst wenn du den Mann nicht mehr riechen kannst, ist es vorbei.«

Ich schwieg und seufzte.

»Ich glaub nicht, dass du schon so weit bist. Du hast gesagt, es war noch schön im Bett.«

»Ja.«

»Immer?«

»Ab und zu. Er hat so eine Art … er kann so lieb sein, aber kaum denkst du, das bleibt jetzt so, verwandelt er sich in eine Bestie und quält dich halbtot.«

»Hast du keine Angst, dass er jetzt alles kaputt schlägt in Paris? Aus Wut?«

»Nein. Vicky passt auf ihn auf.«

»Wie denn?«

»Jetzt, am Abend, isst er bei ihr, und sie hat mir versprochen, sie und Scott fahren ihn dann nach Haus und lassen ihn nicht aus den Augen, bis er schläft, und morgen, meint sie, hat er sich dann beruhigt.«

»Mich würde nicht wundern, wenn er morgen vor der Tür steht und dich holen kommt«, sagte meine Mutter.

»Bitte nicht!«

»Der Mann ist stark. Bei dem musst du auf alles gefasst sein.«

»Aber Mutti, er hat die Scheidung gestoppt. Er hat gesagt, ich soll gehen. Er hat genug von mir …«

Meine Mutter lächelte mich an: »Das glaub ich nicht, dass er genug von dir hat, ich bin heilfroh, dass du da bist, Kitty, aber ich fürchte, das wird nur ein kurzer Besuch.«

»Glaubst du, er hat was mit Rosabella?«

»Vielleicht. Früher einmal. Nichts Wichtiges. Du bist

ihm jedenfalls lieber. Sonst wäre er mit ihr zusammen und nicht mit dir.«

Meine Mutter unterdrückte ein Gähnen und sah auf die Uhr: »Kitty! Weißt du, wie spät es ist? Halb ein Uhr früh! Bist du nicht müde?«

»Nein. Ich hab so lang geschlafen.«

»Komm! Ich helfe dir auspacken, dann gehen wir ins Bett.« Wir standen auf, räumten den Tisch ab und gerade, als wir zum Auto wollten, läutete das Telefon.

»Wer ruft denn jetzt noch an?«, wunderte sich meine Mutter. »Das ist ein schlechtes Zeichen.«

»Entschuldige. Das ist nur Vicky. Sie hat versprochen, sie meldet sich, sowie sie Clifford abgeliefert hat.«

»Dann geh hin«, sagte meine Mutter, »aber ich habe kein gutes Gefühl.«

Und wieder einmal hatte sie recht.

»Kitty, bist du das?«, fragte Vicky und ich hörte an ihrer Stimme, dass etwas Schreckliches passiert war, »komm sofort zurück! Cliff liegt bewusstlos im Krankenhaus.«

Ich erschrak bis ins Mark.

»Um Gottes willen, muss er sterben?«

»Hoffentlich nicht! Die übliche Story. Prügelei oben am Pigalle. Cliff hat sich so aufgeregt über deinen Brief, er hat gesagt, er geht nicht nach Haus, er erschießt sich jetzt. Dann sind sie losgezogen, er und Scott, und ich bin mit, damit nichts passiert. Du, so schnell kannst du gar nicht schauen, hat sich Clifford schon mit dem ärgsten Schläger am Boden gewälzt und Scott hat ihm geholfen, was er sonst nie tut, das

Blut ist geflossen, mir ist noch ganz schlecht, ich kann kein Blut sehen …«

»Sind sie schwer verletzt?«

»Nur am Kopf und im Gesicht. Aber sie sehen furchtbar aus! Cliff hat gesagt, noch nie hat ihn eine Frau verlassen, du bist seine große Liebe, er kann nicht mehr leben ohne dich …«

»Wo sind die zwei? Gib mir die Adresse.«

»Im amerikanischen Krankenhaus in Neuilly. Kitty, es ist nicht meine Schuld. Cliff war schon betrunken, als er zum Essen erschienen ist.«

»Wie gehts Scott?«

»Er ist bei Bewusstsein. Morgen darf er nach Haus. Hoffentlich wacht Cliff bald auf, ich mach mir solche Sorgen …«

»Wo bist du jetzt?«

»Daheim.«

»Geh ins Bett, Vicky. Ich komm, so schnell ich kann.«

»Du bist nicht böse?«

»Du kannst doch nichts dafür. Wann fährst du morgen ins Krankenhaus?«

»Gleich um halb acht.«

»Sagst du Clifford bitte, dass ich unterwegs bin?«

»Sag ich ihm. Falls er noch lebt.«

»Wenn alles gut geht, bin ich am Nachmittag in Paris.«

»Komm, so schnell du kannst, Kitty, und bitte, verzeih …«

Ich legte auf. Mir war schlecht und es brummte in meinem Kopf. Meine Mutter aber regte sich gar nicht auf.

»Das hab ich befürchtet«, sagte sie, als ich ihr berichtet hatte, »brauchst du Geld für die Reise?«

»Kannst du mir bitte fünfhundert Schilling leihen? Zum Tanken?«

»Natürlich.«

»Du kriegst sie sofort zurück, wenn ich in Paris bin.«

»Zum Glück haben wir noch nicht ausgepackt.«

»Ja. Aber die Lorbeerbäume lass ich dir da. Willst du sie haben? Für die Terrasse?«

»Gern. Dann setze ich sie morgen gleich in größere Töpfe. Es wird ihnen schon gefallen hier bei mir. Willst du die Linzertorte mitnehmen?«

»Ja, bitte! Unbedingt.«

»Dann pack ich sie dir ein.«

Meine Mutter ging in die Küche und ich holte die Bäumchen aus dem Wagen. Sie waren nicht schwer und ich stellte sie im Garten an die Hauswand. Dann nahm ich die Torte in Empfang und dann gingen wir Hand in Hand hinaus in die Kastanienallee, wo ich geparkt hatte.

»Jetzt kommst du wenigstens zu den Büchern, die du noch für die Dissertation brauchst«, sagte meine Mutter, »du siehst, es hat auch seine gute Seite.«

»Ja, das ist ein Trost.«

»Wenn du willst, komm ich dich im November besuchen.«

»Falls ich dann noch in Paris bin.«

»Das nehme ich stark an. Wie lang brauchst du denn noch in der Bibliothek?«

»Vier bis fünf Monate.«

»Das wirst du auch noch überstehen.«

»Mutti, sag, deiner Meinung nach, wie lang dauert denn gewöhnlich eine Leidenschaft?«

»Fünf Jahre«, sagte meine Mutter sofort.

»Fünf Jahre?«, rief ich entsetzt.

»Drei hast du schon. Lass es auf dich zukommen, vielleicht ist auch schon früher Schluss.«

»Mutti, bitte, halt mir die Daumen.«

»Mach ich, mein Schatz. Hübsches Auto«, sagte sie dann nachdenklich, »passt gut zu dir. Aber fahr nicht zu schnell.«

Ich fiel meiner Mutter um den Hals und drückte sie fest an mich. »Danke für alles. Schön wars mit dir.«

»Und mit dir.«

Ich gab ihr einen Abschiedskuss, dann stieg ich ein.

»Ruf mich sofort an aus Paris.«

»Sowie ich zu Hause bin.«

»Und gute Besserung für Cliff.«

»Werd ich ausrichten.«

Ich startete den Wagen, winkte und meine Mutter warf mir eine Kusshand zu.

Dann fuhr ich hinaus in die sternenklare Nacht, dieselben eintausenddreihundert Kilometer zurück nach Paris, die ich am Vortag gekommen war. Und die ganze Zeit über dachte ich: Wenn Clifford jetzt stirbt, ertrage ich es nicht. Er hat mich gequält und belogen, er macht mich ganz verrückt und: Ich will keinen verheirateten Mann! Aber bitte, lieber Gott, lass ihn leben.

Sterben darf er nicht!

Am späten Nachmittag war ich in Paris. Von unterwegs hatte ich Vicky angerufen. Scott war schon zu Hause, aber Cliff war immer noch nicht aufgewacht.

In höchster Aufregung erreichte ich das amerikanische Krankenhaus. Doch ich kam zu spät. Das Zimmer war leer. Kein Cliff. Entsetzlich! War er tot?

»Mister Thatcher ist nicht mehr da«, sagte mir eine unfreundliche Ärztin, mit großen Ohrringen und Stöckelschuhen.

»Wo … wo ist er denn?«, hauchte ich mit letzter Kraft.

»Seine Frau hat ihn abgeholt. Er ist zu Hause.«

Ich starrte sie an. Alles hätte ich erwartet, nur das nicht.

»Wann … wann war denn das?«

»Vor einer Stunde.«

»Und wie geht es ihm?«

»Den Umständen entsprechend. Guten Abend, Mademoiselle.«

»Moment, bitte, hat er für mich keine Nachricht hinterlassen?«

Sie sah sich unwillig um: »Wer sind Sie denn?«

»Seine … Cousine«, stotterte ich.

Sie schüttelte den Kopf: »Keine Nachricht, Mademoiselle, au revoir.« Und sie ließ mich einfach stehen.

Ich war so entsetzt, wie in Trance fuhr ich zurück in die Rue Boulard. Am Boulevard Raspail war Stau. Und in welchem Zustand würde die Wohnung sein? Gott sei Dank hatte ich den Schlüssel noch. Doch die Wohnung war in Ordnung, verströmte Ruhe und Geborgenheit. Nur ein voller Müllsack stand im Vorzimmer neben der Eingangstür. Sonst war alles intakt. Ich setzte mich in den großen, hellen Salon, auf das gelbe Sofa vor dem Kamin und sah mich um: Der Brief, den ich Cliff geschrieben hatte, lag in winzige Stücke zerfetzt auf dem Teppich.

Der Teppich war kaffeebraun und die bodenlangen Vorhänge pink. Eine fröhliche Kombination, die mich immer an eine Torte erinnert: Schwarzwälder Kirsch.

Ich war todunglücklich, doch ich musste lächeln. Schön war es hier bei mir. Die Abendsonne schien durch die hohen Fenstertüren und die Rosen blühten auf dem Balkon, als ob ich nie weg gewesen wäre.

Ich schloss die Augen und lehnte mich zurück. Plötzlich war ich todmüde von der langen Fahrt.

Doch ich verstand die Welt nicht mehr. Clifford war bei Grace. Warum hatte er nicht auf mich gewartet?

Etwas musste geschehen! Ich wollte wissen, woran ich war.

Sofort!

Also stand ich wieder auf, ging zum Telefon und mit viel Herzklopfen wählte ich die Nummer in Neuilly.

Es läutete ewig. Endlich hob man ab.

»Grace Thatcher«, sagte die gefürchtete spitze Stimme.

»Oh, hallo. Kitty Valentin. Könnte ich bitte Clifford sprechen?«

»Nein. Er schläft.«

»Wie gehts ihm denn?«

»Miserabel«, lachte sie erfreut, »es geht ihm so schlecht, wie er es verdient!«

»Könnten Sie ihm bitte ausrichten, dass ich zurück bin, in Paris?«

Feindliches Schweigen am anderen Ende.

»Könnten Sie ihm bitte sagen …«, begann ich erneut, aber Grace legte einfach auf.

Da saß ich dann wie ein geprügeltes Kind. Inzwischen war ich so müde und verzagt, ich konnte kaum noch denken.

Trotzdem versuchte ich es zwei Stunden später wieder: »Guten Abend. Ist Clifford schon wach?«

»Ja.«

»Dürfte ich kurz mit ihm reden?«

»Nein«, sagte Grace sofort, »das regt ihn zu sehr auf. Wir hatten gehofft, Sie bleiben weg und belästigen uns nicht mehr.«

Der Hörer sank mir aus der Hand. Es war so peinlich, am liebsten wäre ich wieder zurückgefahren nach Wien. Doch dann legte ich auf, ging zu Bett und schlief elf Stunden durch.

Die Sonne weckte mich am nächsten Tag. Ich hatte vergessen, die Jalousien zu schließen. Es war ein strahlender Morgen, windstill und warm und die Welt sah gleich viel schöner aus.

Ich sprang aus dem Bett und rief Vicky an. Scott war am Apparat.

»Hallo, Scott, wie gehts dir?«

»Besser. Bist du in Paris?«

»Ja. Stell dir vor, Grace hat Cliff aus dem Spital geholt. Und sie sagt ihm nicht, dass ich wieder zu Hause bin.«

»Das sieht ihr ähnlich«, lachte Scott, »mach dir keine Sorgen, das haben wir gleich.«

»Rufst du ihn bitte an?«

»Tu ich. Leg auf.«

Fünf Minuten später klingelte mein Telefon.

»Hi, Darling«, sagte Cliff mit rauher Stimme, »I'll be right over!«

Und eine Stunde später war er da. Jean brachte ihn mit dem Wagen und half ihm die Treppe hoch. Nie vergesse ich diesen Anblick. Cliff sah furchtbar aus.

Das ganze Gesicht unförmig verschwollen, blutige Schrammen auf der Stirn, seine schönen Katzenaugen nur noch schmale Schlitze, schwarzblau unterlaufen, und er ging wie ein uralter Mann, tapsend, schlurfend, zog die Beine nach und stöhnte unentwegt.

Trotzdem sank er vor mir auf die Knie und wollte meine Füße küssen.

»Hör auf, Cliff, hör auf!«

Da umschlang er meine Hüften und begann zu schluchzen.

»Kitty, Sweetheart, lauf nie wieder weg. I love you so much! Wenn du weg bist, scheint keine Sonne, die ganze Welt ist grau. So sorry, dass du mich so sehen musst. Ich geniere mich so vor dir. Oh Darling, Darling, please forgive me, es kommt nie wieder vor …«

Heißes Mitleid überkam mich.

»Du gehörst ins Bett«, sagte ich und half ihm hoch.

»Nur, wenn du auch ins Bett kommst. Kitty, nur wenn du bei mir bleibst.«

Also legte ich mich zu ihm und er schmiegte sich an mich und schlief sofort ein.

Viele Stunden später erzählte er mir dann, wie er zu Grace gekommen war.

»Ich wache auf im Spital«, begann er, »und weiß nicht, wo ich bin. Eine arrogante Schwester sagt, ich darf nicht reden. Ich hab gefragt: Wo ist das Bad? Und sie bringt mir einen Nachttopf. Den hab ich verschmäht und die Panik gekriegt. Und plötzlich steht Grace vor mir. Das Spital hat die Redaktion angerufen und die haben ihr gesagt, wo ich bin. Ich sage: ›Grace, hol mich hier heraus, sofort!‹ Das hat sie getan und mich nach Haus geführt. Und mich ausgelacht. Sie war unmöglich zu mir. So straft dich Gott für dein sündiges Leben, hat sie gesagt. Und ist Tennis spielen gegangen in den Polo Club.«

Clifford begann zu stöhnen.

»Strengt dich das Sprechen zu sehr an?«, fragte ich sofort.

»Nein, nein. Ich krieg nur keine Luft. Anyway, Darling, it's finished between her and me. Ich lasse mich scheiden. Egal, wie teuer es ist. Sie hat mir nicht gesagt, dass du zurückgekommen bist. Es ist aus, endgültig aus, ich hasse sie.«

»Zuerst einmal wirst du gesund«, sagte ich leise.

»Zuerst einmal will ich dich spüren. I want to make love to you, Honey. Man hat mich halbtot geprügelt, aber mit dir kann ich immer noch. I need you so much. I want to be inside you …«

»Cliff, du musst dich erholen.«

»Nein! Zieh dich aus! Zieh dich aus!«

Ich hatte nämlich ein Nachthemd an, und Clifford zerrte so lang daran herum, bis ich es über den Kopf zog.

»Mhmmmmm, that's better, Sweetie, oh Darling, you are the love of my life«, und er schmiegte sich an mich und seufzte glücklich und ich fühlte seine glatten, weichen Hände auf meinem Rücken und hörte seinen Herzschlag, laut und stark und schon dachte ich, jetzt wird alles wieder gut, alles wird wieder so, wie es früher war.

Zehn Tage dauerte es, bis Cliff wieder in die Redaktion gehen konnte. Und die ganze Zeit war er reizend zu mir.

Jean brachte täglich seine Post und die internationalen Zeitungen, ich ging einmal am Tag einkaufen, sonst war ich immer bei ihm.

Es ging ihm schlecht. Nach jedem Versuch aufzustehen folgte ein Schwächeanfall. Und er schlief fast den ganzen Tag. Grace rief mehrmals an, doch er ging nicht ans Telefon.

»Ich will nichts mehr von ihr hören, ich will nur noch dich«, sagte er jedes Mal, »ich bin wunschlos glücklich, hier bei dir, nur dein Studium macht mir Angst. Wenn du ein Doktorat hast und ich keins, vielleicht denkst du dann, ich bin nicht gut genug für dich. Das nagt in mir und nagt und nagt …«, und er wurde immer leiser und schlief wieder ein.

Eines Morgens aber kam die Lebenskraft zurück.

Die Schrammen wurden kleiner und heilten ab. Die Katzenaugen waren wieder groß und nur noch gelb umflort. Die Schwellung im Gesicht war weg und er bekam wieder Appetit.

Wir gingen zusammen in die Rue Daguerre zum

Markt. Cliff zog die Beine nicht mehr nach. Er wirkte wieder groß und stark, lief mit federndem Schritt und wirkte so erholt, als wäre er auf Urlaub gewesen und nicht im Spital.

»Kitty, jetzt hab ich viel gelernt«, sagte er, »ich bin ein neuer Mann. Du wirst mich immer lieben und ich dich. It will never end! Wir werden heiraten und Kinder kriegen«, und er fuhr in die Redaktion, entließ Rosabella und reichte die Scheidung ein.

Und zog die Scheidung wieder zurück, damit Gregory kein Scheidungskind wird. Und das Leben ging weiter wie zuvor, es war ein Leben auf dem Pulverfass. Und es dauerte noch fast zwei Jahre lang.

Nie wusste ich: Wann schnappt er um? Heute? Morgen? Nächste Woche? Wann verschwindet er wieder mit Scott hinauf nach Pigalle? Wann trifft er Grace hinter meinem Rücken und kommt schwankend nach Haus?

Nie sagte er mir, wann er sie besuchen fuhr, und beschwerte ich mich, hieß es: »Daran musst du dich gewöhnen. Du hast ja dein Studium.«

Die Abende, die er mit Grace verbrachte, wurden immer mehr zur Qual. Ich lief traurig durch die Straßen von Paris, sah zu den vielen hell erleuchteten Fenstern hoch und dachte: Hinter jedem dieser Fenster sitzt eine unglückliche Frau und wartet auf ihren Mann.

Und es wurde nicht besser. Jeden Tag vor Sonnenuntergang bekam ich eine Depression. Und plötzlich tat mir der Rücken weh, die Füße schmerzten, ich konnte nur noch flache Schuhe tragen, auf die ich Gummisohlen geben ließ. Selbst das weichste Leder schien mir plötzlich viel zu hart!

Und trotzdem kam ich nicht von Clifford los! Ich konnte ihn immer noch riechen, war immer noch süchtig nach seiner Zärtlichkeit, nach dem Gleichklang unserer Körper, immer noch war die Spannung hoch und das Bett versöhnte uns nach jedem Streit.

Nach außen hin war unser Leben wunderbar.

Cliff war musikalisch, spielte gut Klavier, wir gingen in die Oper, in Konzerte, gaben zwei Feste mit Hausmusik und er liebte gute Restaurants.

Ich lernte sie alle kennen: Tour d'Argent, Laserre, Ledoyen, wir gingen auch oft ins Sherwood, und um mich nicht zu verlieren, nahm mich Clifford überallhin mit: zu Festen in der amerikanischen Botschaft, zu einer Gala zu Ehren Rockefellers in einem Luxushotel am Place Vendôme. Zu einem Lunch Chez Maxim's, den Onassis gab, den ich nie vergesse, denn der berüchtigte Reeder langte mit der Hand in den eleganten Suppentopf und fischte die größten Hummerstücke heraus. Es war ein makaberes Essen, denn wenig später war er tot. Gestorben in Paris, im amerikanischen Krankenhaus.

Wir flogen zum Karneval nach Rio. Und nach London zu einer Gardenparty im Buckingham Palace mit der Queen.

Ich lernte Sophia Loren kennen, die Begum, den Aga Khan, Ex-Kaiserin Soraya lud uns ein, sogar der kranke Shah von Persien gab Clifford noch ein Interview in St. Moritz.

Es war ein Leben in der internationalen Glitzerwelt.

Nach jedem Essen aber drohte wiederum Pigalle. Frohes Wandern von einer Bar zur anderen. Cliff war unberechenbar.

Manchmal war er so betrunken, dass kein Taxi mehr stehen blieb. Dann versteckte ich ihn in einem Haustor und erst wenn ich schon im Wagen saß, wankte er herbei.

Doch soviel er auch trank, er übergab sich nie. Nur zu Hause sank er dann still in sich zusammen, lag leblos im Flur oder im Bad vor der Wanne und nach dem Erwachen wusste er von nichts.

Trotzdem fuhr er jeden Morgen Punkt halb zehn in die Redaktion und schrieb großartige Artikel. Wie er das schaffte, war mir schleierhaft.

Er war der berühmteste Journalist seiner Zeit, deckte Skandale auf, bekam Preise, interviewte Präsidenten, Gelehrte, Filmstars und Tycoons, doch es war ein trügerisches Glück.

Ich wusste ganz genau: Der nächste Rückfall kommt bestimmt. Nach spätestens sechs Wochen Frieden kam er nachts nicht heim, ohne Warnung, ohne Entschuldigung, stockbesoffen, keifte und beschimpfte mich, schrie, es war zum Verzweifeln!

Einmal, im Sommer, nach einem monströsen Streit, verließ ich ihn und besuchte Wolf in Avignon. In unserem Märchenhaus mit den vielen Blumen, den Königspalmen und dem Mimosenbaum. Es war eine glückliche Zeit.

Als ich zurück nach Paris kam, um meine Sachen zu packen, lag Cliff halbtot im Bett, den Kopf verbunden, neun Stiche in der linken Wange und vom Eingang bis zum Schlafzimmer eine breite Spur aus Blutstropfen auf dem Teppich.

Ich fiel fast in Ohnmacht und wurde wieder schwach, pflegte ihn und versprach, Wolf nie wiederzusehen, denn er drohte mit Selbstmord und das wollte ich nicht riskieren.

Weihnachten 1975 trennten wir uns offiziell. Ich fuhr zurück nach Wien, doch vor Silvester kam er mich wieder holen. Und ich fuhr mit ihm zurück nach Paris! Es war wie verhext: Ich konnte immer noch nicht ohne ihn sein.

Und er nicht ohne mich!

Wir flogen zu seinem Vater nach Amerika, der ihm die besten Ratschläge gab. Einen ganzen Monat lang wirkten sie. Dann ging es wieder von vorne los.

Es wurde und wurde nicht besser. Bis auf eins: Ich schrieb eine fabelhafte Dissertation!

Doch das ist ein Kapitel für sich.

KAPITEL XXII

Der Grund, warum ich so lange mit Cliff durchhielt war nicht nur das Bett, es war auch mein Studium.

Ich hatte den heiß ersehnten Leseausweis in der Tasche und die Tore der berühmten Bibliothèque Nationale in der Rue Richelieu, im Herzen von Paris, öffneten sich für mich!

Und kaum tat ich den ersten Schritt in die heiligen Hallen, versank das ganze private Unglück und ich war in einer besseren Welt.

Ich habe es noch nicht erwähnt, doch ich schrieb meine Dissertation im Luxus. Im schönsten Lesesaal der Erde, unter gläsernen Kuppeln, von schlanken Säulen gestützt und die Sonne brachte die Wandmalereien zum Strahlen und man hatte den Eindruck, von einem romantischen Blätterwald beschützt zu sein.

Ich saß an einem mächtigen Schreibtisch aus edlem Holz, genoss die Ruhe und den Frieden und den wunderbaren Duft nach Büchern. Und machte Detektivarbeit: Ich suchte die vergessenen Schriftstellerinnen.

Es war nicht leicht!

Schrieb ein Pastor eine mittelmäßige Predigt, stand sein Name in allen Lexika. War seine Frau eine berühmte Autorin, wurde sie mit keinem Wort erwähnt.

Ich fand sie aber doch. Jane Austen erwähnte viele Namen und ich entdeckte Hinweise wie »Mrs. Manley liest aus ihrem neuesten Roman« oder »Maria Bennett hat wieder ein herzerfrischendes Buch verfasst!«

Ich erweckte sie alle wieder zum Leben, Elizabeth Heywood, Elizabeth Inchbald, Sarah Fielding, ich las die Briefe der Hester Chapone und »The Life of Mrs. Thrale«.

Es war so spannend, dass ich sogar davon träumte.

Manchmal war ein Buch noch nicht geöffnet und noch in Bögen gefaltet. Die Seiten mussten erst aufgeschnitten werden. Ein Bibliothekar tat das für mich.

Und dann hielt ich es in der Hand: Gedruckt in England 1775, zum ersten Mal gelesen zweihundert Jahre später, von mir, Kitty Valentin in Paris.

Es war ein berauschendes Gefühl!

Ich las und las und las.

Manche Romane bestanden aus sechs Bänden, jeder hunderte von Seiten stark, ich wusste nicht, wonach ich suchte, ich schrieb einfach alles Interessante heraus. Das dauerte ein Jahr.

Dann analysierte ich, was ich gefunden hatte.

Es war eine Revolution. Und als ich mir ganz sicher

war, ging ich ins Café gegenüber, wo ich öfter Pause machte, und bestellte ein Glas Pommery.

»Was feiern Sie denn, Mademoiselle?«, fragte der Kellner, der mich schon kannte, »Sie sehen so vergnügt aus!«

»Ja, Monsieur! Ich habe soeben mein Doktorat bestanden! Ich habe etwas entdeckt! Ich schreibe eine Dissertation und jetzt weiß ich, dass sie angenommen werden wird!«

Denn was hatte ich gefunden?

Warum schrieben die vergessenen Talente Romane, hunderte Seiten lang? Fünf, sechs dicke Bände, worauf wollten sie hinaus? Und mit Vergnügen stellte ich fest: Gut versteckt zwischen Liebe und Intrige, gebrochenen Herzen und Verrat säten sie still und heimlich die Saat zur Emanzipation der Frau!

Gebildete Frauen waren damals in England verpönt. Sie wurden als Witzfiguren geschmäht, über die man schallend lachte.

»Eine Frau, die schreibt, ist so lächerlich wie ein Hund, der auf zwei Beinen geht«, schrieb ein gewisser Samuel Johnson. Und allgemein wurde gewarnt: »Mädchen wollen nur deshalb lesen und schreiben lernen, damit sie Liebesbriefe verfassen können. Erzieht man sie wie ihre Brüder, sind sie dem Ehemann nicht mehr untertan, werden eitel, aufmüpfig und frech. Hände weg von der Erziehung der Frau.«

Doch was taten die Autorinnen, die ich wiederfand? Sie behaupteten das Gegenteil und erfanden eine Heldin nach Maß: The Heroine of Sensibility!

Und plötzlich gab es eine Flut von neuen Frauen im Roman: Gebildet, wohlerzogen, vernünftig, verlässlich, liebenswürdig, keusch und treu. Dem Ehemann ergeben. Nie vorher waren solche Figuren aufgetaucht.

Zu Anfang des Jahrhunderts sank die Heldin noch spärlich bekleidet, mit nacktem Busen dem Hausfreund an die Brust. In der Gartenlaube, heimlich, bei Mondenschein.

Und sie hatte nur einen Wunsch: möglichst viele Herzen zu brechen!

Die neue Frau aber wollte weiterkommen in der Welt und tauschte begeistert Erotik, Leidenschaft, Liebhaber, Flirten und Tanz gegen das Recht, etwas lernen zu dürfen.

Es war der erste Schritt zur Gleichberechtigung der Frau! Niemand hatte das vor mir erkannt.

Man wunderte sich nur, warum sich das Frauenbild im Roman so radikal verändert hatte. Aber keiner wusste weshalb!

Hellauf begeistert schrieb ich dann alles nieder, den ersten Entwurf auf rosa Papier, den zweiten auf grünes und die Endfassung in Weiß.

Ich war so verliebt in mein Thema, ich warf mich mit Leib und Seele in die Dissertation. Ich konnte an nichts anderes mehr denken, Clifford konnte schreien, wüten, toben, es war mir ganz egal!

Und zu Ostern, in meinem fünften Jahr mit ihm, war sie fertig, zweihundertachtzig superbe Seiten! Ich hätte schreien können vor Glück! Und dann flog ich nach Haus.

Ich reichte sie an der Universität mit folgendem Titel ein: »The 18th Century English Novel Heroine – a changing Ideal«.

Clifford flog mit mir. Er ließ mich nicht mehr allein nach Wien.

Er hatte zu viel Angst vor »dem Wolf aus Köln«, vor meiner Mutter, meinem Onkel, meinen Freunden und Kollegen, auf die er rasend eifersüchtig war.

Er hasste auch die Dissertation, und als ich den Stoff für das Rigorosum erfuhr, das ist die letzte schwere Prüfung, die man für das Doktorat bestehen muss, gab es einen neuen bösen Krach.

Es war viel zu lernen: die ganze deutsche Literatur, die ganze englische Literatur, und in Altenglisch sechshundert Verse Beowulf, sechshundert! Und von jedem Wort musste ich die Lautverschiebungen wissen, vom Altenglischen ins Neuenglische und ins Neuhochdeutsche, also wie aus dem alten »fleaje« die englische »fly« und die deutsche »Fliege« wurde.

Mir wurde fast übel, als ich das erfuhr. Und Clifford war empört. »Dass du dir das gefallen lässt, versteh ich nicht«, sagte er drohend, »stures Auswendigstrebern wie ein Volksschulkind. Wenn du das tust, ist heuer unser ganzes Jahr versaut! Du steckst bis Weihnachten in deinen Büchern und Skripten und ich hab überhaupt nichts mehr von dir.«

»Aber Cliff, ich muss!«

»Sterben muss man! Schmeiß den Krempel hin und tu was Vernünftiges.«

»Was?«

»Überarbeite deinen Roman!«

Mir blieb der Mund offen stehen. Meinen Roman? Den er in Grund und Boden verteufelt hatte? Für den er mich beschimpft und bestraft und gedemütigt hatte?

»Du hast gesagt, der Roman ist nichts wert.«

»Die erste Fassung ist nie was wert. Wenn du willst, helfe ich dir dabei.«

Ich wusste genau, dass es ein Manöver war, um mich vom Studium abzubringen, und das sagte ich ihm auch.

Doch er gab nicht nach: Immer wieder quälte er mich damit, störte mich beim Lernen, lud Kollegen von ABC News zu uns nach Hause ein, rauchte und trank und hielt mich die ganze Nacht lang wach und am schlimmsten wurde es vor dem Sommer. Da hieß es wieder: »Entweder das Rigorosum oder ich.«

Mir war inzwischen alles egal. Ich wusste genau, verlassen kann ich ihn nicht, er holt mich sofort wieder zurück. Also lernte ich so gut es ging mit Ohropax, wenn er zu Hause war. Er hatte sich nämlich angewöhnt, stundenlang mit mir herumzuschreien. Meistens ging es dabei um Geld.

Einmal aber strafte ihn der Himmel.

Cliff ging einkaufen in die Rue Daguerre und kam mit Blutwurst zurück, weil sie so billig war. Dann hielt er mir einen lautstarken Vortrag: »Ich, der Brotverdiener, muss dir zeigen, wie man billig einkauft.«

Beim Essen langte er dann gründlich zu, um mir zu beweisen, wie gut es war. Ich saß daneben und wartete ab.

»Iss«, sagte Cliff, »sonst wird es kalt.«

»Danke, kein Hunger.«

»Du sollst essen! Hörst du nicht?«

»Nein!«

»Jetzt will ich wissen, warum du das nicht isst!«, brüllte Cliff, am Ende seiner Geduld.

Da sagte ich ganz ruhig: »Weil mir als Kind so gegraust hat, beim Metzger am Land, wie sie das Blut für die Wurst gerührt haben.«

»Blut? Wieso Blut?«, rief Cliff entsetzt und ließ die Gabel fallen, »was für Blut? Ist das kein Fleisch, was da drinnen ist?«

»Nein«, sagte ich kühl, »ist es nicht. Was glaubst du, warum das so billig war?«

Clifford wurde grün im Gesicht, sprang auf und stürzte ins Klo. Das war das Ende der Blutwurst in unserem Haushalt in der Rue Boulard und das Ende der Vorträge über Billigkost! Von da an kochte ich vegetarisch!

Nach den raffinierten Rezepten und mit den duftenden Gewürzen, die uns sein Vater dagelassen hatte. Cliff war es recht.

Ich konnte ohnehin kein Fleisch mehr sehen.

Je unglücklicher ich wurde, desto mehr taten mir die geschlachteten Tiere leid. Auch um den Fischstand musste ich einen großen Bogen machen, vom Geruch allein schon wurde mir schlecht.

Und dann tat sich Erstaunliches.

»Weißt du was?«, sagte Cliff nach vierzehn Tagen, »mir tut meine rechte Schulter nicht mehr weh und ich bin ein Kilo leichter.«

Und ich stellte fest, dass mein Rücken weniger schmerzte und das Kopfweh besser war.

Manchmal aber regte sich die Gewohnheit.

»Grace hat heute Gäste«, sagte Cliff voll Wehmut, »ich möchte wissen, was sie kocht. Sicher wieder einen riesigen Braten.«

Bald aber sagte er nichts mehr.

Ohne Fisch, ohne Fleisch war das Leben billiger. Ich kam mit dem halben Wirtschaftsgeld durch. Das fand er natürlich grandios.

Sonst aber änderte sich nichts!

Cliff wollte mit allen Mitteln verhindern, dass ich das Rigorosum bestand. Und je mehr Zeit verging, Mai, Juni, Juli, desto angriffslustiger wurde er.

Wie ich das ertrug, ist mir heute noch ein Rätsel. Doch eine innere Stimme sagte: Kitty Valentin, da musst du durch. Fertigstudieren, mit aller Kraft! Dann kommt die Belohnung. Dann wird das Leben wieder schön! Und meine Mutter sagte mir das auch. Doch ich hatte große Sorgen: Ich wartete und wartete, keine Nachricht kam von der Universität.

»Hast du von deinem Professor gehört?«, pflegte Clifford scheinheilig zu fragen. »Nein? Noch immer nicht? Dann bleibt nicht viel Hoffnung für die Dissertation.«

»Wieso?«

»Sie interessiert ihn nicht! Er kann sie nicht fertiglesen, er findet sie schlecht. Ich habs dir gesagt, oder nicht? Du vertust deine Zeit. Hör auf mit diesem blöden Lernen und wenn dich dein Roman nicht interessiert, hilf mir mit M. A. Kent.«

Ich seufzte. M. A. Kent war mir ganz egal. Außerdem war er unberechenbar. Er war zwar immer noch am Leben, in London, im Spital. Oft aber ließ er wochenlang nichts hören. Es war ein äußerst fragwürdiges Projekt.

»Willst du ihn nicht kennenlernen?«

»Aber gern. Nach dem Rigorosum jederzeit!«

»So was Hartnäckiges wie dich gibts nur einmal auf der Welt«, rief Cliff, »du willst doch nicht den ganzen Sommer über lernen?«

»Doch! Ich kann aber auch zu meinem Onkel fahren, auf die Burg. Und du machst Urlaub mit Gregory.«

»Wirklich nicht. Wir fliegen nach Korsika, du und ich. Es ist alles arrangiert.«

»Aber mit den Skripten und Büchern.«

»Das werden wir schon sehen«, sagte Cliff.

Also flogen wir.

Das heißt, um ein Haar wäre ich dageblieben. Als ich nämlich meine rote Reisetasche packte, stellte ich mit Entsetzen fest: Alles, was ich zum Lernen brauchte, war weg!

Meine Freundin Grete hatte mir ihre Skripten geborgt: »Hüte sie wie deinen Augapfel«, hatte sie gesagt, »die sind mir heilig!«

Und jetzt waren sie nicht mehr da. Es war zum Verrücktwerden! Am Abend hatte ich sie noch ordentlich bereitgelegt. Samt Lesebrille und den wichtigsten Büchern. Jetzt war alles wie vom Erdboden verschluckt!

Und in vier Stunden ging das Flugzeug. Ich überlegte fieberhaft. Wo hatte Clifford sie versteckt?

Weit konnten sie nicht sein. Er war gestern spät heimgekommen und heute noch nicht weggegangen. Also waren sie noch in der Wohnung. Aber wo?

Ich lief in die Küche und sah im Müllsack nach. Unter dem Müllsack. Im Backrohr. Im Tiefkühlfach. Im Kamin. Auf dem Balkon. Nichts!

Langsam wurde ich nervös. Cliff war im Salon und telefonierte mit lauter Stimme.

Ich suchte im Schlafzimmer unter dem Bett, hinter den bodenlangen Vorhängen, da fiel mir auf, dass der Kleiderschrank verschlossen war und der Schlüssel fehlte. Gewonnen!

Ich wusste, wo Cliff diesen Schlüssel versteckte: in der Tasche seines Bademantels. Dort fand ich ihn auch.

Und ganz unten im Schrank waren meine Bücher und Skripten, die Grammatik für den Beowulf, die Übersetzung ins Deutsche, das altenglische Wörterbuch, die Schriften des Augustinus für das Philosophikum und meine Lesebrille. Gott sei Dank!

Triumphierend legte ich alles auf die Bettdecke und setzte mich dazu. Dann wartete ich auf das Donnerwetter – und es kam.

Clifford hatte aufgehört zu telefonieren.

»Kitty, bist du fertig?«, er stürmte herein, warf einen Blick auf das Bett und lief rot an.

»Was heißt das«, schrie er los und wartete, dass ich in Tränen ausbrach. Doch die Zeiten waren vorbei.

Ich kannte inzwischen eine bessere Taktik. Ich saß ganz still da, sah ihn mit großen, unschuldigen Augen an und ließ ihn toben.

»Schau mich nicht so an«, brüllte Cliff, »das macht mich wahnsinnig! Kannst du nicht einmal tun, was ich will?«

»Du hast meine Skripten versteckt«, sagte ich ganz ruhig.

»Glaubst du, ich weiß nicht, was läuft?«, schrie Cliff und seine Katzenaugen waren nur noch schmale Schlitze. »Wenn du fertig bist mit dem Studium, dann goodbye old Cliff! I'm your meal-ticket! Your Sugar-Daddy! Aber dazu bin ich mir zu gut! Do you hear me? Das Zeug da kommt nicht mit!«

Ich schwieg.

»Das kommt nicht mit. Bist du taub?«

»Dann bleibe ich auch da.«

»Wie du willst. Dann fliege ich allein.«

Er griff nach seinem Koffer, rannte zur Wohnungstür, knallte sie hinter sich zu und ich hörte ihn die Treppe hinunterstürmen.

Zwei Minuten später war er wieder da: »Wo ist mein Pass?«

»Auf dem Nachttisch.«

»Ich gehe jetzt.«

»Bye bye«, sagte ich freundlich.

Clifford starrte mich an, dann begann er zu weinen.

»You don't love me anymore«, schluchzte er und sank vor mir auf die Knie, »du verstehst mich nicht. Ich will doch nur mit dir den Urlaub genießen.«

»Das will ich auch. Aber dann muss ich lernen, sonst hab ich ein schlechtes Gewissen.«

Clifford hörte schlagartig zu weinen auf und sprang

hoch: »Dann nehme ich meine Schreibmaschine mit und arbeite an meinem Gold-Thriller!«

»Gute Idee«, sagte ich und packte die Skripten ein.

»Aber ich warne dich, mein Roman wird hundertmal besser als deiner«, und er grinste schadenfroh vor sich hin.

Der Sommer auf Korsika war anders als der Urlaub auf Elba, auf Mallorca und Ischia. Die heilende Kraft des Südens wirkte nicht mehr.

Zwar war das Meer ebenso blau, die Sonne ebenso heiß und strahlend, doch es war kein Liebespaar mehr, das in dem luxuriösen Hotelbett, lag mit Blick auf hohe Palmen und den Strand, es waren zwei Rivalen.

Cliff musste mir ununterbrochen beweisen, dass er alles besser konnte als ich: besser laufen, besser schwimmen, besser klettern und er konnte. Logisch!

Ich bin einen Meter sechzig groß, er eins neunzig. Klar, dass er längere Beine hat und stärkere Muskeln und dass er schneller laufen kann als ich.

Früher hatte er besorgt gefragt: »Gehe ich dir zu schnell? Ich bin so viel größer. Du musst es mir sagen, wenn du nicht nachkommst. Geniere dich nicht.«

Jetzt rannte er mittags und abends wie gehetzt durch die Hotelhalle zum Restaurant und ich hetzte, so schnell ich konnte, hinterher. Es war lächerlich. Doch er musste der Erste sein, sonst war den ganzen Tag lang Streit.

Es gab auch kein genussvolles Schwimmen mehr, nur noch Wettkämpfe: »Wer ist als Erster bei den Klippen? Wer ist schneller oben auf dem Felsen?«

Und natürlich war es immer er. Er musste in allem und jedem besser, flinker und klüger sein als ich. No more kissing fish. Das war vorbei.

Beim Lernen benahm er sich wie mein ärgster Feind. Kaum ließ ich einen Moment die Skripten sinken, rief er: »Siehst du? Du bist schon wieder müde. Und mir kommen jetzt erst die besten Ideen.« Und er klapperte triumphierend auf seiner grünen Olivetti in rasendem Tempo und lachte mich aus.

Nach einer Woche übersiedelten wir von Ajaccio nach Marinca, wo die Küste noch völlig unzerstört war, mit wunderbar klarem, türkisem Wasser, das reinste Urlaubsparadies. Es gab weniger Palmen, dafür aber wilde Minze und Sträucher, die ihre Blüten erst in der Dämmerung öffneten und die ganze Nacht betörenden Duft verströmten, es war ein verzauberter Ort.

Unser Hotel bestand aus vielen kleinen Häuschen am Hang, gegessen wurde am Strand, unter einem weißen Zeltdach in der milden, duftenden Luft. Die Besitzer waren reizend und die anderen Gäste auch. Es gab eine Hundefamilie, die großzügig gefüttert wurde, aber Clifford zitterte vor diesen kleinen gelben, freundlichen Tieren und hatte Todesangst vor jeder Wespe, jedem Vogel, jedem Schmetterling, der ihm zu nahe kam.

Vom ersten Tag an war er voller Ängste, sprach nur von den Gräueltaten in Korea, verwandelte die schöne Umgebung in einen Kriegsschauplatz ohne Ruhe, Zufriedenheit, Harmonie und Glück und er trank jeden Abend zwei Flaschen Wein.

»Trink mit mir«, befahl er, »das tut dir gut«.

»Dann kann ich nicht mehr lernen.«

»Machst du eben eine Pause. Wen interessiert das schon.«

Ich machte aber keine Pause. Ich trank Wasser und lernte jeden Tag fünf Stunden, während Cliff an seinem Gold-Thriller schrieb und mich ständig unterbrach.

»Du siehst, der Wein tut mir gut. So eine phantastische Szene ist mir noch nie geglückt. Hör zu, ich lese vor.«

»Cliff, ich bin mitten im Lernen, ich kann mich nicht konzentrieren auf das, was du sagst.«

»Ja? Aber ich darf alles zahlen? Und du tust nur, was du willst? I've never, never, never met anyone as selfish as you!« Und er wandte mir den Rücken zu und klapperte weiter, aber nicht lang.

»Hey! Das ist ein guter Ausdruck. So ein gutes Wort ist mir schon lang nicht mehr eingefallen. Hör zu …«

»Cliff, ich bitte dich …«

»Ich ertrage das nicht länger«, schrie Cliff und sprang hoch, »ich schlafe heute Nacht auf der Terrasse!«

Was er auch tat. Bis ein Uhr früh.

Dann kroch er zu mir ins Bett und wollte Liebe und Zärtlichkeit und gab so lange keine Ruh, bis ich dachte, na gut, damit endlich Frieden ist, soll er kommen und ich öffnete die Arme und war bereit und stellte fest: Ich konnte nicht.

Es ging nicht!

Ich war zu verkrampft, zu verspannt, zum ersten Mal

seit ich Clifford kannte, brauchte ich Vaseline, um mich ihm hingeben zu können.

Zum Glück hatte ich eine große Tube mitgebracht. Als wir Korsika verließen, war sie leer.

Aber trotz der Quälerei, der Eifersucht, der plötzlichen Boshaftigkeit, riechen konnte ich ihn immer noch.

Langsam aber spitzten sich die Dinge zu: Jeden Nachmittag, vor dem Abendessen badeten wir im Meer. Es war ein heißer Tag, kurz vor unserem Rückflug und Cliff war wie gewohnt zum Strand vorausgelaufen. Er musste ja immer der Erste sein. Als ich ankam, pflügte er bereits prustend durch die Bucht. Kurz vorher hatten wir noch auf Mord und Brand gestritten und ich watete ins Wasser und stellte mit Entsetzen fest: Ich kann nicht mehr schwimmen, ich weiß nicht mehr, wie das geht!

Sofort wurde mir eiskalt! Am Vortag war ich noch stundenlang geschwommen und jetzt? Es war absurd!

Im Wasser war ich zu Haus. Mit vier Jahren schon hatte mir meine Mutter Schwimmen beigebracht. Nie hatte ich Angst gehabt, vor keinem Fluss, auch nicht vor dem tiefsten See, und hier stand ich nun, von allen verlassen, und dachte: Das Wasser wird mich nicht mehr tragen.

Panische Angst schnürte mir die Kehle zu. Angst vor dem Meer, dem Leben, vor der Zukunft – und vor Cliff!

Was, wenn er recht hat, und die Dissertation nicht angenommen wird? Mein Herzblut hatte ich gegeben, mein Bestes, meine ganze Kraft! Wenn das nicht reicht, welche Chancen habe ich noch? Was tu' ich dann? Was wird aus mir?

»Hurry up«, rief Cliff, er war inzwischen drüben angelangt und auf einen Felsen geklettert, »was brauchst du so lang?«

Da holte ich tief Luft und entschied: Ich schwimme über die Bucht und wenn es mich umbringt!

Plötzlich wusste ich wieder, wie es ging, und wagte das erste Tempo und das zweite. Das Wasser trug mich, aber wie lang?

Ich konnte noch den Boden sehen, aber dann wurde es tiefer, dunkler, kühler … salzige Wellen schwappten mir in die Augen und in den Mund, jede Sekunde wartete ich auf das Ende.

Mit Herzrasen und in Todesangst schwamm ich über die Bucht. Zitternd kam ich drüben an. Mit letzter Kraft kletterte ich auf den Felsen.

Gerettet! Es war geschafft!

»Du wirst nie so schnell schwimmen wie ich«, knurrte Cliff. Er lag auf dem Rücken, in der Abendsonne, die Katzenaugen geschlossen. Und er strahlte Unfrieden aus.

Und als ich hinunterblickte, auf den schönen, starken, gebräunten Körper, auf den vollen Mund, auf den ganzen, großen, stattlichen Mann, der mich nur noch kritisierte und beschimpfte wie ein dummes Kind, da wusste ich: Die Schmerzgrenze ist erreicht.

Jetzt brauche ich wirklich Hilfe! Wenn sich nicht bald etwas ändert, freut mich das Leben nicht mehr!

KAPITEL XXIII

Ich kam zurück nach Paris, ein zitterndes Bündel Elend. Cliff hatte mir so zugesetzt, ich sah Gefahr in allem und jedem. Auf der Straße, im Haus, in der Dunkelheit, ich wog nur noch achtundvierzig Kilo, meine Stirnhöhlen schmerzten, ich konnte kaum noch lernen und das Schlimmste war: Ich war überzeugt davon, ein Versager zu sein.

Doch in Paris wartete ein Brief auf mich. Von der Universität. Absender: meine liebe Freundin Grete.

Cliff reichte ihn mir wortlos und gottergeben setzte ich mich an meinen Schreibtisch und öffnete ihn. Das ist jetzt die zweite Absage, dachte ich und nahm mit klammen Fingern das Blatt heraus und begann zu lesen. Und las. Und las. Und las.

Denn was stand da?

Mein Professor hatte die Dissertation akzeptiert und aufs Höchste gelobt!

Aufs Höchste gelobt!, schrieb Grete: *Stell dir vor, er hat sie am Wochenende mit nach Haus genommen und am*

Montag hat er uns alle zusammengerufen und gesagt: Das ist endlich wieder einmal eine großartige Arbeit, flüssig geschrieben wie ein Roman. Und es steht was Neues drin! Dann hat er sie uns zur Lektüre empfohlen!

Da ist dir was gelungen, Kitty. Gratuliere! Wir haben den ganzen Tag von nichts anderem gesprochen. Wann kommst du nach Wien? Du kannst dich anmelden für das Rigorosum! Ich freu' mich auf dich.

Deine Grete.

Ich begann zu weinen, legte den Kopf auf den Schreibtisch und schluchzte und schluchzte. Monatelang hatte ich gewartet und gehofft und gezittert und gezweifelt, jetzt endlich war ich erlöst. Brauchte mich nicht mehr zu fürchten. Das Ziel lag greifbar vor mir.

Mein Gott, die Erleichterung.

»Well, I told you«, hörte ich plötzlich Cliffords laute Stimme. Er hatte fertig ausgepackt und war hereingekommen, ohne dass ich es bemerkt hatte, »I told you, it was rubbish! Aber keine Angst, ich füttere dich trotzdem durch!«

Ich hob den Kopf, wischte die Tränen weg und sagte kaum hörbar: »Die Dissertation ist angenommen.«

Cliff schob den Kopf vor: »Was sagst du? Sprich lauter, ich versteh dich nicht.«

»Mein Professor hat die Dissertation akzeptiert.«

»Was?« Clifford wich entsetzt zurück. »Du bist unmöglich! Hör sofort auf zu weinen! Genierst du dich nicht? Du benimmst dich wie ein Kind. Ich fahre nach Neuilly. Zu meiner Familie. Warte nicht mit dem Essen auf mich.«

»Muss das gleich sein?«, fragte ich gekränkt und hoffte auf ein liebes Wort, das nicht kam.

»Ich habe Grace vier Wochen nicht gesehen«, rief Cliff, lief in den Salon, ich hörte ihn telefonieren, dann verließ er ohne Gruß die Wohnung und war weg.

Ich stand auf und trat hinaus auf den Balkon. Die schönen Perserkatzen hatten den Sommer gut überstanden, putzten sich auf ihren Decken, der Oleander im Atelier blühte immer noch und ein neues farbenfrohes Bild stand auf der Staffelei.

Die japanische Malerin lehnte am Fenster, ganz in Weiß mit einer roten Kappe auf ihrem schwarzen Haar, und plötzlich sah sie mich und zum ersten Mal winkte sie mir zu. Und ich winkte zurück.

Und dann verbrachte ich einen herrlichen Abend, allein. Ich rief meine geliebte Mutter an, meinen Onkel, Vicky, Irma, Doritt, Rita, Karl und Wolf in Köln. Und ließ mir gratulieren. Es war ein Hochgenuss!

Dann fiel ich wie ein Stein ins Bett und zum ersten Mal seit Langem konnte ich wieder ruhig schlafen. Als ich erwachte, war Mittag. Cliff war schon fort. Ich hatte ihn weder heimkommen noch wegfahren gehört.

Wunderbar! Ich nahm ein langes Bad, wusch den letzten Rest Salzwasser aus dem Haar, fand mich wieder hübsch, lächelte meinem Spiegelbild zu, freute mich über meine Grübchen, ich war wie neugeboren! Das Ende meiner Leiden war in Sicht.

Und dann ging es Schlag auf Schlag.

Ich war bienenfleißig. Ich hatte zum Lernen wieder Kraft. Und eines Tages streifte mich ein Genieblitz,

Folgendes geschah: Ich hatte eben sechs Stunden Beowulf übersetzt und genug von dieser düsteren Männerwelt, von den kriegerischen alten Angelsachsen, die einander mit Begeisterung erschlugen und liebevoll beschrieben, wer wen mit welchem Speer erstach.

Ich brauchte eine Pause! Frische Luft. Fröhliche Gedanken. Und da kam mir die Idee: Warum schreibst du nicht einen Artikel über etwas Zeitgemäßes? Also: Was ist derzeit in aller Munde? The new Woman! Die emanzipierte Frau.

Vicky war früher bei der OECD gewesen und ich wusste, dass es dort eine hochinteressante Abteilung für Frauenstudien gab, über die noch nie ein Wort geschrieben worden war.

Also rief ich die Leiterin an, eine tüchtige Schweizerin, und bat um ein Interview zum Thema: Frauen in der Wirtschaft.

»Für welche Zeitung?«, wollte sie wissen.

»Ich schreibe freelance«, gestand ich und fürchtete schon eine Absage. Aber nein.

»Kein Problem«, hörte ich mit Erleichterung, »kommen Sie morgen zu mir in mein Büro, wir werden sehen, ob wir miteinander können.«

Und wir konnten! Sogar wunderbar!

Glückstrahlend, mit einem Berg faszinierender Notizen kam ich nach Hause zurück. Denn was hatte ich gelernt? Frauen sind fleißiger, verlässlicher, flexibler als Männer, vor allem aber sind sie weniger krank und fehlen weniger oft am Arbeitsplatz!

Und das war die Sensation.

Allgemein nämlich hieß es damals noch: Frauen gehören nicht in hohe Positionen, einmal jeden Monat haben sie ihre Tage, dann sind sie unbrauchbar und bleiben zu Haus!

Ich schrieb den Artikel heimlich, ohne Cliff auch nur ein Wort zu flüstern, auf meiner geliebten, kleinen Olivetti. Aber einmal kam er früher zurück und stand plötzlich in seiner ganzen bedrohlichen Größe vor mir.

»Was tippst du da so eifrig?«, fragte er und kam näher.

»Ahh … ich amüsiere mich mit einem Artikel«, sagte ich schnell und zwang mich zu einem harmlosen Lächeln.

»Gute Idee«, rief Cliff erfreut, »ununterbrochen lernen ist ungesund. Das ist eine nette Abwechslung«, und er ging in die Küche und holte sich ein kühles Bier.

Er fragte nicht einmal, was ich schrieb. Es interessierte ihn nicht. Hauptsache, es lenkte mich vom Lernen ab.

Ich schrieb den Artikel auf Englisch und auf Deutsch und dann zeigte ich ihn meinem Schweizer Engel in der OECD, mit Zittern und Zagen und Angst vor herber Kritik.

Aber nein!

Sie fand alles perfekt, änderte kein Wort und lobte mich sogar. Ein Lob! Wie auf Wolken schwebte ich zur nächsten Post, kopierte den Artikel und schickte ihn an mehrere Zeitungen. Und dachte nicht mehr daran. Und versenkte mich wieder in den grimmigen Beowulf.

Und dann geschah Folgendes: Ohne mich zu informieren, druckte die Herald Tribune plötzlich meinen Artikel. Und die Frankfurter Allgemeine. Und die Neue Zürcher Zeitung und die Presse in Wien.

Es war kaum zu fassen. Atemlos hielt ich die Belege in der Hand, die mit der Post aus Paris, aus Österreich, aus Deutschland und der Schweiz gekommen waren.

Mit zitternden Fingern schlug ich die Seiten auf: Es war kein Traum! Es war wahr! Mein Name stand groß in vier der angesehensten Zeitungen der Welt!

Nie vergesse ich diesen glücklichen Moment. Ich sprang auf, klatschte in die Hände und tanzte im Salon herum.

Dann aber wurde ich ganz still. Und setzte mich vor den Kamin und dachte nach, was das bedeutete. Es bedeutet, Kitty Valentin, dass Clifford unrecht hatte.

Und ich recht!

Das bedeutet, dass ich sehr wohl Sachen schreiben kann, die druckreif sind! Hey, Baby! Ich werde nicht verhungern, wenn ich Clifford verlasse, wie er immer prophezeit, im Gegenteil! Dann werde ich erst richtig zeigen, was ich kann!

Ich breitete alle Zeitungen auf dem Teppich aus und rief meine Mutter an. »Mutti, du wirst es nicht fassen! Vier Zeitungen haben meinen Artikel gedruckt.«

»Daran habe ich keinen Moment gezweifelt«, sagte meine Mutter, »gratuliere mein Kind. Welche Zeitungen? Ich fahre sofort nach Wien und kaufe sie.«

»Rufst du meinen Onkel an?«

»Natürlich. Jetzt gleich. Was sagt dein Cliff dazu?«

»Der darf nichts wissen. Ich habe ihn nicht eingeweiht.«

»Kitty, das ist eine wunderbare Nachricht. Schade, dass du so weit weg bist, sonst könnten wir jetzt ordentlich feiern.«

»Das holen wir nach, Mutti.«

»Unbedingt. Und jetzt ziehe ich mich an und fahre los.«

Mein Onkel schrieb mir einen reizenden Brief: Liebe Kitty! Ich habe deinen schwungvollen Artikel gelesen und kann dir nicht sagen, wie stolz wir auf dich sind. Wir empfehlen aber dringend, dass du dein Studium nicht unterbrichst. Das ist momentan das Wichtigste. Vergiss es nicht.

Ich vergaß es keine Sekunde. Doch ich schrieb noch einen zweiten Artikel über Erfinderinnen, die man totgeschwiegen hatte, und schickte ihn an ein Wochenmagazin in der Schweiz.

Er wurde akzeptiert!

Die Chefredakteurin persönlich rief mich an und sagte: »Je mehr Sie für uns schreiben, desto besser. Ihr Artikel erscheint im nächsten Heft. Und wir zahlen gut.«

Nach diesem Telefonat war ich so beschwingt, ich lud Vicky, Irma und Doritt zum Mittagessen in die Coupole ein.

Dann ging ich zum Markt in die Rue Daguerre und kochte ein herrliches Essen für abends. Zuerst einen Sommersalat mit Palmherzen, kleinen Artischocken, getrockneten Tomaten und sorgsam geschälten roten und gelben Paprika.

Dann ein Risotto mit frischen Steinpilzen und bestem

Grana und als Nachtisch eine himmlisch gute, flache kleine Torte namens Opéra.

Dann deckte ich den Tisch mit Blumen. Ich hatte auch zwei Sträuße rosa Rosen gekauft.

Und dann wartete ich auf Cliff. Ausnahmsweise war er pünktlich. Sah misstrauisch auf die Rosen und fragte: »Was ist los? Gibts was zu feiern?«

»Ja«, sagte ich, »mein Leben!«

Es war zwar sehr verlockend, ihm von meinen Erfolgen zu erzählen, doch die Strafe für meinen Roman tat immer noch zu weh.

»Das ist keine Antwort«, brummte Cliff, »irgendetwas versteckst du vor mir. Ich kenne dich zu gut. Ist dieser Wolf aus Köln zufällig in Paris?«

»Wirklich nicht.«

»Halt mich nicht für dumm«, drohte Cliff, »was immer es ist, ich kriege es heraus.«

Und das tat er auch.

Eine Woche später kam ich vom Markt nach Haus und fand die Wohnungstür nicht abgesperrt. Das hieß: Cliff war schon da.

Überrascht ging ich in den Salon und sah folgendes Bild: Auf dem englischen Tisch, neben der grünen Olivetti und dem Gold-Thriller, stand eine Flasche Cognac und daneben ein halbvolles Glas.

Und davor lagen vier Briefe, von der Herald Tribune, der Neuen Zürcher Zeitung, der Frankfurter Allgemeinen und der Zeitung »Die Presse«.

Die Briefe waren offen und jeder enthielt einen Scheck. Das Honorar für meinen Artikel.

Ohne mich zu fragen, hatte Clifford meine Post geöffnet! Er saß mit krummem Rücken davor, mit grimmiger Miene, und als er mich hörte, zeigte er wütend darauf und rief mit seiner lauten Stimme: »Was ist das? Was geht da wieder vor? Was bedeutet das? Was hast du wieder angestellt?«

Ich holte tief Luft: »Das ist das Geld für den Artikel, den ich geschrieben habe. Erinnerst du dich? Du hast gesagt, das ist eine gute Idee, Pause machen vom ewigen Lernen …«

»Das hab ich nie gesagt.«

»Doch, hast du.«

»Aber nicht, dass du ihn anbieten sollst!«, schrie Cliff. »Bist du verrückt geworden? Blamierst mich vor aller Welt. Der Journalist bin ich! Nichts wie Hass und Neid bei Grace in Neuilly und jetzt geht das weiter, hier bei dir, das stinkt zum Himmel! Das ertrage ich nicht!«

»Aber Cliff, ich bin nicht dein Feind!«

»Aber du benimmst dich so! Verlierst du den Verstand? Du wagst es und schreibst einen Artikel? Du bist ein Nichts! Ein Niemand! Alles was du kannst, hast du von mir gelernt. Ich habe dich mitgenommen zu Interviews, ohne mich hättest du nie eine Pressekonferenz gesehen. Und was ist der Dank? Du machst mir alles nach!«

Er griff wütend nach dem Glas mit Cognac, leerte es auf einen Zug, schüttelte sich, schnappte nach Luft und schrie: »Du machst mich noch zum Alkoholiker! Ununterbrochen musst du beweisen, dass du besser bist.«

»Bist du nicht stolz auf mich? Ein Lehrer sollte stolz auf seine Schüler sein.«

»Du bist nicht mein Schüler, God damn it«, brüllte Cliff, »du lebst mit mir auf meine Kosten! Du hast mir noch kein einziges Hemd gebügelt, die Wohnung geht vor die Hunde, die Vorhänge gehören in die Reinigung, der Teppich ist nicht gesaugt …«

»Du gibst deine Hemden immer in die Wäscherei …«

»Widersprich mir nicht!«

»Du hast gesagt, Grace kriegt eine neue Küche, du hast kein Geld, die Reinigung ist zu teuer, du hast den Staubsauger kaputt gemacht, ich kann den Teppich nicht saugen …«

»Das ist Meuterei«, brüllte Cliff, der inzwischen ziemlich betrunken war, »was erlaubst du dir, du … du …«. Und er sprang auf die Beine und kam auf mich zu, dieser große starke Mann und tobte und schrie, dass es in meinem Kopf dröhnte! Seine dunklen Brauen waren gerunzelt, die Katzenaugen voll Hass!

Noch nie hatte ich ihn so wütend gesehen. Ich bekam Todesangst, gleich bringt er mich um! Und in diesem Moment versagten mir die Finger und die Knie, die Einkaufstasche glitt mir aus der Hand, ich konnte sie nicht mehr halten, ich merkte noch, wie ich zu Boden sank – dann wusste ich nichts mehr.

Als ich erwachte, lag ich auf dem gelben Sofa vor dem Kamin und Clifford sah ängstlich auf mich herab.

»Are you okay?«

Ich öffnete den Mund, doch kein Ton kam heraus.

Und dann merkte ich mit Entsetzen: Mein Herz hatte aufgehört zu schlagen! In Panik horchte ich in mich hinein: Kein Herzschlag! Ich sterbe! Dann endlich: Bumm-Bumm! Also lebte ich noch!

»Du siehst aus wie eine kaputte Puppe«, stellte Clifford fest, »du bist nicht stark genug für mich. Du verträgst nicht die geringste Kritik, so kann das nicht weitergehen ...«

Es läutete an der Tür.

»Doktor Belder ist da«, sagte Cliff, »er ist mein Hausarzt.« Und er ging in den Flur und ließ ihn herein.

Doktor Belder trug einen grauen Straßenanzug, war rundlich und klein, mit freundlichen, intelligenten, dunklen Augen.

»Also, wo tuts weh?«, fragte er.

Doch ich konnte immer noch nicht sprechen. Da wandte er sich an Cliff: »Sie erlauben?« Und er untersuchte mich mit geübter Hand.

»Steht sie unter Stress?«, fragte er dann.

»Und wie! Sie lernt Tag und Nacht für ihr Rigorosum. Das Studium bringt sie noch um. Was ist los mit ihr?«

»It's an anxiety attack. Sonst ist alles okay. Sie braucht Ruhe. Kein Alkohol, keine Zigaretten, kein Kaffee, viel Schlaf, kein Streit! Ein paar Tage ausspannen, Mister Thatcher. Sie auch!« Und er sah auf das Cognacglas in Cliffords Hand.

Dann schrieb er die Rechnung, die Cliff sofort beglich, und ließ uns allein.

Ich setzte mich auf. Plötzlich war meine Stimme wieder da.

»Cliff, ich verlasse dich.«

»Moment«, sagte Cliff, »warum?«

»Weil du mich nicht mehr magst.«

»Wer sagt das?«

»Und weil ich mir vorkomme wie ein Bettler. Geh ruhig zurück zu Grace und der neuen Küche, ich geh zurück nach Wien.«

Ich machte einen Versuch, aufzustehen, aber Clifford drückte mich auf das Sofa zurück. Dann lief er hinaus und kam mit einer Stehleiter wieder. Er stellte sie neben die Fenstertüren und kletterte hinauf.

»Was tust du?«, fragte ich perplex.

»Ich nehme die Vorhänge ab. Jean bringt sie morgen zum Putzen. Das Geld für den Staubsauger liegt in der Haushaltskasse. Du brauchst heute nicht kochen, morgen auch nicht. Ich nehme mir frei, wir verbringen den Tag in Versailles.«

Dann trug er mich ins Schlafzimmer und brachte mich zu Bett und entschuldigte sich sogar und versprach nie wieder mit mir zu schreien, nie wieder zu trinken, nie wieder hinaufzufahren nach Pigalle. Nie wieder, Kitty, nie wieder! Die alte Litanei kannte ich schon.

Eine Sekunde regte sich zwar die wahnwitzige Hoffnung, dass sich das Blatt jetzt wendet, dass es wieder so schön wird wie früher, aber nur eine Sekunde, dann wusste ich, dass alles nur Illusion ist. Ich fiel in Tiefschlaf und wachte müde auf.

Trotzdem fuhr ich mit nach Versailles.

Ich wusste genau, es war ein Abschiedsbesuch, meine

Tage hier waren gezählt. Am liebsten wäre ich sofort nach Wien zurückgefahren, doch dazu fehlte mir noch die Kraft.

Es war ein strahlender Herbsttag und die Sonne hatte noch viel Energie. Schweigend spazierten wir durch die prachtvollen Alleen, die sich eben verfärbten, Ahorn, Linden, Kastanien, Platanen, und erstaunt stellte ich fest, dass das trübe Wasser im großen See plötzlich ganz sauber wirkte, weil sich die roten und braunen Blätter darin spiegelten.

Auch das Schloss wirkte weiß und strahlend, nicht grau, wie sonst, dazu der tiefblaue Himmel, die Ziersträucher und bunten Blumen, die Schmetterlinge in allen Farben, zum Abschied hatte sich Versailles noch einmal für mich schön gemacht.

Aufgetankt mit Kraft kam ich dann nach Paris zurück. Und Kraft brauchte ich für die letzten Tage mit Cliff.

Er wusste genau, ich wollte ihn verlassen, und er bewachte mich plötzlich wie ein Höllenhund.

Es gab keine Familienwochenenden mehr. Er verbrachte die Zeit jetzt mit mir. Wann immer er konnte, war er zu Hause, und war er da, durfte ich nicht telefonieren und er öffnete meine Post.

»Ich habe meine Pistole geholt«, sagte er eines Tages.

»Von wo?«, rief ich schockiert.

»Aus meinem Schrankkoffer. Im Keller. In Neuilly.«

»Und wo ist sie jetzt?«

»Gut versteckt.«

»Wo? In der Wohnung? Oder hast du sie in der Redaktion?«

»Das spielt doch keine Rolle. Gut versteckt. Du findest sie nicht.«

»Und warum hast du sie geholt?«

»Weil ich dich nicht ununterbrochen bewachen kann. M. A. Kent hat angerufen. Ich muss nach London. Wenn du wieder zu diesem Wolf fährst, hörst du zu? Dann komme ich dir nach und mache Schluss. Mit ihm und mit dir und mit mir.«

»Cliff, das geht jetzt wirklich zu weit. Spiel kein Theater!«

»Theater? Mich hat noch nie eine Frau verlassen! Am Samstag bin ich zurück. Du bist hoffentlich noch da. Wenn nicht, bist du schuld an dem, was passiert!«

Dann flog er nach England und ich rief meine Mutter an.

»Nur die Ruhe, Kitty! Keine Angst«, sagte sie, »das meint er nicht ernst!«

»Du hast kein schlechtes Gefühl?«, rief ich erleichtert.

»Nicht wirklich! Weißt du was?«, sie dachte kurz nach, »ich glaube, dass sich alles ganz von selber löst.«

»Wie meinst du das? Von selbst?«

»Keine Ahnung«, sagte meine unbezahlbare Mutter, »war nur so ein Gedanke. Gehst du eigentlich noch manchmal in die Bibliothek?«

»Ja, zweimal pro Woche. Für das deutsche Rigorosum. Ich lese eben die Briefe von Goethes Mutter an Bettina von Brentano. Kennst du die? Einfach großartig.«

»Wunderbar«, sagte meine Mutter, »jetzt pass gut auf: Hinter der Bibliothek gibt es eine berühmte Wallfahrtskirche. Notre Dame des Victoires. Kennst du die?«

»Nein. Nie gehört.«

»Dort gehst du hin und zündest eine Kerze an. Vor der Madonna. Angeblich wirkt sie immer noch Wunder.«

»Mutti, das glaubst du aber nicht im Ernst.«

»Doch, doch. Das gibts. Geh morgen gleich hin, je früher, desto besser. Schaden kann es nicht.«

Also pilgerte ich am nächsten Tag durch das wunderschöne herbstliche Palais Royal zum Place des Petits-Pères.

Ich hatte inzwischen nachgelesen über die Kirche. Angeblich war dort vor über dreihundert Jahren die Madonna einem Mönch erschienen. Sie hielt einen hübschen Knaben im Arm und sagte: »Das ist der Sohn, den Gott Frankreich schenkt. Geh hin und sage es dem König.«

Der arme Mönch war verzweifelt, denn der König war seit zwanzig Jahren verheiratet, kinderlos und die Königin galt als unfruchtbar. Er würde sich verspottet fühlen und ihn bestrafen. Aber was geschah?

Der König war gnädig, ging mit neuer Kraft ans Werk, das war im Dezember 1637. Und im Jänner war die Königin schwanger und brachte am 5. September den Sonnenkönig zur Welt!

Nicht schlecht, dachte ich! Wenn das stimmt: strong stuff! Inzwischen war ich bei der Kirche angelangt und trat über die Schwelle – und stand mitten in orientalischer Pracht. Das war keine typisch französische Kirche, das war ein Märchen aus dem Morgenland.

Überall Fresken, Gold, Blumen, rote Lämpchen,

Weihrauch, Kerzen, Pilger aus aller Welt, man sang, die Orgel brauste, eine Stimmung herrschte wie bei einem Freudenfest.

Und wo war die Madonna?

Auf Zehenspitzen drängte ich mich nach vor und blieb wie angewurzelt stehen. Da war sie und sah ganz anders aus, als ich mir ausgemalt hatte. Keine sanfte, liebliche Gottesmutter blickte mich an, auch keine weinerliche, triste, wie man sie manchmal sieht. Nein! Diese hier war siegessicher!

»Wünsch dir, was du willst«, schien sie zu sagen, »ich erledige das mit der linken Hand.«

Ich starrte sie an und dachte: Okay! Wenn das so ist, dann bitte, befreie mich von Cliff. Tu irgendetwas, damit er keine Macht mehr über mich hat. Aber bitte, tu ihm nicht weh. Immerhin war er meine große Liebe!

Dann kaufte ich eine Novenenkerze, die größte und schönste, die es in der Kirche gab, die neun Tage lang brennen würde, zündete sie an, bedankte mich für ihre Mühe und fuhr wieder heim.

Und dann tat sich nichts.

Cliff kam zurück von London, misstrauisch und wachsam, zwei Tage später aber stand er plötzlich früher auf, kaufte Baguette und Croissants, machte Kaffee und heiße Milch und brachte mir wie in alter Zeit das Frühstück ans Bett.

Er war ungewohnt freundlich, lächelte verliebt: »Good morning, my pretty Darling«, schenkte mir Kaffee ein, ich war fassungslos. Was war geschehen?

Cliff setzte sich zu mir, die Tasse in der Hand, und

sagte: »Es gibt große Neuigkeiten, hier wird sich alles ändern.«

»Was wird sich ändern?«, fragte ich atemlos.

»Ich gebe die Wohnung auf.«

»Die schöne Wohnung! Warum? Ziehst du nach Neuilly?«

»Nein, ich kann nicht zurück zu Grace.«

»Aber warum …«

»Man hat mich nach Tokio versetzt«, sagte Clifford und griff nach einem Croissant.

»Was! Tokio? Phantastisch!« Vor Freude wäre ich am liebsten aus dem Bett gehüpft. Das war die Rettung! Ich musste fest auf meine Lippen beißen, um nicht laut vor Glück zu schreien.

»Wann fängst du denn dort an?«, wollte ich wissen.

»Am ersten Dezember. Und ich freu mich schon. Das ist ganz was Neues. Das wird hochinteressant! Kommst du mit?«

»Im Jänner sind meine Prüfungen. Ich muss noch lernen.«

»Dann ziehe ich zuerst ins Hotel. Du machst dein Studium fertig, dann kommst du nach und wir suchen Wohnung. Okay?«

»Okay«, sagte ich, »das geht sich dann wunderbar aus! Was macht Grace?«

»Sie bleibt in Paris.«

»Und Gregory?«

»Studiert weiter in Amerika.«

Und so kam es, dass wir uns im besten Einvernehmen trennten. Ohne Drohungen von Mord und Selbstmord, ohne Krach und Schreierei, es ging wie von selbst, meine Mutter hatte wieder einmal recht gehabt!

Friedlich lösten wir die Wohnung auf, brachten die Möbel zurück zu Grace, dann lud Clifford alle Freunde und die Leute aus der Redaktion zu einem Abschiedsessen im Sherwood ein und am nächsten Tag half er mir packen. Ja, er trug sogar meine blaue Schreibmaschine und den schweren Seesack mit den Skripten und Büchern hinunter zum Wagen.

Vicky kam und holte die Rosenstöcke ab und dann war es so weit: ein letzter Kuss, eine letzte Umarmung: »Good luck with your exams, Darling.«

»Viel Glück in Japan, Cliff. Und viel Erfolg.«

Dann machte ich mich wieder einmal auf die weite Reise. Eintausenddreihundert Kilometer durch das tiefverschneite Europa zurück nach Wien.

Clifford flog am nächsten Morgen nach Tokio.

Sosehr ich mich auch über meine neue Freiheit freute, auf meine Mutter, meine Freunde, meinen Onkel und auf Wien, so hatte ich doch ein wenig Angst vor der kleinen, kalten Wohnung.

Ich war inzwischen an Zentralheizung gewöhnt und an große Räume, doch die Angst war unbegründet.

Die kleine Wohnung unterm Dach war süß und rasend gemütlich, sie war hell und sonnig, absolut friedlich und still und der Kohlenofen wärmte wunderbar.

Ich musste zwar Tag und Nacht lernen, oft bis zur Erschöpfung. Trotzdem fühlte ich mich wie auf Urlaub, weil keiner neben mir saß, mit grauer Miene, der mich bewachte, mich sekkierte und schrie und deprimierte und zu viel trank und ununterbrochen quasselte!

Ich genoss die Ruhe wie ein köstliches Geschenk, schlief herrlich auf meinem breiten roten Sofa, aß Ei im Glas mit Butterbrot und kaltem Krautsalat in der Koralle und verbrachte die Wochenenden bei meiner geliebten Mutter.

Es ging mir so gut wie schon lange nicht. Mit jedem Tag wurde ich gesünder, bald konnte ich wieder ohne Brille lesen. Doch dann schickte mir Cliff ein Ticket nach Tokio und ich bekam wieder Angst. Aber nicht lang, denn ich wusste: Zwingen kann er mich nicht. Ich erinnere mich genau: Ich dachte nicht, ich fliege nicht nach Japan – das gestand ich mir gar nicht ein.

Ich dachte nur: Ich steige in kein Flugzeug! So einfach ist das. Ich steige in kein Flugzeug! Aus! Da müsste man mich bewusstlos schlagen und in die Maschine tragen. Aus freien Stücken steige ich in kein Flugzeug und dabei bleibts!

Cliff war empört. Eine Flut von Briefen, Anrufen, Telegrammen und Karten brach über mich herein. Er versprach mir ein neues Auto, einen Brillantring, Aktien, eine gut bezahlte Stelle bei ABC News. Und als alles nichts half, kam ein Telegramm: *Kitty und Cliff feiern Silvester im Hotel Sacher. Bin am 30. Dezember bei dir, Darling. I love you forever. Cliff.*

Und kaum hatte ich das gelesen, bekam ich Migräne, Krämpfe im Bauch, eine offene Stelle am Mundwinkel, und als mir Cliff dann gegenüberstand, in seiner ganzen Größe, setzte sofort die Regel ein.

Ich konnte ihm nicht mehr nahe sein.

Zum Hausball im Hotel schleppte ich Rita mit und Karl.

Es gab ein großes Orchester, ein wunderbares Souper, es gab Champagner um Mitternacht, doch ich dachte nur, wann kann ich endlich heim?

Ich ging nicht mit Cliff in sein Zimmer, ich traf ihn immer nur unten in der Halle und wir stritten unentwegt. Clifford reiste früher ab.

Und als ich ihn zum Flugplatz brachte und er endlich, ohne zu winken, ohne sich noch einmal umzudrehen, durch die Sperre lief, musste ich plötzlich laut seufzen vor Glück.

Plötzlich sah ich, dass die Sonne schien, plötzlich merkte ich, wie wunderbar das Wasser duftete, mit dem die Putzfrau neben mir den Boden schrubbte.

Da wusste ich: Es war so weit. Ich konnte Clifford nicht mehr riechen. Jetzt war ich wirklich frei.

Clifford gab sich nicht sofort geschlagen. Er meldete sich weiterhin aus Tokio. Doch ich schrieb nie zurück und langsam wurden die Briefe seltener und die Anrufe aus Japan weniger und dann tat er den letzten Schachzug: Er schickte mir meinen Glücksbringer zurück! Den Talisman, den ich ihm nach unserem ersten, himmlischen Silvester in Mailand gestickt hatte.

Er war immer noch schön, die rote Seide leuchtete immer noch, die Gold- und Silberfäden funkelten verheißungsvoll, unsere Haare waren immer noch ineinander verschlungen, seine grauen und meine braunen, in einem komplizierten, magischen Muster.

Und obwohl ich zu Tode froh war, endlich von dieser quälenden Liebe erlöst zu sein, von diesem starken, zerstörerischen Mann, gab es mir doch ganz kurz einen Stich ins Herz. Denn jetzt war wirklich alles aus und vorbei.

Dann warf ich den Glücksbringer ins Feuer. Und sah durch die Glimmerfenster zu, wie kleine Flammen ihn begrüßten, wie er hell aufloderte und erlosch.

»Nie wieder einen verheirateten Mann«, sagte ich laut und setzte mich wieder an den Schreibtisch, »das ist das Schlimmste auf der Welt!«

Dann schlug ich meine Skripten auf und lernte weiter für die letzte große Prüfung, die noch zu bestehen war.

Und dann geschah Folgendes: Kaum war ich von Clifford getrennt, gelang mir alles. Eine unfassbare Glückssträhne begann.

Ich bestand das Rigorosum mit Auszeichnung.

Ich bekam mein Doktorat.

Ich überarbeitete meinen Roman und Beverly verkaufte ihn an einen großen Verlag in Amerika. Er wurde in sieben Sprachen übersetzt, der nächste sogar in neunundzwanzig. Plötzlich war ich eine Bestsellerautorin und die ganze Welt riss sich um mich. Ich schrieb Bücher und ich habe mir einen Herzenswunsch erfüllt: Ich kaufte das Märchenhaus in Avignon, mit dem schönen Rasen, den Blumen, den Königspalmen und dem Mimosenbaum.

Doch das Allerbeste: Wolf und ich sind ein Paar.

Er ist längst geschieden und hat tatsächlich auf mich

gewartet. Manchmal fasse ich es nicht. Es ist unbeschreiblich, welche Wohltat es ist, mit einem normalen, lieben Mann zusammen zu sein. Einem Mann, der frei ist, kein Trauma hat, nicht an Schuldgefühlen erstickt. Der nicht trinkt, sich nicht prügeln muss mit Zuhältern am Pigalle. Den man allein lassen kann, ohne dass die Welt zusammenbricht, der keine Angst hat vor leeren Wohnungen, kurz, dem man vertrauen kann. Ich hatte ganz vergessen, dass es das noch gibt.

Anfangs war ich ein gebranntes Kind.

Kaufte Wolf zum Essen eine Flasche Wein, dachte ich gleich: Oh Gott! Jetzt geht das wieder los! Kaum herrschte ein paar Wochen Frieden, dachte ich: Wann schnappt er um und ich werde zur Rivalin, die er vernichten muss?

Nur ganz langsam konnte ich dem Frieden trauen. Dafür genieße ich ihn jetzt umso mehr.

Wir wohnen in Paris und Avignon. Wolf arbeitet immer noch für seinen Vater und ich nehme keine Pille und wir passen auch nicht auf. Wenn das Schicksal will, gründen wir eine Familie. Ich bin voll Zuversicht. Was kommt, das kommt.

Cliff ist immer noch in Tokio. Er ist immer noch einer der wichtigsten Journalisten der Welt. Und er hat viel Glück. M. A. Kent ist nicht gestorben. Cliffords Buch ist fertig und ein großer Erfolg. Doch den Gold-Thriller hat er nicht geschafft.

Ja, ja, Romane sind tückisch. Das hat er selbst gesagt, vor vielen Jahren in Paris!

Angeblich schwärmt er immer noch von mir. Und

hofft, dass ich irgendwann einmal zu ihm zurückkomme. Doch da kann er ewig warten.

Übrigens ist er geschieden!

Grace hat ihn verlassen, als ihr Vater starb. Sie hat Millionen geerbt und einen Jugendfreund geheiratet aus Baltimore. Cliffords Vater hält mich auf dem Laufenden. Ich bin immer noch mit ihm in Kontakt. Cliff ist jetzt mit einer reichen Japanerin liiert.

Ja, was tut sich sonst?

Karl und Rita sind zusammen.

Vicky hat Scott geheiratet und sich wieder scheiden lassen. Jetzt lebt sie mit ihrem zweiten Mann in Brüssel, einem tüchtigen, blonden Schweden.

Irma und Patrik sind nach Bordeaux gezogen. Michou hat eine kleine Schwester bekommen. Sie heißt Sophie, blond, mit blauen Augen. Sie ist mein Patenkind!

Doritt genießt immer noch ihre Freiheit. Sie lebt derzeit mit einem Italiener, aber heiraten, sagt sie, wird sie nie!

Ich schreibe weiterhin auf meiner geliebten blauen Olivetti. Sie steht auf einem Ehrenplatz in meiner neuen Wohnung in Paris. Auch die Korallenhand gibt es noch. Doch ich trage sie nicht mehr.

Und natürlich habe ich das Foto noch. Von Cliff und mir, in Budapest, hoch oben auf der Fischerbastei.

Und geht es mir schlecht, hole ich es hervor und sehe es lange an. Dann muss ich laut seufzen und eine Welle der Erleichterung kommt über mich.

Ich fühle mich wie nach einer schweren Krankheit, die ich besiegt habe.

Und sofort geht es mir besser und mein Selbstbewusstsein kehrt zurück.

Ich habe Cliff überlebt! Mich bringt nichts mehr um!

Er hat mir viele Wunden geschlagen.

Er hat mir das Herz gebrochen.

Aber langsam, yes Baby, langsam, aber sicher erhole ich mich!

ENDE

Besuchen Sie uns im Internet unter:
www.amalthea.at

Umschlaggestaltung: Kurt Hamtil, verlagsbüro wien
Umschlagmotiv: fotolia/Isaxar
Vignetten: buchgestaltung.at
(unter Verwendung der iStock-Illustrationen
6249410 und 7291872)
Herstellung und Satz: Silvia Wahrstätter, vielseitig.co.at
Gesetzt aus der 10,5 / 13,7 pt Minion Pro
Printed in the EU

ISBN 978-3-85002-816-5